Zygmunt Miłoszewski

Né à Varsovie en 1976, Zygmunt Miłoszewski est un écrivain, journaliste et scénariste polonais. Il publie en 2005 son premier livre, *Interphone*, roman d'horreur remarqué, puis en 2007 *Les Impliqués* (Mirobole Éditions), première enquête du procureur Teodore Szacki, adaptée au cinéma en Pologne. Son œuvre a été récompensée deux fois par le Prix du Gros Calibre, décerné au meilleur roman policier de son pays. En France, il a été finaliste du Grand Prix des lectrices de *ELLE*, du Prix du polar à Cognac et du Prix du polar européen du *Point*. Les romans de Zygmunt Miłoszewski sont traduits dans quinze pays.

Le deuxième volet des enquêtes de Teodore Szacki, *Un fond de vérité*, paraît en 2015 chez Mirobole Éditions.

LES IMPLIQUÉS

ZYGMUNT MIŁOSZEWSKI

LES IMPLIQUÉS

Traduit du polonais par Kamil Barbarski

MIROBOLE ÉDITIONS

Titre original :
UWIKŁANIE

Pocket, une marque d'Univers Poche,
est un éditeur qui s'engage pour la préservation
de son environnement et qui utilise du papier fabriqué
à partir de bois provenant de forêts gérées
de manière responsable.

© Zygmunt Miłoszewski, 2007
© Mirobole, 2013, pour la traduction française
ISBN : 978-2-266-25445-8

Pour Monika, mille fois.

Il n'y a pas d'hommes mauvais,
il n'y a que des impliqués.

Bert Hellinger

Dimanche 5 juin 2005

La résurrection du festival rock mythique de Jarocin rencontre un franc succès ; plus de dix mille personnes assistent aux concerts des groupes des années quatre-vingt Dzem, Armia et TSA. La « génération Jean-Paul II » célèbre sa grande messe annuelle à Legnica. Zbigniew Religa, chirurgien cardiaque et homme politique, annonce sa candidature à l'élection présidentielle et ambitionne de devenir « le candidat de l'unité nationale ». Pour le dixième anniversaire du Pique-nique de l'aviation à Goraszka, deux avions de chasse F-16 survolent les gradins et provoquent l'enthousiasme des spectateurs. À Bakou, au terme d'un match insipide, l'équipe de Pologne de football écrase l'Azerbaïdjan par trois buts à zéro et l'entraîneur des Azéris en vient aux mains avec l'arbitre. Afin de sensibiliser les automobilistes aux dangers des excès de vitesse, les policiers de Varsovie distribuent des photographies macabres aux conducteurs. À Varsovie toujours, dans le quartier Mokotow, l'autobus de la ligne 122 prend feu et une ambulance transportant un foie destiné à une transplantation chavire dans le fossé près de la rue Kinowa ; le chauffeur, les infirmières et le médecin arrivent aux urgences couverts d'ecchymoses ; préservé in extremis, le foie est greffé le jour même avec succès sur un patient de la clinique de la rue Banach. La température maximale sur la capitale est de vingt degrés, il pleut à verse.

1

« Permettez-moi de vous raconter une histoire, commença l'homme assis dans la crypte. Il y a fort longtemps, dans un petit village de province, vivait paisiblement un menuisier. Les habitants du village n'étaient pas très riches et ne pouvaient s'offrir de nouvelles tables ou de nouvelles chaises, si bien que le menuisier restait pauvre lui aussi. Il réussissait difficilement à joindre les deux bouts et plus il vieillissait, moins il pensait pouvoir changer le cours de son destin. Pourtant, ayant une fille d'une grande beauté, il l'espérait de tout cœur et rêvait pour elle d'une vie bien meilleure que celle qu'il avait menée lui-même. En une splendide journée d'été, un riche seigneur vint lui rendre visite et lui dit : "Maître menuisier, je recevrai bientôt mon frère que je n'ai pas vu depuis des années. Je voudrais l'accueillir avec un présent grandiose, mais puisqu'il vient d'un pays où l'or, l'argent et les pierres précieuses coulent à flots, j'ai décidé de lui offrir un écrin en bois d'une élégance enchanteresse. Si tu parviens à le confectionner avant le dimanche qui suivra la prochaine pleine lune, alors ta fortune sera faite." Bien évidemment, le menuisier accepta et se mit à l'ouvrage. Il s'agissait d'une tâche particulièrement fastidieuse et difficile, parce que l'artisan voulait réunir plusieurs essences de bois précieux et incruster le coffret de minuscules motifs représentant des créatures mythologiques. Il cessa de s'alimenter, chassa le sommeil, travailla sans relâche nuit et jour. Pendant ce temps, la nouvelle de l'étrange visite du riche seigneur s'était répandue à travers le village. Les habitants appréciaient leur modeste menuisier et celui-ci recevait chaque jour la visite de voisins venus lui donner du cœur à l'ouvrage. Cependant, ils se mettaient aussi en tête de le soulager dans sa besogne : boulanger, marchand, pêcheur et même charcutier, tous se saisissaient des poinçons, des maillets et des râpes afin que leur ami ait fini le jour prévu. Malheureusement, aucun d'eux n'était qualifié pour faire ce travail et sa fille constatait avec tristesse qu'il passait son temps à réparer ce que les autres avaient abîmé au lieu de sculpter lui-même le coffret avec sa minutie habituelle. Un matin, alors qu'il ne restait plus que quatre jours pour finir l'ouvrage et que le menuisier s'arrachait les cheveux de désespoir, elle se posta sur le seuil de leur maison et renvoya quiconque venait offrir son aide. Tout le village fut rempli d'indignation, aucun de ses habitants ne parla plus jamais du menuisier autrement que comme d'un rustre ou d'un ingrat, et de sa fille comme d'une souillon impolie. J'aurais aimé pouvoir vous dire que, même si le menuisier perdit ses amis, il réussit néanmoins à charmer le riche seigneur par la délicatesse de sa réalisation, mais ce ne serait pas l'exacte vérité. Lorsque, le dimanche après la pleine lune, le commanditaire revint à l'atelier, il en repartit aussitôt, furieux et les mains vides. Ce n'est que bien des jours plus tard que le menuisier acheva l'écrin et l'offrit en cadeau à sa fille. »

Son histoire achevée, Cezary Rudzki se racla la gorge et tendit la main vers la Thermos pour verser du café dans son gobelet. Trois de ses patients, deux femmes et un homme, se tenaient assis en face de lui de l'autre côté de la table. Seul Henryk Telak manquait à l'appel.

« Et quelle est la morale de cette histoire ? demanda Ebi Kaim, l'homme placé immédiatement à sa gauche.

— Celle que vous y trouverez, répondit Rudzki. Moi, je sais ce que j'ai voulu dire, mais vous, vous savez bien mieux que moi ce que vous voulez comprendre et quelle est la morale dont vous avez le plus besoin en ce moment. On ne commente pas un conte. »

Kaim se tut. Rudzki gardait le silence lui aussi et caressait doucement sa barbe qui, selon certains, lui donnait des airs d'Ernest Hemingway. Il se demandait s'il devait faire allusion aux événements de la veille, bien que les règles l'interdissent en théorie. Cependant…

« Profitant du fait que monsieur Telak n'est toujours pas arrivé, je voudrais rappeler à chacun que les contes ne sont pas les seuls sujets qu'on ne commente pas. On ne parle pas non plus du déroulement de la thérapie. C'est un principe très important. Et cela même après une séance aussi intense que celle d'hier. Raison de plus pour ne pas en parler.

— Pourquoi ? demanda Ebi Kaim sans lever la tête de son assiette.

— Parce que alors nous recouvrons avec des mots et des tentatives d'interprétation ce que nous avons découvert. En lui laissant le temps, la vérité peut commencer à agir, trouver le chemin jusqu'à nos âmes.

Pour chacun d'entre nous, il serait injuste et dommageable de tuer cette vérité avec des discours académiques. Faites-moi confiance, c'est bien mieux ainsi. »

Ils achevèrent leur repas en silence dans le réfectoire de l'ancienne église de la Vierge Marie de Czestochowa, ensemble de bâtisses en brique rouge dont les contours cubiques et imposants évoquaient davantage une forteresse de chevaliers teutoniques qu'un paisible lieu de culte et de retraite spirituelle. Le soleil de juin pénétrait dans la salle par des fenêtres aussi étroites que des meurtrières et peignait les murs de bandes de lumière. Le mobilier de la pièce était très sobre – une longue table en bois nu, sans nappe, quelques chaises, un crucifix au-dessus de la porte, une armoire, une bouilloire électrique et un minuscule réfrigérateur. Rien de plus. Lorsque Rudzki avait découvert ce lieu, si isolé en plein cœur de la ville, il avait aussitôt été séduit, convaincu qu'un cloître conviendrait mieux à ses thérapies de groupe que les gîtes de campagne qu'il louait jusque-là. Il avait raison. Bien qu'une paroisse, une école, une clinique et plusieurs entreprises privées s'y fussent installées et que la rue Lazienkowska se trouvât à quelques dizaines de mètres à peine, on respirait dans ces lieux une immense sérénité. Et c'est précisément de cela que ses patients avaient le plus besoin.

Le calme avait son prix. Les locaux manquaient d'un coin cuisine ; il avait dû acheter lui-même le réfrigérateur, la bouilloire, la Thermos et un peu de vaisselle. Il commandait les repas en ville. Ses patients et lui occupaient des cellules individuelles, en dehors desquelles ils pouvaient disposer d'un modeste réfectoire où ils s'attardaient en ce moment et d'une crypte prévue pour le déroulement des séances. Une voûte d'arêtes, appuyée sur trois épaisses colonnes en pierre, couronnait cette dernière pièce. Ça ne ressemblait pas encore à la crypte de Saint-Léonard située au sous-sol de la cathédrale du Wawel, mais, en comparaison du modeste cabinet où il recevait d'ordinaire ses patients, peu s'en fallait.

À l'usage néanmoins, il avait fini par se demander s'il n'avait pas choisi un espace trop sombre, trop impénétrable. Il avait l'impression que les émotions libérées lors des séances demeuraient entre les murs, qu'elles rebondissaient dessus comme autant de balles en caoutchouc, heurtant par ricochet tous ceux qui avaient le malheur de se trouver sur leur trajectoire. Les événements de la veille l'avaient épuisé et il envisageait avec soulagement la fin de la session. Il voulait sortir de là au plus vite.

Il avala une gorgée de café.

Hanna Kwiatkowska, la femme de trente-cinq ans assise en face de lui, triturait sa cuillère sans le quitter du regard.

« Oui ? demanda-t-il.

— Je suis inquiète, dit-elle. Il est déjà neuf heures et quart et monsieur Telak n'est toujours pas là. Vous devriez peut-être aller voir, docteur. »

Il se leva.

« J'y vais. Monsieur Telak doit faire la grasse matinée après les émotions d'hier après-midi. »

Par un couloir étroit – tout dans cet ancien cloître était étroit –, il parvint jusqu'à la chambre de son dernier patient, frappa à la porte. Aucune réponse. Il recommença avec davantage d'énergie.

« Monsieur Henryk, c'est l'heure ! » cria-t-il à travers la paroi.

Il attendit encore quelques secondes, appuya sur la

poignée et pénétra à l'intérieur. La pièce était vide, le lit fait, les effets personnels de l'occupant avaient disparu. Rudzki revint au réfectoire ; trois têtes pivotèrent dans sa direction de manière si synchrone qu'elles auraient pu appartenir à un seul corps, lui rappelant les images de dragons dans ses livres d'enfant.

« Monsieur Henryk est parti, manifestement. Je vous en prie, ne le prenez pas mal, vous n'êtes en rien responsables de sa décision. Ce n'est ni la première ni la dernière fois qu'un participant décide de quitter un atelier dans un moment de doute. Surtout après une séance aussi puissante que celle d'hier. J'espère en tout cas que son expérience ici portera ses fruits et qu'il se sentira bientôt beaucoup mieux. »

Kwiatkowska ne bougea pas d'un pouce, Kaim haussa les épaules et Jarczyk, la dernière de ses patients, demanda :

« Est-ce que c'est la fin dans ce cas ? Est-ce que ça veut dire qu'on peut rentrer à la maison ? »

Le thérapeute fit non de la tête.

« Retournez dans vos chambres, s'il vous plaît. Reposez-vous une demi-heure, reprenez votre calme. À dix heures pile nous nous rassemblerons dans la salle. »

Ils acquiescèrent tous les trois. Le docteur Rudzki fit le tour de la table, vérifia que la Thermos contenait encore du café et s'en versa une pleine tasse. Il s'agaça d'avoir oublié de laisser de la place pour le lait. À présent, il n'avait plus que deux options : en jeter ou en boire une partie. Il détestait le goût du café noir. Il vida un peu de son gobelet dans la poubelle, ajouta du lait et s'approcha de la fenêtre. Les voitures descendaient la rue devant le stade qui s'élevait de l'autre côté… Comment se débrouillaient-ils pour se retrouver encore une fois aussi loin de la tête du championnat ? Des incapables ! Ils ne seraient même pas vice-champions, avoir humilié le Wisla cinq buts à un deux semaines plus tôt n'aurait servi à rien. Peut-être gagneraient-ils au moins une coupe ? La demi-finale aller aurait lieu le lendemain contre le Groclin. Le Groclin que le Legia de Varsovie n'avait pas réussi à battre une seule fois lors de ces quatre dernières saisons ! Encore une foutue malédiction.

Il rit à voix basse. Décidément, le cerveau humain était bien déroutant s'il pouvait, en un moment comme celui-ci, analyser la situation en première division de football. Rudzki jeta un coup d'œil à sa montre. Encore une demi-heure, songea-t-il.

Un peu avant dix heures, il quitta le réfectoire et se dirigea vers les toilettes pour se laver les dents. Dans le couloir, il rencontra Barbara Jarczyk, qui, le voyant s'éloigner de la salle de réunion, l'interrogea du regard.

« Je reviens tout de suite », lui assura-t-il.

À peine avait-il mis le dentifrice sur sa brosse qu'il entendit le cri.

2

Teodore Szacki fut réveillé par ce qui le réveillait toujours le dimanche matin. Pas la gueule de bois, ni la soif, ni une envie pressante, ni un rayon de soleil qui aurait traversé les stores, ni même le tambourinement de la pluie sur l'auvent au-dessus du balcon, mais Hela, sa fille de sept ans qui lui bondissait dessus avec une énergie telle que le clic-clac de chez Ikea craqua de façon menaçante.

Il venait d'ouvrir un œil mais une mèche brune la recouvrit aussitôt.

« Tu as vu ? Mamie m'a fait des bouclettes.

— J'ai vu, dit-il en s'enlevant les cheveux des yeux. Dommage qu'elle ne t'ait pas ligotée avec. »

Il embrassa sa fille sur le front, la bascula sur le côté et se leva pour aller à la salle de bains. Il avait déjà atteint la porte lorsque quelque chose remua à l'autre bout du clic-clac, émettant un grognement à peine audible de sous la couverture : « Branche la bouilloire en passant. »

Voilà, comme chaque week-end, le concert des requêtes pouvait commencer. Il se sentait déjà irrité. Il avait dormi dix heures d'affilée mais une immense fatigue l'écrasait. Il ne savait plus très bien quand elle avait commencé. Il pouvait rester au lit pendant la moitié de la journée et il se réveillait malgré tout avec un mauvais goût dans la bouche, les paupières lourdes et une barre au milieu du front. Ça n'avait aucun sens.

« Pourquoi tu ne me demandes pas tout bêtement de te préparer un café ? dit-il à sa femme sur un ton de reproche.

— Non, je vais m'en charger toute seule. » Il était presque incapable de distinguer les syllabes. « Je n'ai pas l'intention de te prendre la tête. »

Szacki leva les yeux au ciel et agita les mains dans un geste théâtral. Hela éclata de rire.

« Mais tu dis toujours ça et après c'est quand même moi qui te le fais !

— Tu n'y es pas obligé. Je te demande simplement de l'eau chaude. »

Après avoir uriné, il lança le café pour sa femme en dépit de la montagne de couverts sales empilés dans l'évier qui heurtait son regard. Il faudrait bien un quart d'heure de vaisselle s'il voulait s'occuper du petit déjeuner comme promis. Mon Dieu, qu'est-ce qu'il était crevé ! Au lieu de dormir jusqu'à midi ou de regarder la télé sans lever le petit doigt à l'image des autres gars dans cette société patriarcale, il s'escrimait à concourir pour le prix du meilleur père et du meilleur mari.

Weronika émergea enfin du canapé-lit et s'immobilisa dans le vestibule, un regard circonspect fixé sur son reflet dans le miroir. Il porta lui aussi un regard circonspect sur sa femme – elle avait beau avoir toujours été sexy, elle n'avait jamais ressemblé à un top model. Cela étant admis, il semblait difficile de trouver une justification à ce double menton ou cette silhouette légèrement bedonnante. Et ce T-shirt ! Il n'exigeait pas qu'elle mette des ensembles en tulle et dentelle pour dormir, mais bon sang, pourquoi portait-elle toujours ce bout de chiffon délavé estampillé « Disco Fun » qui provenait probablement des paquets humanitaires reçus de l'Ouest dans les années quatre-vingt ! Il lui tendit sa tasse. Elle lui lança un bref regard d'entre ses paupières gonflées de sommeil et se gratta sous un sein. Pour le remercier, elle posa un bisou machinal sur la pointe de son nez. Puis partit prendre une douche.

Szacki soupira et retourna à la cuisine.

Au fond, qu'est-ce qui me prend ? pensa-t-il alors qu'il essayait d'extraire l'éponge de sous le tas d'assiettes sales. Faire du café ne prend qu'un instant, faire la vaisselle à peine un peu plus, le petit déjeuner pas davantage. Une simple demi-heure et tout le monde sera content. La fatigue l'accabla de plus belle lorsqu'il songea au temps qui lui filait entre les doigts chaque jour : les heures passées dans les bouchons, les milliers de moments creux au tribunal, les trous dans son emploi du temps au bureau, pendant lesquels il pouvait au mieux se lancer dans un Solitaire sur ordinateur en attendant quelque chose, en attendant quelqu'un, en attendant l'attente. L'attente comme une excuse pour ne faire absolument rien. L'attente comme le métier le plus fatigant du monde. Un mineur de tête de puits est plus reposé que moi ! gémit-il en silence, un verre à la main, cherchant sans succès un espace libre sur l'égouttoir. Pourquoi n'avait-il pas d'abord enlevé la vaisselle sèche ? Ça le rendait dingue. La vie épuisait-elle tout le monde à ce point ?

Le téléphone sonna. Hela décrocha. Il se dirigea vers la salle à manger, l'oreille tendue pour saisir des bribes de conversation, essuyant ses mains pleines de mousse dans un torchon.

« Papa est là mais il ne peut pas venir parce qu'il lave les assiettes et nous fait des œufs brouillés... »

Il prit l'écouteur des mains de sa fille, passa la main dans ses cheveux déjà blancs.

« Szacki, j'écoute.

— Bonjour, monsieur le procureur. Loin de moi l'idée de vous importuner, mais j'ai bien peur que vous ne puissiez faire des œufs brouillés pour qui que ce soit aujourd'hui, ou alors seulement pour le dîner. »

La voix était familière – Oleg Kuzniecov, du commissariat de la rue Wilcza, reconnaissable entre mille à son accent chantant de l'Est.

« Oleg, je t'en prie, ne me fais pas ça.

— Ce n'est pas moi qui vous réclame, monsieur le procureur, c'est la ville. »

3

Sa vieille Citroën passa sous la plate-forme du pont Swietokrzyski avec une grâce qui aurait rendu jalouse plus d'une berline de prestige filmée à cet endroit précis comme « placement produit » dans les comédies romantiques polonaises. Ce Piskorski avait peut-être été un escroc, se dit Szacki, se remémorant le scandale de l'attribution des marchés publics qui avait coûté son poste à l'ancien maire de Varsovie, mais il fallait bien lui accorder ceci : il avait réussi à faire construire deux ponts. Maintenant que l'un des jumeaux Kaczynski régnait sur la cité, cela devenait impensable ; personne ne se risquerait à engager des investissements d'une telle ampleur, surtout pas avant les élections. Conseillère juridique à l'hôtel de ville, Weronika lui avait maintes fois expliqué comment était pris ce genre de décision : pour se prémunir de tout désagrément, on n'en prenait pas.

Il tourna vers le quartier Powisle et poussa un soupir de soulagement, comme chaque fois qu'il se sentait revenir à la maison. Cela faisait dix ans qu'il habitait sur la rive droite et il n'arrivait toujours pas à s'y faire. Malgré ses efforts, sa patrie d'adoption n'avait à ses yeux qu'un unique avantage : elle était située non loin de la véritable Varsovie. Il passa à côté du théâtre Ateneum où il était jadis tombé amoureux de la pièce de Janusz Glowacki *Antigone à New York*, dépassa l'hôpital où il était né, le centre sportif où il avait pris des cours de tennis, le parc qui s'étendait sous les fenêtres du Parlement et où son frère et lui jouaient les casse-cou sur leurs luges, la piscine où il avait appris à nager et avait attrapé une mycose. Il se trouvait dans le centre. En plein milieu de sa ville, en plein milieu de son pays, en plein milieu de sa vie. Le pire *axis mundi* possible.

Il roula sous un viaduc qui tombait en ruine, bifurqua dans la rue Lazienkowska et se gara sur le parking du centre culturel, avec une pensée émue pour le stade à deux cents mètres de là où les guerriers de la capitale venaient de faire une bouchée de « l'étoile blanche » du Wisla de Cracovie. Le football ne l'intéressait pas mais Weronika était une supportrice si enthousiaste que, bien malgré lui, il pouvait réciter les yeux fermés tous les résultats du Legia des deux dernières saisons. Pas plus tard que le lendemain, sa femme irait certainement voir le match avec son écharpe tricolore autour du cou. Ça serait le quart de finale de la Coupe, s'il avait bien suivi le fil.

Il claqua la portière et contempla un instant les édifices qui s'élevaient de l'autre côté de la rue. Cet ensemble de constructions comptait parmi les plus curieux de Varsovie et réunissait une église romane en briques rouges, un cloître circonscrit par de hautes colonnes et des bâtiments utilitaires plus modernes qui ressemblaient à des tours de guet – un ensemble imposant et austère, à côté duquel l'immense palais de la Culture et de la Science ou le quartier Derrière-la-Porte-de-Fer, au style si « empire soviétique », passaient pour des modèles d'architecture discrète. L'église paroissiale de la Vierge Marie de Czestochowa s'était jadis tenue là, avant d'être partiellement détruite durant la Seconde Guerre mondiale pour avoir abrité les insurgés. Elle était restée à l'abandon des décennies durant, suscitant l'épouvante par ses ruines sombres, ses colonnes brisées et ses caveaux éventrés. Lorsque enfin on l'avait fait renaître de ses cendres, elle était devenue le symbole de la confusion stylistique qui régnait en ville. Quiconque empruntait la rue Lazienkowska devait affronter cette chimère de briques, ce mélange incongru de lieu de culte, de monastère, de château fort et de palais de Gargamel. Et maintenant, on venait d'y trouver un cadavre.

Szacki rajusta son nœud de cravate et traversa la rue. Une bruine légère commençait à descendre. Près du portail, quelques curieux sortis de la messe matinale s'agglutinaient déjà, coincés entre une camionnette de police et un véhicule banalisé. Le commissaire Oleg Kuzniecov s'entretenait avec un technicien du labo ; lorsque Szacki s'approcha, il s'interrompit et vint lui serrer la main.

« Tu enchaînes avec un cocktail au siège du Parti après ça ou quoi ? plaisanta le policier en tirant sur les pans de la veste du procureur.

— La rumeur de la politisation du parquet est aussi peu fondée que les commérages qui prêtent des revenus alternatifs aux policiers de la ville », répliqua Szacki.

Il n'aimait pas qu'on se moquât de sa tenue. Peu importait le temps qu'il faisait dehors, il portait toujours un costume et une cravate, parce qu'il était procureur de la République et non livreur de légumes à la supérette du coin.

« Qu'est-ce qu'on a ? demanda-t-il en sortant une cigarette de son paquet, la première des trois qu'il s'autorisait chaque jour.

— Un cadavre, quatre suspects.

— Bon Dieu, encore une beuverie qui a mal tourné ? Je n'aurais jamais cru que, dans cette ville de merde, même une église pouvait cacher un repaire d'alcoolos. Et le comble, c'est qu'ils se sont tailladés un dimanche. Il n'y a plus aucun respect. »

Le désagrément de Szacki était réel, mais la colère prévalait, car sa journée en famille venait d'être assassinée elle aussi.

« Tu es loin de la vérité, cette fois, Teo », murmura Kuzniecov en s'énervant sur son briquet.

Le vent jouait sans cesse à rabattre la flamme, et le commissaire tournait à la recherche d'un angle sous lequel il pourrait allumer sa cigarette.

« Dans cette bâtisse, en plus de l'église, il y a tout un tas de bureaux, d'autres parties ont été louées à une école, à une clinique et à quelques associations catholiques. On y trouve même une espèce de cloître pour les retraites spirituelles. Des groupes viennent y passer leurs week-ends pour prier, discuter, écouter des prêches et cætera. Depuis deux jours, les chambres avaient été mises à la disposition d'un psychologue et de quatre de ses patients. Ils ont travaillé ensemble le vendredi et le samedi. Le samedi soir après le dîner, ils se sont séparés pour la nuit. Ce matin au petit déjeuner, il ne restait plus que le thérapeute et trois participants. Le quatrième a été découvert quelques minutes plus tard, tu verras dans quel état il se trouve. Les pièces disponibles à la location sont situées dans une aile distincte du bâtiment, on ne peut y accéder qu'en passant devant la loge du gardien et il y a des grilles aux fenêtres. Personne n'a rien vu, personne n'a rien entendu et, pour le moment, personne n'a avoué quoi que ce soit. Comme je te le disais, on a un mort et quatre suspects, tous sobres et propres sur eux. Qu'est-ce que tu dis de ça ? »

Szacki fit quelques pas pour jeter son mégot dans une poubelle. Kuzniecov se débarrassa du sien d'une pichenette en direction du caniveau, pile sous les roues de l'autobus de la ligne 171.

« Je ne crois pas à ce genre d'histoires, Oleg. Dans cinq minutes on s'apercevra que le portier a piqué du nez la moitié de la nuit, qu'un poivrot s'est faufilé pour chaparder un petit quelque chose à troquer contre du pinard, que sur le chemin il est tombé nez à nez avec ce pauvre névrotique, qu'il a été le plus surpris des deux et qu'il lui a planté sa lame entre les côtes. Il va s'en vanter auprès de l'un de vos indics et on bouclera l'affaire en un claquement de doigts. »

Kuzniecov haussa les épaules.

Szacki croyait sincèrement à tout ce qu'il venait de dire à son collègue et pourtant, lorsqu'ils eurent franchi le seuil du monastère, il fut saisi d'une curiosité inattendue et croissante au fur et à mesure qu'ils avançaient le long du couloir étriqué en direction de la salle où le cadavre les attendait. Il prit une grande inspiration, destinée à maîtriser l'excitation mêlée d'aversion qu'il éprouvait à l'idée d'approcher une dépouille humaine. Face au corps, le visage du procureur n'exprima que détachement professionnel. Teodore Szacki s'était réfugié derrière le masque du fonctionnaire garant de l'autorité de la loi au sein de la République.

4

L'homme portait un costume gris cendré. La cinquantaine un peu enrobée, grisonnante mais sans calvitie, il gisait sur le dos au milieu d'un plancher en lino olivâtre qui jurait avec les pesantes voûtes en berceau au-dessus de leurs têtes. Non loin de lui, une valise grise semblait abandonnée. Elle était démodée, dénuée de fermeture Éclair mais close par deux boucles en métal que renforçaient deux courtes sangles attachées par des cramponnets.

Il n'y avait que peu de sang, presque pas du tout à vrai dire, mais Szacki ne s'en sentait pas mieux pour autant. C'est au prix d'un effort considérable qu'il traversa la pièce d'un pas ferme et s'accroupit auprès de la tête de la victime. La bile lui monta à la gorge.

« Des empreintes ? demanda-t-il, impassible.

— Aucune sur l'arme du crime, monsieur le procureur, répondit le technicien-chef en s'agenouillant de l'autre côté du corps. On en a relevé à certains endroits ainsi que diverses traces microscopiques. Doit-on rassembler des échantillons odorants pour les chiens ? »

Szacki désapprouva de la tête. Si l'une des personnes côtoyées par le mort ces deux derniers jours l'avait effectivement tué, alors les odeurs n'attesteraient pas leur contact au moment de l'acte. Cette preuve avait été récusée si souvent au tribunal qu'il était inutile de fatiguer les techniciens pour rien.

« Qu'est-ce que c'est, au juste ? »

Szacki désignait à Kuzniecov la tige métallique à manche en plastique qui sortait de l'œil droit de la victime. Avoir posé la question était un soulagement en soi ; grâce à elle, il pouvait enfin tourner la tête vers le policier et porter son regard ailleurs que sur la joue de la victime, où une substance bordeaux et grisâtre, qui avait certainement été un globe oculaire, lui évoquait la silhouette d'un bolide de Formule 1.

« Une broche à rôtir, répondit Oleg, ou quelque chose d'approchant. Il y a tout un assortiment d'ustensiles à la cuisine. Des couteaux, un hachoir, des couverts. »

Szacki acquiesça. Ainsi l'arme du crime provenait du bâtiment. Quelle était dans ce cas la probabilité que le coupable fût venu de l'extérieur ? Pratiquement aucune, quoique en théorie le juge pouvait considérer que, même si personne ne l'avait remarqué, il y avait ici une foule aussi dense que sur l'avenue Marszalkowska. Et toutes ces incertitudes mises bout à bout... il connaissait la chanson.

Il en était à se demander quel piège tendre à ces témoins qui pouvaient s'avérer des suspects, lorsqu'un homme en uniforme pénétra dans la crypte.

« Monsieur le commissaire, l'épouse est là. Voulez-vous la voir ? »

Le procureur suivit Oleg dans la cour.

« Comment s'appelait-il, déjà ? chuchota-t-il à Kuzniecov.

— Henryk Telak. L'épouse, c'est Jadwiga. »

Une femme que la plupart des hommes auraient qualifiée d'attirante se tenait debout auprès de la camionnette de police. Assez grande, fine, elle portait des lunettes de vue et ses cheveux bruns grisonnaient légèrement sur un visage aux traits francs. Elle était vêtue d'une robe vert clair et de sandales. Par le passé, elle avait dû être superbe ; maintenant elle arborait avec fierté les restes d'une beauté déclinante.

Le policier s'approcha d'elle et la salua.

« Je m'appelle Oleg Kuzniecov, je suis commissaire de police. Voici le procureur Teodore Szacki, qui dirigera l'enquête. Veuillez accepter nos sincères condoléances. Je vous promets que nous ferons tout notre possible pour découvrir et punir l'assassin de votre mari. »

La femme hocha la tête. Son air absent semblait indiquer qu'elle avait déjà avalé un calmant. Sans doute aussi ne réalisait-elle pas encore ce qui venait d'arriver. Szacki savait que la première réaction face à la mort d'un proche était l'incrédulité. La douleur venait ensuite.

« Comment est-ce arrivé ? demanda-t-elle.

— Un cambriolage. »

Le procureur mentait avec une facilité et une assurance telles qu'on lui avait conseillé de nombreuses fois d'embrasser une carrière d'avocat.

« Tout porte à croire que le voleur est tombé sur votre mari par hasard, en plein milieu de la nuit. Il se pourrait même que monsieur Telak ait essayé de l'arrêter. Le criminel l'a tué.

— Comment ? »

Les deux hommes échangèrent un regard.

« Votre mari a été frappé à la tête avec un instrument acéré. »

Szacki détestait la *novlangue* de la terminologie criminologique, mais c'était encore elle qui permettait le mieux de dépouiller la mort de sa cruauté. Dire : « quelqu'un lui a enfoncé une broche à rôtir dans le cerveau à travers l'œil » semblait tout de suite moins délicat.

« Il est mort sur le coup. Le médecin assure que tout est arrivé si vite qu'il n'a pas eu le temps de souffrir.

— C'est au moins ça… », dit-elle après un moment de silence.

Elle releva le menton pour la première fois.

« Puis-je le voir ? demanda-t-elle en dévisageant Szacki, qui eut aussitôt devant les yeux la tache boueuse en forme de voiture de course.

— Ce n'est pas nécessaire, dit-il.

— Je voudrais lui dire adieu.

— Nous prélevons encore les preuves, intervint Kuzniecov. L'ambiance n'est pas propice au recueillement. Et puis, je vous assure, il ne s'agit pas d'une vision très agréable.

— Comme vous préférez, messieurs… », se résigna-t-elle, et Szacki ne put retenir un soupir de soulagement. « Est-ce que je peux rentrer chez moi ?

— Bien sûr. Si vous voulez bien seulement me laisser vos coordonnées. Il faudra que je vous parle dans les jours qui viennent. »

Elle dicta à Kuzniecov son adresse et son numéro de téléphone. « Et… le corps ? demanda-t-elle.

— Malheureusement, nous devons procéder à une autopsie. Mais les pompes funèbres pourront le récupérer vendredi au plus tard.

— C'est bien. Dans ce cas, je vais peut-être réussir à organiser l'enterrement samedi. Il faut inhumer Henryk avant dimanche, comme le veut la tradition, sinon une autre personne de la famille mourra dans l'année.

— Ce n'est qu'une superstition », dit Szacki.

Il sortit de sa poche deux cartes de visite et les tendit à la veuve.

« La première vous indique ma ligne fixe et mon portable. Sur la deuxième, vous trouverez les références d'une association spécialisée dans l'aide aux familles des victimes de crimes. Je vous conseille de les appeler, ça pourrait vous soulager.

— Ils ressuscitent les maris ? »

Szacki n'avait pas envie que la conversation prenne cette tournure ; d'ordinaire, les remarques surréalistes constituaient un prélude à l'hystérie.

« Ils ressuscitent ceux qui restent. Ils les ramènent à une vie dont les familles, parfois, ne veulent plus. Quoi qu'il en soit, vous ferez comme bon vous semble. D'après moi, ces gens pourraient vous aider, je ne dis rien de plus. »

De nouveau, elle hocha la tête et mit les deux cartes dans son sac à main. Le commissaire et le procureur la saluèrent puis retournèrent dans la partie réservée du cloître.

Oleg demanda à Szacki s'il comptait interroger tout de suite les participants à la thérapie. Mais celui-ci hésitait sur la marche à suivre ; s'il avait songé dans un premier temps à parler avec eux le plus vite possible, quitte à le faire sur place, il décida finalement de retarder la démarche afin d'éprouver leurs nerfs. La bonne vieille méthode de l'inspecteur Columbo. Il donnerait beaucoup pour pouvoir entendre leurs pensées maintenant qu'on les faisait patienter dans ce qui était, quoi qu'on en dise, des cellules. Ils étaient probablement tous en train de repasser dans leurs esprits chaque mot, chaque geste des deux derniers jours, à la recherche d'un indice qui leur permettrait de désigner le coupable. Tous sauf l'assassin lui-même, cela allait de soi. Celui-ci se demandait plutôt si, durant les mêmes deux derniers jours, il avait fait un geste ou dit un mot qui aurait pu le trahir. Et cela bien sûr dans l'hypothèse où l'un d'entre eux avait vraiment commis le meurtre. Pouvait-on exclure que l'assassin soit venu de l'extérieur ? Non, on ne pouvait pas. Comme d'habitude, à ce stade de l'enquête, on ne pouvait écarter aucune option. Et qui sait, une affaire originale en ressortirait peut-être, une variante attrayante dans ce long cortège de meurtres ordinaires. La puanteur, les bouteilles vides, la crasse sur les murs, une femme qui paraissait trente ans de plus que son âge en train de sangloter par terre, les bons potes à moitié dessoûlés n'arrivant pas à croire que c'était l'un d'entre eux qui, en plein délire alcoolique, avait égorgé leur ami commun. Combien de fois avait-il contemplé ce genre de scène ?

« Non, répondit-il, je vais te dire comment on va procéder. Interroge-les tout de suite. Après tout, c'est la démarche habituelle. Mais fais-le personnellement, ne t'en décharge pas sur un novice en uniforme qui habitait encore chez papa-maman il y a deux semaines dans une banlieue de province. Fais-le calmement et de façon succincte, en considérant chacun d'entre eux comme un simple témoin. Tu leur demandes quand ils ont vu Telak pour la dernière fois, quand ils l'avaient rencontré, ce qu'ils ont fait durant la nuit. Ne pose pas de questions sur ce qui les relie, sur la thérapie, laisse-les se sentir en sécurité et moi, ça me donnera de bons motifs pour les convoquer au siège.

— Dis donc, protesta Oleg. Tu me demandes de jouer avec eux pour te préparer le terrain. Mais il faudra que je rédige des procès-verbaux, que j'écrive tout soigneusement, que je leur fasse relire chaque page…

— Fais du charme à une stagiaire, qu'elle te note tout ça avec des lettres bien rondes. On se retrouve demain matin au commissariat rue Wilcza, on échange

33

nos papelards, on discute et on décide ce qu'on fait après. Bon, mon agenda t'indiquerait que je devais aller à l'audience pour le verdict dans l'affaire Pieszczoch, mais je demanderai à Ewa de me remplacer.

— Tu me payeras un café.

— Merci bien. Je suis un fonctionnaire d'État, pas un flic qui arrondit ses fins de mois en faisant sauter des contraventions pour excès de vitesse. Ma femme aussi est une fonctionnaire. On se prépare notre propre café soluble au bureau. On ne l'offre à personne. »

Oleg prit une nouvelle cigarette dans son paquet et Szacki réprima au dernier moment l'envie de l'imiter. Il redoutait l'idée d'une unique cigarette pour le reste de sa journée.

« Je m'en fiche, tu me payes le café.

— T'es vraiment qu'un Ruskov de merde.

— Je sais, on n'arrête pas de me le dire. À La Fièvre à neuf heures ?

— Je déteste ce repaire de flics.

— Au Portail alors ? »

Szacki approuva. Oleg l'accompagna jusqu'à la voiture.

« J'ai peur que ce soit très dur cette fois, dit le policier. Si l'assassin n'a pas commis d'erreur et que les autres n'ont rien vu, alors c'est foutu. »

Un sourire involontaire apparut sur les lèvres du procureur.

« Ils commettent toujours des erreurs », affirma-t-il.

5

Il ne se rappelait plus la dernière fois où le temps sur les Carpates l'avait choyé à ce point. Une vue imprenable s'étendait de la crête de Kopa Kondracka dans toutes les directions ; ce n'était qu'au loin, très loin sur les cimes de la partie slovaque des Carpates que des nuages épars perturbaient un ciel immaculé. Depuis qu'il s'était garé au petit matin sur un parking du village de Kiry, le soleil ne l'avait pas quitté un seul instant. Après une brève promenade dans la vallée, il s'était mis à escalader les Czerwone Wierchy, les « quatre Piques rouges ». À mi-chemin, le sentier avait commencé à serpenter sur une pente de plus en plus abrupte, les arbustes et les pins à crochets nains n'avaient plus donné aucune prise à l'ombre, toute trace de ruisseau avait disparu alentour, et la balade de montagne s'était transformée en marche forcée au milieu d'une poêle chauffée à blanc. Il s'était alors souvenu des récits des soldats américains du Vietnam qui prétendaient que, pendant leurs patrouilles de la mi-journée, leur cervelle se mettait littéralement à bouillir sous les casques embrasés par les rayons lumineux. Il avait toujours considéré ces histoires comme de vulgaires âneries mais, à ce moment-là et sous cette fournaise, il se surprenait à y accorder du crédit, même si ce n'était pas un casque militaire mais un chapeau beige, souvenir rapporté bien des années plus tôt d'un voyage en Australie, qui lui protégeait le crâne.

Quand, à proximité de la crête, des taches noires avaient commencé à danser devant ses yeux et que ses jambes étaient devenues molles, il avait maudit son inconscience de vieillard septuagénaire qui croyait toujours pouvoir se comporter comme au temps de sa jeunesse – boire autant qu'avant, faire l'amour avec le même entrain, se promener en montagne sans changer d'allure.

Arrivé au sommet, il s'était affaissé sur la terre nue, laissant le vent le rafraîchir, et s'était mis à guetter avec inquiétude son rythme cardiaque effréné. Tant pis, s'était-il dit, il valait mieux crever sur le mont Ciemniak qu'en plein centre de Varsovie. Une fois que son cœur s'était un peu calmé, il avait songé qu'un endroit nommé Ciemniak – ce qui pouvait vouloir dire « l'Ignare » – n'était pas idéal pour passer l'arme à gauche. Quitte à choisir, il aimait autant le mont Malolaczniak, dont la signification de « Petite Prairie » avait une résonance plus sobre. S'il succombait ici, on raconterait des blagues à son sujet longtemps après sa mort. Alors, il s'était péniblement traîné jusqu'au Malolaczniak, avait bu une gorgée de café dans le bouchon de sa Thermos en évitant de se concentrer sur les pulsations de son muscle principal et, tant qu'il tenait encore debout, avait poursuivi sur son élan jusqu'au sommet.

Aussi surprenant que ce fût, il semblait finalement que son cœur faible associé à sa stupidité sénile ne le tuerait pas encore cette fois-ci. Il se versa un autre café, sortit un sandwich de son emballage aluminium et se mit à observer des trentenaires ventrus qui grimpaient sur cette pauvre Kopa au prix d'un effort digne de l'ascension d'un sept mille mètres. Il avait bien envie de leur crier de prévoir les bouteilles d'oxygène pour leur prochaine promenade.

Comment pouvait-on se négliger à ce point ? se demandait-il en considérant ces gens qui mettaient à peine un pied devant l'autre. À leur âge, il se levait à l'aube, descendait en courant le sentier depuis le refuge de la vallée Kondratowa jusqu'à la Kopa puis revenait par le canyon Pieklo, dit « l'Enfer », uniquement pour s'échauffer et mériter son petit déjeuner. Oui, c'était le bon temps. Tout était intelligible, tout avait un sens, tout était simple.

Il étendit au soleil ses mollets déjà bronzés et toujours musclés, bien que recouverts d'un duvet blanc, alluma son téléphone portable pour envoyer un SMS à sa femme qui l'attendait à leur pension de montagne. À peine l'appareil s'était-il synchronisé avec le réseau qu'il sonna. Il décrocha en jurant.

« Oui ?

— Bonjour, c'est Igor. J'ai une mauvaise nouvelle, monsieur.

— Oui ?

— Henryk est mort.

— Comment ?

— Un accident malencontreux, j'en ai peur. »

Il arrêta dans la seconde le plan d'action.

« C'est très malencontreux, en effet. Je vais faire mon possible pour être rentré demain, mais il faut à tout prix commander un éloge funèbre sans attendre. C'est compris ?

— Bien sûr. »

Il éteignit son portable. Il n'était plus d'humeur à écrire à son épouse. Il but son café jusqu'au bout, jeta son sac sur son épaule et entreprit de redescendre vers les pâturages au pied de la Kopa. Il comptait encore s'arrêter pour prendre une bière à Katalowki, le temps d'envisager la meilleure façon d'annoncer à sa femme qu'ils se voyaient forcés de rentrer à Varsovie. Près de quarante ans de vie commune et ce genre de conversation l'angoissait toujours.

6

C'est avec une certaine difficulté que le procureur Teodore Szacki démarra le puissant moteur trois litres de sa Citroën V6. Le moteur hybride au gaz, fraîchement installé pour réduire le coût de son plein, battait déjà de l'aile. Il attendit que le système hydraulique soulève de terre son dragon avant de le diriger vers les quais de la Vistule, où il avait l'intention de traverser le fleuve par le pont Lazienkowski. Au dernier moment, il changea d'avis, tourna en direction du quartier chic de Wilanow et se gara sur l'arrêt de bus gagarine. Il activa les feux de détresse.

Autrefois, dix ans plus tôt, des siècles plus tôt, Weronika et lui habitaient dans le quartier alors qu'Hela n'était pas encore née. Ils logeaient au deuxième étage, dans un studio dont les deux fenêtres donnaient sur le grand axe routier Wislostrada. Un cauchemar. En journée, des camions trente-six tonnes à la file ; la nuit, des autobus et des petites Fiat 126P qui roulaient à cent dix kilomètres heure dans un boucan de tous les diables. Il avait appris en ce temps-là à distinguer les marques des voitures d'après le bruit du moteur. Une poussière grasse et noirâtre s'accumulait sur les meubles et les fenêtres devenaient sales une demi-heure après avoir été lavées. Mais le pire avait lieu en été. Ils étaient obligés d'ouvrir les fenêtres pour ne pas suffoquer mais, ce faisant, ils ne pouvaient ni discuter ni même regarder la télévision. Vu sous un autre angle, ils passaient plus de temps alors à faire l'amour qu'à suivre les actualités. Et maintenant ? Il se demandait s'ils atteignaient la moyenne nationale qui les avait tant amusés jadis : Comment ? Il existe vraiment des gens qui ne font ça qu'une seule fois par semaine ?

Szacki fut pris d'un bref accès de rire et baissa la vitre. La pluie s'était mise à tomber franchement, de grosses gouttes pénétraient dans l'habitacle et laissaient des taches sombres sur le revêtement des sièges. Une blonde menue s'activait derrière leurs anciennes fenêtres. Elle portait un débardeur et ses cheveux lui tombaient aux épaules.

Je me demande ce que ça ferait, pensa Szacki, si je me garais maintenant dans la cour, si je montais à l'appartement et que cette fille m'y attendait. Si j'avais une vie totalement différente, si j'avais d'autres CD, d'autres livres sur les étagères, si je sentais l'odeur d'un autre corps couché auprès du mien. Nous serions allés nous promener au parc Lazienki, je lui aurais raconté pourquoi je me trouvais contraint de passer au bureau aujourd'hui, disons, dans un cabinet d'architectes, elle m'aurait répondu que j'étais bien courageux et qu'elle m'achèterait une glace près du Théâtre sur l'Île. Tout aurait été différent.

Comme c'est révoltant de n'avoir qu'une seule vie, se dit Szacki, et que celle-ci nous lasse si vite.

Une chose est sûre, pensa-t-il en redémarrant la voiture, j'ai besoin de changement. J'ai une putain d'envie de changement.

⚖

Lundi 6 juin 2005

Le père Hejmo, prêtre au Vatican, transmet un communiqué spécial depuis Rome : en des termes particulièrement complexes et hésitants, il nie avoir collaboré avec les services secrets communistes. À Rome toujours, le pape Benoît XVI exprime l'opposition de l'Église à l'avortement, au mariage homosexuel et aux manipulations génétiques. Catholique convaincu, candidat à l'élection présidentielle et maire de Varsovie, Lech Kaczynski interdit la Gay Pride et souligne que l'indignation des « milieux gauchisants » est bien évidemment liée aux échéances électorales. L'ancien président Lech Walesa organise un dîner à l'occasion de la fête de son saint patron auquel il convie l'actuel président Aleksander Kwasniewski et son épouse. À Varsovie, l'artiste Joanna Rajkowska ajoute de nouvelles feuilles au palmier en plastique qui trône sur le rond-point du Général-de-Gaulle. Un groupe de rock formé à la maison d'arrêt de la rue Rakowiecka y donne son premier concert et, non loin de là, rue Spacerowa, une femme de quatre-vingt-six ans reste immobilisée dans sa baignoire pendant vingt-quatre heures. En soirée, on assiste aux demi-finales de la Coupe de Pologne : le Legia Varsovie joue à domicile contre le Groclin et le Wisla Cracovie accueille le Zaglebie Lubin. Dans la capitale, la température atteint les dix-huit degrés, il pleut par intermittence, le ciel reste nuageux.

1

Après avoir déposé sa fille à l'école, Teo Szacki avait conduit Weronika à l'hôtel de ville et, sur les coups de neuf heures, il attendait Oleg au Portail Café de la rue Krucza. La faim lui tiraillait l'estomac mais il ne tenait pas à dépenser une dizaine de zlotys pour un petit déjeuner. D'un autre côté, se dit-il, on est seulement en début de mois, mon compte n'est pas encore à découvert. Il n'avait pas passé toutes ces années à faire des études de droit, un stage d'auditeur de justice et une spécialisation au parquet pour se refuser un repas aujourd'hui. Il commanda une omelette aux tomates et au fromage.

La serveuse lui apporta son plat au moment précis où Kuzniecov arrivait.

« Tiens, tiens, dit celui-ci en s'asseyant de l'autre côté de la table, j'espère que tu as apporté ta boîte de café du bureau pour que mademoiselle puisse t'en faire un sans que ta paye y passe. »

Szacki ne fit aucun commentaire mais posa sur le policier un regard lourd de sens. Kuzniecov réclama un espresso et sortit de sa mallette une liasse de documents.

« J'ai ici ma note officielle, le compte rendu de la

visite des lieux et les procès-verbaux des interrogatoires. Ah oui, et les rapports des perquisitions des
cellules du monastère, il faut que tu me les valides.
J'ai suivi ton conseil et j'ai fait les yeux doux à une
jeune contractuelle bien canon pour qu'elle m'aide
à les rédiger. Regarde-moi ces belles lettres toutes
rondes... L'écriture est presque aussi merveilleuse
que la fille.

— Je n'ai jamais vu une femme flic qui soit jolie,
remarqua Szacki sévèrement.

— Les femmes en uniforme ne sont peut-être pas
à ton goût. Moi, je les imagine toujours avec la cas-
quette et la veste sans rien en dessous. À peine deux
petits boutons et...

— Dis-moi plutôt ce qui s'est passé hier. »

Kuzniecov redressa son corps anguleux sur la chaise
et joignit les deux mains en signe de prière.

« J'en suis presque sûr aujourd'hui, dit-il d'un ton
solennel, le coupable, c'est le valet de chambre. »

Szacki appuya ses couverts sur le bord de l'assiette
et soupira lourdement. Ses contacts avec les policiers
lui faisaient parfois penser au travail d'un instituteur
dans une classe où tous les enfants seraient atteints
de troubles de l'attention et d'hyperactivité, tant ils
réclamaient de patience et de maîtrise de soi.

« Et c'est quoi, la chute de ta blague ? » fit-il d'un
ton froid.

Kuzniecov secoua la tête de dépit.

« T'es vraiment qu'un affreux bureaucrate, Teodore. Tu liras toi-même ce qu'ils racontent. Ils ne
connaissent aucun suspect, ne savent rien, n'ont rien
vu. Bien sûr, ils se disent tous horrifiés et désolés
pour Telak. Ils l'avaient rencontré pour la première
fois une semaine plus tôt, à l'exception de Rudzki, le

thérapeute, qui le connaissait depuis plus longtemps, un an à peu près. Tous sont d'accord pour dire que notre cadavre était triste, renfermé, en pleine dépression. Ils ont été si convaincants que, un moment, je me suis demandé s'il ne s'était pas suicidé.

— Ben voyons. En s'enfonçant une broche à rôtir dans l'œil ? »

Szacki s'essuya la bouche avec sa serviette. Pas mauvaise du tout, cette omelette.

« Évidemment, c'est peu probable. Mais à partir du moment où certains arrivent à se tirer une balle dans la tête ou à se couper la langue avec les dents pour l'avaler ensuite, on ne peut plus être sûr de rien… Alors, au cas où, pose quand même la question à un légiste. En parlant de langue, j'ai récemment entendu parler d'une orthophoniste qui l'avait si agile qu'elle s'est étouffée avec durant un exercice. Pas mal, non ?

— Et ton sentiment sur les suspects ? » demanda le procureur sans commenter l'anecdote.

Kuzniecov se tut, l'air pensif. Szacki attendit. Il savait que ce flic au nom russe, à la carrure imposante et au caractère bien trop jovial était dans les faits un détective brillant, doté d'un sens de l'observation hors du commun.

« Tu verras par toi-même, dit enfin Oleg. Ils font tous excellente impression. Aucun d'eux n'est anormalement calme, ou anormalement nerveux ou choqué. C'est souvent à ça qu'on reconnaît un assassin : soit il joue à l'homme de glace, soit au fou de désespoir. Tout écart par rapport à la norme est suspect. Eux, ils frôlaient la norme. Plus ou moins.

— Ou alors l'un d'eux sait précisément comment il doit se comporter, hasarda Szacki.

45

— Oui, le thérapeute, j'y avais songé. Mine de rien, il connaissait la victime depuis plus longtemps que les autres, il se pourrait qu'il ait un mobile. J'étais même prêt à le mettre en garde à vue s'il avait laissé filtrer un indice. Mais rien. Un type un peu hautain et arrogant, comme tous ces psys à la noix, mais je n'ai pas senti qu'il me mentait. »

En d'autres termes, on n'a rien. Que dalle, pensa Szacki, avant d'arrêter la serveuse qui voulait emporter le pain et le beurre en même temps que son assiette vide. Il avait payé suffisamment cher pour tout manger jusqu'à la dernière miette.

« C'est peut-être bien un cambriolage qui a mal tourné, après tout.

— Possible, acquiesça Kuzniecov. Ces gens sont diplômés, intelligents. Tu crois vraiment que l'un d'eux aurait commis un meurtre dans un lieu aussi théâtral ? Pas besoin d'être accro aux romans policiers pour savoir qu'on ne l'aurait pas lâché d'une semelle. Aucune personne sensée ne tue de la sorte. Ce ne serait pas logique. »

Kuzniecov avait raison. Alors que l'affaire s'était annoncée intéressante de prime abord, tout portait à croire maintenant qu'ils cherchaient un petit malfrat devenu assassin par erreur. Procéder avec méthode, se dit Szacki en planifiant dans sa tête la liste des étapes obligatoires.

« Dis à la presse qu'on recherche toute personne qui se baladait dans les environs cette nuit-là et qui aurait pu apercevoir quelque chose. Interrogez les concierges, les gardiens, les prêtres, tous ceux qui s'y trouvaient durant le week-end. Trouvez-moi le responsable de l'établissement qui a loué l'ancien couvent au thérapeute, je voudrais lui parler. Je comptais y retourner de toute façon pour bien visualiser les lieux. »

Kuzniecov hocha la tête.

« D'accord. Mais mets-le-moi sur commission rogatoire quand tu auras cinq minutes, pour que j'aie une couverture.

— Bien sûr. Et j'ai encore une requête… sans couverture.

— Oui ?

— Surveille ce psy quelques jours. Je n'ai absolument pas de quoi l'inculper mais, pour l'heure, c'est notre principal suspect. J'ai peur qu'il mette les voiles et que ça en soit fini de notre affaire.

— Comment ça, fini ? Tu ne crois pas que notre brave police polonaise le retrouverait où qu'il se trouve ?

— Ne me fais pas rire. Dans ce pays, il suffit de ne plus habiter à son adresse d'imposition pour disparaître à tout jamais. »

Kuzniecov s'esclaffa.

« Non content d'être un affreux bureaucrate, il faut encore que tu sois cynique, dit-il en se levant pour partir. Passe le bonjour à ta si charmante et si époustouflante épouse. »

Szacki haussa les sourcils. Difficile d'imaginer que Kuzniecov parlait de cette même femme qui errait chez eux comme une âme en peine, se plaignant chaque jour d'un mal différent.

2

Sur le chemin du bureau, Szacki récupéra un nouveau dossier au secrétariat. Il portait le numéro 803/05. Incroyable. Cela voulait dire qu'ils auraient bientôt atteint le chiffre de mille affaires ouvertes dans l'année et qu'ils battraient à coup sûr leur record. Tout semblait indiquer que la petite zone de Varsovie-Centre était le point le plus sombre sur la carte des crimes en Pologne. Certes, la majorité des enquêtes touchait à des problèmes économiques sur fond de malversations financières ou de comptabilités douteuses – cela car près de quatre-vingts pour cent des entreprises du pays avaient leur siège au cœur de la capitale. Mais ces affaires étaient menées par un service indépendant. Pour autant Szacki et ses collègues du district ne manquaient pas de crimes de droit commun : ils étaient vingt à s'occuper des plaintes pour vol, agression, viol ou coups et blessures. Bien souvent, ils devaient également prendre en charge les affaires relevant du crime organisé, lesquelles dépendaient en théorie du parquet régional. Dans les faits, les vedettes régionales se réservaient les cas les plus intéressants et laissaient les simples fusillades au district. Le résultat en était simple : un procureur régional avait moins de dix enquêtes en cours, alors qu'un procureur de district pouvait en diriger plusieurs dizaines. Ou même plusieurs centaines, si l'on comptabilisait tous les dossiers « ouverts », ces vieux dossiers qui remplissaient les armoires, attendant la réapparition improbable d'un témoin clé ou patientant au tribunal en vue d'une date de procès pour être ajournés encore et encore. Malgré son mandat de procureur de district, Szacki gardait en définitive un statut privilégié parce qu'il ne s'occupait grosso modo que de meurtres. Il avait essayé la semaine précédente de dénombrer ses dossiers. Il était arrivé à cent onze. Cent douze si on comptait le cas Telak. Cent onze si le jugement du jour dans l'affaire Pieszczoch était rendu en sa faveur. Cent treize si la cour ordonnait le renvoi au parquet. Ce ne devrait pas être le cas ; Szacki avait tout minutieusement préparé et le juge Chajnert était, d'après lui, le plus compétent de Varsovie.

Malheureusement, les relations entre le ministère public et les tribunaux se détérioraient d'année en année. Même si le travail d'un procureur se révélait plus proche de celui d'un juge que de celui d'un policier, même si le parquet était officiellement le « bras armé » du troisième pouvoir, la distance entre les magistrats à l'hermine violette et ceux à l'hermine rouge ne cessait de croître. Le mois précédent, la supérieure de Szacki avait fait le déplacement au tribunal de Leszno pour réclamer l'attribution rapide d'une date de procès pour le cas très médiatique des viols du centre sportif rue Nowowiejska. Elle avait été accueillie par une fin de non-recevoir ; on lui avait signifié que les tribunaux tenaient à leur indépendance et qu'aucun procureur du pays n'allait leur dicter leur manière de travailler. Un reproche ridicule. Et encore, lorsque l'animosité ne résultait que de simples guerres d'influence, on limitait les tensions. Elles devenaient plus intenses lorsque les verdicts en étaient la cause. Parfois, Szacki avait le sentiment que seuls les cas où le prévenu avait tout avoué dès le premier interrogatoire, puis répété ses aveux trois fois lors des audiences, donnaient lieu à des victoires assurées. Tous les autres relevaient de la loterie.

Il laissa choir son parapluie dans un coin de la pièce. Pendant les deux prochaines semaines, il n'aurait pas à la partager avec qui que ce soit dans la mesure où sa collègue était partie en cure avec un enfant malade. C'était déjà la troisième fois cette année. Szacki avait dû reprendre deux de ses enquêtes, mais au moins il n'avait plus à contempler le bordel qu'elle laissait derrière elle. Son poste à lui, en revanche, était toujours impeccablement rangé et Szacki retrouva facilement la fiche avec les numéros de téléphone des suspects de la rue Lazienkowska. Il avait le combiné en main lorsque Maryla, l'assistante de la directrice, apparut dans l'embrasure de la porte.

« On te réclame à confesse, dit-elle.

— Dans un quart d'heure.

— Elle a dit, je cite, s'il répond dans un quart d'heure, annonce-lui que moi je dis tout de suite.

— J'arrive.

— Elle a dit, je cite…

— J'arrive », dit-il fermement, le doigt impérieusement pointé vers le téléphone.

Maryla leva les yeux au ciel et sortit.

Szacki fixa rapidement des horaires d'interrogatoires à Barbara Jarczyk et à Hanna Kwiatkowska. Seul Ebi Kaim lui opposa une brève résistance :

« J'ai un déplacement en banlieue, argua-t-il.

— Annulez.

— C'est un rendez-vous très important.

— Je comprends. Voulez-vous que je vous signe un mot d'excuse ou préférez-vous que je vous mette en garde à vue tout de suite ? »

Un long silence s'ensuivit.

« Finalement, le rendez-vous peut attendre.

— Parfait. Dans ce cas, on se voit à quinze heures. »

Quant au thérapeute, il ne décrochait pas. Szacki lui laissa un message et sentit un pressentiment désagréable nouer son ventre. Il espérait que le psychologue n'avait rien fait de plus que mettre sa ligne sur répondeur. Envisager les autres éventualités lui était pénible. Avant de sortir, il passa un dernier coup de fil à l'institut médico-légal, pour apprendre que l'autopsie avait été programmée le mercredi matin à neuf heures.

« Nos cabinets doivent se trouver dans deux dimensions parallèles de l'espace-temps, dit sa directrice en guise d'accueil, parce que mon "tout de suite" correspond chez vous à dix minutes précisément, monsieur le procureur.

— Je ne savais pas qu'on m'avait attribué un "cabinet" », répliqua Szacki en s'asseyant.

Madame Janina Chorko, procureur de la République rattachée au tribunal de grande instance de Varsovie-Centre, sourit aigrement. Elle avait quelques années de plus que Szacki, son tailleur gris se fondait dans des cheveux grisonnants et un visage terni par la nicotine. Toujours un peu voûtée, les traits perpétuellement tirés, la fonctionnaire faisait voler en éclats l'adage selon lequel il n'y a pas de femme véritablement laide. Chorko était laide, elle s'en rendait parfaitement compte et ne cherchait pas à camoufler ses défauts par du maquillage ou une tenue à la mode. Bien au contraire, elle choisissait en toute conscience de se faire passer pour austère, dédaigneuse et pragmatique jusqu'à l'extrême, attitude qui, couplée à son apparence, faisait d'elle ce qu'on pouvait appeler un archétype de la directrice-mégère. Les jeunes substituts la craignaient et les stagiaires se réfugiaient dans les toilettes lorsqu'elle passait dans les couloirs.

En tant que procureur, elle était exceptionnelle. Szacki la tenait en haute estime, ayant constaté à quel point elle différait de ces bureaucrates carriéristes montées en grade pour loyauté ou services rendus. Elle, bien au contraire, partait au combat en première ligne. Après avoir fait ses armes dans le quartier de Wola à Varsovie-ouest, puis au parquet régional, elle avait finalement été mutée rue Krucza, où elle dirigeait de main de maître le district le plus difficile de toute la Pologne. Inflexible dans son bureau, capable d'y réduire en miettes les plus grands virtuoses du barreau, elle devenait protectrice une fois en dehors, ne disant jamais un mot de travers à propos de ses hommes et prenant parfois de grands risques pour les couvrir. Szacki avait entendu dire qu'on la craignait aussi au siège régional rue Krakowskie, et tout particulièrement au département des procédures préliminaires, où personne n'aurait osé rejeter une demande qu'elle aurait paraphée. De mémoire, il ne s'était jamais vu refuser l'attribution d'un expert – les dépenses de plus de deux mille cinq cents zlotys devaient être validées en haut lieu –, alors que dans toutes les autres divisions du ministère public de tels refus étaient monnaie courante.

Ils travaillaient ensemble depuis près de sept ans et ils se respectaient mutuellement sans être pour autant des amis. Ils ne se tutoyaient pas, ce qui leur convenait à tous les deux. Ils partageaient l'avis que des rapports distants et officiels facilitaient les relations professionnelles, spécialement lorsque la plaque à l'entrée d'un lieu de travail ne comportait pas un de ces logos colorés de multinationales, mais le blason de la République.

Szacki fit un résumé des événements de la rue Lazienkowska, exposa son plan d'action pour les prochains jours et confia ses soupçons au sujet du thérapeute Rudzki. Soupçons qui n'étaient pour l'heure étayés par aucune preuve et ne pouvaient pas constituer d'éléments à charge.

« À quand l'autopsie ? demanda Janina Chorko.

— Mercredi matin.

— Dans ce cas, je vous laisse jusqu'à mercredi pour me présenter votre planning d'investigation et vos hypothèses d'enquête. Quinze heures, dernier délai. Et n'oubliez pas de rédiger l'acte d'accusation dans l'affaire Nidziecka avant vendredi. Je vous ai fait confiance, j'ai signé la mutation de l'incarcération préventive en remise en liberté surveillée, mais ça ne me rend pas très sereine. Je souhaiterais que cette affaire finisse au tribunal le plus vite possible. »

Szacki approuva de la tête. Hésitant quant à la qualification légale des actes, il repoussait la rédaction du document depuis plus de dix jours.

« Puisque nous discutons enfin, j'ai encore deux choses à vous dire, annonça sa supérieure. Primo, cessez d'abuser de la gentillesse des collègues féminines qui ont un faible pour vous et assurez vous-même les présences lors de vos procès. Secundo, je voudrais que vous aidiez Jurek et Tadeusz avec les stupéfiants. »

Szacki eut de la peine à masquer son agacement, et elle le remarqua aussitôt.

« Oui, monsieur le procureur ? Vous avez un problème ? Vous ne voudriez pas que je vous croie incapable d'un travail d'équipe, n'est-ce pas ? Surtout lorsque cela demande l'accomplissement de tâches ingrates, laborieuses et peu valorisantes ? »

Impitoyable vérité, se dit Szacki.

« Donnez-moi une semaine pour que je puisse me concentrer sur ce meurtre. On va traîner les stupéfiants pendant de longs mois encore. J'aurai tout le temps de m'y mettre.

— Une semaine, pas plus. Je dirai à Tadeusz qu'à partir de lundi vous travaillez ensemble. »

Cette fois, Szacki parvint tant bien que mal à garder une mine impassible. L'espoir inavouable de voir surgir durant les prochains jours de nouveaux cadavres lui traversa néanmoins l'esprit – cette perspective lui permettrait d'échapper à une suite de missions ennuyeuses avec des collègues qui l'étaient tout autant.

L'audience touchait à sa fin. Il avait déjà la main sur la poignée de la porte lorsque la voix de la directrice le rattrapa :

« Ne croyez surtout pas que je vous fais des avances, mais vous êtes superbe dans ce costume. Une vraie star du barreau. »

Szacki se retourna avec un grand sourire. Il ajusta ses boutons de manchette en bois, la toute dernière tendance.

« Ce n'étaient pas des avances, madame le procureur, et vous le savez très bien. »

La fin précipitée de leur séjour à Zakopane, la plus prestigieuse des stations de montagne du pays, rendait l'atmosphère dans la luxueuse Audi A8 aussi fraîche que le courant d'air qui s'échappait des grilles de la climatisation. Sa femme avait fait les valises sans un mot, avait dormi sans un mot, roulée en boule à l'extrême bord de l'immense lit de leur appartement de location, puis, au petit matin, était montée sans un mot dans la voiture qui les ramenait maintenant à Varsovie. Rien n'y avait fait, ni Glenn Miller qu'elle adorait, ni le déjeuner dans ce remarquable restaurant grec, exilé pour des raisons inconnues dans un petit village à trente kilomètres de l'axe routier Katowice-Varsovie. Pourtant, il avait fait ce détour exprès, sachant à quel point elle appréciait la cuisine grecque. Elle avait peut-être mangé, mais elle était restée muette comme une carpe.

Lorsqu'il la déposa enfin devant leur villa de Polana Lesna, au cœur du quartier chic de Magdalenka, et la regarda s'avancer vers le portail du jardin sans se retourner une fois, quelque chose se brisa en lui. Il éteignit brutalement Miller et son foutu violon puis baissa la vitre.

« Pense un peu au trou pourri où tu vivrais aujourd'hui si je ne faisais pas ce que je fais ! » hurla-t-il.

Une demi-heure plus tard, il se garait au parking sous-terrain de l'immeuble Intraco, où sa société possédait de modestes locaux. L'entreprise aurait pu s'offrir des bureaux plus prestigieux, au Metropolitan par exemple ou dans l'un de ces gratte-ciel près du rond-point des Nations-Unies, mais il appréciait cet endroit. Indéniablement, le site avait du cachet et il pouvait admirer sans fin le panorama qui s'étendait à ses pieds à travers la fenêtre du trente-deuxième étage. Il sortit de l'ascenseur, salua une hôtesse d'accueil aussi belle que l'aurore sur la crête des Tatras et pénétra sans frapper dans le bureau du directeur, son propre bureau, où Igor l'attendait déjà. À la vue de son patron, ce dernier se leva.

« Assieds-toi. À ton avis, combien de temps peut durer une ménopause ? Ma femme doit rentrer dans sa troisième décennie ! Fait chier. »

Au lieu de répondre, Igor prépara un verre de whisky Cuty Sark avec deux glaçons et un fond d'eau gazeuse. Il le tendit au chef, qui avait déjà sorti son ordinateur portable du coffre-fort. Ils prirent place des deux côtés du bureau.

« Et maintenant, raconte-moi ce qui s'est passé.

— Henryk a été assassiné la nuit de samedi à dimanche à l'église de la rue Lazienkowska.

— Et qu'est-ce qu'il foutait là-bas, bordel ?

— Il assistait à une thérapie de groupe. Un autre participant l'a peut-être tué ? Ou bien quelqu'un de l'extérieur qui savait que les soupçons ne se porteraient pas sur lui ? Ou encore un cambrioleur – c'est en tout cas ce que croit la police.

— Putain, un cambrioleur, me prends pas pour un crétin ! Ils disent toujours ça pour se débarrasser de la presse. Qui dirige l'enquête ? »

Igor grimaça avant de répondre.

« Chez les flics, Kuzniecov. Au parquet, Szacki.

— Merveilleux ! ricana le directeur. Putain, ils

pouvaient pas supprimer Henryk ailleurs qu'en centre-ville ? À Ochota ou sur la rive droite, à Praga ? On n'aurait pas eu de problèmes là-bas ! »

Igor haussa les épaules. Le directeur reposa le verre vide sur le bois, entra son mot de passe, plaça une clé USB sécurisée dans l'un des ports de l'ordinateur et ouvrit un dossier. Il parcourut du regard le contenu, qu'il connaissait pourtant par cœur, et devint pensif.

« Qu'est-ce qu'on fait ? demanda Igor. La première procédure a déjà été enclenchée.

— Rien de plus.

— Vous êtes sûr ?

— Oui. Je doute que celui qui a tué Henryk veuille aller plus loin. À condition que ce soit bien ça le mobile. Je pense qu'on est tranquilles pour le moment.

— Et Szacki ? Et Kuzniecov ?

— On verra à quel point ils progressent. »

Igor acquiesça. Sans que son interlocuteur le lui ait demandé, il saisit l'élégant verre à fond épais où tintaient encore les glaçons et l'approcha de la bouteille.

4

Teodore Szacki parapha les documents de « l'enquête préliminaire du procureur » où il avait noté que l'investigation était menée « dans l'affaire de l'homicide de Henryk Telak, commis dans les locaux de l'église située au numéro 14 de la rue Lazienkowska, à Varsovie, dans la nuit du 4 au 5 juin 2005, donc pour des faits relevant de l'article 144 paragraphe 1 du code pénal ». Il suspendit son stylo au-dessus de la rubrique « procédure pénale à l'encontre de ». Malheureusement, il devait la laisser vide. Et l'expérience lui avait appris que les enquêtes menées « contre X » avaient bien plus de chances de s'achever après de longs mois par un renvoi au parquet régional, qui proposerait de la « classer sans suite » pour cause de « non-découverte du coupable, selon l'article 322 paragraphe 1 du code de procédure pénale ». On inscrivait alors « CSS » sur la pochette, que l'on descendait aux archives avec un goût d'inachevé en bouche. Il valait mieux avoir un suspect dès le début, ça évitait d'avancer à l'aveuglette.

Szacki lut avec une grande attention les documents fournis par Kuzniecov, sans en déduire grand-chose de plus que ce que lui avait dit le policier. On n'avait rien découvert d'intéressant lors des perquisitions, en dehors d'un tube de somnifères vide sur l'étagère de la salle de bains de Telak. Curieux, remarqua Szacki. Il nota sur une feuille : « Médocs, ordonnance, empreintes, épouse. » Dans la valise de Telak, on avait trouvé des vêtements, des produits cosmétiques et un polar intitulé *Le Promontoire des vaniteux*. Szacki en avait entendu parler ; c'était, paraissait-il, très centré sur Varsovie. Il était prêt à parier un billet de cent zlotys gagné à la sueur de son front que le mot « procureur » n'y était pas employé une seule fois et que le brave flic y résolvait l'énigme en solitaire, y compris l'établissement de l'heure de la mort. Le portefeuille de Telak contenait ses papiers, un peu de liquide, une carte de vidéoclub, des photos de famille et des grilles de loto.

Il nota encore : « Portefeuille : regarder moi-même. »

Il n'avait pas un début de piste, pas un seul.

On frappa à la porte.

« Entrez ! » cria-t-il avec un coup d'œil étonné à sa montre. Hanna Kwiatkowska, la première des patientes de Rudzki, ne devait arriver qu'une demi-heure plus tard.

Une jeune inconnue pénétra dans le bureau : vingt-cinq ans à peu près, ni jolie ni moche, une brune aux cheveux bouclés coupés court, avec des lunettes rectangulaires à la monture opalescente. Une femme assez fine, pas particulièrement son genre.

« Excusez-moi de ne pas avoir annoncé ma visite par téléphone, mais je passais dans les parages et je me suis dit…

— Qu'est-ce qui vous amène ? » coupa Szacki.

En son for intérieur, il priait pour que ce ne soit pas une folle furieuse, de celles qui imaginent qu'on leur dérobe de l'électricité par le trou de la serrure de leur appartement.

« Je m'appelle Monika Grzelka, je suis journaliste…

— Ah non, chère madame, coupa Szacki une fois de plus, la porte-parole du ministère public se trouve au siège régional, rue Krakowskie. C'est une personne charmante, je suis sûr qu'elle se fera une joie de répondre à toutes vos questions. »

Il ne manquait plus que ça : une jeunette au physique radiophonique. À supposer qu'il lui expliquât la différence entre une incarcération et une mise en examen, elle trouverait encore le moyen de tout mélanger dans son papier. Loin de s'offusquer de son comportement, la jeune femme s'assit en souriant. C'était un sourire attachant, intelligent et canaille à la fois. Un sourire contagieux. Szacki serra les lèvres pour ne pas en renvoyer un.

Elle ouvrit son sac à main et lui tendit une carte de visite : Monika Grzelka, journaliste, *La République*. Il fit coulisser un tiroir, y trouva la carte de visite de la porte-parole du parquet et la lui remit sans un mot. Elle cessa de sourire et il se sentit odieux.

« Votre nom ne m'est pas familier », dit-il pour masquer son malaise.

Elle rougit et il songea qu'il avait choisi une phrase fort peu à propos pour effacer une mauvaise impression.

« Jusque-là, je couvrais les faits divers, les querelles de voisinage. Je n'écris sur la criminalité qu'à partir d'aujourd'hui.

— C'est une promotion ?

— En quelque sorte.

— Ça ne sera pas facile de rédiger des chroniques judiciaires suffisamment ennuyeuses pour que ça paraisse dans *La République*, remarqua-t-il.

— Pour être tout à fait franche, je suis venue ici non seulement pour faire votre connaissance, mais aussi pour vous proposer une interview approfondie. Je vois cependant que ça ne sera pas possible…

— Je suis un fonctionnaire, pas un avocat. Je n'ai pas besoin de publicité. »

Elle acquiesça et parcourut la modeste pièce du regard. Il était persuadé qu'elle réprimait une remarque sarcastique : « En effet, on sent les coupes budgétaires », ou encore : « Ça se voit au premier coup d'œil ».

« Puisque vous ne voulez pas discuter généralités, parlons d'un sujet précis. J'écris à propos du meurtre de la rue Lazienkowska. Vous pouvez bien sûr me raconter les mensonges d'usage, mais dans ce cas vous n'aurez plus aucune prise sur ce qui paraîtra dans le journal. Vous pourriez par contre me confier une demi-vérité, ce qui m'évitera de publier les ragots entendus au commissariat. »

Szacki injuria en silence tous les flics de la terre. Leur demander un peu de discrétion revenait parfois à imprimer les éléments d'enquête confidentiels sur des affiches quatre par trois et à coller celles-ci en ville sur les panneaux publicitaires.

« Vous ne vous attendez pas à ce qu'un jour à peine après les faits je dispose de certitudes, de demi-certitudes ou même de quarts de certitudes à propos de ce qui s'est réellement passé ?

— Et qu'est-ce qui s'est réellement passé ?

— Un homme a été tué. »

Elle éclata de rire.

« Vous êtes une vraie tête de mule, procureur », dit-elle en se penchant vers lui.

Une fois de plus, il réprima un sourire. Avec succès.

« Deux indices et je m'en vais. »

Il soupesa la proposition. Elle lui paraissait acceptable.

« Premier indice : un homme, Henryk T., quarante-six ans, a été assassiné durant la nuit de samedi à dimanche dans les locaux de l'église de la rue Lazienkowska au moyen d'un outil acéré.

— Quel outil ?

— Un outil très acéré.

— Une broche à rôtir ?

— Peut-être.

— Et le deuxième ?

— Le deuxième : la police et le ministère public envisagent l'éventualité que Henryk T. ait été victime d'un cambrioleur surpris par hasard, sans exclure que le meurtre ait pu être prémédité. Tout est mis en œuvre pour retrouver le coupable dans les plus brefs délais. Pour le moment, aucun suspect n'a été mis en examen. »

Elle achevait de prendre des notes.

« Un homme séduisant, sachant s'habiller avec goût, possédant une belle voix, mais qui vous bassine comme un fax de commissariat de quartier… »

Cette fois, il s'autorisa un léger sourire.

« Je vous demanderai de ne rien écrire de plus sur cette affaire, s'il vous plaît. Ça pourrait nous nuire.

— Alors comme ça on passe au "s'il vous plaît" ? »

Elle se leva, tira la fermeture Éclair de son sac à main. Elle portait une jupe couleur crème au-dessus du genou et des chaussures noires à talons plats, ouvertes sur la pointe des pieds. Szacki remarqua une rougeur sur sa cuisse : durant l'entretien, elle avait croisé les jambes.

« Et qu'est-ce que j'y gagne ? fit-elle.

— Vous en apprendrez peut-être davantage la prochaine fois, alors que les autres ne recevront qu'un fax du commissariat de quartier.

— Et ce jour-là, vous accepterez de prendre un café avec moi ? Vous me raconterez tout dans une langue qu'on considère, disons, comme du polonais intelligible ?

— Non. »

Elle passa la bandoulière de son sac sur l'épaule et se dirigea vers la porte. Avant de la refermer derrière elle, elle lui lança un regard empreint de déception.

« Je n'ai pas souvenir qu'un homme m'ait déjà traitée de manière aussi grossière, monsieur le procureur. Je suis désolée d'avoir abusé de votre temps. »

Elle sortit. Szacki se sentait désolé lui aussi. Irrité, il se leva pour accrocher sa veste au portemanteau et traversa les effluves de parfum que la journaliste avait laissés derrière elle. *Romance*, de Ralph Lauren. Weronika l'avait porté dans le temps. Il l'adorait.

PROCÈS-VERBAL D'AUDITION DE TÉMOIN. Hanna Kwiatkowska, née le 22 juillet 1970, domiciliée rue Okrzei à Varsovie, diplômée d'études supérieures, professeur de polonais au collège n° 30 à Varsovie. Relation avec la victime : aucune. Jamais condamnée pour fausses déclarations.

Prévenu de sa responsabilité selon l'article 233 du code pénal, le témoin déclare ce qui suit :

« J'ai rencontré Henryk Telak pour la première fois dimanche dernier au cabinet du docteur Cezary Rudzki, il était accompagné d'Ebi Kaim et de Barbara Jarczyk. Tous les quatre, nous devions passer deux jours au cloître de la rue Lazienkowska pour y participer à une thérapie de groupe connue sous le nom de Constellation familiale. Jamais auparavant je n'avais rencontré les membres de ce groupe, à l'exception du docteur Rudzki, auprès duquel je suis une thérapie individuelle depuis six mois, une fois par semaine en moyenne.

Nous nous sommes retrouvés le vendredi 3 juin en fin d'après-midi. Nous avons dîné ensemble et nous nous sommes couchés tôt. Aucune analyse psychologique n'a été menée ce jour-là, nous devions simplement nous reposer. Le lendemain, après le petit déjeuner, nous avons composé la séance thérapeutique de monsieur Kaim. Dans cette constellation, je jouais le rôle de l'épouse de monsieur Kaim et je trouvais cela affligeant parce que en m'appropriant les émotions de cette femme, je me suis moi-même sentie abandonnée de tous et aimée de personne. Monsieur Telak jouait le rôle du père de monsieur Kaim, et madame Jarczyk celui de sa mère. À l'image du vrai père de monsieur Kaim au sein de sa propre famille, monsieur Telak a été tenu à l'écart au cours de cet exercice. La séance thérapeutique de monsieur Telak a eu lieu après la pause déjeuner. Madame Jarczyk y jouait le rôle de sa femme, monsieur Kaim celui de son fils et moi celui de sa fille, qui s'est suicidée il y a deux ans, à l'âge de quinze ans. C'était terriblement triste et déchirant. Je me sentais tellement mal que j'avais envie de me suicider moi-même. Des choses très déprimantes ont refait surface pendant la séance, mais je tiens à souligner que je ne sais pas à quel point elles correspondaient à la réalité. Elles devaient être particulièrement difficiles pour monsieur Telak : tout le monde lui disait ne pas l'aimer et moi, je lui ai même dit que je m'étais tuée à cause de lui. C'était horrible. Madame Jarczyk a même fait un malaise et nous avons dû nous interrompre. C'est arrivé aux environs de vingt heures. Vers vingt heures trente, je me suis retirée dans ma chambre. Auparavant, j'étais passée par la cuisine pour manger un petit quelque chose et boire un thé. Dans le couloir, en revenant, j'ai rencontré monsieur Telak, dont la chambre se trouvait à côté de la mienne. Je l'ai vu pousser la porte de chez lui, après quoi je ne suis plus sortie. Personne n'est venu me voir. Je n'ai entendu personne marcher dans les couloirs. Les séances m'avaient profondément fatiguée et, aux environs de vingt et une heures trente, je devais déjà dormir. Le lendemain matin, mon réveil a sonné une demi-heure avant le petit déjeuner, à huit heures trente. Je me souviens avoir regretté que ma chambre ne soit pas équipée d'une douche. Durant le repas, nous avons très peu parlé. Monsieur Rudzki nous a fait le récit d'un conte et nous a demandé de ne pas commenter les événements de la veille. Nous nous sommes inquiétés de l'absence de monsieur Telak. Le docteur Rudzki est allé le chercher mais est revenu très vite en disant qu'il s'était enfui et que cela arrivait parfois. Je n'ai pas remarqué de comportement bizarre ou inhabituel chez quiconque pendant le petit déjeuner. À neuf heures trente, je suis allée me reposer dans ma chambre. Vers dix heures, j'ai entendu le cri de madame Jarczyk, j'ai couru à la salle de réunion et j'y ai vu le cadavre de monsieur Henryk. Une envie de vomir m'a prise et je suis partie rapidement pour ne pas revenir. Monsieur Kaim et madame Jarczyk se trouvaient auprès du corps. Au moment de sortir, j'ai croisé monsieur Rudzki, qui courait vers la salle.

En complément, je souligne que tant le samedi soir que pendant le petit déjeuner, nous avons très peu discuté, suivant sur ce point les directives du thérapeute. C'est pourquoi je n'ai pas pu faire véritablement connaissance avec monsieur Telak.

Aucun autre événement susceptible de faire progresser l'enquête ne me vient à l'esprit. Je soussignée, certifie le procès-verbal conforme à mes déclarations... »

Elle parapha chaque feuillet avant de remettre la liasse à Szacki. Oleg avait mentionné son physique négligé mais en dehors de ça, plutôt pas mal. C'était bien vrai. Hanna Kwiatkowska avait un beau visage, une expression intelligente ; son nez légèrement retroussé lui donnait à la fois un air faussement espiègle et un charme tout à fait aristocratique. Dans vingt ans, elle aura l'allure d'une comtesse d'avant-guerre, se dit Szacki. Des cheveux lisses, dont la couleur évoquait le pelage d'une souris des champs, lui tombaient aux épaules, les pointes recourbées vers l'extérieur ; aucune marque de lingerie ne lui aurait peut-être proposé de porter ses modèles lors d'un défilé, mais plus d'un homme aurait été ravi d'observer de plus près ce corps attrayant et bien proportionné – cela étant dit, les trois quarts d'entre eux seraient probablement partis en courant à la vue de son regard agité. Szacki aurait été de ceux-là.

« Alors c'est fini ? C'est tout ? demanda-t-elle. Nous avons parlé pendant beaucoup plus de temps que ça.

— Je suis un procureur et non un écrivain. Je ne sais pas rendre toutes les subtilités d'une conversation dans un procès-verbal. Mais en fin de compte, c'est inutile. Les impressions et les détails n'ont d'importance que s'ils me permettent d'établir de nouveaux faits.

— Alors, c'est un peu comme pour mes élèves. L'impression qu'ils me laissent ne sert à rien, seul compte le savoir qu'ils possèdent.

— À chaque fois ?

— Je fais de mon mieux. »

Elle s'efforça de sourire mais sa mimique se transforma en grimace tant elle était tendue.

Szacki l'observait et se demandait si cette femme

aurait été capable de commettre un meurtre. Si oui, alors exactement de cette manière-là : attraper une broche à rôtir, frapper, faire mouche par le plus grand des hasards. Beaucoup d'hystérie, beaucoup de panique, une bonne dose de fatalité. Hanna Kwiatkowska se donnait du mal pour paraître calme, mais ses nerfs en pelote semblaient faire vibrer l'air de la pièce.

« Ça doit être une période particulièrement difficile au collège en ce moment, lança-t-il pour pouvoir l'observer encore quelques minutes au cours d'une conversation anodine.

— Eh bien, vous savez comment c'est, la fin de l'année scolaire approche. Tout le monde se réveille en même temps. Ils veulent tous améliorer leur moyenne, refaire une dictée ratée, et leurs rédactions en retard refont surface comme par magie. On ne peut plus faire un cours normal. Mais ce n'est pas grave, les notes doivent être attribuées avant vendredi prochain, on n'a donc plus que deux semaines à subir cette foire.

— J'habite tout près de votre collège, vous savez…

— Ah oui ? Où ça ?

— Rue Brudzinski.

— Effectivement, c'est à deux pâtés de maisons à peine. Vous aimez le coin ?

— Pas vraiment. »

Elle se pencha vers lui comme pour lui confier un grand secret.

« Moi non plus. Et ces enfants, mon Dieu ! Parfois, j'ai l'impression de travailler dans une maison de redressement ou dans un hôpital psychiatrique. J'ai les nerfs en vrac. Que ce soit clair entre nous, ce sont de chouettes gamins, je ne dis pas, mais dans ce cas pourquoi lancent-ils des pétards en plein couloir ? Je n'arrive pas à comprendre. Et toutes ces blagues en dessous de la ceinture ! Sérieusement, ils n'ont que douze, treize ans, non ? Parfois, ils me font honte. L'autre jour, vous n'allez pas le croire, j'ai reçu un SMS d'une élève qui me disait être amoureuse de l'un des curés en charge des cours de religion dans notre établissement. Elle m'annonçait vouloir mettre fin à ses jours. Je vais vous le montrer – c'est peut-être une affaire pour la police, non ? »

Elle se mit à fouiller son sac pour retrouver son téléphone portable, et Szacki regretta aussitôt d'avoir entamé une conversation neutre. Est-ce qu'une meurtrière pouvait se comporter de la sorte ? Est-ce qu'elle n'aurait pas plutôt cherché à sortir de son bureau au plus vite, au lieu de vouloir montrer ses SMS ? Est-ce qu'on pouvait jouer un rôle de façon si crédible ?

Elle lui tendit son téléphone : « JE DOIS LE DIRE A QUELQUI J'AIME LEPERE MAREK JENEPEUX+VIVRE AUSE-COUR ».

« Numéro masqué, pas de signature », commenta-t-il.

Elle balaya l'air de la main. Visiblement, elle se sentait de plus en plus à son aise.

« Oui, mais j'ai fini par apprendre qui c'était. Des personnes bien intentionnées me l'ont confié, si vous voyez ce que je veux dire. Bref. Ce n'est peut-être pas une affaire pour un procureur finalement.

— D'après vous, qui de votre groupe a assassiné monsieur Telak ? »

Elle se raidit.

« Mais… personne, voyons ! C'est évident. Vous ne pensez tout de même pas que l'un d'entre nous soit le meurtrier ?

— Vous vous portez garante de personnes que vous venez à peine de rencontrer ? »

Elle noua les bras sur son ventre. Szacki fixa sur

elle des yeux de basilic et ne la quitta plus du regard. Elle avait un tic nerveux : sa paupière droite battait rythmiquement.

« Non, mais après tout... ce sont des personnes normales, je les écoutais parler de leur vie. Le meurtre doit être l'œuvre d'un bandit, d'un criminel... »

... D'un brigand, d'un voyou, d'une fripouille, compléta Szacki *in petto*.

« Possible. Mais quelqu'un du groupe aurait aussi pu le faire. Nous devons envisager un tel scénario. Je comprends que ça soit difficile, mais je vous demande quand même de vous rappeler si, à un moment ou à un autre, un détail *a priori* anodin vous a fait vous interroger sur la culpabilité de l'un ou l'autre de vos collègues de thérapie, même si le doute en question vous paraissait irrationnel... Alors ?

— Je ne voudrais pas lancer des accusations à la légère, mais... pour le bien de l'enquête... lors de la dernière séance, il est apparu que la femme de monsieur Henryk le haïssait au plus haut point et madame Jarczyk a exprimé cette colère de manière si suggestive, si intense que, vous comprenez... je ne sais plus. C'est bête de dire ça. »

Procès-verbal d'audition de témoin. Barbara Jarczyk, née le 8 août 1946, domiciliée rue Bartniak, à Grodzisk Mazowiecki, diplômée d'études supérieures, employée en qualité de chef comptable chez Sosnex, producteur de jouets en bois...

Elle avait effectivement l'air d'une comptable ou d'une prof à la retraite. Dodue, vêtue d'un tailleur acheté très probablement dans une boutique pour dodues, elle avait un visage dodu et une coiffure volumineuse. Elle portait des lunettes. Szacki n'aurait jamais soupçonné que des personnes de son âge pouvaient suivre une thérapie. Il avait toujours cru que seuls les trentenaires et les quadragénaires, englués dans le piège du « métro-boulot-dodo », cherchaient auprès d'un psy le remède à leurs peurs et à leurs dépressions. D'un autre côté, il n'y avait pas de mauvais âge pour assécher les marécages de son âme. Il fronça les sourcils, mécontent d'avoir imaginé une métaphore aussi idiote.

Madame Jarczyk parlait d'une voix monocorde et ne laissait transparaître aucune émotion. En notant machinalement presque mot pour mot la même déposition que celle entendue de la bouche de Hanna Kwiatkowska, Szacki se demandait s'il existait au monde une langue à l'intonation invariablement plate. Si oui, alors madame Jarczyk aurait probablement pu l'apprendre en une semaine.

« Un peu avant dix heures, je suis sortie de ma chambre pour me rendre au lieu du rendez-vous. En chemin, je suis tombée sur monsieur Rudzki, qui marchait en sens inverse. »

Szacki reprit brusquement ses esprits.

« Minute… Vous voulez dire que le docteur Rudzki a vu le corps avant vous ?

— Je ne sais pas. J'en doute. Le réfectoire se trouvait près de la crypte où se tenaient nos réunions, dans une autre aile du bâtiment que celle de nos chambres. Il a pu traîner au petit déjeuner, c'est tout à fait possible. Je l'ai regardé, surprise de le voir repartir, mais il m'a annoncé qu'il revenait tout de suite, et ça m'a gênée parce que j'en ai déduit qu'il comptait tout simplement passer aux toilettes. Je ne pense pas qu'il aurait été aussi serein s'il avait trouvé le corps de monsieur Henryk. »

Il transcrivit sans un mot de commentaire. Quelle sorte d'emprise ces thérapeutes avaient-ils donc sur leurs patients pour qu'aucun d'eux n'en vienne à la simple supposition qu'il puisse être l'assassin ?

« Je suis entrée dans la crypte. La séance thérapeutique suivante devait me concerner, et ça me rendait si nerveuse que j'espérais secrètement qu'on devrait tout annuler. Monsieur Telak absent, il n'y aurait pas eu assez de participants, vous comprenez. Donc je m'inquiétais et, dans un premier temps, je n'ai pas aperçu le cadavre. À ce moment-là, tout ce qui m'accaparait l'esprit, c'était la manière de disposer dans la pièce madame Kwiatkowska et monsieur Kaim, qui devaient jouer le rôle de mes enfants. »

Jarczyk se tut. Szacki ne la pressa pas.

« Puis j'ai vu ses pieds…, dit-elle enfin. Je me suis approchée et j'ai vu ce corps, cette broche à rôtir dans l'œil et tout ça. Et quand j'ai compris ce que je voyais, je me suis mise à hurler.

— Qui est arrivé en premier ?

— Madame Kwiatkowska.

— Vous êtes sûre ?

— Oui, je pense que oui. Puis monsieur Rudzki et enfin monsieur Kaim.

— Racontez-moi s'il vous plaît comment tout s'est déroulé lorsque tout le monde se tenait au-dessus de la dépouille. Qui disait quoi ? Comment se comportaient-ils ?

— Pour être honnête, c'est surtout cette broche à rôtir dans l'œil qui me reste en mémoire. C'était horrible. Les autres… Madame Kwiatkowska, je m'en souviens à peine. Elle est peut-être sortie très vite. Je crois que monsieur Kaim a vérifié le pouls de monsieur Telak et a voulu lui enlever ce truc du crâne, mais le docteur a crié qu'il ne fallait rien toucher, qu'on devait avertir la police et sortir au plus vite pour ne pas piétiner les indices éventuels.

— Un vrai flic de série américaine. »

Szacki n'avait pas pu retenir la pique.

« On a mal fait ?

— Vous avez très bien fait, vraiment. »

Le téléphone sonna. Il pria Jarczyk de l'excuser et décrocha.

« Salut, Teo, lui annonça une voix féminine. Comme tu as un témoin, je ne voulais pas entrer, mais Pieszczoch en a pris pour quinze ans.

— Parfait. La motivation du verdict ?

— Au poil. On ne nous a rien reproché. À peu de chose près, ils ont répété devant les caméras tes phrases de l'acte d'accusation et du réquisitoire de clôture. Tu devrais leur réclamer des royalties. À mon avis, ils n'iront même pas en appel. Pieszczoch est une enflure de première et, à la place de son avocat, j'aurais peur qu'ils lui ajoutent quelques années en prime. »

Ewa avait raison. Cet homme-là avait tué sa femme de sang-froid, par pur esprit de rancune. Il s'agissait d'une répugnante affaire de violence domestique, de celles qui n'intéressent plus les pires tabloïds. Une histoire de studio délabré, d'un couple de chômeurs, de pleurs, de cris et de bagarres, et pour finir un mari qui cogne la tête de son épouse contre le coin de la table au lieu de lui casser la gueule comme si souvent. Même le légiste s'en était trouvé incommodé. Et tout cela, d'après la défense, aurait dû se voir qualifié de « coups ayant entraîné la mort sans l'intention de la donner ». Bon Dieu, Szacki aurait préféré ramasser les poubelles plutôt que de s'engager comme avocaillon au tribunal pénal.

« Merci Ewa, je te dois un café.

— Tu me l'apporteras au lit ? »

Il étouffa un éclat de rire.

« Je dois te laisser. Bye. »

En face de lui, Jarczyk parcourait le bureau du regard. Il n'y avait rien d'intéressant à voir en dehors du siège du ministère de l'Agriculture, immense et grisâtre de l'autre côté de la fenêtre. Des dessins d'enfant étaient accrochés au-dessus du bureau d'Ala, sa collègue ; à côté du sien, il y avait tout juste un calendrier orné de paysages de montagne et, dans un cadre, un aphorisme du poète Jan Sztaudynger : « Le vent peut venir de-ci ou de-là, il porte toujours en lui le souffle des Tatras. »

« ... Et selon vous, lequel d'entre vous a tué Henryk Telak ? » demanda-t-il.

Cette question la prit de court.

« Je ne sais pas. Aucune idée. Je n'ai fait que découvrir le corps.

— Je comprends. Mais si vous deviez désigner une personne, une seule, qui choisiriez-vous ? Faites confiance à votre instinct. Notre conversation restera entre nous et n'aura aucune conséquence, je vous l'assure. Après tout, vous avez observé ces gens pendant près de deux jours. »

Barbara Jarczyk remit en place ses lunettes. Elle se tenait immobile et ne fixait pas Szacki mais le mur, quelque part au-dessus de son épaule. Enfin, sans détourner la tête, elle se décida à parler.

« Durant la séance, monsieur Kaim jouait le rôle du fils de monsieur Telak ; ce fils, du moins dans l'interprétation de monsieur Kaim, était terriblement triste mais, en même temps, on voyait à quel point il avait été blessé par son père. Alors je me suis dit que ça pouvait être lui, par vengeance contre ce père, vous comprenez, parce qu'il a manqué d'amour et cætera. »

Le regard de madame Jarczyk ne toucha Szacki qu'à la fin de la phrase. Le procureur n'y comprenait rien : un homme adulte et sain d'esprit devait en assassiner un autre parce qu'il avait joué le rôle d'un fils en manque d'affection pendant une thérapie de groupe ? Ça n'avait aucun sens.

« Je vois, dit-il. Je vous remercie beaucoup. »

Elle lut le procès-verbal de l'entretien avec une grande attention. Plus d'une fois une moue de désapprobation apparut sur son visage, mais elle n'objecta rien. Ils se dirent au revoir et Szacki l'avertit qu'il risquait de la convoquer encore, sans doute à plusieurs reprises. Barbara Jarczyk se tenait déjà près de la porte lorsqu'une autre question lui vint à l'esprit.

« Qu'est-ce que vous avez ressenti quand vous l'avez trouvé ?

— Au début, de la terreur, c'était une vision horrible. Puis, une fois que je me suis calmée, j'ai éprouvé un certain soulagement.

— Un soulagement ?

— Je vous en prie, ne l'interprétez pas mal. Monsieur Telak nous avait longuement parlé de sa famille et moi… – elle faisait et défaisait des nœuds avec ses doigts en cherchant les mots justes – … jamais de ma vie je n'avais rencontré une personne aussi malheureuse. Alors, je me suis dit que quelqu'un lui avait peut-être rendu service, parce que, pour tout vous dire, je doutais qu'il pût exister un monde qui serait pour monsieur Telak pire que celui-ci. »

PROCÈS-VERBAL D'AUDITION DE TÉMOIN. Ebi Kaim, né le 14 juillet 1965, domicilié rue Mehoffer, à Varsovie, études secondaires, employé en qualité de directeur de section chez HQ Marketing Polska...

D'après Oleg, il était riche, arrogant et Dieu seul sait ce qu'il foutait à cette thérapie. L'avis de Szacki ne différait pas. À côté du costume de ce gars-là, son costard bien propret de procureur avait l'air d'une guenille dénichée en solde au fond d'une friperie indienne. Szacki savait jauger les vêtements et il ressentit une pointe de jalousie lorsque Kaim s'assit en face de lui. Il ne pourrait jamais s'en offrir un de cette qualité.

Kaim n'était pas seulement bien habillé, il était également aussi musclé et bronzé que si, durant les trois dernières semaines, il n'avait fait que courir et jouer au tennis sur une plage en Crète. Szacki, malgré son ventre plat et ses séances de piscine régulières, se sentit pâle et mou comme un ver de la branche des nématodes. L'idée que c'était lui, ici, le représentant de l'ordre et que l'autre gugusse pourrait bien être le meurtrier lui mit un peu de baume au cœur.

Kaim fit sa déposition d'une voix harmonieuse et virile, de manière précise, pertinente, sans emphase inutile mais sans non plus omettre de détails. La scène auprès du cadavre lui était restée en mémoire de manière similaire à celle de Jarczyk, mais Szacki s'intéressait à tout autre chose.

« Quelle sorte d'homme était pour vous Henryk Telak ? demanda-t-il.

— Un malheureux, répondit-il sans une seconde d'hésitation. Je veux bien croire que la vie ne sourit pas à tout le monde, mais lui n'a vraiment pas eu de chance. Vous savez certainement que sa fille s'est suicidée ? »

Szacki acquiesça.

« Mais est-ce qu'on vous a dit que son fils souffrait d'une malformation cardiaque ? »

Szacki fit non de la tête.

« Ils l'ont appris six mois après l'enterrement de Kasia, leur fille. Épouvantable. J'ai la chair de poule rien que d'y penser, même aujourd'hui. Mon fils a l'âge du sien et j'ai des sueurs froides à l'idée qu'au cours d'un examen de routine le médecin vienne nous annoncer que les résultats sont un peu bizarres, qu'il faut refaire des analyses. Et puis après… vous avez compris.

— À quoi ressemblait ce psychodrame dans lequel vous avez joué le rôle du fils de Telak ?

— Je n'appellerais pas ça un psychodrame. Il s'agit de quelque chose de bien plus profond, d'impénétrable. De la magie pure. Je suis sûr que le docteur vous expliquera la théorie mieux que moi. Tout ce que je sais, c'est que je faisais partie d'une constellation pour la première fois et… » Il chercha un moment l'expression juste. « … et c'est une expérience qui frôle la perte d'identité. À peine Henryk Telak avait-il fini de placer tout le monde que je me suis senti mal. Très mal. Et plus la séance avançait, pire c'était, et moins je restais moi-même. Voyez, vous me regardez déjà comme un fou furieux, mais j'irai au bout de mon idée malgré tout. Ce n'est pas tant que je faisais semblant d'être le fils de Telak, je *devenais* vraiment lui. En revanche, ne me demandez pas comment c'est possible. »

Szacki songea un instant que si tous ses suspects

76

devaient être examinés par un psychiatre assermenté, le Trésor public dépenserait une petite fortune.

« Plus tôt dans la journée, c'est vous qui étiez le personnage principal de la constellation, remarqua-t-il.

— Exact, mais je ne l'ai pas vécu d'une manière aussi intense. Bien entendu, quand j'ai vu pourquoi mon mariage s'est brisé en mille morceaux, c'était quand même une expérience très forte, mais il s'agissait de mes propres émotions, vous comprenez ? Cachées au plus profond de mon être, refoulées, mais les miennes et rien que les miennes. Alors que la séance d'après, avec Henryk Telak et son fils... C'était atroce, on aurait dit qu'un bulldozer m'arrachait ma personnalité. Je voudrais oublier ça au plus vite.

— Depuis combien de temps êtes-vous divorcé ?

— Pas si longtemps que ça, un an à peu près. Et pas tant divorcé que séparé. Nous ne sommes pas passés devant le juge. Mais maintenant, nous arriverons peut-être à nous réconcilier pour de con.

— Pardon ?

— Oui ?

— Vous avez dit : « nous réconcilier pour de con ».

— Ah, je voulais bien évidemment dire « nous réconcilier pour de bon ». Ne faites pas attention à mes lapsus, il doit me manquer une connexion au cerveau. Depuis tout petit, je mélange les idiomes et les expressions. Personne n'a jamais su m'expliquer pourquoi ça se produisait. »

Un cinglé, pensa Szacki. Il fait bonne impression mais il est cinglé.

« Bien sûr, je comprends. Vous est-il arrivé au cours de la thérapie, et tout particulièrement au moment de jouer le rôle du fils de monsieur Telak, de ressentir de la haine à l'égard de celui qui était, disons, votre père ?

— Excusez-moi, mais où voulez-vous en venir ?

— Répondez à la question, s'il vous plaît. »

Kaim demeura silencieux, faisant rouler son téléphone portable entre ses doigts. Celui-ci devait coûter fort cher : l'écran à lui seul était plus large que l'appareil du procureur dans son ensemble.

« Oui, j'ai ressenti de la haine. Mon premier réflexe serait de le nier, mais ça ne servirait à rien. Vous verrez certainement les vidéos et vous le constaterez par vous-même. »

Docilement, Szacki nota « Thérapie = vidéo ? ».

« Vous allez me demander quoi maintenant ? Si je voulais le tuer ? Si je l'ai tué ?

— Vous l'avez fait ?

— Non.

— Et vous l'auriez voulu ?

— Non. Bien sûr que non.

— Et d'après vous, qui l'a fait ?

— Qu'est-ce que j'en sais ? Dans les journaux, ils disent que c'était un cambrioleur.

— Et si ça devait être l'un d'entre vous ? »

Szacki ne s'avouait pas vaincu.

« Hanna Kwiatkowska, répondit Kaim sans hésiter.

— Pourquoi ?

— C'est simple, elle jouait sa fille, celle qui s'est suicidée à quinze ans. Je mets *mon pain* à couper que son père a abusé d'elle quand elle était enfant. Ça ne s'est pas vu lors des séances, mais ils n'arrêtent pas de parler de ces choses dans la presse, alors… Hanna l'a senti, elle a perdu les pédales et l'a tué. »

Une fois Kaim parti, Szacki ouvrit la fenêtre et s'assit sur le rebord pour fumer sa deuxième cigarette de la journée. Il était presque seize heures ; sur la rue Krucza, une longue file de voitures se formait déjà en direction des allées de l'Indépendance. Le soleil, encore haut dans le ciel, avait fini par percer les nuages et réchauffait à présent les trottoirs mouillés ; une senteur douceâtre de poussière humide s'élevait dans l'air. Le temps parfait pour faire une promenade au bras d'une fille, pensa Szacki. S'asseoir avec elle près de la fontaine du Jardin Saxon, poser la tête sur ses genoux, lui parler de ses lectures d'enfance. Il ne se rappelait pas la dernière fois où il avait fait une telle promenade avec Weronika. Il ne se rappelait pas s'il avait déjà raconté ses lectures d'enfant à quelqu'un. Pire, il ne se rappelait même plus quand, pour la dernière fois, il avait lu autre chose qu'un dossier intitulé « Enquête préliminaire du procureur ». Il lui arrivait de plus en plus souvent de se sentir vidé, fini. Était-ce déjà l'âge ?

Je devrais peut-être contacter un thérapeute, pensa-t-il avant de rire à haute voix.

Bien sûr qu'il devrait. Il s'assit à son bureau et composa le numéro de Rudzki. Pendant un long moment, personne ne décrocha. Il était sur le point de renoncer lorsqu'il entendit un déclic.

« Oui ? »

La voix semblait provenir du Kamtchatka.

Szacki se présenta brièvement et ordonna au psychologue de venir au plus vite. Après les auditions de la journée, il devenait clair que toute cette étrange thérapie ainsi que la personnalité de l'homme qui la dirigeait pouvaient être la clé de l'énigme. Rudzki annonça que depuis le matin il était cloué au lit avec une forte fièvre. Il se rendait compte que cela sonnait comme une excuse bon marché mais il ne pouvait vraiment pas se déplacer. En revanche, il se tenait prêt à recevoir le procureur chez lui.

Szacki pesa le pour et le contre : d'un côté, il aurait préféré une entrevue sur son territoire, de l'autre, il tenait vraiment à interroger Cezary Rudzki au plus vite. Il accepta, nota l'adresse dans le quartier d'Ochota et promit d'arriver sur place en moins d'une heure.

Il raccrocha et jura. N'avait-il pas promis à Weronika de rentrer à cinq heures et de garder la petite pour qu'elle puisse aller voir le match ? Il pourrait bien sûr tenter de tout expliquer, peut-être même sa femme comprendrait-elle mais... Oui, restait le « mais ». Il rappela Rudzki et repoussa le rendez-vous au lendemain matin neuf heures. Le psychologue se déclara soulagé ; il promit de faire son possible pour se remettre sur pied d'ici là et recouvrer toutes ses capacités mentales. Szacki trouva curieux que le thérapeute usât d'une telle formulation. Après tout, une grippe n'avait rien d'une schizophrénie.

5

Hela triomphait. Par trois fois, elle avait battu son père au Ludo – lors d'une partie, elle avait même déjà fini alors qu'il avait encore tous ses pions à la base. Et pour compléter sa série de victoires, tout portait à croire qu'elle gagnerait aussi au Mémo. Elle avait deux paires de plus tandis qu'il ne restait plus que dix cartes à découvrir sur la table. Cinq paires, et c'était à elle de jouer. Si elle ne se trompait pas, la soirée lui appartiendrait définitivement. Elle retourna une carte : un sapin couvert de neige. D'un geste sûr, elle retourna la suivante : un autre sapin couvert de neige. Elle ne dit rien, mais le regarda, radieuse. Elle déposa les cartes sur son petit tas et compta la différence très scrupuleusement.

« J'ai trois paires de plus, annonça-t-elle.

— Ce n'est pas encore fini, répliqua-t-il. À toi. »

La fillette retourna rapidement une autre carte : un rouge-gorge. Elle fronça les sourcils. Sur le point de retourner la carte la plus proche d'elle, elle hésita. Elle interrogea son père du regard. Szacki savait que le second rouge-gorge s'y trouvait mais il ne fit que hausser les épaules. Ce soir, il ne l'aiderait pas. Hela changea d'idée et retourna une autre carte : un blaireau.

« Oh non ! gémit-elle.

— Oh si », répondit Szacki, et il ramassa les deux rouges-gorges.

Encore trois paires à prendre, alors qu'il en avait deux de retard. Il connaissait l'emplacement des autres cartes. Il tira la langue à sa fille et retourna le même blaireau qu'elle quelques secondes plus tôt.

Hela se cacha le visage dans les mains.

« Je ne veux pas voir ça », dit-elle.

Szacki fit semblant d'hésiter.

« Où était ce deuxième blaireau… ? Est-ce qu'on l'a déjà retourné, au moins ? »

Hela fit oui de la tête tout en l'observant à travers ses doigts. Szacki suspendit sa main au-dessus de la carte avec l'autre blaireau. Sa fille plissa les paupières. Il rit en son for intérieur puis déplaça sa main pour retourner une carte avec des framboises.

« Oh non.

— Oh si ! » cria Hela.

Elle découvrit rapidement les trois paires restantes et lui sauta au cou.

« Dis, qui est la reine du Mémo ?

— *Je* suis le roi du Mémo, déclara Szacki.

— Non, c'est pas toi !

— Si, c'est moi. Ma défaite de ce soir est tout à fait exceptionnelle.

— C'est pas vrai ! »

La porte claqua dans le vestibule. Weronika était rentrée.

« Maman, tu sais combien de fois j'ai battu papa au Ludo ?

— Non, je ne sais pas.

— Trois fois. Et une fois au Mémo.

— Bravo, ma chérie. Tu devrais peut-être jouer au foot au Legia de Varsovie. »

Szacki rangea les cartes dans leur boîte, se leva et passa dans le couloir. Sa femme jeta son écharpe tricolore sur un crochet au mur. Elle était habillée comme pour un match : pull à col roulé, coupe-vent, jean et baskets montantes. Sans oublier les lentilles de contact au lieu des lunettes. Le stade de la rue Lazienkowska n'était pas l'endroit rêvé pour déployer ses charmes.

« Me dis pas qu'ils ont paumé.

— Match nul, mais c'est tout comme. Wlodarczyk rate trois occases énormes, même moi je les aurais mises. Pendant les vingt dernières minutes, on a joué à dix parce que ce débile de Nowacki s'est pris deux jaunes. Un pour un tacle et un pour une simulation stupide. Le con. Et malgré tout ça, on a mené pendant presque toute la rencontre…

— Qui marque ?

— Karwan de la tête sur un centre de Wlodarczyk. Le Groclin égalise à quelques minutes de la fin. La honte, je préfère ne pas en parler.

— Et le match retour, c'est quand ?

— Le quinze.

— Tu iras ?

— Je ne sais pas. J'ai pas trop envie d'entendre encore tout un stade hurler : "Legia, Legia est tragique !" »

Szacki approuva, compréhensif, et alla à la cuisine faire le dîner. Weronika le suivit pour fumer une cigarette. En préparant les sandwiches, il lui expliqua le cas Telak et les derniers résultats des auditions.

« C'est marrant, Babicz m'a déjà parlé d'une thérapie de ce genre. Je me souviens avoir pensé que ça faisait très secte.

— Tiens, tiens, et voici le retour triomphal du magistrat Babicz au sein de notre foyer, lança Szacki sans quitter des yeux la planche en bois où il découpait les tomates pour une salade à la feta et aux graines de tournesol.

— Teo, je t'en prie, ne commence pas. Est-ce que je te demande laquelle de tes stagiaires t'apporte le café ?

— Je me l'apporte moi-même.

— Bien sûr, comme si je ne te connaissais pas. »

Il haussa les épaules. Il ne voulait pas d'une dispute. À une période pas si lointaine, tout cela n'avait été que taquineries innocentes. Ensuite la jalousie s'était immiscée dans les plaisanteries. À présent, ce genre de passe d'armes irritait rapidement les deux parties.

Une fois la salade terminée, il se servit une part, envoya Hela à la salle de bains et s'assit devant l'ordinateur. Il éprouvait le besoin de se couper du monde un instant, le besoin de jouer. Il était plutôt fier d'avoir participé à toutes les étapes du progrès dans ce domaine : depuis le ZX Spectrum et les Atari, où l'on chargeait les jeux à partir d'une cassette audio, en passant par les C64 et les Amiga avec leurs disquettes, jusqu'aux premiers PC aux écrans verdâtres et monochromes, pour finir avec les machines actuelles qui étaient capables, en temps réel et avec des millions de couleurs, de déployer devant vous des mondes virtuels. Il en restait persuadé, ce n'était qu'une question de temps avant que ces jeux, de plus en plus perfectionnés et basés sur des intrigues toujours plus pertinentes, deviennent des éléments de la culture populaire au même titre que les films de Steven Spielberg. D'ordinaire, il appréciait surtout les jeux de rôles ou les batailles tactiques mais, ce jour-là, il avait envie de devenir le dernier des justes sur une île tropicale où un très méchant médecin menait de très méchantes expériences génétiques sous la protection d'une bande de très méchants mercenaires. Ah, si les prévenus de ses procès savaient à quoi il passait ses soirées ! Lui, si sérieux et toujours impeccablement vêtu, ce procureur aux cheveux blancs malgré ses trente-six ans à peine… Il y pensait chaque fois qu'il allumait l'ordinateur.

« Ne me dis pas que tu vas encore jouer ? demanda Weronika.

— Une demi-heure, dit-il, furieux contre lui-même de se justifier.

— J'avais l'impression qu'on discutait. »

Bien évidemment, il se sentit coupable.

« Dans une demi-heure. Tu ne comptes pas aller au lit tout de suite, si ?

— Je ne sais pas, je me sens fatiguée. Il se peut que je me couche tôt.

— Je t'assure, il faut juste que j'atteigne le prochain

niveau », répliqua-t-il automatiquement, bien concentré déjà sur le tireur d'élite qui avait pris position au niveau du ponton d'un porte-avions japonais.

Tiens, une balle avec ton nom gravé dessus !

Les haut-parleurs avaient craché leur message et, l'instant d'après, l'un des mercenaires déchira l'air avec une rafale de mitraillette. Szacki se réfugia dans une travée du porte-avions, mais fut touché quand même. Et merde.

« Pourrais-tu au moins mettre les écouteurs ? » demanda Weronika d'un ton glacial.

Il se baissa pour les saisir.

T'en prendras d'autres ! hurlèrent les haut-parleurs rageusement, avant qu'il réussisse à brancher la prise jack.

MARDI 7 JUIN 2005

Soixante-dix pour cent des Polonais déclarent que le parcours et l'enseignement du pape Jean-Paul II ont changé leur vie ; le souverain pontife n'est désapprouvé par aucun des sondés. Le président de la République Aleksander Kwasniewski appelle le président de l'Assemblée nationale, Wlodzimierz Cimosiewicz, à changer d'avis et à se porter candidat à l'élection présidentielle. Un physicien de l'Université Adam-Mickiewicz de Poznan théorise l'apparition cyclique d'un superprédateur sur la terre, une véritable machine à tuer qui ferait le ménage parmi les êtres vivants. Le groupe Green Day donne un concert au stade Spodek de Katowice. À Varsovie, trois tramways se percutent devant le Musée national et treize personnes sont hospitalisées. Le Conservatoire de la Technique, situé au palais de la Culture et de la Science, se voit offrir un défibrillateur par Jerzy Owsiak, le célèbre journaliste et fondateur du « Grand Orchestre de la solidarité de Noël », pour permettre de réanimer les visiteurs victimes de malaises cardiaques. De plus en plus de voix s'élèvent contre l'interdiction de la Gay Pride dans les rues de la capitale ; les organisateurs annoncent des rassemblements « spontanés » pour lesquels aucune autorisation préfectorale n'est nécessaire. En dépit d'une température maximale basse pour la saison, quinze degrés à Varsovie, le temps est ensoleillé et sans précipitations.

1

Décidément, la profession de thérapeute est lucrative, se dit Teodore Szacki en se garant devant un immeuble d'habitation flambant neuf rue Pawinski. Il demeura dans la voiture encore un instant pour écouter jusqu'au bout la chanson *Original of the Species* du tout nouvel album de U2. Un morceau fabuleux, un disque sensationnel, ces messieurs de Dublin étaient enfin revenus à leurs racines rock. Quand il se présenta au portier dans une conciergerie entièrement recouverte de marbre et de granit, puis traversa un patio agréablement aménagé avec fontaine et aire de jeux pour enfants, il se répéta que la profession de thérapeute était une putain de source de bons revenus. Et lorsqu'il pénétra dans le domicile de l'analyste au onzième étage, il sentit qu'il donnerait tout pour se retrouver à nouveau devant son conseiller d'orientation – alors, il en était sûr, il choisirait psychologie.

Rudzki avait effectivement l'air souffrant, et son âge avancé accentuait encore cette impression. Un homme de soixante ans peut avoir fière allure, mais seulement à condition de prendre soin de sa personne. Le dimanche au cloître, il était apparu comme un croisement réussi entre Ernest Hemingway et Sean Connery. Aujourd'hui, avec ses cheveux clairsemés et gras, ses cernes sous les yeux, sa robe de chambre croisée sur la poitrine, il n'était plus qu'un vieil homme malade.

L'appartement devait être assez vaste, probablement une centaine de mètres carrés, mais Szacki ne pouvait que l'imaginer, tout comme il ne pouvait qu'imaginer la disposition des chambres dans sa partie privée. Rudzki l'invita à passer au salon, et cette fois le procureur ne fut plus en mesure de masquer son admiration. Reliée à une cuisine américaine, une pièce rectangulaire de quarante mètres carrés environ (le logement de Szacki dans son ensemble n'en comptait que cinquante-deux) s'ouvrait à l'ouest et au nord par des murs entièrement faits de verre. Des vitres du sol au plafond. Le panorama coupait le souffle. À l'ouest on ne voyait pas encore grand-chose d'intéressant : les toits du quartier dortoir Ochota, la coupole hideuse du centre commercial Blue City, la butte verte du parc Szczesliwicki ; au nord en revanche, c'est tout le Manhattan de Varsovie qui s'offrait au regard. Vu de ce salon, les gratte-ciel du centre-ville semblaient se tenir côte à côte, les anciens – Forum, Marriott et Intraco II – et les nouveaux – Intercontinental, les Terrasses d'or, Rondo I, l'immeuble Daewoo –, sans oublier le palais de la Culture et de la Science, dont les parois imitation grès formaient un contraste saisissant avec la mer de cristal tout autour. Le paysage était si typique de Varsovie qu'il surpassait la vision du centre historique depuis le pont Gdanski. Szacki pensa qu'il devait absolument trouver un prétexte pour rendre visite au thérapeute à la nuit tombée. Une perquisition, peut-être ?

« Impressionnant, n'est-ce pas ? » demanda Rudzki d'une voix rauque.

Il tendit au procureur une tasse de café.

« Vous devriez venir chez moi après le coucher du soleil, un de ces jours. Parfois, le soir, il m'arrive de rester une heure devant la fenêtre sans m'ennuyer un instant. »

Szacki se rappela à l'ordre.

« La vue n'est pas laide, en effet », accorda-t-il sur un ton neutre.

PROCÈS-VERBAL D'AUDITION DE TÉMOIN. Cezary Rudzki, né le 2 août 1944, domicilié rue Pawinski, à Varsovie, diplômé d'études supérieures, directeur d'un centre de consultation psychologique privé. Relation avec la victime : aucune. Jamais condamné pour fausses déclarations.

Prévenu de sa responsabilité selon l'article 233 du code pénal, le témoin déclare ce qui suit :

« Ma rencontre avec Henryk Telak est due au hasard le plus complet. Elle a eu lieu en novembre de l'année dernière, lorsque je préparais une conférence médicale et cherchais une entreprise capable d'imprimer les invitations et les posters. C'est ainsi que j'ai découvert Polgrafex, une société dont Henryk Telak était le directeur ou le directeur-adjoint. Au début, je n'ai pas été mis en contact avec lui car ma commande a été traitée par l'un de ses vendeurs. Quand j'ai voulu récupérer mes produits une semaine plus tard et qu'on m'a appris qu'ils n'étaient pas prêts, j'ai exigé des explications de la part de la direction et j'ai été reçu par monsieur Telak. Voilà comment nous avons fait connaissance. Il a été très cordial, il m'a assuré que mon matériel me serait livré le jour même par un coursier aux frais de sa société. Il m'a présenté ses excuses et m'a proposé un café. Lors de cette entrevue, rendu curieux par le contenu des brochures et des posters, il a commencé à me questionner au sujet de mon métier. Je lui ai donc expliqué le travail d'un psychologue, l'aide que j'essaie d'apporter aux gens, mes rencontres fréquentes avec des personnes qui ont perdu toute raison de vivre. Alors il s'est confié à moi, me faisant part du suicide de sa fille et de la maladie de son fils. Il m'a avoué ne plus se sentir capable d'y faire face. Je lui ai demandé s'il voulait prendre rendez-vous. Il m'a répondu qu'il n'en était pas sûr, mais il m'a rappelé une semaine plus tard et nous avons convenu d'un horaire de consultation. Depuis lors, nous nous retrouvions une fois par semaine, le jeudi, ici, à mon appartement.

Ces entretiens, je ne les ai pas enregistrés, je prenais uniquement des notes. Très souvent, monsieur Telak restait muet, quelquefois il pleurait. Sa vie avait été dure. Il s'était enfui de chez lui à l'âge de seize ans, ses parents avaient péri dans un accident de voiture peu de temps après. Il n'avait pas eu le temps de leur dire adieu, il n'avait même pas été mis au courant de leur enterrement. Pour cette raison, il se sentait très coupable et le poids de cette culpabilité a pesé sur le reste de son existence. Son mariage avec Jadwiga Telak, dont il était d'après moi profondément amoureux, tout comme il tenait beaucoup à ses enfants, n'était pas réussi. C'est un constat que monsieur Telak faisait avec honte et tristesse. Au cours de la thérapie, nous nous sommes d'abord concentrés sur son enfance, afin qu'il puisse sortir de l'ombre de ses parents décédés. Il s'agissait d'un prélude nécessaire à la guérison des rapports au sein de sa propre famille. De mon point de vue, cette approche portait ses fruits, la session du week-end dernier devait mettre un point final à la démarche. Pour être tout à fait franc, c'est principalement pour Henryk Telak que j'ai organisé ce séminaire. Les autres participants, choisis parmi mes patients, se caractérisent par un équilibre psychique beaucoup moins chancelant. Ils souffrent de névroses relativement bénignes. »

À la question de l'enquêteur demandant si, durant la thérapie, Henryk Telak a fait allusion à des ennemis ou à des personnes ne l'appréciant pas particulièrement, le témoin répond : « Monsieur Telak était si déprimé et si introverti que son entourage devait à peine le remarquer. Je ne sais rien au sujet de ses ennemis. Je doute qu'il en ait eu. »

Szacki transcrivait la déposition en observant de près Rudzki. Le psychologue parlait bas, calmement mais avec une grande assurance. Sa voix inspirait confiance et il savait certainement l'utiliser pour provoquer chez son patient un état d'hypnose. Le procureur se demandait s'il aurait pu lui-même s'ouvrir à cet homme, lui avouer que son ventre se nouait chaque fois qu'il revenait à la maison, qu'il devait boire deux bières avant d'aller se coucher pour trouver enfin le sommeil, que l'amertume perceptible entre Weronika et lui l'épuisait, que l'air de leur appartement se chargeait de reproches et de désillusions qui demeuraient en suspens au-dessus de leurs meubles Ikea, au fond de leur résidence du quartier Praga, et que par moments il s'interrogeait sur ce qui les unissait encore en dehors de leur enfant et d'un compte joint à la banque. Lui confier aussi que, parfois, il se tenait debout devant une vitrine remplie de fleurs et qu'il voulait acheter un bouquet mais ne le faisait jamais, même s'il savait au fond de lui que sa femme en aurait eu envie, parce qu'il finissait toujours par se trouver une excuse quelconque. Soit il se disait qu'il était tard et que ces fleurs, de toute manière, n'étaient pas très jolies, soit il trouvait honteux d'apporter à sa femme un bouquet pris chez l'un de ces fleuristes de la rive droite dont les produits avaient toujours l'air de provenir des invendus du centre-ville. Il pouvait également préférer garder sa monnaie pour les courses qu'il devait encore faire. Pourtant, un distributeur de billets faisait l'angle à peine cinquante mètres plus loin et une rose ne coûtait que cinq zlotys. Pour finir, il s'insurgeait dans l'âme : pourquoi devrait-il acheter des fleurs après tout ? Depuis quand ne lui avait-elle pas offert de cadeau ? Un CD ou un livre, ou même un SMS autre que « Pain en tranches et clopes STP » ? Aussi s'éloignait-il de l'étalage du fleuriste, confus et furieux contre lui-même, puis faisait ce crochet pour acheter le même putain de pain en tranches qu'il achetait tous les deux jours depuis huit ans, dans la même putain de supérette et à la même caissière. C'était drôle de se dire qu'il avait vu vieillir cette femme, alors que lui-même avait l'impression d'être exactement identique à celui qu'il avait été lorsqu'il était venu faire ses courses pour la première fois. Cela avait eu lieu en juillet, il portait un survêtement couvert de poussière à cause du déménagement. Il était enchanté par son nouvel appartement, transporté de joie à la perspective de partager une brioche et du yaourt liquide avec la plus séduisante créature de la planète. Même la vendeuse lui avait paru agréable. À cette époque, Szacki portait de longs cheveux noirs attachés en queue de cheval et non cette brosse laiteuse qui le faisait ressembler à présent à un sergent d'infanterie des films de guerre américains.

Cezary Rudzki refusa poliment mais fermement de dévoiler les détails des thérapies de Kwiatkowska, Jarczyk et Kaim. Szacki n'insista pas. Pour forcer le thérapeute à lui remettre les documents relatifs à un traitement, il lui faudrait l'ordonnance d'un juge, impossible à obtenir sans inculper le patient en question. Pendant que le médecin décrivait la matinée où le corps avait été découvert, Szacki constatait à regret qu'aucune des personnes interrogées jusque-là ne semblait être le meurtrier. Leurs dépositions à tous paraissaient cohérentes et sincères, emplies d'une tristesse marquée face à la mort de Telak et d'une profonde empathie à l'égard de ce dernier. En outre, il avait du mal à entrevoir le mobile qu'aurait eu l'un d'entre eux pour l'assassiner.

C'était le raisonnement du procureur Teodore Szacki en ce mardi sept juin à dix heures trente du matin. Deux heures plus tard, il serait persuadé que le tueur se trouvait parmi les trois patients de Rudzki.

« Ça m'étonne un peu que ce soit vous qui procédiez

à mon interrogatoire et non un inspecteur, dit soudain le thérapeute.

— Méfiez-vous des séries télévisées. En Pologne, c'est le procureur qui dirige les investigations sérieuses. La police l'aide si on le lui ordonne, mais de sa propre initiative elle ne peut traquer que les voleurs de voitures et les cambrioleurs.

— Vous exagérez sans doute un peu, non ?

— Un peu, oui, admit Szacki en souriant.

— Vous devez vous sentir sous-estimé.

— S'il vous plaît, parlons des faits et non de mes émotions.

— C'est toujours plus confortable. Qu'est-ce qui vous intéresse en particulier ?

— Je voudrais savoir ce qui s'est passé samedi soir. En quoi consiste la thérapie de la constellation familiale. Et aussi pourquoi les voix de vos patients tremblent dès qu'ils m'en parlent.

— Dans ce cas, nous devrons aborder la question des émotions.

— Je devrais pouvoir surmonter ça. »

Le thérapeute se leva, s'approcha de l'étagère et commença à fouiller dans un porte-documents noir.

« Je ne suis pas capable de vous l'expliquer, dit-il. C'est malheureusement impossible. Absolument infaisable. »

Szacki serra les dents. Quel vieux salaud, se dit-il. On touche au but et il se met à louvoyer.

« Essayez, s'il vous plaît. Vous y arriverez peut-être.

— Ce n'est pas la peine. Je ne vous dirai rien. » Il se retourna et lança un sourire d'excuse vers Szacki, qui, en son for intérieur, se contractait de rage.

« Mais je peux vous le montrer », ajouta Rudzki.

Il tenait une petite caméra à la main.

La scène se déroule dans la crypte de la rue Lazienkowska.

On voit quatre personnes assises côte à côte : Telak, Kaim, Kwiatkowska et Jarczyk. Rudzki apparaît dans le cadre.

RUDZKI : Monsieur Telak, s'il vous plaît.

Telak se lève, sourit nerveusement. Il porte les mêmes vêtements que lorsqu'il a été retrouvé mort.

Devant l'écran, le procureur Szacki frissonna tout entier. Il ne pouvait s'empêcher d'imaginer que, d'une minute à l'autre, l'homme allait se coucher par terre et que l'une des personnes présentes s'approcherait pour lui enfoncer la broche à rôtir dans l'œil. Sur sa joue apparaîtrait alors la tache en forme de bolide de Formule 1.

TELAK : Quelqu'un d'autre pourrait peut-être commencer ?

RUDZKI : Nous avons tiré au sort. Mais si vous ne vous sentez pas prêt, dites-le.

Un long silence.

TELAK : D'accord, je vais essayer.

RUDZKI : Bien. Débutons en positionnant votre famille d'origine. Madame Jarczyk sera votre mère et monsieur Kaim votre père. Organisez-les dans l'espace, s'il vous plaît.

Telak prend Barbara Jarczyk par la main et la conduit tout au fond de la pièce. Il lui indique un endroit, face au mur, à quelques centimètres de celui-ci. Puis, tout à côté d'elle, il place Ebi Kaim, visage vers le mur lui aussi. Telak revient au milieu de la pièce, il les observe de derrière.

Rudzki : Ça y est ?

Telak : Oui.

Rudzki : Madame Jarczyk, pouvez-vous nous décrire ce que vous ressentez ?

Jarczyk *(la mère)* : Je suis triste, je voudrais voir mon fils. Il me manque.

Rudzki : Et vous ?

Kaim *(le père)* : Ça ne va pas. Je sens son regard planté dans mon dos. Je voudrais me retourner. Ou alors partir. Il y a une pression sur ma nuque, c'est comme si quelqu'un me tenait en laisse.

Jarczyk *(la mère)* : Oui, j'éprouve la même sensation. Ou alors, c'est comme si on m'avait envoyé au coin pour me punir. Je me sens mal. Je me sens coupable.

Telak : Je voudrais m'approcher d'eux.

Kaim *(le père)* : Puis-je me retourner ?

Rudzki : Pas encore. *(à Telak)* S'il vous plaît, approchez-vous de vos parents et mettez-vous derrière eux.

Telak se retrouve tout près de Kaim et de Jarczyk.

Rudzki *(à Telak)* : Comment est-ce maintenant ?

Telak : Mieux, beaucoup mieux. Maintenant, tout est à sa place.

Kaim *(le père, avec peine)* : Pour moi, par contre, c'est insupportable. Je ne sais pas pourquoi il est venu jusqu'ici, mais je ne veux pas qu'il soit si près. Je tiens à peine sur mes jambes, bon sang ! J'étouffe ! S'il vous plaît, laissez-moi m'en aller ou emmenez-le loin d'ici.

Rudzki : Encore un instant…

Le médecin arrêta la cassette. L'image de Telak se tenant dans le dos de ses « parents » se figea à l'écran. Szacki le regardait avec stupeur.

« C'est du théâtre ? demanda-t-il. Est-ce qu'ils ont reçu des scripts au préalable leur disant comment se comporter ? »

Rudzki fit non de la tête.

« Et ce n'est pas tout. Ils ne savent presque rien à propos de la vie d'Henryk Telak. Ils ne savent pas qu'il s'est enfui de chez lui, ils ne savent pas que ses parents sont morts tragiquement et qu'il n'a pas eu le temps de leur faire ses adieux. Rien. Vous voyez, en fin de compte, cette thérapie est extrêmement simple, surtout si on la compare à la psychanalyse classique, qui d'après moi se révèle très souvent parfaitement inefficace. »

Szacki lui coupa la parole d'un mouvement de main.

« Pitié, expliquez-moi ça étape par étape, dit-il.

— Très bien, étape par étape. Vous vous inscrivez à une thérapie de la constellation familiale parce que vous trouvez votre vie difficile, compliquée, torturée, mais vous n'en connaissez pas les raisons. Vous parlez un peu de vous, de vos parents, de vos frères et sœurs, de votre femme, de vos enfants, de votre première femme, de la première femme de votre père et tutti quanti. Tous les membres de votre famille sont importants, aussi bien les vivants que les morts. Ensuite, vous les disposez dans l'espace. Vous les prenez chacun par la main et vous les conduisez à leurs places respectives, en leur indiquant également la direction dans laquelle ils doivent regarder. Vous seriez étonné, mais bien souvent les gens perçoivent dès ce moment-là ce qui ne va pas. Ils devinent pourquoi ils se sentent si mal. Par exemple, ils constatent que l'épouse se tient à l'endroit où devrait se trouver la mère. Ou alors que l'enfant fait barrage entre la femme et le mari. Bref, que l'ordre naturel des choses a été transgressé. Il suffit dès lors de les positionner convenablement, et le patient ressort de la thérapie comme un homme nouveau. Très peu de temps suffit.

— Pourquoi Ebi Kaim soutient-il qu'il étouffe et qu'il est sur le point de s'évanouir ?

— Parce que les représentants ressentent les émotions des personnes qu'ils incarnent.

— Mais les parents de Telak sont décédés depuis très longtemps !

— Ils ressentent les émotions des morts également.

— Ben voyons. Et à la fin, on danse nu autour d'un feu de camp avec un masque en bois sur la tête. »

Rudzki se tut, visiblement offensé par la remarque du procureur. Szacki s'en aperçut et présenta ses excuses.

« Votre réaction est naturelle, admit Rudzki, j'étais moi-même très sceptique au début. Je pensais que le patient transmettait ses émotions d'une manière ou d'une autre, qu'il programmait les remplaçants. Cependant, des secrets de famille méconnus des sujets ont ressurgi à plus d'une reprise lors de ces séances.

— Par exemple ?

— Par exemple, Bert Hellinger lui-même, le créateur de cette méthode dans les années 1990, avait disposé dans l'espace un Suédois autiste, âgé de trente-cinq ans, et celui-ci s'était mis à regarder avec insistance ses propres mains, ce qui d'ordinaire indique...

— Un meurtre.

— Comment le savez-vous ?

— Lady Macbeth.

— Exactement. Le fait de regarder le sol désigne

une tombe, un mort, alors que le fait d'observer ses mains ou le mouvement mimant leur lavement dévoile un homicide. Ce genre de geste apparaît chez des patients souffrants d'autisme ou de bégaiement. Ces deux handicaps ont d'ailleurs beaucoup de choses en commun. Par exemple, on découvre fréquemment lors de la mise en scène que l'origine du handicap réside dans un assassinat. Mais revenons à notre Suédois. Hellinger avait appris en discutant avec la famille que la grand-mère du patient avait eu une liaison avec un marin et que ce marin l'avait tuée. Alors, Hellinger a introduit dans la constellation le grand-père et la grand-mère. Et le représentant du grand-père s'est mis à fixer ses mains lui aussi. Qu'en déduisez-vous ?

— Que c'était lui le meurtrier et non le marin.

— Tout à fait. Aucun membre de la famille n'en avait conscience, et pourtant ce fait caché a émergé à la surface. Le grand-père était mort depuis bien des années, mais le crime qu'il avait commis, la monstrueuse faute jamais réparée, était devenu l'élément déclencheur de l'autisme du petit-fils. »

Szacki sentait un début de migraine. Il allait devoir se procurer un livre pour comprendre les détails. Il lui faudrait aussi trouver un expert pour analyser les cassettes.

« Je vois, dit-il en se massant les tempes, mais il s'agissait d'un cas extrême. Quel est le fond du problème ici ? »

Il pointait du doigt l'écran de télévision.

« Quitter sa famille est considéré dans le système comme un crime sérieux, expliqua Rudzki. C'est pourquoi Henryk se sentait extrêmement coupable. Le fait de n'avoir pas dit adieu à ses parents ne le laissait pas en paix. Et s'il y a culpabilité, alors il n'y a pas de deuil. La culpabilité crée un lien étroit avec l'absent et, dans ce cas, nous ne le laissons pas partir. Connaissez-vous les étapes du deuil ? »

Szacki chercha un moment la réponse dans ses souvenirs de lecture.

« L'incrédulité, le désespoir, le réarrangement, l'adaptation ? »

Le thérapeute le considéra avec étonnement.

« En effet. Mais en réalité, de nombreuses personnes s'arrêtent à la deuxième étape : le désespoir, un désespoir que nul ne partage et qui se transforme progressivement en solitude. Et ce deuil inachevé demeure au sein de la famille si bien que chaque génération successive reste reliée à la mort. Regardez bien ce qui se passe. Henryk désire suivre ses parents, mais eux refusent ce choix. Leur place est dans le royaume des morts et sa place est dans celui des vivants. Vous pouvez visionner la suite. »

RUDZKI *(à Telak)* : Je comprends que vous vouliez vous tenir là, mais ce n'est pas un emplacement approprié. Veuillez retourner au milieu de la salle.

Telak revient.

KAIM *(le père)* : Quel soulagement…

TELAK : Retournez-vous, s'il vous plaît.

Kaim et Jarczyk font volte-face.

JARCZYK *(la mère)* : C'est bien mieux ainsi. Je suis contente de voir mon fils.

KAIM *(le père)* : Moi aussi.

RUDZKI *(à Telak)* : Et vous ?

TELAK : Je suis heureux qu'ils me regardent, qu'ils soient avec moi. Mais je voudrais m'approcher d'eux.

RUDZKI : C'est impossible. Faisons autrement.

Rudzki s'avance vers Kaim et Jarczyk et les conduit auprès de Telak. Il les positionne légèrement sur le côté, derrière son dos.

KAIM *(le père)* : C'est parfait. Je vois mon fils, mais je ne le dérange pas, je ne me tiens pas sur son chemin.

JARCZYK *(la mère)* : Je ressens comme une grande chaleur. Je voudrais prendre mon fils dans mes bras, lui dire que je l'aime et que je lui souhaite tout ce qu'il y a de meilleur.

RUDZKI : Dans un instant. *(à Telak)* Est-ce mieux pour vous également ?

TELAK : C'est plus facile, mais il me manque toujours quelque chose.

RUDZKI : La solution. Mais on la trouvera plus tard.

« Quelle solution ? demanda Szacki, et le thérapeute arrêta l'enregistrement. L'aboutissement de tout cela m'intriguait déjà auparavant. En quoi consiste cette solution ? »

Au lieu de répondre, Rudzki fut pris d'une quinte de toux grasse et partit en courant vers la salle de bains. Des râles et des graillonnements en parvinrent pendant de longues secondes. À son retour, son visage était écarlate.

« Je crois que j'ai une angine, dit-il d'une voix enrouée. Voulez-vous un thé ? »

Szacki s'empressa d'accepter. Aucun des deux hommes ne rompit le silence avant qu'ils ne soient assis l'un à côté de l'autre avec leurs tasses fumantes entre les mains. Rudzki versa dans la sienne une bonne dose de miel, touilla, puis y pressa le jus d'un citron entier.

« Le meilleur remède pour un mal de gorge, constata-t-il après avoir bu quelques gouttes. Quant à la solution, elle intervient lorsque le thérapeute demande au patient et aux représentants de sa famille de prononcer des phrases dites de dénouement. Dans ce cas précis, je pense que les parents de Henryk auraient dit : "Notre enfant, nous partons, et toi, tu restes ici. Nous t'aimons et nous sommes heureux que tu demeures dans le monde." Henryk, de son côté, aurait dit : "Je vous laisse partir. Moi, je reste là. Soyez bienveillants envers moi." Ou quelque chose qui y ressemble, c'est difficile à dire après coup. D'ordinaire, les phrases de dénouement me viennent à l'esprit lorsque arrive le moment approprié.

— Et celui-ci n'était pas arrivé ?

— Non, je voulais le laisser pour la fin. Avez-vous d'autres questions ? »

Szacki n'en avait pas.

RUDZKI : Bien. Maintenant, nous allons remplacer les parents de monsieur Telak par des chaises *(il pousse Jarczyk et Kaim sur le côté et pose deux chaises à cet endroit)*, et monsieur Telak agencera sa famille actuelle. Madame Jarczyk sera votre femme, monsieur Kaim votre fils et madame Kwiatkowska votre fille.

TELAK : Mais ma fille…
RUDZKI : Disposez-les, s'il vous plaît.
Telak répartit sa famille puis revient à sa place. La scène se présente désormais comme suit : à droite, un peu derrière Telak, deux

chaises sont laissées vides (ses parents) ; à
gauche et devant, quelques mètres plus loin,
Jarczyk (l'épouse) observe Telak ; Kwiatkowska
et Kaim se retrouvent derrière elle, côte à côte,
ils regardent les chaises. Telak ne regarde
aucun d'entre eux.

RUDZKI : D'accord. C'est donc de ça que ça
a l'air, monsieur Telak ?

TELAK : C'est atroce. Je me sens coupable.
Un voile… J'ai le vertige… Puis-je m'asseoir ?

RUDZKI : Bien sûr. Asseyez-vous par terre.
Respirez.

Telak s'assied, pose les mains sur sa bouche,
respire profondément, son regard fixe toujours
un point indéfini.

JARCZYK *(la femme)* : Ça me fait plaisir qu'il
se sente mal.

RUDZKI : Et les enfants ?

KAIM *(le fils)* : Je suis heureux d'avoir ma
sœur près de moi.

KWIATKOWSKA *(la fille)* : Et moi, je voudrais
aller chez papi et mamie. Ce sont eux que je
vois le mieux. Mon père, je ne l'aperçois pas
du tout, ma mère me le cache.

KAIM *(le fils)* : Moi aussi, je veux rejoindre
nos grands-parents en compagnie de ma sœur.

Le thérapeute mit la cassette sur pause une nouvelle
fois.

« Comprenez-vous ce qui se joue à ce moment-là ?
demanda-t-il.

— Telak se retrouve complètement isolé. Sa femme
ne se tient pas près de lui, elle va jusqu'à empêcher
ses enfants de le voir. Il me fait de la peine.

« — Veuillez prêter attention à ce que disent les enfants. Ils désirent rester ensemble et avancer vers les grands-parents. Qu'est-ce que cela signifie ?

— Qu'ils veulent mourir.

— Exactement.

— Pourquoi ?

— Par amour. Par amour pour leur père. Il a brisé le système en partant de la maison sans faire ses adieux à ses parents et il ne l'a jamais réparé, il ne les a jamais honorés comme il se devait. Selon la règle, quelqu'un dans le système doit prendre la pénitence à son compte ; d'ordinaire, il s'agit de l'enfant qui rentre dans la famille en tant que nouvel élément. Il faut comprendre que tout ce qui n'a pas été résolu ne disparaît pas spontanément mais devient partie intégrante de la constellation. La culpabilité et la faute restent, perceptibles en permanence et par tous. L'enfant, lorsqu'il s'insère dans la structure, endosse le rôle d'un stabilisateur, il cherche un retour à l'équilibre, parce qu'il fait sienne la faute, la peur et la colère. Vous saisissez ?

— Comme Luke Skywalker dans *La Guerre des étoiles* ?

— Pardon ?

— Désolé, une blague stupide. Oui, je crois avoir saisi.

— Alors observez la suite. »

Rudzki ramène Kwiatkowska et Kaim aux côtés de Jarczyk. Tous trois regardent Telak.

JARCZYK *(la femme, tremblante, s'exprimant avec difficulté)* : Non, je ne veux pas que mes enfants viennent à cet endroit. Je ne veux pas qu'ils aillent auprès des parents de mon mari.

Je me trouvais mieux quand ils étaient derrière moi.

KWIATKOWSKA *(la fille)* : Je suis ravie de voir mon père et mes grands-parents. Je les aime tellement. Papa encore davantage. Je vois qu'il est triste, je voudrais l'aider.

KAIM *(le fils)* : Oui, je suis d'accord avec ma sœur, mais je me sens fébrile. Mon cœur me fait mal, je tremble terriblement.

KWIATKOWSKA *(la fille)* : Puis-je m'approcher de mes grands-parents ? C'est étrange, il y a quasiment une force physique qui m'attire vers eux.

RUDZKI : D'accord, mais seulement de deux pas.

Kwiatkowska, radieuse, s'avance vers les chaises et Jarczyk se met à pleurer en l'apercevant. Kaim, blanc comme un linge, se masse le sternum.

Cette fois-ci, ce fut Szacki qui saisit la télécommande et interrompit la projection. La grimace de douleur de Kaim se figea à l'écran, sous les yeux vides de Telak, qui fixait toujours le mur sans le voir. « Comment est-il possible que le cœur de Kaim lui fasse mal ? demanda-t-il. Je me rends compte qu'il sait pour la maladie du fils de Telak, mais quand même...

— C'est une question difficile. Il existe une théorie, la théorie des champs morphogénétiques, utilisée pour expliquer la thérapie de Hellinger selon laquelle notre être n'est pas seulement défini par nos gènes, mais également par les champs électromagnétiques qui nous entourent. Hellinger soutient que notre spectre entre en résonance avec tout ce qui s'est passé au sein de notre famille, qu'il est connecté avec les morts et les vivants. Lors d'une mise en scène, une personne étrangère peut devenir le support de cette résonance.

— Et vous y croyez ? »

Par un mouvement souple de la main, Rudzki indiqua qu'il était prêt à accepter cette explication, mais seulement faute de mieux.

« Pour moi, cela n'a pas d'importance. Tout ce qui compte, c'est de savoir si une chose fonctionne ou pas. Je ne sais pas comment marche un ordinateur, mais il m'est très utile.

— Est-ce que le fils de Telak est tombé malade après le suicide de sa sœur ? demanda Szacki.

— Oui, la malformation cardiaque de son fils Bartek a été détectée quelques mois plus tard. Une maladie est toujours le symptôme d'une perturbation de l'ordre naturel. Son vecteur principal est "mieux vaut moi que toi". Nous décidons de souffrir pour soulager un autre membre de la famille. Seul un retour à l'équilibre permet de guérir l'affection.

— Et est-ce que Bartek a plus de chances de vaincre son mal maintenant que son père n'est plus là ? »

Rudzki toussa. Il s'excusa d'un geste et passa dans la cuisine. Il se moucha bruyamment.

« Monsieur le procureur, cria-t-il depuis la pièce voisine, je ne passerais pas autant de temps à peser mes mots si vous exerciez un autre métier et que votre visite avait un autre but, vous comprenez ? »

Szacki se leva, ramassa sa tasse et demanda quelque chose à boire.

« Et quelle serait la réponse, dans ce cas ? »

Son hôte prit une bouteille d'eau minérale et lui en servit un verre plein.

« Je ne sais pas. C'est possible, oui. Mais ce n'est

qu'un "peut-être". Ou alors au contraire son état se détériorera davantage ? Il faut garder à l'esprit que monsieur Telak n'est pas parti en paix après avoir résolu tous ses problèmes. Je crois sincèrement que Bartek se serait trouvé mieux après la fin de la mise en scène. Une modification aurait eu lieu dans le champ, qui aurait dès lors commencé à résonner différemment. C'est pourquoi on note aussi des changements d'état chez des personnes qui ne participent pas à la constellation, qui peuvent même ignorer son existence. »

Les deux hommes retournèrent sur le sofa.

RUDZKI : Monsieur Henryk, veuillez vous lever maintenant.

Telak se relève avec difficulté. Les pleurs de Jarczyk s'accentuent.

RUDZKI *(à Kwiatkowska)* : Pourquoi veux-tu rejoindre tes grands-parents ?

KWIATKOWSKA *(la fille)* : Je veux soulager mon père.

TELAK *(abattu)* : Non, ce n'est pas possible, je ne peux plus écouter ça…

KAIM *(le fils)* : J'aimerais retrouver ma sœur et mes grands-parents. J'ai mal. Je voudrais cesser d'avoir mal. Et que mon père se sente mieux.

JARCZYK *(la femme)* : C'est insupportable. Je veux qu'il s'en aille d'ici *(elle montre Telak)*. Je ne l'aime pas, je ne l'apprécie même pas. C'est un étranger. Il est repoussant. Je veux que tout rentre dans l'ordre, qu'il parte, lui, et non mes enfants.

TELAK : Mais je… je n'ai rien fait… *(sa voix s'étrangle, il n'est plus capable de parler).*

JARCZYK *(la femme)* : Tout est froid et vide. Je n'ai pour lui que haine. Ma fille est morte à cause de toi ! *(ses sanglots sont déchirants)* Tu m'entends ? Ma fille est morte et mon fils va la suivre. Tu as assassiné mon enfant !

KWIATKOWSKA *(la fille)* : Papa, je l'ai fait pour toi. Pourquoi refuses-tu de le comprendre ? Papa ! *(elle pleure)*

Telak s'affaisse et tombe à genoux. Pendant tout ce temps, il ne regarde personne.

TELAK *(à voix basse)* : Laissez-moi, ce n'est pas ma faute. Non, pas ma faute...

KAIM *(le fils – avec difficulté)* : Papa, ne t'inquiète pas, on va t'aider.

Kaim s'approche de sa sœur, il la prend par la main.

KWIATKOWSKA *(la fille)* : Oui, papa, nous t'aiderons tous les deux.

Ils font ensemble un pas vers les chaises.

JARCZYK *(la femme)* : non ! Je vous en prie, non ! Ne me laissez pas avec lui ! Vous ne pouvez pas partir. S'il vous plaît, ne me laissez pas toute seule. S'il vous plaît, s'il vous plaît...

Kaim se retourne vers sa mère.

KAIM : Ne sois pas en colère contre nous, maman. On doit faire ça pour lui.

Jarczyk s'évanouit. Rudzki accourt vers elle, visiblement affolé. Il s'agenouille.

RUDZKI *(à tous les autres)* : Bien, ça suffit pour aujourd'hui, on finira demain. C'est une mauvaise chose d'interrompre une séance, mais nous n'avons pas vraiment le choix. S'il vous plaît, allez dans vos chambres. Ne parlez pas, ne lisez pas. On se verra demain matin au petit déjeuner.

Kwiatkowska et Kaim s'observent mutuellement, comme arrachés à un état de transe. Ils lâchent leurs mains et sortent du cadre. Rudzki allonge Jarczyk sur le flanc et s'approche de la caméra. Au second plan, Telak reste toujours agenouillé. Son regard est figé et vide.

Des points blancs commencèrent à virevolter à l'écran. Le thérapeute et le procureur demeuraient assis côte à côte en silence.

Après un long moment, Szacki se leva, fit quelques pas jusqu'à la caméra et en retira la cassette.

« C'est épouvantable, dit-il, le morceau de plastique noir à la main. Et vous ne craigniez pas qu'il se donne la mort ?

— J'avoue que ça m'a traversé l'esprit. Mais je n'avais pas peur.

— Comment ça ?

— Je vais vous raconter une histoire. C'est une anecdote assez connue qui s'est déroulée à Leipzig. Hellinger construisait la constellation familiale d'une femme. Pendant la mise en place, il s'est avéré qu'elle était froide, incapable d'amour. Ses enfants avaient peur d'elle, voulaient partir vivre avec leur père qu'elle avait écarté. Hellinger annonça : "Il y a un cœur de glace ici." Elle est sortie de la pièce peu après. Les autres participants redoutaient qu'elle puisse mettre fin à ses jours, mais Hellinger n'alla pas la voir.

— Et ?

— Et elle s'est pendue quelques jours plus tard. Dans la lettre qu'elle a laissée, elle a expliqué qu'elle n'était pas capable de vivre plus longtemps.

— Très efficace, cette thérapie, murmura Szacki.

— Vous croyez plaisanter mais en fait, vous avez parfaitement raison. D'où nous vient la certitude qu'une mort précoce est toujours une perte ? Que c'est une solution plus cruelle ? Qu'on doit l'éviter à tout prix ? Il se peut qu'il résulte de la vie quelque chose qui la dépasse. Dans l'âme de chacun d'entre nous réside le besoin de voir son existence, une fois accomplie, ponctuée par une fin. Chez certains d'entre nous, ce besoin apparaît plus tôt. Pouvez-vous admettre ça ?

— Je l'admets, mais je ne l'accepte pas.

— Alors, vous devez être un surhomme si vous voulez vous mettre en travers du chemin de la mort. Personnellement, j'éprouve une grande humilité à son égard. Si vous privez quelqu'un de son droit à mourir, alors, en réalité, vous faites preuve d'un manque de considération envers lui. S'élever contre la mort trahit une foi déraisonnable en sa propre grandeur. »

Le thérapeute se plaça auprès de Szacki devant la porte-fenêtre du balcon. Une ambulance filait sur la rue en contrebas en direction du centre-ville. Le hurlement perçant de la sirène devenait de plus en plus oppressant. Rudzki ferma la fenêtre et un silence de cathédrale se fit dans le salon.

« Vous voyez, tout cela prend sa source dans l'amour, dit-il. Kasia s'est suicidée pour soulager son père, pour emporter avec elle une part de sa faute. Et vous, vous soutenez qu'il faut à tout prix contrarier l'avancée de la mort. Mais comment peut-on ne pas respecter un tel acte d'amour, un tel sacrifice ? Il faut accepter le don de cette enfant. Sinon, elle se sentira rejetée dans l'au-delà. L'amour existe et c'est tout. Il n'a pas la possibilité d'exercer une influence. Il est impuissant et en même temps, il est si profond qu'il fait souffrir. Ce lien robuste et cette douleur s'appartiennent l'un l'autre.

— Ça sonne bien, répliqua Szacki, mais ça doit être à peu près tout. Il m'est difficile de croire qu'une personne se suicide à cause d'un père qui s'est jadis enfui de chez lui. Chaque homme est responsable de ses actes.

— Comme le dit Hellinger, on ne peut pas éviter d'être impliqué.

— Comme je le dis, moi, on peut être libre. »

Rudzki éclata de rire, mais son rire se transforma aussitôt en quinte de toux et il s'enfuit aux toilettes. Lorsqu'il revint, essuyant son visage humide avec une serviette, il demanda :

« Peut-on se délivrer de la nourriture ? Dans un système, personne n'est libre. »

2

Son mal de crâne augmentait de minute en minute. Szacki s'assit au volant de sa voiture, laissa *Hey you* de Pink Floyd en fond sonore et avala un comprimé d'ibuprofène. Il entrouvrit la vitre tout en tentant de mettre de l'ordre dans ses idées. Il comprenait à présent pourquoi aucun des participants n'avait désigné le psychologue en tant que coupable potentiel lors des interrogatoires. Laissé à l'écart dans une position sécurisée, Cezary Rudzki n'avait été qu'un observateur

113

distant, demeurant à l'abri de la tempête d'émotions qui s'était déchaînée sous la voûte d'arêtes de la salle de la rue Lazienkowska.

Que s'était-il passé dans la nuit du samedi au dimanche ? Il visualisait parfaitement chacune des scènes : la crypte est nappée de clair-obscur, la lueur orangée des lampadaires au sodium ne dissipe pas les ténèbres, les ombres des colonnes se déplacent sur les murs lorsqu'une voiture file sur la rue. Henryk Telak cherche à faire le moins de bruit possible et tente de se glisser hors du bâtiment. Il croit que personne ne l'a remarqué, mais ce n'est pas vrai.

En réalité, Barbara Jarczyk l'observe, cette femme qui s'est évanouie quelques heures plus tôt, incapable de supporter les émotions de l'épouse Telak. Supposons, admit Szacki à contrecœur, que Rudzki ait raison, qu'il existe un champ qui permet de se connecter aux sentiments d'une personne étrangère lors d'un jeu de rôles et que Jarczyk ait ressenti ceux de madame Telak : sa haine, sa rancune, sa colère, la douleur provoquée par le suicide de sa fille, sa peur de voir son deuxième enfant mourir prochainement à son tour. À ceci près que Jarczyk, au contraire de madame Telak, se rend compte que le véritable « fautif » n'est autre que Henryk Telak et que c'est à cause de lui, ou pour ce dernier, que sa fille a commis l'irréparable et que son fils a développé une malformation cardiaque. Qui sait, il se peut même que dans l'esprit de Jarczyk naisse l'idée qu'elle sauvera « son fils » en éliminant Telak ? Elle attrape la broche à rôtir et suit le bourreau de sa famille. Percevant les bruits de pas derrière lui, l'homme se retourne, aperçoit Jarczyk. Il n'a pas peur, il est simplement gêné de devoir s'expliquer.

La femme frappe. « Pour mon enfant », dit-elle, mais Telak ne peut plus l'entendre.

Cependant, est-ce que dans un tel cas de figure Jarczyk aurait eu la présence d'esprit d'effacer ses empreintes digitales ? Aurait-elle su mentir avec autant d'aplomb ? Et surtout, serait-elle allée découvrir le corps elle-même, n'aurait-elle pas plutôt attendu que quelqu'un d'autre le trouve ?

Scène numéro deux. Telak traverse la crypte. Il pense que personne ne le voit mais il se trompe. Ebi Kaim l'observe en cachette et, pour la seconde fois de la journée, il ressent une douleur atroce dans la poitrine. Le champ entre en résonance : Kaim songe à sa « sœur » décédée, au peu de temps qu'il lui reste lui-même à vivre. Il veut retenir Telak, il veut terminer la thérapie, « se sauver lui-même ». Telak répond qu'il ne souhaite pas rester. Kaim insiste. Telak refuse et se dirige vers la sortie. Kaim lui barre la route. Il frappe.

Dans ce cas précis, en revanche, Kaim serait très certainement revenu à lui assez vite ; il aurait tout nettoyé, aurait effacé ses empreintes et aurait été capable de mentir de façon crédible.

Scène numéro trois. Telak est persuadé que personne ne l'a remarqué mais il a tort. Hanna Kwiatkowska, sa « fille » défunte, l'observe du coin de la crypte, tel un fantôme. Elle rêve peut-être à toutes ces choses dont elle a été privée, à ces années de vie, ces joies, ces voyages, ces amants, ces enfants. Tous ces moments, elle les a perdus pour un homme qui s'enfuit en douce sous son regard. Peu lui importe son sacrifice, il ne prend pas soin de sa mémoire. « Pourquoi pars-tu, papa ? » demande-t-elle en émergeant de la pénombre. « Je ne suis pas ton père, espèce de folle », répond Telak, et il tente de la contourner. « Comment oses-tu dire ça ? Après tout ce que j'ai fait pour toi », dit-elle sur un ton de reproche. La tristesse et les regrets fusionnent bientôt dans son cœur avec une immense fureur. « Tu n'as rien fait pour moi, que dalle ! Va te faire soigner, pauvre femme », lance Telak, hors de lui.

Kwiatkowska frappe.

Le médicament commençait à faire de l'effet. Szacki se sentait légèrement mieux et laissa Roger Waters chanter *Bring the Boys Back Home* un petit peu plus fort. Il téléphona à Oleg Kuzniecov et dirigea sa voiture vers le commissariat. Le besoin de parler de l'affaire devenait urgent et, par la même occasion, il pourrait jeter un coup d'œil au portefeuille du mort. Il ne croyait pas que cela servirait à quoi que ce fût mais la personnalité de Telak restait la clé de toute l'affaire ; mieux le connaître augmenterait ses chances de comprendre le mobile de l'assassin. Ou du tueur virtuel dont l'esprit avait pris possession d'une sorte de personne-vaisseau.

Mon Dieu, est-ce que tout cela n'était pas un poil trop dingue ? se demanda-t-il en attendant que le feu tricolore lui permette de tourner de la rue Pruszkowska dans l'avenue Zwirki-i-wigury, pour s'insérer dans le flot de voitures qui provenait de l'aéroport.

il a dit. Après bien des années j'ai dû le poser son sens après un coup de sang. L'a-t-il loué la et les nerveux t'exprimant encore dans son cœur d'une jeune homme disant. « Tu n'y étais », lui pour moi que le jour lui suivre avec bien éternité, son et là au bord de

3

À la cantine du commissariat central de la rue
Wilcza, Oleg Kuzniecov commanda un café et un
gâteau au chocolat, Szacki un jus de tomate. Il avait
absorbé bien assez de caféine et de théine lors de sa
visite chez Rudzki. Il raconta au policier le déroulement de ses auditions de la veille et de son rendez-vous
chez le thérapeute.

« Quel bordel », constata Kuzniecov.

Il tentait désespérément de découper son dessert à
l'aide d'une fourchette, mais la chantilly coincée entre
les deux couches du gâteau s'écoulait de tous les côtés.

« Donc, en quelque sorte, continua-t-il, il faut comp-
ter la femme et le fils de Telak parmi les suspects.

— Parmi les suspects, non, pas vraiment. Il s'agit
plutôt de garder à l'esprit que, s'ils possédaient un
motif valable, alors les participants à la thérapie
auraient pu être mus par le même mobile. Je vais les
cuisiner demain, on verra bien ce que ça donne.

— Si c'est avéré, alors n'importe quel commis
d'office les fera acquitter, dit le policier. Imagine un
peu : tu rencontres un type pour la première fois de
ta vie, puis tu fais semblant d'être son fils pendant un
quart d'heure, ce qui te pousse à attraper une broche
à rôtir et à la lui enfoncer dans l'œil. Cela veut donc
dire que toi, en tant que tel, tu n'as pas une seule
raison valable de le tuer. »

Szacki hocha la tête. Il y avait déjà songé. Il
demanda à Oleg si les agents de terrain avaient trouvé
un indice sur les lieux du crime.

« Rien, nada. Il me reste quelques personnes à interroger, mais je n'espère pas de résultats probants. Nos quatre suspects et la victime sont arrivés vendredi, après quoi ils sont restés enfermés sans entrer en contact avec qui que ce soit. La fille qui leur apportait à manger et qui nettoyait leurs casseroles a parlé deux fois avec Rudzki sans avoir jamais croisé un des patients. Les locaux sont loués par un prêtre, mais celui-ci n'a eu qu'une conversation succincte avec le thérapeute. Notre cher docteur est membre de l'association des psychologues catholiques de Pologne, il avait été recommandé, le curé n'avait pas de raisons de se méfier. Actuellement, il regrette et espère qu'on va attraper ce cambrioleur. C'est un type réglo, je lui ai parlé moi-même. Bon, il a un peu une tête d'onaniste, comme tous ces gars en soutane, mais il serait plutôt assez sympa.

— Quelque chose a disparu de l'église ?

— Rien du tout.

— Le gardien ?

— Ne me fais pas rire. Un papy de soixante-huit ans qui somnole dans sa loge douillette devant un écran télé d'un demi-pouce ? J'aurais pu y pénétrer avec une dizaine de potes, descendre tout ce beau monde à la mitraillette et il aurait quand même juré que la nuit avait été calme, paisible et que personne n'avait rôdé dans les environs. Par ailleurs, aucune trace d'effraction, mais la porte a probablement été laissée ouverte. »

Szacki leva les mains et les abattit sur la table.

« Parfait ! grogna-t-il.

— C'est quoi ton problème ? demanda Kuzniecov en haussant la voix.

— Mon problème, c'est que vous n'avez trouvé que de la merde, comme d'habitude.

— Et qu'est-ce qu'il aurait fallu que je fasse, d'après toi ? Remonter dans le temps et leur ordonner d'embaucher un gardien éveillé ou d'installer des caméras de surveillance ? »

Szacki se plongea le visage dans les mains.

« Excuse-moi, Oleg, j'ai eu une sale journée. Ma tête explose depuis que j'ai vu ce psy, je me demande s'il ne m'a pas refilé un microbe. En plus, j'ai oublié pourquoi j'étais venu ici.

— T'es venu me voir parce que tu m'aimes bien. » Kuzniecov caressa les cheveux blancs du magistrat.

« Va te faire foutre.

— Ouh, tête de mule ! »

Szacki éclata de rire.

« Dernièrement, on me dit ça tous les jours. Ça y est, je sais ! Je devais jeter un œil aux effets personnels de Telak, surtout à son portefeuille, et je devais aussi te dire qu'il fallait relever les empreintes sur le tube de somnifères et questionner les gens de chez Polgrafex, découvrir les ennemis, les conflits, les investissements ratés et les relations professionnelles de la victime. Il faut également leur présenter les photos de Rudzki et de ses trois patients. Le docteur leur avait rendu visite dans le temps, donc ils devraient s'en souvenir, mais s'ils pouvaient reconnaître l'un des trois autres, ça serait un élément nouveau. Moi, je vais les montrer à l'épouse Telak et à son fils. Avec un peu de chance, on s'apercevra qu'ils n'étaient pas si inconnus que ça. »

Kuzniecov fit une moue dubitative.

« Je n'y crois pas trop non plus », admit Szacki en grimaçant à son tour.

Après avoir avalé la dernière gorgée de son jus

de tomate, le procureur se rappela qu'il l'assaisonnait d'ordinaire avec du sel et du poivre.

Il n'avait vu Henryk Telak qu'une seule fois dans sa vie et il avait tout fait alors pour ne pas le dévisager trop longtemps, mais il était malgré tout en mesure de constater que sa fille lui ressemblait comme deux gouttes d'eau : mêmes sourcils épais qui se rejoignaient en bas du front, même nez à la racine large. Ni l'un ni l'autre n'ayant jamais rendu une femme attirante, la fille qui le fixait sur la photo avait l'air quelconque. Et provinciale, songea Szacki, aspect qu'elle devait à n'en pas douter aux traits grossiers hérités de son père. Le fils Telak en revanche donnait l'impression d'avoir été adopté. Le procureur était incapable de découvrir des points communs entre son physique d'éphèbe délicat et ceux de sa sœur et de son géniteur. Pourtant, la ressemblance avec sa mère ne sautait pas non plus aux yeux, celle-ci n'étant en apparence ni fragile ni diaphane. Étonnant à quel point la progéniture peut se distinguer des parents, remarqua-t-il.

La fille et le garçon ne souriaient pas, quoique Szacki ne tînt pas entre ses doigts des photos d'identité mais les deux moitiés d'un portrait de famille sur la plage. On apercevait l'écume des vagues en arrière-plan. Le cliché avait été coupé en son milieu, un ruban de velours noir passait à l'angle de là partie où figurait Kasia. L'enquêteur se demandait pourquoi Telak avait divisé ce souvenir. Sans doute craignait-il par superstition que la marque du deuil puisse attirer le malheur sur son fils déjà malade.

En dehors des photographies, le portefeuille contenait une carte d'identité et un permis de conduire dont on pouvait déduire qu'Henryk Telak était né en mai 1959, à Ciechanow, et qu'il savait conduire une moto ; quelques cartes de crédit, parmi lesquelles deux marquées « business » qui donnaient probablement accès aux comptes de sa firme ; une ordonnance pour du Duomox, un antibiotique contre l'angine amygdalite, si Szacki avait bonne mémoire ; une contravention pour excès de vitesse d'un montant de deux cents zlotys et un timbre postal à l'effigie d'Adam Malysz, le sauteur à ski idole des foules. Très bizarre qu'on en ait édité un de la sorte, s'étonna le magistrat. Il trouva également la carte d'une vidéothèque, le Beverly Hills Video, dans le centre-ville ; une carte de fidélité pour les stations-service BP ; une autre de la chaîne Coffee Heaven dont une seule case n'était pas encore tamponnée. Une visite supplémentaire et Telak aurait eu droit à un café gratuit, songea Szacki. Enfin, il déplia une dizaine de tickets de caisse illisibles. Le procureur commettait la même erreur : il achetait quelque chose, prenait le ticket de caisse pour bénéficier de la garantie, la vendeuse lui conseillait gentiment d'en faire une photocopie car l'encre risquait de pâlir, il opinait du bonnet, glissait le papier dans son portefeuille et l'oubliait. Il découvrit aussi deux grilles de loto, ou plutôt deux preuves de prise de paris et deux imprimés que Telak avait remplis à la main. Visiblement, Henryk Telak avait été un adepte de la magie des chiffres et non du tirage automatique. Il possédait ses numéros fétiches. L'une des combinaisons revenait sur chaque coupon et sur chaque grille : 7, 8, 9, 17, 19, 22. Szacki nota les chiffres et, après une courte réflexion, recopia toutes les séries sélectionnées pour le tirage du samedi soir. À sa connaissance, personne ne les avait vérifiées dans le journal du lundi. Qui

sait, Telak avait peut-être touché le jackpot ? Szacki
se troubla à l'idée qu'il pourrait garder les coupons
pour lui au lieu de les remettre à la veuve. Était-il
vraiment capable de le faire ? Non. Bien sûr que non.
Pourtant… Un million tout rond, voire davantage, et
c'en était fini du travail pour le restant de ses jours.
Il se demandait souvent si ce qu'on disait était vrai,
si chacun avait son prix. Combien faudrait-il payer,
par exemple, pour qu'il décide de classer une affaire ?
Cent mille, deux cent mille ? La question valait la
peine d'être posée. À partir de quelle somme com-
mencerait-il à hésiter au lieu de répondre simplement
« non » ?

4

Henryk Telak n'avait pas touché le jackpot. Après
avoir déniché le journal de la veille au secrétariat du
parquet, Szacki avait contrôlé les numéros. Trois fois
des doubles et, parmi ses chiffres porte-bonheur, seul
le 22 était sorti. Il emporta également un exemplaire
de *La République* pour lire l'article de Monika Grzelka
à propos du meurtre, et cet exercice le conforta dans
l'idée que ce quotidien pouvait transformer n'importe
quel sujet en événement digne de l'apparition en supermarché d'une nouvelle gamme de margarines – chiant,
chiant, chiant. Malgré tout, la gêne d'avoir maltraité
la journaliste la veille ne le quittait pas. Il avait tou-

jours devant les yeux son sourire adorable lorsqu'elle lui avait dit : « Vous êtes une vraie tête de mule, procureur. » Elle n'était pas son genre, mais alors, ce sourire ! Devait-il l'appeler ? Après tout, pourquoi pas, on ne vit qu'une fois ; d'ici vingt ans, les jeunes journalistes ne voudraient plus aller prendre un café avec lui. Cela faisait dix ans qu'il restait fidèle comme un chien et, curieusement, il n'éprouvait pas de fierté particulière à ce propos. Bien au contraire, il éprouvait le sentiment lancinant que sa vie lui filait entre les doigts et qu'il renonçait à ses aspects les plus agréables.

Après avoir retrouvé la carte de visite de la jeune femme au fond de son tiroir, il passa un court moment à la retourner entre ses doigts puis, une fois sa décision prise, posa la main sur le combiné. C'est à ce moment précis que le téléphone sonna.

« Bonjour, Ireneusz Nawrocki à l'appareil.

— Bonjour, monsieur le commissaire », répondit Szacki, soulagé en fin de compte de pouvoir mettre de côté la carte de visite.

Nawrocki était un policier du commissariat central, peut-être le plus grand original parmi les flics de la capitale. Le procureur l'estimait mais ne l'appréciait guère. Par le passé, le travail les avait réunis à deux reprises, et chaque tentative de soutirer à Nawrocki des précisions sur ce qu'il faisait, sur ce qu'il avait fait ou sur ce qu'il comptait faire constituait une investigation en soi. Le commissaire empruntait ses propres chemins et aucun d'entre eux ne passait à proximité du siège du parquet, ce qui ne semblait gêner personne à part Szacki, qui désirait avoir un droit de regard strict sur chaque étape des opérations. Malgré cela, les deux affaires dont ils avaient eu la charge avaient été couronnées de succès et le procureur devait admettre que, grâce aux preuves accumulées par le policier, il avait pu rédiger des actes d'accusation particulièrement convaincants.

« Vous vous rappelez ce macchabée qu'ils avaient déterré à la maternelle ? »

Szacki confirma. L'affaire avait été très médiatisée. Lors de travaux de rénovation de la cour de récréation de la maternelle rue Krucza, travaux entrepris dans le but de troquer enfin les antiques balançoires contre une aire de jeux, un terrain de sport et cætera, les ouvriers avaient labouré le terrain en long, en large et en travers, pour finir par découvrir ce cadavre. Un si vieux cadavre que tout le monde avait cru en premier lieu à une victime de la guerre, une mort qui remonterait aux temps de l'Insurrection de Varsovie. Mais on s'était vite aperçu qu'il s'agissait d'une élève de troisième du collège voisin, disparue en 1993. La police avait retrouvé ses anciens camarades de classe ainsi que ses professeurs ; un sacré boulot. Bien évidemment, tout cela en pure perte ; peu de personnes sont capables de se rappeler, dix ans après les faits, ce qu'ils faisaient tel jour. Les agents avaient en leur possession les vieux dossiers relatifs à la disparition, mais ce genre d'enquête se mène de manière sensiblement différente d'un cas d'homicide – on ne pose pas certaines questions. Szacki avait fini par classer l'affaire, puisqu'on n'avait même pas réussi à établir les lieux de domicile d'une partie des amis de la fille. Les services étaient censés les chercher encore, mais sans grande conviction. Le procureur avait eu beau se douter qu'Ireneusz Nawrocki continuait à fouiner autour de ce cas, il s'était épargné l'effort de lui réclamer des informations. Dans l'éventualité improbable où un élément nouveau émergerait des abysses, la certitude de voir le commissaire se tourner vers lui pour rouvrir le dossier le rassurait.

« Alors, on a reçu un appel anonyme au neuf-neuf-sept de la part d'un homme qui nous a raconté une histoire très intéressante. »

Nawrocki faisait son compte rendu d'une voix monotone qui rappelait à s'y méprendre celle d'un professeur d'université.

« … Et ? » demanda Szacki.

Le procureur ne croyait pas aux coups de fil anonymes.

« Il nous a dit que Boniczka, c'était le nom de la fille, Sylwia Boniczka, avait été violée par trois camarades d'une autre classe de troisième, dont un redoublant. Rappelez-vous comment ça s'était passé. Elle avait quitté l'appartement d'une copine, rue Poznanska, tard dans la soirée, et n'était jamais arrivée à la maison. En rentrant à son domicile, elle était obligée de passer devant le collège. Et devant le collège, il y a toujours des types louches qui traînent à toute heure du jour et de la nuit, vous savez comment c'est. Peut-être plus de nos jours, mais avant c'était le cas. »

Szacki se plongea dans ses souvenirs. En effet, ils s'étaient cantonnés à relire les archives relatives à l'enquête sur la disparition, dont ils n'avaient rien tiré de probant, et ils n'avaient pas interrogé l'ensemble des anciens élèves du collège. Le médecin légiste n'étant plus en mesure d'établir si la fille avait été violée, ils avaient considéré le cas comme un meurtre pendant toute la durée de l'investigation et non comme une affaire d'agression sexuelle. S'il se fiait à sa mémoire, Sylwia Boniczka n'entretenait pas de relations avec les élèves des autres classes, sinon ils s'y seraient intéressés.

« Ce "monsieur qui a appelé sans se présenter" vous a-t-il donné des noms ? »

Szacki ne cherchait pas à masquer le sarcasme dans sa voix.

« Non, mais il a ajouté quelques éléments pertinents qui, à mon humble avis, valent le coup d'être vérifiés, continua Nawrocki, imperturbable. Par exemple, d'après mon informateur, ce ne sont pas les violeurs qui ont assassiné Boniczka. Il soutient qu'après les faits Sylwia serait retournée chez son père et que celui-ci l'aurait tuée, avant de l'enterrer sous l'aire de jeux, parce qu'il s'était senti humilié et ne voulait pas que les gens découvrent le viol. »

Une contraction nerveuse engourdit la peau du cou et des bras de Teodore Szacki.

« Monsieur le procureur, vous souvenez-vous de la profession qu'exerçait le père de Sylwia Boniczka ? demanda Nawrocki.

— C'était le concierge du collège, répondit le procureur.

— Exactement. Alors pourriez-vous ressortir le dossier de la cave ?

— Bien sûr. Je vous demande simplement de me transmettre la transcription de cette conversation téléphonique. Essayez de retrouver tous les redoublants de troisième cette année-là et secouez-les un peu. Ensuite, j'interrogerai le père.

— Je peux l'interroger moi-même, monsieur le procureur », suggéra Nawrocki.

Szacki hésita. Il avait une montagne de travail, dont une pile impressionnante de paperasse, mais il ne voulait pas lâcher la bride au policier.

« On verra. »

Il essayait de repousser la décision.

« Vérifions d'abord si la théorie du viol est plausible. Encore une chose, monsieur le commissaire... »

Il suspendit sa phrase mais, à l'autre bout de la ligne, on n'entendait pas même un raclement de gorge.

« ... j'ai l'impression que vous ne me dites pas tout. »

Silence.

« Vous pouvez désormais localiser les gens qui appellent le neuf-neuf-sept en deux temps, trois mouvements. Je suis sûr que vous savez qui a passé ce coup de fil, n'est-ce pas ?

— Vous me promettez que ça n'aura aucune incidence sur votre décision ?

— Promis.

— Bon. On a pisté le gars et il s'avère qu'il habite à Lodz. Je me suis même déplacé pour lui parler... »

Nawrocki se tut. Szacki était sur le point d'ajouter « Et ? » mais il s'abstint.

« Et il se trouve que c'est un vieil homme charmant. Voyant de sa profession. Il avait lu un jour un article au sujet de l'affaire et son déroulement lui est apparu dans un rêve. Il a hésité un peu, à la fin il a appelé. Je sais de quoi ça a l'air, mais vous devez admettre que son récit tient la route. »

Szacki l'admit à contrecœur. Il se fiait d'ordinaire à son intuition, pas aux charlatans à la retraite qui passaient des coups de fil anonymes. Dans ce cas précis cependant, les visions du vieillard corroboraient sa propre théorie. Le fait que la fille ait été enterrée sur le terrain de la maternelle qui jouxtait le collège où avait travaillé son père ne pouvait pas être une simple coïncidence. Malheureusement, il avait toujours manqué au procureur ne serait-ce qu'un bout de fil pour dérouler la pelote. Sans parler de sa crainte de voir ses hypothèses validées par les faits.

Ireneusz Nawrocki raccrocha et Szacki nota sur son carnet : « Boniczka – dossier, père, suivre I.N. » D'après son agenda, il devait maintenant écrire l'acte d'accusation que lui réclamait sa supérieure, mais il ne se sentait pas très inspiré. La rédaction du projet de décision en vue du classement de deux autres enquêtes l'attendait aussi, mais il n'avait aucune envie de s'y mettre. Il devait également numéroter les quatre volumes de dossiers concernant un casse, mais la fatigue l'écrasait d'avance. De la paperasse sans queue ni tête. Enfin, s'il pouvait retrouver son courage, il conviendrait d'appeler la journaliste.

Il prit en main une agrafeuse, l'outil de travail indispensable de tout procureur, et la posa devant lui sur le bureau. Il poussa les papiers sur le côté afin de libérer un peu de place. D'accord, pensa-t-il, supposons que c'est moi. Et ça, c'est Weronika – il sortit une pomme de son attaché-case, mordit dedans et la disposa en face de l'agrafeuse. Et voici Hela – il plaça son téléphone portable auprès de l'agrafeuse. Enfin, mes vieux – deux gobelets en plastique se retrouvèrent intégrés à la mise en scène d'une manière qui n'autorisait aucun doute : les récipients aussi fixaient l'agrafeuse.

Conclusion ? se demanda Szacki. La conclusion, c'est que tout le monde me mate et attend quelque chose de moi ! La conclusion, c'est que je n'ai aucun espace personnel. La conclusion, c'est que je suis prisonnier de ma propre famille, le putain de crochet sur lequel pendouille tout ce foutu ensemble, ce foutu « système », comme l'a appelé Rudzki.

À la vue des objets disséminés sur son bureau, un

malaise persistait. Le procureur avait l'impression d'avoir oublié quelqu'un. Il introduisit son frère sous la forme d'un pot à trombones, mais celui-ci se tenait à l'écart et n'avait *a priori* aucune influence sur son système. La mort, se dit Szacki, cherche la mort. Trouve quelqu'un qui aurait pu laisser un deuil en suspens. Les grands-parents ? Pas tellement, ils étaient partis à un âge avancé après avoir eu le temps de dire adieu à leurs proches. Alors des cousins ? La mère de Szacki avait bien une sœur à Wroclaw, mais cette tante jouissait d'une excellente santé. Son père avait un frère cadet qui habitait non loin de là, dans le quartier de Zoliborz. Minute, minute. Szacki se rappela que son père avait eu un autre frère, mort à l'âge de deux ans. Quel âge avait alors son père ? Quatre ans, cinq peut-être ? Il prit son paquet de cigarettes dans sa poche, hésita un petit moment et le déposa à côté de son père, presque juste en face de l'agrafeuse qui le représentait lui-même. Chose étrange, son oncle défunt le regardait fixement lui aussi. Szacki se sentit brusquement mal à l'aise. Il avait toujours cru qu'il portait les prénoms de ses grands-pères : Teodore en mémoire de son grand-père paternel et Wiktor en mémoire de son grand-père maternel. Maintenant, il se rendit compte que son oncle s'appelait Wiktor également. Bizarre. Son père lui aurait donc donné les prénoms de son propre père et de son frère décédé ? Voilà peut-être pourquoi leurs rapports avaient toujours été aussi confus. Cependant, en poussant l'analyse plus loin, pourquoi ce fichu oncle mort le fixait-il à son tour ? Est-ce que ça l'impactait aujourd'hui ? Ou sa fille ? Hela regardait en direction du parent disparu. Szacki but une gorgée d'eau. Soudainement, sa bouche était devenue pâteuse.

« Salut. Si tu veux, on se cotise pour t'acheter des Lego. »

La tête du procureur Jerzy Blinczyk dépassait de l'encadrement de la porte. Depuis deux ans qu'ils se connaissaient, son collègue demeurait pour Szacki une énigme. Comment pouvait-on être paresseux et carriériste à la fois ? Il se posait la question chaque fois qu'il croisait cet homme, son front dégarni, sa veste froissée et sa cravate cousue dans un mystérieux tissu chinois, démontrant de manière éclatante l'étonnante souplesse de certains matériaux plastiques.

« L'hiver devait être rude chez vous quand t'étais gosse, pas vrai ? demanda Szacki sur un ton compatissant.

— Pardon ? »

Blinczyk fronçait les sourcils.

« Comme vous manquiez de portes et que vous bouchiez le trou de la case avec du foin, il devait y avoir des sacrés courants d'air. »

Le visage du magistrat s'empourpra. Furieux, il glissa un bras à l'intérieur de la pièce et frappa à la porte du bureau de Szacki aussi fort qu'il pouvait.

« Satisfait ? J'ai grandi avenue Hoza, alors ferme-la.

— Vraiment ? Il y a des avenues Hoza à la campagne aussi ? C'est dingue. »

Szacki avait envie de se défouler sur quelqu'un. Blinczyk leva les yeux au ciel.

« J'ai entendu dire que tu allais bosser avec nous sur la cargaison de la gare centrale.

— C'est possible, à partir de lundi.

— Génial. Alors peut-être que tu pourrais lire le dossier dès cette semaine, trouver un expert pour évaluer la valeur de la drogue sur le marché et rédiger la requête pour la demande de l'estimation ?

— Cette semaine a déjà eu son lundi. Je parlais de lundi prochain.

— Sois un pote, Teo. On croule sous le boulot, on ne s'en sort pas, la date butoir de la détention provisoire sera bientôt dépassée. La régionale nous met la pression. »

Alors c'est ça qui t'embête, mon cher, pensa Szacki. Tu voudrais briller auprès de la hiérarchie, rue Krakowskie, et tu as peur de ne pas leur laisser l'image du brillant procureur bien utile en haut lieu, mais plutôt celle d'un incapable, d'un fonctionnaire qui ne sait pas clore une enquête dans les délais. Que veux-tu, il faudra peut-être travailler un peu tard un soir ou deux ? Tu y survivras, mon *pote*. Et ton acolyte aussi. Putains de flemmards. Et ce sont les premiers à s'étonner tout haut que le parquet ait mauvaise presse !

« Je ne vais pas y arriver, désolé. Il est probable que je ne puisse pas la semaine prochaine non plus, annonça-t-il.

— Arrête de déconner. La sorcière t'avait prévenu, à ce qu'il paraît. »

Blinczyk avait la mine d'un enfant gâté à qui on refuse une friandise.

« Elle a fait allusion à cette éventualité, en effet.

— Est-ce que je t'ai déjà dit que travailler avec toi est un cauchemar ?

— T'inquiète, ils doivent me muter, tu seras tranquille.

— Ah oui, où ça ? s'anima Blinczyk.

— Rue Krakowskie, au conseil de surveillance. Ils disent vouloir quelqu'un pour garder un œil sur les enquêtes du centre-ville. Paraît que nos courbes de résultats s'écroulent. »

Sans prononcer une parole supplémentaire, Blinczyk lui montra son majeur et s'en alla. Szacki lui répondit par le même geste, mais seulement lorsque la porte fut fermée. Il parcourut alors du regard les objets disposés sur le bureau, retira du système l'agrafeuse qui le représentait et la posa sur le rebord de la fenêtre.

« C'est le moment des changements », annonça-t-il à voix haute.

Il reprit l'agrafeuse, qui claqua sur la carte de visite de la journaliste. Il composa le numéro, elle décrocha, le reconnut immédiatement et ils prirent rendez-vous à dix-sept heures au Cavie, un café à l'angle du boulevard Nowy Swiat et de la rue Foksal. La voix suave de la jeune femme lui disant à quel point elle était agréablement surprise de recevoir son appel résonnait encore à ses oreilles lorsqu'il saisit dans le tiroir l'un des dossiers du casse. Et même la lecture du Post-it collé à la première page, portant la mention « Bilan des dépenses – n'oublie pas ! », n'effaça pas son sourire satisfait.

5

En théorie, la situation était aussi simple qu'alléchante. Prendre un café avec une fille, rien d'extraordinaire ; les mecs font ce genre de choses, pas vrai ? Pourtant, Szacki se sentait tel le voyageur qui, en pleine traversée des steppes infinies du Kazakhstan, se retrouve confronté à une rage de dents atroce et comprend que l'unique voie de salut qui s'offre à lui est de rendre visite à un dentiste local. Son corps tremblait légèrement alors qu'il ne faisait pas particulièrement froid, un acouphène persistait dans son oreille gauche et ses paumes étaient froides et moites. Sanglé dans son costard et son imperméable, il avait l'impression de se couvrir de ridicule au milieu des passants, qui portaient tout au plus un anorak par-dessus leur T-shirt.

Un incident avait dû se produire en ville, car une file interminable de tramways bouchait les allées de l'Indépendance et les voitures qui cherchaient à traverser le fleuve en direction de la rive droite restaient bloquées dans un gigantesque bouchon. Szacki s'imagina que la journaliste aurait du retard puisque le chemin qui menait de la rédaction de *La République* jusqu'au boulevard Nowy Swiat était précisément celui qui se trouvait saturé. Tant mieux, il est toujours plus confortable d'être dans la peau de celui qui attend, se dit-il. Il dépassa l'ancien siège de l'Agence de presse polonaise, attendit que le feu devienne vert et traversa les allées. Quelques tracts distribués par des étudiants se retrouvèrent dans ses poches. Bien qu'il n'en eût nul besoin, Weronika lui avait appris à les prendre, car de cette manière on aidait des gens dont le travail ne comptait ni parmi les plus reposants ni parmi les plus lucratifs. Dans la vitrine du magasin Empik, une large affiche annonçait la mise sur le marché du tout nouveau Splinter Cell. Il s'agissait déjà du troisième opus d'un de ses jeux favoris, et il se réjouit à la pensée que, bientôt, il se glisserait de nouveau dans la peau de Sam Fisher, le dur à cuire plein d'aigreur.

Sans s'attarder devant le légendaire café Amatorska, il franchit en courant le boulevard Nowy Swiat en dehors des clous et marcha jusqu'à la rue Foksal. Monika Grzelka l'attendait déjà à une table du jardin à l'arrière du café. Elle l'aperçut et lui fit signe.

« Je vois que vous avancez de cette démarche traînante propre aux cavaliers, nota-t-elle lorsqu'il s'approcha.

— Mais mon manteau n'est pas blanc avec une doublure écarlate. »

Il lui tendit la main.

« Aurait-on trouvé l'impitoyable cinquième procurateur du centre-ville ? fit-elle.

— Ne vous inquiétez pas. Je crois sincèrement que le peuple de Varsovie préférera gracier une belle jeune femme plutôt que Barabbas. »

Il n'en revenait pas d'avoir prononcé une énormité pareille.

Pourtant, elle partit d'un éclat de gaieté sincère alors que lui-même souriait sans conviction, incommodé par sa plaisanterie absurde. Et si elle avait choisi un autre roman que *Le Maître et Marguerite* ? Un qu'il n'aurait pas reconnu ? Il se serait couvert de ridicule. Il s'assit, en tentant de se donner des airs d'homme sûr de lui et partiellement blasé. Il plia son imperméable en deux sur le dossier de la chaise voisine. En observant la journaliste, il se demandait si son jugement de la veille n'avait pas été trop sévère. La jeune femme dégageait une fraîcheur et une énergie qui contribuaient à son charme. Dans ce chemisier dont le décolleté était mis en valeur par une pierre semi-précieuse noire, elle était ravissante. Il eut envie de lui faire un compliment.

« Très jolie cravate, dit Grzelka.

— Merci », répondit-il.

Il songea à lui rendre la pareille, mais il s'abstint. Il avait l'impression que ça sonnerait comme un « Eh, petite, j'ai envie de te prendre sur la table ».

Elle commanda un café *latte* et un gâteau au caramel et au cacao, il prit un espresso et hésita un moment quant au choix de la pâtisserie. Une tarte meringuée lui aurait fait plaisir mais il craignait de paraître maladroit dans ses tentatives pour découper les bouchées sans que la meringue s'effrite de tous les côtés ; il devrait alors prêter plus d'attention au fait de manger proprement qu'à leur discussion. Il opta pour un cheesecake régional. Quelle originalité, mon cher Teodore ! se reprocha-t-il en pensée. Commande encore un café soluble et un paquet de clopes Sobieski et tu parachèveras le cliché du procureur de la République.

Elle ne demanda pas pourquoi il l'avait appelée mais il expliqua malgré tout qu'il se sentait mal à l'aise de l'avoir éconduite la veille. Il loua la qualité de son article, ce qui la fit grimacer. Son travail était loin d'un niveau international et elle s'en rendait compte.

« Je n'avais pas assez d'éléments », fit-elle en haussant les épaules.

La conversation s'amorça sur le thème de son métier. Elle lui avoua qu'elle craignait de ne pas y arriver et ressentait un trac immense face aux représentants du pouvoir, tous ces policiers, ces procureurs et ces juges.

« Certains d'entre eux peuvent se montrer grossiers », soupira-t-elle dans un élan de sincérité, avant de s'empourprer.

Soudain, le téléphone portable de Szacki sonna. Il donna un coup d'œil à l'écran : « Chaton » – Weronika. Mon Dieu, l'intuition féminine ne connaissait donc aucune limite ? Il l'avait pourtant prévenue qu'il rentrerait tard. L'avait-il fait ? Il n'en était plus si sûr. Il ne décrocha pas et éteignit l'appareil. Tant pis, pensa-t-il, j'improviserai une excuse si le besoin s'en fait sentir.

Grzelka demanda s'il y avait du nouveau dans l'affaire du meurtre du cloître tout en lui assurant qu'elle l'interrogeait par pure curiosité personnelle et non en tant que journaliste. L'idée de lui dire la vérité lui traversa l'esprit mais il considéra que ce serait faire preuve d'imprudence.

« Oui, il y a du nouveau, mais je ne peux pas en parler. Veuillez ne pas m'en tenir rigueur. »

Elle acquiesça.

« Je compte cependant vous offrir autre chose. Disons que ça sera mon cadeau pour me faire pardonner d'avoir été si rude.

— Ah ? Je croyais que ce café *était* un cadeau.

— Bien au contraire, prendre un café en votre compagnie est un cadeau pour *moi*. »

Elle battit des cils d'une façon que Szacki trouva charmante.

« Je rédige ces jours-ci un acte d'accusation dans une affaire de meurtre, je dois le transmettre à la cour la semaine prochaine. C'est un cas très original. Je crois sincèrement que ça pourrait faire une bonne introduction à un article qui traiterait de la violence conjugale.

— Qui a tué ? Lui ou elle ?

— Elle.

— Des détails ?

— Je préférerais ne pas vous en dire plus pour l'instant. La terrasse d'un café n'est pas un endroit approprié pour ce genre de confidences. Mais je vous transmettrai l'acte d'accusation, tout y sera explicité. Et bien sûr, nous pourrons en parler si jamais vous avez des questions. »

Il avait l'impression que cela sonnait de manière aussi neutre qu'il l'avait espéré et que la jeune femme n'avait pas perçu la note d'espoir dans sa voix.

« Et c'est autorisé ?

— Quoi donc ?

— De confier un acte d'accusation à quelqu'un.

— Bien sûr. Il s'agit d'un document public construit par un fonctionnaire de l'État. L'acte d'accusation ouvre le procès, et toute la procédure pénale est accessible aux tiers, à moins que la cour n'ordonne le huis clos pour des raisons spécifiques. »

La discussion tourna encore un bref moment autour des diverses formalités qui pesaient sur les juges et sur les procureurs. Szacki était surpris que le sujet l'intéressât autant. Pour lui, il ne s'agissait que de contraintes bureaucratiques particulièrement pénibles et d'une perte de temps absurde. En vérité, il était d'avis que chaque magistrat devrait être secondé par un assistant qui s'occuperait de toutes ces conneries.

« Vous lisez des romans policiers ? » demanda-t-elle subitement après qu'ils eurent commandé deux verres de vin et réclamé un cendrier. Il s'avéra que la jeune femme fumait, et Szacki se félicita d'avoir encore deux cigarettes dans son paquet.

Il en lisait, et comment ! Leurs goûts divergeaient partiellement puisque le procureur préférait les récits sombres d'un Lehane ou d'un Chandler, alors que la journaliste aimait les auteurs qui jouaient avec les codes du genre, comme Leon ou Camilleri. Néanmoins, lorsqu'il fallut estimer les créations de Rankin et de Mankell, ils tombèrent d'accord à cent pour cent. Pendant la demi-heure qui suivit, ils passèrent en revue les enquêtes les plus marquantes de l'inspecteur Rebus. Quand le procureur jeta un coup d'œil à sa montre, se reprochant mentalement de devoir le faire, il était presque dix-neuf heures. Elle surprit son geste.

« Je ne sais pas vous mais moi, je vais devoir y aller », annonça-t-elle.

Il hocha la tête. La question du tutoiement le taraudait mais il ne savait pas très bien lequel des deux devait faire le premier pas. Certes, c'était elle la femme, mais de l'autre côté il devait avoir presque dix ans de plus. Quelle situation délicate ! Peut-être la question se résoudrait-elle toute seule la prochaine fois qu'ils se verraient ? Il saisit une carte de visite dans la poche de sa veste, inscrivit son numéro de téléphone personnel au revers et la lui tendit.

« Tenez. Appelez dès que vous avez une question, sans vous préoccuper de l'heure. »

Elle sourit avec malice.

« Même le soir ?

— Dès que vous avez une question, confirma-t-il avec vigueur, tout en songeant à son portable éteint et au fait que Weronika avait probablement déjà laissé plusieurs messages.

— En fait, j'en ai une, d'ordre privé. »

Il l'encouragea d'un mouvement du menton.

« Pourquoi vos cheveux sont-ils déjà blancs ? »

Oui, il s'agissait d'une question personnelle. Pouvait-il lui dire la vérité ? Lui apprendre qu'Hela était tombée gravement malade à trois ans, victime d'une infection du sang, qu'elle était restée allongée à moitié sans vie dans un lit d'hôpital et que son petit corps connecté aux perfusions était maigre, si blême qu'il en paraissait presque transparent ? Lui raconter comment, blottis dans les bras l'un de l'autre, Weronika et lui avaient pleuré dans le couloir de l'hôpital, qu'ils ne dormaient plus, ne mangeaient plus, attendant le verdict. Qu'aucun médecin ne leur avait promis une amélioration. Qu'ils avaient prié le Seigneur ardemment des heures durant, bien que ni sa femme ni lui ne fussent croyants. Lui dire enfin qu'il s'était endormi malgré lui et s'était réveillé en sursaut, terrifié à l'idée d'avoir peut-être raté le moment où sa fillette s'en était allée sans qu'il ait pu lui dire adieu. Au bord de l'évanouissement, il avait accouru dans sa chambre. Elle était là. Si fragile, mais elle respirait. Sept heures du matin venaient de sonner ; dehors en ce mois de décembre, la nuit restait profonde et noire. Szacki avait croisé son reflet dans la vitre ; durant ces quelques heures, ses cheveux avaient blanchi.

« C'est génétique, éluda-t-il. Ma tignasse perdait sa pigmentation dès le lycée. Je me console en me disant qu'il vaut mieux grisonner qu'être chauve. Ça vous plaît ? »

Elle rit.

« Hmm… c'est sexy, peut-être même très sexy. Au revoir, monsieur le procureur. »

6

Vous avez trois nouveaux messages. « Salut, rappelle-moi » ; « Quelle est l'utilité de posséder un téléphone portable si tu l'éteins ou l'oublies à chaque fois ? Passe-moi un coup de fil dès que tu as écouté ceci » ; « Salut, devine qui c'est encore. Si tu es en vie, achète du pain sur le chemin et des clopes pour moi, je les ai oubliées. Si tu ne l'es pas, hante-moi la nuit pour me dire où tu as rangé ta police d'assurance. »

Il écouta le dernier enregistrement jusqu'au bout et rit à haute voix. Dans ces moments-là, il se rappelait à l'instant pourquoi il était tombé amoureux de cette fille qui était bien la seule à le regarder avec bienveillance lorsqu'il faisait le pitre à l'université. Mon Dieu, combien de temps cela faisait-il déjà ? Dix ans de mariage. Et en tant que couple ? Quatorze. Plus d'un tiers de sa vie. Presque la moitié. C'était à peine croyable. La supérette était sur le point de fermer mais il réussit à y pénétrer à la dernière minute, un peu avant vingt et une heures, pour se procurer le pain et les cigarettes. Il eut droit au sourire de la caissière, toujours la même depuis ces nombreuses années. Curieusement, ils n'avaient jamais échangé plus que ces quelques mots qu'on prononce en faisant les courses. Un court instant, il eut envie d'en dire davantage, mais il paya et sortit sans un mot. À la maison, l'enfer l'attendait.

« Papa, pourquoi j'ai pas droit à un anniversaire au McDo ?

— Et pourquoi tu ne dors pas encore ? répliqua-t-il dans un éclair de lucidité.

— Parce que maman ne me l'a pas encore demandé.

— Sérieusement ? »

Dans le salon, un fauteuil grinça.

« Cette gosse ment avec autant d'aplomb que toi ! » cria Weronika du fond de l'appartement.

Szacki considéra son enfant qui se tenait dans le vestibule avec une mine angélique.

« Je ne mens jamais, chuchota-t-il.

— Moi non plus », chuchota-t-elle.

Weronika vint les rejoindre et regarda la fillette aux cheveux châtains avec une expression d'impuissance.

« Fais quelque chose. Tu es son père, non ? Dis-lui d'aller se laver les dents, d'aller se coucher, et dis-lui aussi qu'elle ne fêtera pas son anniversaire au McDo. Plutôt mourir que l'autoriser à faire ça.

— Tous les autres font leurs anniv' au McDo, déclara Hela.

— Je m'en fiche de ce que font les autres, répliqua Weronika. D'ailleurs, ce soir, je me fiche de vous deux aussi. Qu'est-ce que tu fabriquais tout ce temps ? »

En guise de bienvenue, elle déposa un bisou sur le nez de Szacki.

« Tu as picolé ? demanda-t-elle en fronçant les sourcils.

— Il fallait que je voie Oleg. Et je n'ai bu que du thé et un jus de pomme. »

Oui, il mentait avec aisance. Il souffrait de la déformation professionnelle typique des procureurs : il avait l'impression que tout le monde racontait des bobards et il passait son temps à tenter de découvrir la nature de la tromperie. Mais il se rendait également compte que les gens ordinaires, tant qu'on ne leur soumettait pas une preuve irréfutable des impostures dont ils étaient victimes ou tant qu'on n'essayait pas de leur faire avaler des couleuvres gigantesques, prenaient tout pour argent comptant.

« Tu aurais dû les inviter chez nous. Ça fait si longtemps que je ne les ai pas vus. Je me demande ce que devient Natalia. »

Szacki suspendit son manteau à un crochet du mur et sa veste dans l'armoire. Un soupir de soulagement s'échappa d'entre ses lèvres lorsqu'il défit le nœud de sa cravate et ôta ses chaussures. Peut-être que je devrais vraiment apprendre à me rendre au travail en T-shirt et sandales ? se demanda-t-il. Ça serait tellement plus commode. Hela se tenait toujours dans le vestibule, tête baissée, bras en croix sur le torse. Il la souleva et l'étreignit.

« Et si on trouve un autre endroit absolument génial, cent fois mieux qu'un McDonald's, avec une grande aire de jeux où on pourra faire les fous et tout et tout ?

— Ça existe pas, un endroit pareil, trancha Hela.

— Et si on en trouve un ?

— Alors, j'y réfléchirai.

— Bien, et dans ce cas, est-ce que tu pourrais maintenant te laver les dents et nous accorder un peu de temps pour découvrir ce lieu ? »

Elle hocha la tête en silence, se laissa déposer par terre et courut à la salle de bains. Question : et maintenant, où est-ce qu'ils allaient bien pouvoir dénicher un espace avec une aire de jeux susceptible d'accueillir l'anniversaire de la petite à un tarif raisonnable ?

Il passa dans la cuisine, prit une canette de bière dans le frigo, l'ouvrit et s'arrêta près de Weronika. Celle-ci l'étreignit et murmura :

« Je suis claquée.

— Moi aussi », dit-il.

Ils demeurèrent ainsi dans le silence. Annonçant l'arrivée d'un texto, le tintement du portable brisa cette minute de répit.

« C'est le tien », grogna sa femme.

De retour dans le vestibule, Szacki fouilla les poches de sa veste à la recherche de son téléphone. « Merci pour cette merveilleuse soirée. Vous êtes une vraie tête de mule mais un procureur sympathique. Mg. »

« C'est qui ? demanda Weronika.

— Une pub. Envoie cent SMS au numéro qui suit et tu gagneras peut-être une tasse. Ou un truc du genre, je ne sais plus, je l'ai effacé. »

Ces derniers mots étaient en l'occurrence l'exacte vérité.

Mercredi 8 juin 2005

L'Argentine bat le Brésil 3-1 lors d'un match comptant pour les éliminatoires de la Coupe du monde 2006. Une femme ayant subi une greffe partielle des ovaires donne pour la première fois naissance à un enfant. Lors d'une visite à Cracovie, l'archevêque Stanislas Dziwisz annonce qu'il ne détruira aucune des notes prises par le pape Jean-Paul II. Une conférence sur le thème des « Femmes en prison » se déroule au pénitencier de Popow ; plus d'un tiers des condamnées le sont pour meurtre, essentiellement suite à des violences conjugales. Un home cinema et dix mille zlotys sont offerts en récompense à quiconque dénoncera le coupable du massacre des cormorans dans la réserve de Jeziorak. Un code de déontologie régissant les publicités pour les bières polonaises est mis en place : il sera désormais interdit d'exploiter l'image de personnalités et de personnages de fiction influençant tout particulièrement les mineurs. À Varsovie, un grand gala marque les cinquante ans du palais de la Jeunesse, annexe du palais des Sciences et de la Culture. Une statue à la mémoire du général Stefan « Grot » Rowecki, haute de six mètres vingt-cinq, est dévoilée avenue Ujazdowskie, tandis qu'à la prison Pawiak, camp de concentration de la Seconde Guerre mondiale, c'est un orme en bronze, réplique de l'ancien symbole de la liberté pour les prisonniers, qui est inauguré. La police démantèle un réseau criminel spécialisé dans la distillation d'alcool à partir d'un produit de nettoyage ; près de dix mille litres de breuvage sont saisis et deux personnes écrouées. La température maximale en ville atteint les treize degrés, le ciel est couvert, des averses sont à prévoir.

1

Teodore Szacki avait toujours été surpris du nombre de cadavres entassés à l'Institut médico-légal, rue Oczka. En plus de Telak, trois corps gisaient sur les tables d'autopsie et quatre autres attendaient près de la fenêtre sur des brancards. Il s'élevait dans l'air une odeur de steak tartare pimentée de légers relents de matières fécales et de vomi, résultats de l'analyse des contenus gastriques. Les chirurgiens de viande froide qui devaient s'occuper de Telak étaient assez jeunes : le plus âgé devait frôler la quarantaine et le plus jeune donnait l'impression d'avoir à peine fini ses études. Szacki s'arrêta près du mur. Il n'avait jamais été fasciné par les autopsies, même s'il devait admettre qu'un bon légiste trouvait en général plus d'indices dans un corps que tout le laboratoire de criminologie n'en extrayait des traces matérielles prélevées sur la scène du crime. Pourtant, c'est le labo qui faisait la fierté de la préfecture.

Alors qu'il enfilait des gants en latex, le plus âgé des médecins lui jeta un coup d'œil goguenard.

« Monsieur le procureur, est-ce de vous que vient

l'idée de vérifier si le macchabée s'est lui-même enfoncé la broche dans l'œil ? »

Pitié, pensa Szacki, tout sauf un légiste humoriste. Ce serait trop pour un début de journée.

« Nous devons tout envisager, répondit-il avec calme.

— C'est une théorie bien ingénieuse... »

Le médecin sourit malicieusement et commença à examiner le corps. L'assistant prenait des notes.

« Sur les membres et le tronc, nous n'avons relevé aucun hématome, aucune plaie consécutive à une coupure, piqûre ou mutilation, aucun orifice d'entrée d'un projectile d'arme à feu », dicta le légiste.

Il souleva avec précaution la paupière sous laquelle se trouvait jadis l'œil de Telak.

« L'œil droit est manquant. Des fragments du corps vitré et de la cornée sont visibles sur la joue. »

Il mit un doigt dans la cavité oculaire et en sortit les restes d'une substance grisâtre. Szacki plissa les paupières pour ne pas trop en voir.

« L'os derrière l'orbite droite est brisé, enfoncé à l'intérieur, probablement à l'aide d'un objet pointu. » Il souleva le crâne et l'examina attentivement en écartant les cheveux avec ses doigts. « De plus, nous n'avons trouvé aucune autre trace de blessures sur la tête du mort... Je tremble à l'idée de votre prochaine requête. »

Tout en s'adressant à Szacki, le chirurgien incisa d'un mouvement fluide le torse et le ventre de Telak en forme de « y », tira sur la peau et l'accrocha au menton. Pendant ce temps, l'assistant retirait le scalp du crâne.

« Formulons cette requête comme ceci : "Nous vous demandons d'établir si l'homme retrouvé mort décapité sous un wagon de tramway aurait pu se couper lui-même la tête avec un canif avant de s'allonger sur les rails pour y attendre le prochain train."

— Les gens font toutes sortes de choses. »

Le procureur avait élevé la voix pour couvrir le vrombissement de la scie mécanique avec laquelle le plus jeune des légistes découpait le crâne. Comme toujours dans un moment pareil, il avait envie de quitter la pièce : il détestait le bruit de succion moite qui accompagnait l'ouverture de la tête. La bile lui monta à la gorge lorsqu'il entendit le son tant détesté. On aurait vraiment dit celui d'un évier qu'on tente de déboucher.

Szacki s'attendait à d'autres plaisanteries, mais les deux chirurgiens se concentraient sur leur travail. Le plus jeune noua quelque chose au fond du torse pendant que le plus vieux découpait d'une main experte les organes internes de Telak à l'aide d'un outil qui rappelait à s'y méprendre un couteau à pain. Il les déposa ensuite sur un plateau près des pieds du cadavre. Puis il s'approcha du crâne ouvert.

« Bien, on peut attendre pour le dépeçage des abats. De toute façon, on n'y trouvera rien d'intéressant. Voyons voir ce que nous réserve cette tête… »

Il fit rouler une petite table en aluminium jusqu'au crâne ouvert, retira délicatement le cerveau rouge et gris de Telak et le déposa sur le plateau. Il regarda à l'intérieur. Soudain, il fronça les sourcils.

« Ça devait lui être totalement insupportable, dit-il d'un ton grave. Il s'est peut-être tué lui-même, après tout. »

Szacki s'approcha de deux pas.

« Qu'est-ce qui se passe ? » demanda-t-il.

Le médecin fouillait à l'intérieur de la boîte crânienne de Telak et tâchait visiblement d'en extraire quelque chose qui résistait. Des scènes d'*Alien* surgirent à l'esprit de Szacki. Le légiste fit pivoter sa paume comme s'il voulait tourner une clé dans une serrure et la retira très lentement. Il tenait un préservatif déroulé entre ses doigts.

« Je pense qu'il était obsédé. Il ne pouvait plus vivre avec ça. Le pauvre homme... »

Le légiste pencha la tête, pensif, tandis que son assistant était secoué d'un rire contenu. Szacki serra les dents.

« Je suis sûr que vous savez que tout un paragraphe du code pénal traite de la profanation de dépouille humaine, monsieur », dit-il froidement.

Le légiste jeta le préservatif à la poubelle. Il gratifia Szacki de ce regard que les enfants lancent parfois à l'école au chouchou de la maîtresse.

« Comment faites-vous, tous autant que vous êtes, pour être des fonctionnaires aussi barbants ? demandat-il. Il y a des formations spécifiques pour ça ?

— Nous avons des tests psychologiques à l'université, répliqua Szacki. Êtes-vous en mesure de continuer ou faut-il que j'appelle ma patronne pour lui demander deux jours de congés ? »

Cette fois, le médecin ne répondit rien. Il examina en silence l'intérieur du crâne, puis le cerveau avec une attention particulière. Quand il eut fini, il découpa en tranches les organes internes du défunt – Szacki distingua le cœur, les poumons, le foie et les reins, en s'efforçant de se préparer au pire : les intestins et l'estomac. Un nouveau spasme lui secoua la gorge. C'est un thé qu'il aurait fallu boire ce matin, se dit-il, et non un café noir. Finalement, le médecin incisa l'estomac, et la pièce se remplit de la senteur agressive des acides gastriques.

« Votre client a dégobillé peu avant sa mort, annonça le médecin légiste, et plutôt deux fois qu'une, si vous voulez mon avis. »

Le tube de somnifères vide trouvé dans la chambre de Telak vint aussitôt à l'esprit du procureur.

« Pouvons-nous vérifier le contenu des déjections ? demanda-t-il.

— Vous voulez dire, si c'était de la carotte ou de la côtelette ? »

Une dose d'ironie persistait dans la voix du légiste.

« Du point de vue toxicologique.

— Bien sûr qu'on peut. Mais on a besoin d'une ordonnance. On doit vérifier absolument tout ou une substance en particulier ?

— Une en particulier.

— Et vous savez laquelle ? On mettrait direct un petit mot pour le labo, ça irait plus vite. »

Szacki répondit qu'il se renseignerait pendant qu'ils recoudraient le mort.

« Très bien, approuva le légiste. En dehors de ça, votre client était en parfaite santé, je n'ai décelé aucune altération pathologique sur les organes internes. Il avait un cœur en bonne forme, les poumons d'un non-fumeur, aucun cancer, aucun ulcère. J'aimerais être dans cet état quand j'aurai cinquante ans. La cause de la mort est évidente, j'ai nommé les dommages provoqués au cerveau par un instrument acéré. La broche a déchiré le mésencéphale et le bulbe rachidien, en d'autres mots les parties les plus primitives du tronc cérébral, responsables des fonctions vitales basiques du corps humain. Une blessure idéale, une mort instantanée à côté de laquelle une balle dans la tempe fait figure d'agonie lente et douloureuse. La pointe a traversé le cerveau et s'est arrêtée sur l'os occipital, on voit la marque de l'intérieur. Donc le coup avait de la puissance, mais pas suffisamment pour briser le crâne.

— Une femme aurait-elle pu porter un tel coup ? demanda Szacki.

— Sans aucune difficulté. La paroi osseuse de l'orbite oculaire est fine, sa destruction ne nécessite pas de force particulière, et au-delà il n'y a que de la marmelade. Anticipant votre prochaine question, il m'est difficile de juger de la taille de l'agresseur, mais je suppose qu'il ne devait être ni trop petit ni trop grand. Soixante-dix pour cent de chances qu'il ait été grosso modo de la même taille que la victime, mais ce n'est qu'un avis informel, je ne vais pas l'écrire sur mon compte rendu.

— Pouvait-il se faire ça tout seul ? »

Le médecin analysa le problème un instant. Derrière son dos, l'assistant enfonçait sans ménagement les organes dans le tronc ouvert de Telak, remplissant les espaces vides avec des journaux roulés en boule.

« J'en doute. Primo, ce serait à ma connaissance le seul cas répertorié d'un suicide commis de cette manière, et je ne parle pas seulement de la broche à rôtir, je parle surtout du fait de s'enfoncer quelque chose dans le cerveau à travers l'œil. Vous imaginez un peu un tel mouvement ? Parce que moi, non. Secundo, ça aurait été très incommode d'un point de vue technique. La broche est longue, elle est compliquée à saisir, il aurait été difficile d'appliquer une force suffisante. Mais ça reste faisable, bien sûr, je ne peux pas l'exclure à cent pour cent. »

Szacki remercia le légiste et sortit de la pièce pour

appeler Oleg et lui demander le nom du médicament de Telak.

« Tranquiloxil. La substance active s'appelle l'alfazolam, en tablettes de deux milligrammes, lut le policier à partir de ses notes. Au fait, on a fait une dactyloscopie.

— Et ? s'enquit Szacki.

— Les empreintes de Telak et de Jarczyk figurent sur le tube. Et ce sont les seules. »

2

PROCÈS-VERBAL D'AUDITION DE TÉMOIN. Jadwiga Telak, née le 20 novembre 1962, domiciliée rue Karowicz, à Varsovie, diplômée d'études supérieures, sans emploi. Relation avec la victime : épouse. Jamais condamnée pour fausses déclarations.

Prévenu de sa responsabilité selon l'article 233 du code pénal, le témoin déclare ce qui suit :

« J'étais mariée à Henryk Telak depuis 1988. Deux enfants sont nés de cette union : Kasia en 1988 et Bartek en 1991. Notre fille s'est suicidée en septembre 2003. Jusqu'à ce drame, ma relation avec mon époux avait été correcte, même si, bien évidemment, il nous arrivait d'avoir des hauts et des bas. Paradoxalement, après la mort de notre fille, nous nous sommes beaucoup éloignés l'un de l'autre. Nous nous sommes efforcés de préserver les apparences d'un couple uni car nous pensions que cela vaudrait mieux pour notre fils Bartek, qui avait alors douze ans, mais ça n'a été qu'une façade. Nous avons fini par envisager une séparation à l'amiable, en êtres civilisés, puis Bartek est tombé malade. En fait, il avait déjà été souffrant bien des mois plus tôt, mais c'est à ce moment-là qu'il a eu son premier gros malaise. Après avoir fait des examens supplémentaires, nous avons découvert qu'il était porteur d'une malformation cardiaque incurable. À moins d'un miracle ou du don d'un nouveau cœur, le diagnostic était clair : il mourrait dans les deux années à venir. De manière paradoxale là encore, cette nouvelle épouvantable nous a sensiblement rapprochés, mon mari et moi. Nous nous sommes mis à combattre main dans la main pour des places dans les meilleures cliniques, les traitements les plus pointus. Nous avons dépensé une fortune dans ces démarches, mais mon époux dirigeait une entreprise d'imprimerie et nous étions des gens aisés. À cause du problème de notre fils, nous ne trouvions plus le temps de nous remémorer la mort de notre fille, ce qui était une bonne chose. Cependant, Henryk se sentait opprimé par l'ampleur des difficultés que nous traversions ; il souffrait d'insomnies, se réveillait la nuit en hurlant et prenait des calmants. Il buvait, mais pas jusqu'à l'ébriété. À l'automne de l'an dernier, il a rencontré

Cezary Rudzki et a commencé à fréquenter son cabinet. Je ne me rappelle plus comment ils se sont connus ; je crois que monsieur Rudzki avait passé commande chez Polgrafex, si ma mémoire est bonne. Si, au début, la thérapie n'a pas apporté d'amélioration notable, après trois mois mon mari allait un peu mieux. Il est resté triste, certes, mais les montées d'angoisse ne le torturaient plus. Durant cette même période, grâce à un séjour dans une clinique en Allemagne, l'état de mon fils s'est amélioré et nous nous sommes mis à espérer une rémission partielle qui permettrait d'attendre le cœur d'un donneur plus longtemps. Ça s'est passé en février dernier. Mon mari suivait sa thérapie pendant tout ce temps, alors je n'ai pas été surprise d'entendre qu'il voulait prendre part à un séminaire de deux jours entiers pour un traitement de groupe. Pour être franche, je me suis même réjouie à l'idée de rester seule tout un week-end. Je n'en suis plus sûre à présent, mais je crois que mon époux a eu un rendez-vous avec le docteur Rudzki le dimanche qui précédait le stage. Le jeudi, il n'est pas allé à sa séance hebdomadaire et le vendredi, il s'est rendu directement au cloître après le travail. Il m'a appelée le soir pour me prévenir qu'il devrait éteindre son portable et ne pourrait pas me parler pendant ces deux jours, mais qu'on se retrouverait le dimanche soir. Je lui ai souhaité bonne chance. Le dimanche matin, la police a téléphoné. La veille au soir, nous sommes restés à la maison avec mon fils. Bartek avait prévu de sortir avec des amis, mais il a été pris d'une migraine et a finalement renoncé. J'ai regardé des séries policières à la télé jusque tard dans la nuit, au-delà de minuit je crois, et Bartek a joué sur son ordinateur à des courses automobiles. »

Que le procès-verbal ne contienne pas deux rubriques supplémentaires présentait pour Teodore Szacki un inconvénient majeur. Les informations qui y auraient été consignées n'auraient pas pu constituer de preuves en elles-mêmes, ni devenir des pistes d'investigation, mais elles se seraient révélées inestimables pour les agents qui auraient repris l'enquête après un temps d'arrêt, si un tel cas de figure était venu à se produire. En premier lieu, il aurait fallu noter la description physique de la personne interrogée ; en deuxième lieu, l'analyse subjective de son comportement.

Une femme de quarante-trois ans se tenait assise face à lui. Elle avait une allure soignée, elle était grande, longiligne, belle au sens classique du terme, et malgré cela elle donnait l'impression d'être vieille, éreintée. Était-ce en raison de la mort qui avait si brutalement envahi sa demeure ? D'abord sa fille, puis son mari, enfin le fils qui les suivrait probablement bientôt. Combien de temps faudrait-il pour qu'elle parte à son tour ? Elle relatait ces drames sur un ton dénué de toute émotion, comme si elle narrait le déroulement d'un épisode de série télévisée et non sa propre vie. Où était donc passée cette haine qu'il avait découverte sur la cassette chez le docteur Rudzki ? Où était cette rage qu'incarnaient les participants à la thérapie ? Cette rage qui, par un tour de passe-passe magique, aurait pu pousser une étrangère à commettre un meurtre ? Était-il possible que la douleur pût réduire Jadwiga

Telak à un tel état ? Et surtout, sa douleur aurait-elle pu transparaître, au lieu d'être étouffée par sa haine envers son mari et sa volonté de le voir mort ?

« Connaissez-vous en personne le docteur Rudzki ? » demanda le procureur.

Elle fit non de la tête.

« Répondez par des phrases complètes, s'il vous plaît.

— Non, je ne connais pas monsieur Rudzki. Je ne l'ai jamais vu de mes yeux, si on écarte la photo d'identité présente sur la quatrième de couverture du manuel de psychologie que nous possédons à la maison.

— Et connaissez-vous Barbara Jarczyk, Hanna Kwiatkowska ou Ebi Kaim ?

— Ces noms ne me disent rien », répondit-elle.

Il lui montra les portraits, mais elle ne reconnut aucun des suspects. Durant cet exercice, elle conserva un regard vide, sans aucune émotion apparente. Szacki cherchait un moyen de la sortir de son état de torpeur. Si elle faisait semblant, elle ne serait pas facile à démasquer.

« Pourquoi votre fille s'est-elle suicidée ?

— Est-ce vraiment nécessaire ?

— Veuillez me pardonner, mais il ne s'agit pas ici d'une conversation mondaine. C'est une audition de témoin dans une affaire de meurtre. »

Elle hocha la tête.

« Vous demandez pourquoi, mais personne ne le sait. Pourquoi une fille de quinze ans décide-t-elle soudain de se gaver de somnifères ? Je doute que Dieu lui-même sache répondre à votre question. Quand mon fils l'a trouvée… »

Sa voix s'étrangla et elle se tut.

« Quand mon fils l'a trouvée, reprit-elle après un bref instant, nous avons cru à un accident. C'était le matin, elle n'était pas descendue pour le petit déjeuner. Je l'ai appelée, je lui ai crié de se lever et qu'elle allait être en retard à l'école. J'étais furieuse car j'avais rendez-vous avec une amie qui venait d'arriver de Poznan et je n'avais pas envie de la faire attendre. J'ai demandé à Bartek d'aller secouer un peu sa sœur. Bien évidemment, il renâclait, se plaignait d'être exploité, mais il a fini par monter. Je l'entendais qui chantonnait en gravissant l'escalier : "Saute du lit au réveil, ne fais pas la sourde oreille…" Je leur préparais des sandwiches et de la mayonnaise a giclé sur mon pantalon. Je maudissais la terre entière parce que c'était la tenue que je comptais porter pour sortir et que, si je devais changer le bas, alors mon chemisier n'irait plus avec l'ensemble. Des dilemmes féminins, en somme. J'ai voulu nettoyer la tache avec de l'eau et passer le pantalon au sèche-cheveux. Les minutes défilaient. J'étais en train de frotter le tissu avec une serviette en papier humide lorsque Bartek est descendu. Je ne l'ai regardé qu'une fraction de seconde et je ne lui ai rien demandé, j'ai couru à l'étage. »

Elle ferma les yeux. La bouche du procureur était devenue sèche, il se sentit soudain à l'étroit dans son bureau sombre. Hela avait sept ans. Est-ce qu'il lui arrivait d'imaginer qu'elle en avait quinze, qu'elle ne venait pas manger et que, furieux, il allait la sortir du lit de peur d'arriver en retard à une autopsie ? Oui, il lui arrivait de l'imaginer, comme il lui arrivait de l'imaginer blême et froide, victime d'un psychopathe ou d'un concours de circonstances stupide, ou bien encore étendue sur une table d'examen à l'institut médico-légal.

Son crâne s'ouvrait avec un bruit de succion moite. « Très bien, le dépeçage des abats peut attendre. »

Ses poumons manquèrent d'air. Il se leva et versa de l'eau plate dans deux tasses. Il posa l'une d'elle devant madame Telak. Elle tourna son visage vers lui.

« J'ai une fille, moi aussi, dit-il.

— Vous êtes seul à en avoir une », répondit-elle. Elle but un peu d'eau, puis elle reprit : « Je ne suis pas en mesure de vous raconter ce qui s'est passé ensuite. Je me souviens que nous avons cru à un accident. Une maladie quelconque, un infarctus, une rupture d'anévrisme, ce genre de choses arrive aussi à des jeunes, pas vrai ? »

Szacki acquiesça en silence. Il essayait d'écouter, mais la vision d'entrailles enfoncées dans un ventre avec des journaux et de la ouatine ne le quittait pas.

« Finalement, le légiste nous a dit la vérité. Par la suite, nous avons retrouvé sa lettre. Il n'y a rien dedans, rien pour vous en tout cas. Quelques phrases plutôt vagues mais aucune explication des raisons qui l'ont décidée à nous quitter. Je connais par cœur la forme de chaque caractère inscrit sur cette feuille de papier arrachée à un de ses cahiers de cours. D'abord "Mes Chers", avec de grandes lettres décorées. Ensuite, un point d'exclamation. En dessous : "Ne vous inquiétez pas." Point. "Je vous aime tous et Toi, Papa, je t'aime le plus au monde." Point. "Toi" et "Papa" avec une majuscule. Puis une double boucle ressemblant au signe de l'infini, dessinée au feutre rouge. Et une dernière phrase : "On se reverra au Nanguiyala". Sans point. Puis, à la toute fin : "Varsovie, le 17 septembre 2003, à 22 h". Comme dans un courrier administratif, même l'heure y est.

— Le Nanguiyala ? s'enquit le procureur.

— C'est un pays enchanté où l'on va après la mort.

Ça vient d'un livre d'Astrid Lindgren. Si vous ne le connaissez pas, je vous conseille de l'acheter et de le lire à votre fille. C'est un beau conte de fées, quoique, personnellement, je ne le classe pas parmi mes favoris.

— Comment votre mari a-t-il supporté tout ça ? » Elle le considéra froidement.

« Ceci est un interrogatoire dans une affaire de meurtre, j'ai bien intégré cet aspect, mais je vous serais néanmoins reconnaissante de réduire au strict minimum le nombre de questions idiotes, siffla-t-elle entre ses dents. Bien sûr qu'il l'a mal supporté ! Il a failli en mourir, il a passé deux semaines à l'hôpital. Comment vous l'auriez pris, vous ? Vous auriez emmené votre femme en seconde lune de miel ? »

Elle sortit une cigarette de son paquet et l'alluma. Du bout des doigts, il poussa sa tasse vers elle afin qu'elle puisse y faire tomber les cendres. Intérieurement, il remerciait la Providence d'avoir envoyé sa collègue en cure avec son enfant ; sa question était effectivement stupide, mais au moins les lignes de défense avaient commencé à trembler.

« Se sentait-il coupable ? demanda-t-il.

— Évidemment. » Elle haussa les épaules. « Moi aussi, je me sentais coupable. C'est toujours le cas. Pas un jour ne passe sans que je n'analyse ce que nous avons dû mal faire pour en arriver là. J'y pense sans arrêt.

— Rendez-vous votre mari responsable de la mort de votre fille ?

— Comment pouvez-vous poser une telle question ?

— Parce qu'elle est très simple. Dans sa lettre, Kasia a écrit qu'elle aimait tout particulièrement son père. Peut-être que leurs rapports étaient plus étroits, peut-être que c'est de ce côté-là que vous cherchiez les causes de son suicide ? »

Elle écrasa son mégot dans la tasse, ferma les paupières et inspira profondément. Lorsqu'elle ouvrit à nouveau les yeux pour fixer Szacki, il faillit s'enfoncer dans son siège pour fuir ce regard.

« Je vous prie d'excuser mon langage, mais qu'est-ce que vous insinuez, vieux dégueulasse ? Qu'est-ce qui traverse votre putain de cervelle de fonctionnaire mal payé lorsque vous évoquez des "rapports plus étroits" ? Et je vous saurais gré de transcrire ma déclaration mot à mot ou je n'apposerai pas ma signature sur les feuilles du procès-verbal, pas même sur celle où figurent mon nom et mes informations personnelles !

— Avec plaisir… »

Au lieu de reculer, il se pencha en avant par-dessus le bureau, sans quitter du regard les pupilles bleues de la femme, aussi froides que la mer Baltique au mois de juin.

« … mais auparavant, je vous prie de répondre à ma question au lieu de me couvrir d'insultes.

— Mon mari défunt et ma fille défunte se comprenaient parfaitement. Mieux que quiconque dans la famille. Il m'arrivait de me sentir jalouse, de me sentir exclue. C'était à peine croyable, ils semblaient lire dans les pensées l'un de l'autre. Lorsqu'ils partaient ensemble faire de la voile, ils n'envoyaient qu'une carte postale ; lorsque je partais en vacances avec les enfants, Kasia me demandait d'appeler son père tous les jours. Vous savez comment c'est, on déclare aimer ses enfants de manière équitable, les enfants aussi soutiennent qu'ils aiment leurs parents sans préférence aucune, mais ce n'est pas vrai. Au sein de notre famille, Kasia aimait tout spécialement Henryk

159

et Henryk aimait tout spécialement Kasia. Et lorsque ma fille s'est donné la mort, une grande part d'Henryk est morte elle aussi. Son assassin ne l'a pas tant tué qu'il n'a mis un terme à son agonie. Si, par le plus grand des miracles, vous l'attrapez un jour, alors vous pourrez réclamer une remise de peine, vu qu'il n'a pas assassiné un homme entier mais un demi-cadavre. »

Le dernier mot avait été prononcé sur un ton tel que Szacki en eut froid dans le dos. Il ne tenait pas à poursuivre cette conversation mais il ne pouvait plus reculer.

« Je comprends, dit-il poliment, et ayant noté tout ceci, je vous demande à présent de répondre à ma question.

— Laquelle ?

— Rendez-vous votre mari responsable de la mort de votre fille ? »

Elle alluma une nouvelle cigarette.

« Personne n'en était aussi proche que lui, personne ne la connaissait aussi bien que lui, personne ne la comprenait mieux que lui. Comment est-il possible qu'il n'ait pas su empêcher son geste ? Je me le demandais souvent quand je le voyais s'agenouiller devant sa tombe. Est-ce qu'une telle réponse vous suffit ?

— Disons que oui », admit-il avec clémence.

Il lui décrivit brièvement le déroulement de la thérapie de groupe. Lorsqu'il eut fini, le visage de madame Telak évoquait un masque mortuaire. Aucune émotion n'y transparaissait.

« Nous n'avons formé ni un couple idéal ni un couple heureux, et plus d'une fois je me suis surprise à penser que je ne me serais pas opposée à ce qu'il trouve quelqu'un d'autre et me quitte. Mais ce que vous me dites là… Honnêtement, je ne pense pas avoir déjà entendu un tel ramassis de sottises. Vous essayez de me faire croire que ma fille s'est suicidée et que mon fils est tombé gravement malade parce que mon mari n'a pas assisté aux funérailles de ses parents ? Mais vous entendez ce que vous dites ? Et vous insinuez que j'aurais compris tout ça et souhaité la mort d'Henryk ? Et qu'arrive-t-il ensuite d'après vous ? Une bonne femme que je ne connais ni d'Ève ni d'Adam se sent devenir tellement moi qu'elle attrape ce que vous avez appelé "un instrument acéré" et qui s'avère être une broche à rôtir, chose que j'ai dû découvrir en lisant la presse, pour la lui enfoncer dans la tête ? Est-ce que vos supérieurs sont au courant de vos théories ? »

Une fois de plus, elle alluma une cigarette. Szacki n'y tint plus et en sortit une à son tour, sa première de la journée.

« Veuillez me comprendre. Un meurtre, ce n'est pas un vol d'autoradio dans un parking la nuit. Nous devons suivre chaque piste.

— Si vous examiniez les vols d'autoradio avec autant d'imagination, il y en aurait tout de suite moins. »

Au fond de lui, Szacki ne lui donnait pas tort. Il jugea inutile de s'attarder sur le sujet de la thérapie. Peut-être plus tard, quand j'en saurai davantage, se promit-il. Pour finir, il l'interrogea à propos des ennemis potentiels de son mari, mais elle nia qu'il en eût jamais eu.

« Pour être tout à fait franche, mon mari était plutôt insipide, admit-elle. Les hommes comme lui ont rarement des ennemis. »

Intéressant, il entendait cette opinion pour la deuxième fois et, pour la deuxième fois, il avait l'impression qu'on lui mentait.

« Puis-je récupérer la dépouille de mon mari à la morgue ? » demanda-t-elle au moment de partir, après avoir lu avec une grande attention puis signé le procès-verbal d'audition.

Le procureur avait dû inscrire en bas de la dernière page la formule consacrée : « C'est tout ce que j'ai à déclarer dans cette affaire », mais il se dit que, dans ce cas précis, elle ne recouvrait probablement pas la vérité.

« Oui, vous pouvez vous y rendre tous les jours entre huit heures du matin et trois heures de l'après-midi. Il vaut mieux appeler et prendre rendez-vous. Néanmoins, je vous conseille de confier ces démarches à votre entreprise de pompes funèbres. Veuillez excuser ma franchise, mais un homme après une autopsie est, si cela est possible, encore plus mort qu'avant l'opération. »

Kuzniecov avait fait remarquer un jour qu'à l'institut médico-légal ne persistait plus une once de la dimension spirituelle de la mort ; d'après lui, il n'y restait que l'atmosphère d'un dépositoire.

« Honnêtement, il vaut mieux que des professionnels l'habillent, l'arrangent un peu et le placent dans son cercueil. Vous devrez de toute façon l'identifier avant la fermeture et son transfert au cimetière. C'est le règlement. »

Elle le salua d'un mouvement de tête et sortit. C'est une femme fatiguée qui quittait son bureau, une femme emplie de tristesse et de douleur. Toutefois Szacki gardait à l'esprit les paroles dures qu'elle avait eues à propos des idées qui naissaient dans sa « cervelle de fonctionnaire mal payé ». Si elle avait commencé à le menacer à ce moment-là, il aurait pris peur.

3

Il jeta un coup d'œil à sa montre. Midi. Le fils Telak devait arriver à treize heures. Par chance, sa mère n'avait pas insisté pour être présente durant l'interrogatoire, bien qu'en théorie elle en eût le droit. En pratique, on n'exerçait ce droit que lors d'auditions d'enfants et non lorsqu'il s'agissait de jeunes gaillards de quinze ans. Szacki disposait donc d'une heure. C'était embêtant. S'il en avait eu deux, il aurait pu planifier son enquête, s'il en avait eu trois, il aurait pu rédiger l'acte d'accusation dans l'affaire Nidziecka. Mais dans la situation présente, il n'avait pas envie d'entamer un chantier. À nouveau, il se sentit las. Plus dérangeant encore, l'impression d'avoir omis un détail important ne le laissait pas en paix. Il était persuadé qu'il possédait un indice, peut-être même déjà inscrit dans ses procès-verbaux, mais qu'il ne l'apercevait pas. Il devrait relire minutieusement toutes les pièces de l'enquête. Dans un autre domaine, il devrait demander à ses collègues si l'un d'entre eux ne connaîtrait pas une belle aire de jeux où il pourrait organiser l'anniversaire de sa fille. Quelle mode merdique ! s'agaça-t-il. De mon temps, tout le monde se réunissait à la maison pour les fêtes et les anniversaires, et ça se passait très bien. Mon Dieu, avait-il vraiment pensé « de mon temps » ? Était-il déjà si vieux ?

Il se prépara un café.

Et parcourut le journal du regard. Quel ennui ! Le président Kwasniewski demandait à Cimoszewicz de se porter candidat ? Grand bien lui fasse. Quel était l'intérêt d'écrire des banalités pareilles ? Rédiger des articles politiques quotidiens aurait dû être interdit. Une fois par mois, un compte rendu sur deux colonnes et basta.

Les politiciens vivaient dans un monde en vase clos, persuadés qu'à longueur de journée ils accomplissaient des tâches à ce point capitales qu'ils devaient absolument en rendre compte lors de conférences de presse. Leur prétendue valeur se voyait confirmée par les légions de chroniqueurs enthousiastes, eux aussi convaincus de la gravité des faits qu'ils relataient et poussés probablement par le besoin de rationaliser les heures d'un travail vidé de sa substance. Et finalement, en dépit des efforts conjugués de ces deux groupes professionnels, couplés à l'assaut médiatique d'informations superflues mais présentées comme essentielles, le peuple tout entier n'en avait rien à foutre. L'hiver dernier, Szacki était parti en vacances avec Hela et Weronika, ils avaient été absents durant deux semaines. Pendant toute la durée de ses congés, il n'avait pas ouvert un seul journal. Il était revenu et la routine avait repris son cours. Rien, strictement rien n'avait changé ; rien ne s'était passé. Cependant, lorsqu'il avait feuilleté la presse de la période, un panorama bien différent s'était offert à son regard : le monde avait couru à sa perte tous les jours, le gouvernement s'était écroulé chaque matin, l'opposition s'arrachait les cheveux de désespoir, les partis politiques se ridiculisaient, les sondages variaient d'heure en heure, de nouvelles alliances en découlaient sans cesse et les commissions parlementaires condamnaient le peuple à la mort par bavardage. Pour quel résultat ? Aucun.

Maryla entra dans son bureau.

« Ça vient de la régionale », annonça-t-elle en déposant une dépêche devant lui, avant de sortir sans autres explications.

Szacki lut, jura, saisit son café et se précipita hors de la pièce. Il dépassa en trombe l'assistante qui n'avait pas eu le temps de rejoindre son poste, frappa à la porte de la directrice et, sans attendre d'invitation, pénétra à l'intérieur du cabinet.

« Bonjour, monsieur le procureur. »

Janina Chorko le contemplait par-dessus ses lunettes sans décoller ses mains du clavier de l'ordinateur.

« Bonjour. C'est la troisième fois qu'ils renvoient mon projet de classement sans suite du meurtre de Sienkiewicz, dit-il en faisant tomber le document devant elle sur le bureau.

— Je sais, monsieur le procureur.

— C'est absurde ! Si je rédige un acte d'accusation, non seulement le tribunal ne va pas retenir les charges, mais en plus, il nous rira au nez. Et ces putains de plumitifs s'en rendent parfaitement compte. Tout ce qui les intéresse, c'est la statistique. Ils veulent comptabiliser un autre acte d'accusation et s'en débarrasser aussi sec. La suite, ça n'est pas leur problème ! »

Szacki tentait de garder son sang-froid, mais l'indignation transparaissait dans sa voix bien plus qu'il ne l'aurait souhaité.

« Je sais, monsieur le procureur », répondit Chorko.

Le meurtre de Sienkiewicz était l'exemple type de ce qu'on pouvait qualifier de tuerie classique entre ivrognes du centre-ville. Ils avaient bu à trois, s'étaient réveillés à deux, une gorge tranchée privant le troisième de son aptitude à revenir du monde des songes. Sur le couteau, les empreintes digitales des trois hommes se retrouvaient pêle-mêle. Les deux survivants juraient par tous les saints qu'ils ne se rappelaient absolument rien. D'ailleurs, ils avaient eux-mêmes appelé l'ambulance. Il était clair que l'un des deux était l'assassin mais on ne savait pas lequel, on manquait d'indices pour désigner le coupable. Et impossible d'accuser les deux. Une situation ridicule : la police avait attrapé le tueur sans véritablement le faire.

« Vous vous rendez compte que, si on les accuse ensemble, le pire commis d'office réussira à les faire acquitter ? Et si on en tire un à pile ou face pour l'incriminer, aucun avocat ne lui sera nécessaire, la cour le relâchera dès l'audience préliminaire. »

La directrice ôta les lunettes qu'elle n'utilisait que pour lire sur l'écran et ajusta les mèches de sa frange. Ses boucles semblaient avoir été transplantées à partir de la toison d'un caniche.

« Monsieur le procureur Szacki, dit-elle, je suis en parfait accord avec ce que vous me présentez, mais je suis également consciente de la structure hiérarchique du ministère public. Ce qui veut dire que plus on monte les échelons et plus on s'approche de notre chef à tous, qui est... »

Elle tendit un index vers Szacki, dans une invite muette à finir sa phrase.

« ... un politicien débile parachuté chez nous pour faire gagner à ses petits camarades des points dans les sondages.

— Exactement. Mais je vous prie de ne pas le répéter devant la presse, à moins que vous ne souhaitiez attendre votre retraite au sein du service de la correspondance générale. C'est pourquoi, pris d'un excès de zèle, nos collègues du parquet régional... »

Une nouvelle fois, elle pointa Szacki du doigt.

« ... se préparent déjà à un changement de garde et, juste au cas où, cherchent à se montrer plus radicaux, plus intransigeants et plus durs encore que l'œuf unique dont sont sortis les jumeaux Kaczynski. »

Favoris des sondages, les frères qui dirigeaient le parti Droit et Justice étaient réputés pour leurs penchants autoritaires.

« Alors, monsieur le procureur, puisque vous analysez la situation avec autant de finesse, pourquoi débarquez-vous chez moi avec vos griefs ? Je ne suis pas votre ennemie. Tout simplement, je sais que si nous ne courbons pas l'échine de temps en temps, alors nous serons mis au placard et nos places seront prises par quelques esprits frêles mais fidèles. Croyez-vous vraiment cela préférable pour cette noble institution qu'est le parquet du district de Varsovie-Centre ? »

Szacki s'assit, croisa les jambes. Il tira sur le pli de son pantalon et soupira ostensiblement.

« Je vais vous confier quelque chose, dit-il.

— Un détail torride ? » demanda-t-elle.

Il ne sourit pas. Janina Chorko était la dernière personne sur cette planète avec laquelle il avait envie de flirter.

« La semaine dernière, j'ai reçu un appel de Butkus.

— Le mafieux lituanien ?

— En personne. Son procès débutera dans deux mois. Il m'a dit qu'il n'était pas rancunier et que si j'avais envie de troquer ma toge contre une robe d'avocat, il serait prêt à me payer vingt mille zlotys rien que pour prendre en charge sa défense, plus dix mille pour chacune des audiences et enfin cinquante mille en cas d'acquittement.

— Vous en seriez capable ? »

Chorko prit ses aises dans le fauteuil et libéra un cran de son chemisier. Szacki crut sentir une bouffée de chaleur. Cette scène se déroulait-elle vraiment devant ses yeux ?

« Bien sûr que j'en serais capable. Je dirigeais l'enquête avant que les stars de la régionale ne me l'enlèvent. J'ai aidé lors de la rédaction de l'acte d'accusation, je connais le cas.

— Ce n'était pas le sens de ma question. Seriez-vous capable de passer de l'autre côté de la barrière sans aucun scrupule ? »

Un long moment, Szacki demeura assis en silence. La réponse à cette question était facile. S'il avait été en mesure de passer dans le camp d'en face, il l'aurait déjà fait depuis belle lurette. Qu'est-ce qui le retenait à son poste, sinon une foi infantile en l'insigne du shérif ? Il touchait une paie de fonctionnaire. C'était la même pour un procureur de la capitale et pour celui d'un trou paumé à la frontière biélorusse. Aucune prime. L'interdiction formelle inscrite dans les statuts d'arrondir ses fins de mois de quelque manière que ce soit – en dehors des conférences à l'université, pour lesquelles il lui aurait fallu de toute façon une dérogation spéciale, sans parler du fait qu'il était hautement improbable qu'on lui confiât un tel mets de choix. Des horaires de travail non réglementés, ce qui en pratique équivalait à soixante heures par semaine et, pour finir, il devait assister au découpage des macchabées et accomplir sans sourciller les diverses volontés de ses multiples supérieurs – rien qu'au parquet, on trouvait plus de dirigeants de tout acabit que de directeurs dans les autres entreprises d'État mises bout à bout. La reconnaissance sociale n'était pas non plus au rendez-vous. Les civils prenaient le procureur pour le méchant gars qui libère les bandits attrapés par la gentille police, ou encore pour le méchant gars dont l'incapacité chronique à remplir des documents pousse les tribunaux à laisser les gangsters dans la nature. Et les écervelés du Parlement considéraient les procureurs comme leur armée personnelle destinée à harceler leurs adversaires politiques. Pas à dire, quel boulot fabuleux, pensa-t-il avec amertume. Ça valait le coup de bûcher comme un malade à la fac.

« Cette barrière a de nombreuses facettes », répondit-il évasivement. Il ne tenait pas à se confier à sa directrice.

« Mais oui, bien sûr, monsieur le procureur. Je vous imagine aisément dans un cabinet de conseil juridique en train de préparer des demandes d'expulsion ou de chercher un moyen de poursuivre un débiteur pour quelques pour cent d'intérêts supplémentaires. »

Chorko s'était mise à s'amuser avec le col de son chemisier. Si elle se penchait, il allait être obligé de jeter un coup d'œil à son décolleté. Et cela, franchement, il n'en avait nulle envie.

« Nous avons tous nos factures à payer, dit-il en haussant les épaules.

— Revenons à nos moutons. Allez-vous rédiger cet acte d'accusation, oui ou non ? Faisons un compromis. Inculpez-les de non-assistance à personne en danger au lieu de les inculper de meurtre. Ça sera toujours ça de pris. On verra ce qu'ils en feront. »

Il hocha la tête sans conviction. Il avait déjà songé à cette possibilité.

« Je vous préviens, ça ne sera un plaidoyer ni particulièrement long ni particulièrement persuasif.

— Je le validerai quand même. Et n'oubliez pas le plan d'enquête dans l'affaire Telak et l'acte d'accusation dans celle de Nidziecka. »

Il acquiesça et se leva.

« J'ai été ravie de bavarder avec vous, monsieur le procureur. »

Chorko le gratifia d'un sourire radieux ; les créatures des toiles de Bruegel revinrent à la mémoire de Szacki. Il renvoya à sa patronne une grimace à la signification indéfinie et sortit.

4

À la mi-journée, quand la foule ne se pressait pas encore dans les installations du Club Warszawianka, les séances de bains publics étaient un véritable plaisir. L'homme prit place sur la rangée la plus élevée du sauna sec et y demeura jusqu'à ce que sa vision se trouble et que chaque inspiration lui brûle l'œsophage. Il quitta alors l'étuve, suspendit sa serviette à une tringle en bois et descendit nu dans une large vasque remplie d'eau glacée disposée au milieu de la pièce. Des millions d'aiguilles pénétrèrent sa peau. Il attendit que son visage se retrouve sous la surface pour crier. C'était fabuleux ! Il demeura encore quelques instants enveloppé par le liquide froid puis émergea, s'enroula dans une serviette et s'allongea sur une chaise longue dans le jardin. Igor lui tendit une bouteille de jus d'orange frais. Oui, il y avait des moments dans la vie d'un homme où l'on n'avait besoin de rien d'autre que d'un peu de chaleur, d'un peu de douceur et d'un jus d'orange frais. Non qu'il eût été un de leurs fans, mais les anciens apparatchiks du Pacte de Varsovie avaient fait preuve de goût en donnant l'ordre de construire ce club, jadis privé, avec sa belle piscine et ses dépendances.

Un peu plus loin, deux jeunes gens d'une vingtaine d'années étaient couchés si près l'un de l'autre que, s'ils s'étaient rapprochés d'un seul millimètre supplémentaire, on aurait pu les accuser de s'adonner à une relation sexuelle dans un lieu public. Tour à tour, ils chuchotaient puis pouffaient d'un rire contenu. L'homme posa sur eux un regard méprisant. La fille était acceptable, même s'il n'aurait pas été inutile de lui passer un coup de tondeuse sous les aisselles et de l'envoyer suivre un cours de fitness une fois ou deux. Le garçon, quant à lui, ne ressemblait à rien, à l'image de tous ceux de sa génération : des bras maigrichons, des jambes maigrichonnes, une pilosité de porcelet et des pectoraux de tuberculeux.

« Ils devraient augmenter les tarifs », dit-il à l'intention d'Igor, suffisamment fort pour que le jeune couple puisse entendre. « Ça empêcherait n'importe quels vauriens de squatter ici pendant des heures. »

Igor souligna son assentiment par une moue de dépit. Le couple se tint coi un instant, puis le garçon chuchota quelque chose à l'oreille de la fille, qui devint soudain hilare. L'homme avait envie de se lever et de leur mettre des claques. Néanmoins, il se maîtrisa et décida de ne plus leur prêter attention. De nouveau, il se tourna vers Igor :

« Et donc, on dirait que l'histoire avec Henryk ne fera pas de vagues ?

— Oui, je crois qu'on ne doit pas s'inquiéter, répondit ce dernier. Szacki devrait transcrire son plan d'enquête dans la journée, on en saura davantage à ce moment-là.

— Quand est-ce qu'on en recevra une copie ?

— Ce soir, lui assura Igor, comme s'il était naturel qu'ils puissent accéder aux documents internes de tous les bureaux du ministère public à travers le pays.

— Parfait », se réjouit son patron avant de boire une grande gorgée de son jus. Il aimait quand tout restait sous contrôle, quand les choses prenaient une tournure prévisible.

5

Kuzniecov avait un fils du même âge que Bartek Telak ; ces temps-ci, il en parlait toujours comme d'un animal.

« Parfois, j'ai envie d'installer une serrure sur la porte de notre chambre à coucher, avouait-il. Il est devenu immense, chevelu, il tournicote comme un lion en cage. Son humeur change toutes les dix minutes, il a plus d'hormones dans le sang qu'un coureur du Tour de France n'a de stéroïdes. Quand on s'engueule le soir, je me dis : va savoir s'il ne va pas sortir un couteau ? Et dans ce cas, est-ce que je pourrai faire face ? D'accord, je ne suis pas un poids plume mais, mine de rien, il n'a rien à m'envier. »

Ce genre de théorie ne signifiait qu'une chose : que Kuzniecov était un malade mental et que son imagination débridée couplée à son trop long séjour au sein de la police nationale l'avait conduit à une forme de schizophrénie bipolaire. C'est ce que Szacki avait toujours cru. Maintenant qu'il se trouvait assis en face d'un adolescent, il lui vint soudain à l'esprit que les fantasmes irrationnels du commissaire contenaient peut-être un fond de vérité. Le fils Telak avait des traits délicats, un teint de papier mâché, des cheveux noirs et des sourcils très sombres qui accentuaient davantage sa pâleur. Ni son pantalon ample ni son anorak taille XXL n'arrivaient à masquer sa maigreur. Bien au contraire, ses vêtements bouffants lui donnaient un air encore plus fragile. Le procureur savait que l'adolescent était sur le point de mourir et pourtant, dans chacun de ses gestes, dans chacun de ses regards, il distinguait de l'agressivité, de la férocité et du désespoir. Sans doute ces caractéristiques devenaient-elles nécessaires lorsque arrivait le temps de gagner sa place dans le monde ? Szacki ne se rappelait plus comment les choses s'étaient déroulées pour lui à cet âge. Il avait beaucoup picolé, s'était beaucoup masturbé et avait discuté politique durant des soirées entières. À part ça ? Le trou noir. Il s'était engueulé fréquemment avec ses parents, c'était sûr, mais les avait-il haïs ? Y avait-il eu des moments durant cette période où il avait souhaité leur mort ? Aurait-il accepté cette mort, si elle avait pu lui assurer l'indépendance et la liberté ? Le souvenir du procès d'un mineur matricide lui revint en mémoire ; l'adolescent avait expliqué à la cour : « … et alors l'idée a germé dans ma tête que ma mère pouvait disparaître. » Une telle idée avait-elle déjà germé dans l'esprit du fils d'Henryk Telak ?

PROCÈS-VERBAL D'AUDITION DE TÉMOIN.
Bartek Telak, né le 20 mars 1991, domicilié
rue Karowicz, à Varsovie, études primaires,
élève du collège numéro 2, situé rue Narbutt.
Relation avec la victime : fils d'Henryk Telak
(la victime). Jamais condamné pour fausses
déclarations.

Prévenu de sa responsabilité selon l'ar-
ticle 233 du code pénal, le témoin déclare ce
qui suit...

Au bout de cinq minutes, le procureur eut envie d'inscrire en majuscules : « Il ne déclare que de la merde ! », dans la mesure où le jeune homme communiquait exclusivement par mouvements de tête, demi-mots et monosyllabes.

« Que sais-tu à propos de la thérapie de ton père ?
— Il la suivait.
— Autre chose ? »
Il fit non de la tête.
« Vous en aviez parlé ? »
Une autre négation mimée.
« Tu connais les personnes qui fréquentaient la même thérapie ? »
Encore une.
« Reconnais-tu quelqu'un sur ces photos ? »
Et encore une.
De cette manière, ils n'iraient nulle part, songea Szacki.
« Que faisais-tu le samedi soir ?
— Je jouais.
— À quoi ?
— *Call of Duty.*
— Un ou deux ? »

174

— Le deux.

— Quelle compagnie ? »

Le garçon se redressa sur sa chaise.

« Pitié…

— La russe, la britannique ou l'américaine ?

— La russe.

— Tu n'as pas dû aller bien loin.

— Sûr… J'arrive pas à dépasser ce moment dans Stalingrad où il faut se défendre en mitraillant à partir de la fenêtre de l'hôtel de ville. J'arrive pas à les descendre tous, il y en a toujours un qui se faufile en bas et qui me surprend par-derrière. Et quand je surveille mes arrières, il y a toute une putain d'armée de fachos qui débarquent par-devant avec leurs mitrailleuses. »

Szacki approuva, plein de sollicitude : cette mission lui avait donné du fil à retordre pendant des heures.

« Malheureusement, il n'existe aucune bonne façon de passer, dit-il. Le mieux, c'est encore d'en supprimer un maximum au début, puis de faire gaffe aux arrières et de ne descendre au fusil à lunette que ceux qui portent des pistolets automatiques. Si tu tiens le coup assez longtemps, un nouvel ordre de mission finira par apparaître à l'écran. Celle-ci n'a aucun intérêt, toute sa difficulté réside dans le fait que le nombre habituel d'Allemands a été multiplié par dix. Mais en dehors de ça, le jeu est pas mal.

— Ça devait ressembler à ça, vous ne croyez pas ?

— La guerre ? Peut-être bien… Tu cours à l'aveuglette en serrant ton fusil qui s'enraye, un immense chaos t'entoure, les balles sifflent, tes amis s'écroulent de toute part et toi, la seule chose qui occupe ton esprit, c'est d'atteindre le prochain trou, t'y cacher, balancer ta grenade et courir à nouveau. Le son est essentiel.

— J'ai des haut-parleurs 5.1.

— Félicitations. Je n'ai que des 2.1. Pour les 5.1, l'appartement serait trop petit. De toute façon, je joue presque toujours avec des écouteurs, dans la mesure où les bruitages exaspèrent ma femme.

— Chez moi, ma mère vient me dire qu'elle ne tient pas à entendre des tanks rouler à travers sa maison. Au cinéma, les interrogatoires ont l'air différents de celui-ci. »

Szacki fut surpris par le brusque changement de sujet mais répliqua du tac au tac :

« Je ne peux pas mener mon interrogatoire. Pourquoi tu ne réponds pas à mes questions ? »

Le garçon haussa les épaules.

« Je ne crois pas que ça ait de l'importance.

— Ton père a été tué et moi, je veux comprendre par qui et pourquoi. Cela n'a pas d'importance, d'après toi ? »

Un autre mouvement des épaules.

« Non, ça ne le fera pas revenir. Et puis, quelle différence ça fait que je réponde par des phrases complètes au lieu d'un oui ou d'un non ? L'essentiel, c'est que je dise la vérité, non ? »

Szacki poussa le procès-verbal sur le côté. Il était peu probable que le garçon détienne une information susceptible de devenir une preuve dans l'enquête. Il était préoccupé par un autre aspect.

« Et voudrais-tu que ton père revienne à la vie ? » demanda-t-il.

Il attendait un nouveau haussement d'épaules, mais le fils Telak demeura immobile, sans même un clignement des paupières. « Oui et non, répondit-il.

— C'était un mauvais père ?

— Il ne nous battait pas et n'exigeait pas de nous qu'on lui lave le dos, si c'est ça le sens de votre question. Il criait peu, aussi. C'était un père polonais ordinaire et ennuyeux. Je ne le haïssais pas et ne l'aimais pas non plus. C'est peut-être le choc, mais je n'arrive pas à ressentir quoi que ce soit depuis sa mort. Je vous dis la vérité. »

Le procureur aurait souhaité que ses autres témoins fournissent des réponses aussi sincères tous les jours. Il approuva du menton, en signe de respect pour le garçon.

« A-t-il beaucoup changé après la mort de ta sœur ?

— Il a vieilli. Mais auparavant, de toute façon, ma sœur était la seule à avoir une véritable connexion avec lui. Donc pour moi, ça n'a pas eu beaucoup d'impact.

— Tu le rendais coupable de la disparition de ta sœur ? »

Il hésita.

« Pas plus que tous les autres autour de moi. » Szacki songea aux pilules retrouvées au cloître, dans la cellule de Telak.

« Aurais-tu été surpris si ton père s'était suicidé ?

— Non, pas vraiment. Je suis plus étonné de savoir que quelqu'un l'a tué. Quelle raison ce quelqu'un pouvait-il bien avoir ? »

Bonne question. Szacki se sentit à nouveau terriblement fatigué. Bon sang, comment aurait-il pu connaître le mobile de ce meurtre ? Il avait l'impression que tout tombait en ruine. La théorie selon laquelle Telak avait été assassiné par un participant à la thérapie lui semblait tour à tour crédible et fantaisiste, avec une préférence de plus en plus marquée pour la seconde option. Aucune des auditions de témoin n'avait introduit de nouveaux éléments exploitables dans l'enquête. Ces interrogatoires n'avaient produit qu'une suite de réponses banales à des questions banales. Peut-être devrait-il lever le pied, confier l'affaire à la police et attendre tranquillement le résultat le plus probable, à savoir le fameux CSS, « classé sans suite ».

« C'est précisément ce que j'ignore », avoua-t-il sincèrement.

Certes, son aveu n'était peut-être pas totalement sincère. Il n'aurait su l'expliquer de manière rationnelle, mais il désirait que le jeune homme croie que l'enquête piétinait et que le procureur ne savait plus comment relancer la machine.

« Vous devez trouver le mobile, l'opportunité et l'arme du crime, conseilla le garçon.

— Merci. Moi aussi, je lis des polars. Et toi, connais-tu une personne à qui la mort de ton père aurait profité ?

— Pas à moi. Vous savez certainement que je suis malade et que je vais bientôt mourir ? »

Szacki fit oui de la tête.

« Trois trucs peuvent me sauver la mise : un miracle, l'assurance maladie polonaise et une greffe dans une clinique privée à l'étranger. D'après vous, quel scénario est le plus crédible ? Voilà. Et d'après vous, de combien est-ce que mes chances ont diminué maintenant que mon père et son salaire de directeur ne sont plus là ? Voilà. »

Que pouvait-il rétorquer à cela ? Que pouvait-il encore demander ? Il remercia le garçon et lui souhaita bonne chance pour la suite de *Call of Duty*. Faire signer le procès-verbal s'avérait inutile car celui-ci ne contenait absolument rien.

« Viendrez-vous aux obsèques samedi ? demanda le fils Telak au moment de sortir.

— Bien sûr. »

Szacki se reprocha intérieurement de n'avoir pas eu

cette idée plus tôt. Il s'agirait sans doute de l'unique occasion de voir la famille du défunt et les participants à la thérapie réunis.

6

La description des faits, la présentation des hypothèses d'investigation ainsi que la rédaction du plan de l'enquête avaient nécessité moins d'efforts que ce qu'il avait prévu : à peine une heure et demie. Si l'on prenait en considération le fait qu'il avait passé le plus clair de son temps à rêvasser à Monika Grzelka, alors le résultat devenait convenable. Et maintenant, qu'était-il censé faire ? Depuis qu'il avait séduit Weronika, presque quinze ans auparavant, il n'avait jamais véritablement tenté sa chance auprès des femmes. Et pour être honnête, sa future épouse avait fait alors la majeure partie du travail. Ses souvenirs aujourd'hui se réduisaient à un vague « ça a fini par se produire ». Elle lui avait plu, ils avaient parlé un peu, puis, soudain, ils avaient commencé à s'embrasser – correction : puis, soudain, elle avait commencé à l'embrasser – et la semaine d'après, ils s'étaient retrouvés au lit. Deux semaines plus tard, Szacki n'arrivait plus à imaginer la vie sans elle.

C'est tout ce que j'ai à déclarer dans cette affaire, conclut-il en pensée. Si l'on mettait de côté quelques expériences au lycée ou lors de ses premières années de fac, ainsi que deux aventures extraconjugales au tout début de leur mariage, aventures qu'il s'efforçait à tout prix d'effacer de sa mémoire, sans parler de la rencontre avec une certaine procureur de Piaseczno malheureusement restée platonique, c'était effectivement tout. Jusqu'à présent, il s'était consolé en se disant que cela valait mieux ainsi, puisqu'il avait une femme et un enfant et avait donc intérêt à se tenir tranquille. Mais la vérité était tout autre : il regrettait amèrement. Que disait l'adage, déjà ? « Il vaut mieux fauter et le déplorer que déplorer de n'avoir point fauté. » Encore une sagesse populaire stupide qui n'avait de valeur que sur le papier. La procureure et lui s'étaient rencontrés dans l'affaire du meurtre d'un promoteur immobilier. Le cadavre avait été retrouvé à Varsovie, mais la famille, les amis, l'entreprise et le quotidien de la victime pointaient vers Piaseczno. Ils avaient conduit cette enquête en commun, de manière intense et assidue. Ils avaient travaillé et discuté, discuté et travaillé, discuté et discuté. Un soir, il l'avait ramenée chez elle en voiture et l'avait embrassée. Il s'était étonné de constater qu'un baiser pouvait être à ce point différent, que l'expérience pouvait être si nouvelle, que les lèvres pouvaient avoir une forme si singulière, la langue une texture si étrange, le souffle un parfum si curieux.

« On ne peut pas s'embrasser indéfiniment ici », avait-elle fini par dire, et il avait su que ce n'était pas un simple constat mais une proposition. Elle avait franchi la barrière périlleuse ; tout ce qu'elle attendait de lui, c'était de la réciprocité. Malgré cela, il avait pris peur. Il s'était mis à trembler de tout son corps.

« On ne peut pas aller plus loin non plus. »

Il avait expulsé ces dernières paroles plus qu'il ne les

avait prononcées. Elle lui avait souri, l'avait embrassé une dernière fois et avait quitté la voiture. Après un ultime signe de la main adressé depuis la cage d'escalier, il avait vu les vitres du deuxième étage s'illuminer. Lui-même était resté garé en bas de l'immeuble encore une longue heure, aux prises avec sa conscience. Au bout du compte, il avait démarré. L'avenue Pulawska avait défilé sous ses roues alors qu'il conduisait à toute allure vers Weronika, se persuadant sans fin qu'il avait pris la bonne décision. En son for intérieur cependant, il avait immédiatement su qu'il n'avait pas été bridé par la fidélité ou par l'amour, quel que fût le sens qu'on donnait à ces deux concepts. Il avait été retenu par la crainte. Le souvenir humiliant de ses spasmes nerveux lui resta en travers de la gorge longtemps après son retour chez lui. Il le hantait toujours lorsqu'il s'allongea avec soulagement auprès de sa femme et se blottit dans la courbe si familière de son corps.

Voilà comment cela s'était déroulé alors. Mais aujourd'hui ? Il avait trente-cinq ans, bientôt trente-six, combien de temps pouvait-il encore attendre avant de découvrir que chaque centimètre carré d'une peau peut devenir une immense surprise ? C'était maintenant ou jamais.

Il composa le numéro.

« Bonjour, Szacki à l'appareil.

— Oh, salut… Je veux dire, bonjour, monsieur le procureur. »

Il inspira profondément.

« Appelle-moi Teo.

— Monika. Dommage que tu ne l'aies pas proposé hier, on aurait pu se faire la bise pour l'occasion. »

Ses tremblements nerveux étaient revenus. Il était soulagé de lui parler au téléphone.

« J'espère qu'on pourra rattraper ça. »

Une voix étrangère avait formulé ces mots, une voix qui ne ressemblait plus à la sienne.

« Hmm… je suis à cent pour cent d'accord, dit-elle. Quand ? »

Les pensées virevoltaient dans sa tête. Doux Jésus, il lui fallait un prétexte, sinon ses intentions ne seraient que trop claires !

« Vendredi ? proposa-t-il. L'acte d'accusation dont nous avons parlé sera prêt. »

Sa dernière phrase était tellement stupide que, si la honte avait pu faire grimper la température corporelle, il aurait certainement pris feu. Quelle sera ta prochaine innovation romantique, mon cher Teodore ? Un rencard à la morgue ?

« Ah oui, c'est vrai, l'acte d'accusation… »

D'après le ton de sa voix, il ne pouvait plus avoir de doutes quant à ses attentes.

« À dix-huit heures au café L'Épingle ? proposa-t-elle. C'est à côté de ton bureau. »

Le mot « bureau » avait été articulé avec une telle dose de mépris qu'il se crut devenu un fonctionnaire de basse catégorie dans un dépôt postal quelque part à la campagne.

« Bonne idée », dit-il, se promettant d'appeler sa banque pour vérifier l'état de son compte courant. Est-ce que Weronika regardait les relevés ? Il ne s'en rappelait plus.

« Alors, à vendredi, coupa-t-elle.

— Ciao », répondit-il, avec la certitude immédiate que, parmi toutes les bêtises accumulées lors de cette conversation, le « Ciao » final méritait la Palme d'or.

Il raccrocha et enleva sa veste. Il frémissait, trempé de sueur comme un vacancier suédois en Tunisie. Il but deux verres d'eau minérale et se sentit soulagé d'avoir déjà rédigé ce putain de plan d'enquête – parce qu'à l'heure actuelle, à n'en pas douter, il n'aurait plus été capable de tenir en place. Alors qu'il se levait dans l'intention de faire un tour et de s'acheter un Coca à la supérette des allées de l'Indépendance, il sursauta en entendant la sonnerie du téléphone. L'idée que Monika puisse rappeler le terrifia et il ne décrocha qu'au troisième coup.

C'était Kuzniecov.

Le policier lui fit un compte rendu des résultats des interrogatoires menés chez Polgrafex, l'entreprise de Telak. Pour être tout à fait exact, il lui fit un compte rendu du manque total de résultats. La victime aurait été un homme plaisant, tranquille, prêt au compromis et dirigeant sa compagnie convenablement. Personne ne s'en était plaint, personne ne l'avait décrit sous un mauvais jour. Un des autres dirigeants, il est vrai, n'avait pas pu s'empêcher de glisser que maintenant que Telak n'était plus là ils pourraient peut-être placer l'entreprise sur une trajectoire plus ambitieuse, mais c'était un commentaire typique de carriériste.

« Par contre, il faut à tout prix que tu convoques la secrétaire, ajouta Oleg.

— Pourquoi ? Ils avaient une liaison ? »

Szacki était sceptique.

« Non, mais c'est une bombe ! Je pourrais l'auditionner à longueur de journée. De préférence en uniforme et dans la salle d'interrogatoires du palais Mostowski, tu sais, celle de la cave...

— Oleg, pitié, tes fantasmes m'incommodent. Encore un peu et tu me montreras des photos de bergers allemands enchaînés avec des menottes.

— Je ne vois pas ce qui te gêne, dit le policier sur

un ton offensé. Tu la convoques, tu l'admires un peu, tu notes quelques conneries dans le procès-verbal. Ça ne prendra que quinze minutes de ton temps, autant dire moins qu'une balade jusqu'au kiosque pour t'acheter un *Playboy*.

— Je t'emmerde. Elle a dit quelque chose d'intéressant ?

— Que Telak ne se séparait jamais de son dictaphone de travail et y consignait rigoureusement tout : ses rendez-vous professionnels, ses idées, ses conversations et ses échéances. Il y a des gens qui mémorisent, il y en a d'autres qui notent ou qui inscrivent des trucs dans leur téléphone portable, Telak faisait dans l'enregistrement audio. J'ai appelé sa femme, mais elle soutient que le dictaphone ne se trouve nulle part dans la maison.

— Donc, quelque chose a bien disparu, constata Szacki.

— Il semblerait bien. Étrange que ce soit cet objet-là.

— Oui, ça nous fracasse un brin notre théorie commode du cambrioleur pris de panique, non ? Laisser un portefeuille rempli de cartes de crédit mais emporter un dictaphone, c'est surprenant.

— Tu crois qu'on devrait faire des perquisitions chez tous les suspects ? demanda Kuzniecov.

— Je n'en sais rien, c'est précisément la question que j'étais en train de me poser », rétorqua Szacki en se massant la base du nez du bout du pouce. Il avait vraiment besoin d'un Coca. « Non, pas encore, conclut-il. Patientons jusqu'à lundi, j'ai besoin de vérifier un truc. »

Kuzniecov n'insista pas, mais le procureur comprit qu'il n'était pas de son avis. Et qui sait, il avait peut-être raison. Cependant, Szacki n'avait pas envie d'ordonner à la va-vite une série de descentes policières dans les appartements de tous les protagonistes. Son intuition lui disait que ce n'était pas la chose à faire.

En fin de compte, il renonça à son soda et consacra les trois heures qui suivirent à la recherche d'un expert assermenté capable de le renseigner au sujet des thérapies de la constellation familiale. À cette occasion, il apprit que le nom de Cezary Rudzki figurait sur la liste des médecins intervenant auprès du ministère public. D'ailleurs, son suspect fut le premier spécialiste qu'on lui conseilla. Ce n'est qu'après une longue série de coups de fil à ses relations de l'institut médico-légal qu'il réussit à accéder à d'autres références.

« Le mec que je te recommande est assez bizarre, mais une fois que tu l'as cerné, il devient extrêmement intéressant », entendit-il de la bouche d'un psychiatre de sa connaissance.

Malgré l'insistance du procureur, celui-ci refusa d'expliquer ce qu'il entendait par « bizarre », répétant en boucle que Szacki devait se faire sa propre opinion.

« Je te demande simplement de m'envoyer une copie du procès-verbal de l'audition », conclut le médecin avec un rire de forcené.

Docteur, soigne-toi toi-même ! songea Szacki, comme chaque fois qu'il était confronté à un psychologue ou à un psychiatre.

L'expert en question se nommait Jeremiasz Wrobel. Le magistrat l'appela, lui présenta brièvement le cas et prit rendez-vous pour le vendredi. Leur conversation avait été brève, mais il n'avait pas eu l'impression d'échanger avec une personne particulièrement dérangée.

7

Dans son bureau à la maison, le style des intérieurs professionnels des années soixante-dix régnait en maître, ce qui ne le dérangeait pas, bien au contraire – il lui arrivait parfois de chercher sur des sites de vente en ligne des gadgets de cette époque, de nouvelles pièces susceptibles de compléter la collection de son musée privé. Dernièrement, il avait fait l'acquisition de la grande encyclopédie populaire *PWN* parue vers 1960, en treize tomes, et il lorgnait l'édition soviétique originale de *L'Histoire de la Seconde Guerre mondiale*, celle-ci en douze volumes. Ce genre de publication prenait toute son ampleur derrière la paroi vitrée d'une bibliothèque.

Des étagères sous verre, un grand plan de travail verni, une lampe à abat-jour vert, un téléphone en ébonite et un fauteuil en cuir noir à ossature chromée constituaient l'essentiel du mobilier, encadré par un parquet en chêne, un épais tapis bordeaux et un lambris de planchettes sombres. Il n'avait pas résisté à l'envie d'accrocher des bois de cerf au-dessus de la porte. Le trophée était d'un mauvais goût épouvantable, mais se mariait parfaitement avec le reste du décor.

Personne n'était autorisé à pénétrer dans le cabinet. Il y faisait lui-même le ménage, la poussière, nul autre que lui ne nettoyait les vitres. La porte se fermait à l'aide d'une unique mais imposante serrure dont deux clés seulement permettaient l'ouverture. La première demeurait toujours dans sa poche, la seconde avait été déposée dans le coffre-fort de sa société au quartier

Stawiki. Bien qu'un examen minutieux des documents réunis dans cette pièce eût pu mettre fin à la carrière de plus d'une personnalité se trouvant aujourd'hui au faîte de sa gloire, ce n'était pas ce contenu ou les objets de valeur qui justifiaient de telles précautions. Tout simplement, il tenait à sa vie privée, à l'idée d'un jardin secret auquel personne n'avait accès, ni sa femme, ni sa maîtresse, ni ses enfants qui lui rendaient des visites de plus en plus rares.

Il buvait du thé, confortablement assis près de la fenêtre dans un fauteuil recouvert de velours côtelé d'un vert profond, lisant l'ouvrage que Norman Davies avait consacré à la ville de Wroclaw. Il attendait un coup de fil. Quoique serein, il n'arrivait pas à se concentrer sur sa lecture. Cela faisait déjà trois fois qu'il revenait au début d'un paragraphe et ses pensées s'échappaient sans cesse vers Henryk et l'enquête menée à cause du meurtre. À l'heure qu'il était, il aurait souhaité être déjà fixé sur ce qui avait bien pu germer dans l'imagination du procureur Teodore Szacki.

Enfin, le téléphone sonna.

« C'est Igor. Je sais tout. Voulez-vous que je vous faxe l'ensemble ?

— N'exagérons rien, j'ai des lectures plus passionnantes. »

La carte postale envoyée par sa fille qui habitait aujourd'hui à Santa Fe lui servit à marquer la page du livre de Davies, qu'il déposa sur la table d'appoint à côté de son fauteuil.

« Tu peux résumer ?

— La description des faits reste classique. Rien que nous ne sachions déjà. Henryk et le thérapeute se retrouvent avec trois autres patients sur les lieux du crime. Ceux-ci ne se connaissaient pas au préalable, le docteur soignait Henryk individuellement depuis six mois. Ils se sont rendus sur place vendredi…

— Abrège. Les hypothèses d'enquête ?

— La première : Henryk a été assassiné sans préméditation par une personne venue perpétrer un vol avec effraction.

— Celle-là ne nous concerne pas. La suivante ?

— Le tueur serait l'un des participants aux soins ou le psy lui-même. Chacun d'entre eux avait l'opportunité de commettre le crime, mais personne, du moins si on se fie à ce qui ressort des preuves matérielles réunies pour l'instant, ne disposait d'un mobile suffisant pour justifier un tel acte. En tout cas, pas d'un mobile direct. Certaines pistes mettent l'accent sur le déroulement singulièrement éprouvant de la thérapie. Les émotions générées pendant les séances auraient pu conduire l'un des patients à supprimer Henryk.

— C'est quoi ces conneries ? s'indigna l'homme. Les gens tuent dans deux cas de figure : parce qu'ils sont ivres ou pour du fric. Point barre. Et on me disait que ce Szacki était loin d'être con ! Encore une déception. Et donc, que planifie notre petit procureur aux cheveux blancs ? »

Il dut attendre quelques secondes, le temps qu'Igor fouille dans ses papiers.

« Il envisage de demander l'opinion d'un expert au sujet des techniques thérapeutiques utilisées sur le défunt. Il compte explorer l'environnement professionnel et personnel de la victime afin de valider ou d'infirmer les hypothèses formulées suite aux contacts préliminaires avec les témoins. En dehors de ça, des actions de routine. Bla, bla, bla… »

L'homme fit claquer sa langue.

« Cette partie pourrait devenir gênante, constata-t-il.

— Personnellement, je ne m'inquiéterais pas trop, dit Igor.

— Pourquoi ?

— Parce que Henryk n'était ni particulièrement sociable ni très actif professionnellement parlant. Il ne nous rencontrait qu'à de rares occasions. Ils interrogeront sans doute quelques amis, peut-être certains clients de chez Polgrafex, mais c'est tout. Je doute qu'ils puissent remonter jusqu'à nous. On devrait garder les doigts sur le pouls et continuer à recueillir tous les jours les informations du parquet et du commissariat de police. Par ailleurs, on a des choses plus importantes et bien plus complexes à gérer. »

Il donna raison à Igor. Ils ne pouvaient consacrer ni une grande énergie ni de grands moyens à l'affaire Telak. Et puisque tout portait à croire que l'enquête ferait chou blanc et que son unique conséquence serait un autre CSS dans les statistiques du ministère de la Justice, alors il n'y avait pas de raison de se montrer anxieux.

Jeudi 9 juin 2005

Au Japon, la marque de lingerie Triumph présente un soutien-gorge écologique ; non seulement les bonnets reproduisent la forme du globe terrestre lorsqu'on les réunit, mais l'ensemble est totalement biodégradable : au bout de quelques années, les bretelles se transforment en compost. Des recherches montrent que trente-sept pour cent des Polonais préfèrent les glaces nature, vingt-cinq pour cent à la vanille et vingt-deux pour cent au chocolat. Bono déclare au président de la Commission européenne que vingt-cinq mille personnes meurent chaque jour en Afrique à cause de la malnutrition ou du manque d'eau. Les cheminots du réseau ferroviaire polonais déposent un préavis de grève ; les syndicats se disent favorables à une restructuration à visage humain, mais refusent celle qui provoque « la misère et la terreur ». Cimoszewicz, le président de l'Assemblée nationale, envisage de modifier sa décision quant à l'élection présidentielle. Le jumeau Kaczynski numéro 1 (chef du parti Droit et Justice) rectifie l'information selon laquelle il aurait traité le député Zygmunt Wrzodak de « clochard », et le jumeau Kaczynski numéro 2 (maire de Varsovie) interdit, cette fois irrévocablement, la Gay Pride – les homosexuels appellent à la désobéissance civique. Lors de l'avant-dernière journée de première division de football, le Legia de Varsovie bat le GKS Katowice, devenu relégable, et Dariusz Dziekanowski s'assure une place au panthéon du club de la capitale grâce à ses cent une rencontres et ses quarante-cinq buts. À Varsovie toujours, la police municipale entame ses patrouilles dans le centre historique à bord de voiturettes électriques, s'attirant davantage encore de moqueries que d'ordinaire. L'assassin présumé d'une femme de vingt-sept ans est interpellé ; le tueur aurait rencontré sa victime sur Internet et, une fois le meurtre accompli, aurait subtilisé l'ordinateur qui avait servi à la connexion, ordinateur que la police a fini par retrouver dans l'appartement que le suspect partageait avec sa femme enceinte. L'hôpital Banach, faute de moyens, commence à renvoyer chez eux les patients souffrant de cancers. La température maximale est de seize degrés, le ciel est couvert, pas de précipitations.

1

Un œuf dur baigné de sauce tartare, agrémenté d'une
généreuse louche de petits pois – il n'y avait pas un
seul juriste dans tout Varsovie qui n'avait un jour
goûté à ce mets, une véritable recette culte du menu
de la cantine du tribunal correctionnel de la capitale.
Teodore Szacki en prit deux portions, une pour
Weronika et une pour lui, et les déposa sur le plateau
en plastique à côté des deux tasses de café soluble. Il
emporta l'ensemble vers la table. L'ancien restaurant
du tribunal lui manquait terriblement – saturée de son
éternelle odeur de friture et de mauvaises clopes, la
vieille salle aux murs jaunis par l'âge, la saleté et la
graisse, haute de dix mètres et encombrée de tables
en aluminium, lui avait toujours évoqué un hall de
gare de province. Dans ce lieu magique, au pied des
hautes marches qui menaient au buffet, un seul coup
d'œil permettait de découvrir un échantillon d'une
précision microscopique de l'artère principale du système judiciaire polonais. Les juges se tenaient seuls,
principalement sur la galerie, s'apprêtant à savourer
un déjeuner copieux ; les avocats prenaient le café en
bandes, décontractés, les jambes croisées, se saluaient

avec chaleur et désinvolture, comme s'ils ne faisaient que passer au club en coup de vent pour fumer un cigare et boire un whisky. À leurs côtés, les témoins du milieu – des balaises penchés sur leur portion de viande et des femmes maigrichonnes avec leur maquillage du soir en train de siroter de l'eau gazeuse – se sentaient aussi à l'aise que partout ailleurs. Plus bas, les familles des victimes, grises et tristes, se débrouillaient toujours pour dénicher la table la plus minable et, une fois installées, observaient tout ce beau monde avec méfiance. Enfin, les procureurs engloutissaient leur repas à l'écart et n'importe comment, à la va-vite, pour être débarrassés de cette corvée, conscients pourtant qu'ils ne finiraient rien dans les délais, que peu importait ce qu'ils feraient, ce ne serait jamais assez, qu'il en resterait toujours un peu pour le lende-main, dans une journée déjà planifiée de sa première à sa toute dernière minute ; des procureurs furieux à l'annonce de chaque pause ordonnée par la cour, trop courte pour faire quoi que ce soit mais trop longue pour qu'on pût la supporter. Sans oublier les chroni-queurs judiciaires, agglutinés par grappes compactes autour de tables trop petites où ne subsistait plus un interstice de libre entre les tasses de café, les paquets de cigarettes, les cendriers et les assiettes de langue de bœuf en gelée ; trop bruyants, ils se renvoyaient sans cesse des plaisanteries, des anecdotes, perdant à intervalles réguliers un des leurs, qui se levait tout à coup pour saluer un avocat de sa connaissance, le conduire à l'écart et l'interroger en chuchotant ; les autres zyeutaient alors dans sa direction, curieux de savoir si leur collègue avait appris quelque chose qu'ils n'avaient pas déjà découvert ; « Des news ? » demandaient-ils invariablement dès son retour, sachant néanmoins qu'il leur répondrait par la blague sempiternelle : « Rien de particulier, vous lirez tout ça demain dans mon journal. »

Ce climat si spécifique avait complètement disparu du nouveau réfectoire ; tout ici avait l'air affreusement banal. Weronika avait parachevé la déprime de Szacki en remarquant qu'elle s'y sentait mieux maintenant parce que l'atmosphère lui rappelait la cantine de l'hôtel de ville.

Il s'assit en face de sa femme, déposa devant elle l'œuf en sauce et le café. Elle était magnifique : un tailleur bordeaux, du maquillage, un chemisier, un décolleté. Lorsqu'il la retrouverait le soir, elle porterait un T-shirt informe, des pantoufles Ikea et le masque pesant de la fatigue de la journée.

« Doux Jésus, quelle affaire de merde…, soupira-t-elle en versant de la crème dans son café.

— Encore la loi Bierut ? » s'enquit-il.

La plupart des procès couverts par Weronika concernaient les biens immobiliers dont les propriétaires avaient été dépossédés après la guerre sur la base du décret Bierut, du nom du premier secrétaire du parti communiste et dirigeant du pays de l'époque. Depuis la chute du rideau de fer, les héritiers récupéraient les immeubles d'habitation, mais si entre-temps certains appartements avaient été vendus aux locataires, ils ne récupéraient *de facto* qu'une partie du bâtiment. Par conséquent, ils se retournaient contre la Ville pour réclamer un dédommagement. Chacune de ces affaires était une loterie ennuyeuse ; parfois, à l'aide d'une subtilité juridique, on pouvait reporter la responsabilité financière sur le Trésor public au lieu des caisses de la Ville ; parfois, on pouvait remettre la procédure aux calendes grecques ; mais il était hautement improbable qu'on pût en gagner une.

« Non, malheureusement non. »

Elle enleva la veste de son tailleur et la suspendit sur le dossier de sa chaise. Son chemisier n'avait presque pas de manches ; Szacki aperçut la cicatrice de la vaccination contre la tuberculose et, soudain, il eut très envie de faire l'amour.

« La mairie alloue des subventions ciblées à des centaines d'associations et ces dernières doivent prouver la bonne utilisation des fonds. L'an dernier, nous avons attribué un montant dérisoire à une garderie spécialisée qui s'occupe des enfants atteints de déficit de l'attention ou d'autres troubles du comportement. En général, il s'agit de gamins des quartiers défavorisés de la rive droite, tu peux imaginer le tableau. Et donc, ils nous ont fourni des justificatifs où il est clairement indiqué qu'ils ont utilisé ces fonds pour payer l'électricité, sans quoi on leur aurait coupé le courant. Or, ils ont reçu cet argent en vue d'une activité thérapeutique.

— Il est difficile d'exercer une activité thérapeutique dans le noir, remarqua-t-il.

— Bon Dieu, Teo, t'as pas besoin de me l'expliquer ! Mais les statuts sont les statuts. S'ils ont mal exploité la subvention, alors il faut que je réclame son remboursement...

— Et eux, bien sûr, ne vous remboursent pas, faute de moyens...

— Donc, on doit leur faire un procès. Bien évidemment, on va gagner, on leur enverra un huissier, celui-ci ne trouvera rien à saisir, tout ceci n'est qu'une fiction absurde. Naturellement, les pédagogues sont déjà venus pleurer à mon bureau, ils me suppliaient de ne pas les punir, dans un moment ils remettront ça en salle d'audience, mais moi, franchement, je ne peux rien faire… » Elle se cacha le visage dans les mains. « … les statuts sont les statuts. »

Il se pencha, la prit par la main et embrassa l'intérieur de sa paume.

« Mais au moins, tu es très sexy, dit-il.

— Et toi, tu es un obsédé ! Laisse-moi tranquille… »

Elle rit et glissa ses jambes autour des siennes sous la table.

« C'est le meilleur moment de la journée pour le sexe, pas vrai ? murmura-t-elle. On sera encore trop fatigués ce soir pour faire quoi que ce soit.

— On se préparera du café et on verra bien ce qui arrivera.

— J'en ferai un grand pot, annonça-t-elle en passant un doigt dans l'échancrure de son chemisier, élargissant encore davantage le décolleté.

— Surtout, garde cette chemise.

— Quoi, t'aimes pas mon T-shirt Bisounours ? »

Il ne put s'empêcher de rire. Elle était sa meilleure amie et il regrettait de ne pas pouvoir lui confier ses tâtonnements, ses craintes et ses espoirs à propos de Monika Grzelka. Il aurait voulu ouvrir une bouteille d'un vin italien ou moldave, s'asseoir auprès d'elle dans leur lit et lui raconter des anecdotes ridicules, par exemple combien il craignait de commander une tarte meringuée pour ne pas se salir devant la journaliste. Drôle ? Très. Aurait-elle ri ? Pas du tout. Ils faisaient presque tout main dans la main, mais c'était seul qu'il devrait la tromper.

Ils badinèrent encore un peu, puis Weronika fila à l'étage. Il s'attarda un court moment au réfectoire pour parcourir le journal. Exceptionnellement, il trouva un article intéressant, l'interview de la directrice de la prison pour femmes de Pulawy. Elle parlait de ses pensionnaires, principalement des victimes de violences conjugales qui, un jour, en avaient eu assez. Et leur ras-le-bol avait souvent eu des conséquences définitives. Le texte lui fit penser au cas de Nidziecka. Il devait accuser cette femme, mais ne savait pas de quoi. Ou, pour être exact, il savait de quoi mais restait persuadé que sa qualification des actes donnerait des palpitations aux enflures de l'Inspection générale. À condition que sa directrice valide au préalable le document.

Le reste du journal empilait les poncifs : un long entretien avec Cimoszewicz qui, « à l'aune d'une telle pression », devait soupeser avec gravité l'opportunité d'un changement de décision à propos de sa candidature à l'élection présidentielle. Le procureur espérait que l'ex-enfant prodige du parti communiste ne se bornerait pas aujourd'hui à la lecture de ses propres déclarations car, quelques pages plus loin, on trouvait un article grinçant, basé sur une étude américaine dont les conclusions ne laissaient pas l'ombre d'un doute : en face de l'urne, les électeurs se déterminaient davantage sur la base du physique du candidat que sur ses compétences. Mais peut-être ai-je tort ? se demanda Szacki en enfonçant le journal dans son porte-documents. Peut-être que c'est précisément sa tronche de vieux renard qui remportera les élections ?

Il quitta les souterrains du tribunal et pénétra dans un hall qui aurait pu contenir plusieurs hangars de chemins de fer. Traversant les monstrueuses fenêtres, le soleil creusait des sillons dans un parterre recouvert de poussière, évoquant le dallage d'une cathédrale gothique. Quelques années plus tôt, on avait le droit d'y fumer, mais ce temps était révolu ; à présent,

Szacki devait sortir pour la première de ses trois cigarettes quotidiennes.

« Bonjour, monsieur le procureur, une petite clope peut-être ? » entendit-il sitôt qu'il eut franchi la lourde porte à tambour.

C'était Bogdan Nebb, de la *Gazeta Wyborcza*, le seul journaliste avec lequel il conversait sans aversion. Exception faite de Monika, bien sûr. Il donna un coup d'œil au paquet de R1 Minima que lui tendait Nebb.

« Non merci, je préfère les miennes », répondit-il.

Il plongea la main dans la poche de sa veste et saisit l'étui argenté des Benson & Hedges qu'on pouvait enfin acquérir en Pologne – malheureusement, il avait l'impression qu'elles avaient perdu en saveur par rapport à l'époque où il les achetait à l'étranger. Il en alluma une.

« Le procès de Glinski commence la semaine prochaine. Vous allez plaider ? » lança le reporter pour entamer la conversation.

« Je suis ici justement pour parcourir le dossier.

— Un cas curieux, pas évident à juger…

— Ça dépend pour qui », répliqua Szacki laconiquement.

Admettre que Nebb avait raison était délicat. Or, il avait raison, les preuves matérielles n'étaient pas terribles et un bon avocat devrait gagner l'affaire. Szacki aurait su comment mettre en doute la validité des indices que le ministère public avait accumulés. La question était de savoir si l'avocat de Glinski le savait également.

« Vous allez vous obstiner dans cette qualification des faits ? »

Szacki sourit.

« Vous découvrirez tout ça à l'audience.

— Monsieur le procureur, après toutes ces années…

— Monsieur Nebb, après toutes ces années, vous essayez encore de me tirer les vers du nez ? »

Le journaliste fit tomber la cendre dans un récipient déjà rempli à ras bord.

« J'ai entendu dire que vous conduisiez aussi l'enquête au sujet du meurtre du cloître rue Lazienkowska.

— Eh oui, c'est tombé durant mon temps d'astreinte. Je croyais que vous ne vous occupiez plus des petits forfaits quotidiens ?

— Vos collègues m'ont dit que c'était un cas intéressant.

— Ah, j'étais persuadé que maintenant vous preniez vos sources policières avec des pincettes », répliqua-t-il d'une voix pleine de sarcasme.

Il faisait allusion à un scandale qui avait récemment fait couler beaucoup d'encre. Un lundi, la *Gazeta Wyborcza* avait publié un article au sujet d'une association de malfaiteurs au sein de l'Administration centrale de la police nationale ; le mardi et le mercredi, les rédacteurs avaient persisté dans leur version, malgré les démentis répétés du ministère de l'Intérieur, et le vendredi, à la surprise générale, le journal avait dévoilé ses sources en soutenant qu'elles les avaient volontairement induits en erreur. Pour Szacki, un tel enchaînement de maladresses n'avait fait que confirmer la règle qu'il suivait toujours dans ses rapports avec les médias : ne jamais leur confier une information qu'ils ne connussent déjà par ailleurs.

« La presse peut aussi commettre des erreurs, monsieur le procureur. C'est le lot de tous les pouvoirs.

— La différence, c'est qu'on n'élit pas la presse au suffrage universel, rétorqua Szacki. L'histoire nous enseigne qu'un pouvoir autoproclamé se rend coupable d'un grand nombre de fautes. Et aussi qu'il les étouffe avec la plus grande efficacité. »

Le journaliste eut un sourire en coin. Il éteignit sa cigarette.

« Et pourtant, ça tourne. Pas vrai ? Au plaisir de vous revoir à l'audience, monsieur le procureur. »

Szacki le salua d'un mouvement du menton et retourna à l'intérieur. Il jeta un coup d'œil à l'antique horloge qui trônait dans le hall au-dessus des vestiaires. Il était tard, et il avait encore tant de choses à faire. D'avance, il se sentit las.

2

Teodore Szacki s'assit sur le lit dans lequel Henryk Telak avait passé ses deux dernières nuits. Il retrouva dans son attaché-case le protocole de l'état des lieux et le feuilleta sommairement, même s'il l'avait déjà fait auparavant. Malgré son insistance, le document s'évertuait à ne contenir que des remarques évidentes et pas le moindre indice. Découragé, il mit les feuilles de côté et parcourut l'obscure cellule du regard : un lit, une table de nuit, une lampe de chevet, un tapis made in Ikea, une armoire étroite, un miroir au mur et une croix au-dessus de la porte. Pas même une chaise pour s'asseoir, mais une minuscule fenêtre verrouillée par deux poignées qui éclairait mal la pièce ; la peinture du cadre se craquelait sur toute la surface, et la vitre semblait supplier qu'on la lave aussi sur sa face externe.

Un peu plus tôt au cours de sa visite, Szacki avait examiné les autres chambres, et elles étaient toutes parfaitement identiques. En arrivant au cloître, il avait espéré voir surgir l'inspiration, percevoir un détail qui lui indiquerait le nom du tueur, entendre l'intuition lui chuchoter à l'oreille la solution de l'énigme. Rien de tel ne voulait se produire. L'arrière-cour était en théorie fermée pour la nuit, mais Szacki doutait que qui que ce soit surveillât l'application de cette règle. Une fois qu'on l'avait traversée, on pénétrait par un vilain portail brunâtre à l'intérieur du vestibule. À partir de là, on pouvait soit tourner vers le réfectoire et la crypte où le cadavre avait été découvert, soit continuer tout droit par un corridor exigu jusqu'à la salle de bains et les cellules, au nombre de sept. Plus loin, on trouvait un autre couloir qui faisait le lien avec la seconde section du monastère. Szacki ne savait pas si la dénomination de « monastère » convenait à ce lieu. Quand on observait la bâtisse de l'extérieur, une telle appellation semblait adéquate. À l'intérieur cependant, on découvrait plutôt un ensemble de bureaux délabrés, sombres et lugubres, qui attendaient depuis des années une improbable rénovation. Le passage entre les deux parties était bouché par une double porte en pin que personne n'ouvrait jamais.

C'est sans espoir, se dit Szacki. Lorsque la police avait fouillé ces locaux aussitôt après la découverte du cadavre, sans parler de l'examen minutieux des affaires personnelles de l'ensemble des occupants, elle n'avait rien trouvé qui eût un lien avec l'affaire. Rien qu'on aurait pu considérer comme un indice ou ne serait-ce que l'ombre d'un indice. Sans espoir ! se révolta Szacki. Si l'entrevue chez l'expert assermenté prévue le lendemain s'achevait sur un autre fiasco, il lui faudrait plancher dès lundi sur le dossier des stupéfiants.

La porte s'ouvrit brusquement, et le père Mieczyslaw Paczekap parut. Kuzniecov avait en partie raison lorsqu'il disait que les gars en soutane avaient des airs d'onanistes passionnés. Les curés qu'il avait côtoyés durant sa vie semblaient toujours un peu flous, imprécis, arborant ce regard brumeux et cette mollesse dans les gestes de curistes restés trop longtemps dans une baignoire remplie d'eau chaude. Avec sa mine préoccupée, le père Paczek ne se distinguait guère au milieu de ce long cortège d'ecclésiastiques. Néanmoins, il parlait vite, sans l'emphase propre aux prêtres et, durant la conversation, il faisait preuve d'un esprit vif et concret. Szacki avait malheureusement déjà dû conclure que l'ecclésiastique n'avait rien à dire qui pût s'avérer pertinent. Il s'était agi là d'une énième déception.

« Avez-vous découvert quelque chose ? demanda le curé.

— Malheureusement non, mon père, répondit le procureur en se levant du lit. Tout porte à croire que seul un miracle pourrait donner un coup de pouce à cette enquête. Si vous pouviez faire quelque chose en ce sens – il pointa le plafond du doigt –, je vous en serais éternellement reconnaissant.

— Vous vous tenez du côté des justes, monsieur le procureur... » Le prêtre joignit les mains devant sa poitrine, comme s'il allait à l'instant tomber à genoux et prier pour attirer les bonnes grâces divines sur l'enquête. « ... Et cela veut dire que vous avez des alliés très puissants.

— Mais peut-être sont-ils si puissants qu'ils ne remarquent même pas qu'à leur flanc, dans les tranchées, quelques soldats d'une armée amie tentent désespérément d'affronter les légions innombrables du contradicteur ? Peut-être ont-ils jugé que cette section du front était déjà perdue et qu'il valait mieux orienter les renforts ailleurs ?

— Vous n'êtes pas l'un des derniers soldats, monsieur le procureur, mais le lieutenant d'une immense armée. Les forces de l'ennemi ne sont pas si nombreuses et votre ligne de front sera toujours prioritaire.

— Dans ce cas, pourrais-je au moins avoir une carabine qui ne s'enraye pas ? »

Le père Paczek partit d'un rire sonore.

« Pour ça, vous devrez prier seul. Mais je peux au moins vous donner quelque chose. Je ne sais pas si ça vous sera utile, on l'a trouvé hier dans la chapelle. Je devais appeler la police puis je me suis dit que, puisque de toute façon vous deviez passer, alors je pourrais aussi bien vous le remettre en main propre. Ça appartient à la pauvre victime, je présume, vu que le revers est gravé au nom d'Henryk Telak, or je me souviens avoir lu dans les journaux que le malheureux se nommait Henryk T. »

Ce disant, il tendit vers le procureur un minuscule dictaphone numérique argenté et rouge.

Le procureur s'en empara avec précipitation et ne put retenir un coup d'œil vers la croix suspendue au-dessus de la porte.

J'ai de la peine à y croire, se dit-il.

Dans la salle d'interrogatoire du commissariat de la rue Wilcza, le procureur Szacki avait réuni Kuzniecov, le dictaphone de Telak et quelques piles de rechange.

« Tu sais faire marcher ce truc-là ? » s'enquit le policier en retournant entre ses doigts le gadget numérique.

Szacki lui retira l'appareil des mains.

« Tout le monde sait le faire. C'est un magnéto, pas un scanner à rayons X.

— Vraiment ? » Kuzniecov s'appuya sur le dossier de sa chaise et croisa les bras devant lui. « Et où est-ce qu'on met la cassette ? »

Szacki lui adressa un demi-sourire, juste assez pour montrer qu'il avait compris la blague. Le policier leva les yeux au ciel et tendit la main vers un cahier à grands carreaux abandonné sur la table. La couverture était ornée d'un teckel. Il ouvrit le carnet à la première page et écrivit en grand, avec des lettres calligraphiées très soigneusement : « Leçon numéro 1 du professeur Szacki : Écouter un magnétophone sans cassette. »

« Tu as fini ? demanda le procureur. Ou tu veux qu'on aille en cours d'arts plastiques avant ?

— Marre des cours de dessin, chuchota Kuzniecov avec un air de conspirateur. Allons plutôt aux vestiaires, les filles ont EPS et Anna m'a promis de me montrer ses seins sans soutif si je lui file deux Twix. »

Szacki se contenta de hausser les sourcils. Kuzniecov soupira et lui fit signe de commencer.

Le procureur appuya sur Play avec une grande application, comme s'il s'attendait à entendre la confession du meurtrier en personne. Les haut-parleurs crachotèrent d'abord un grésillement, puis ils diffusèrent la voix d'Henryk Telak, étonnamment aiguë pour un homme.

« 23 mai 2005, dix heures du matin. Réunion des dirigeants de la société Polgrafex avec le fournisseur d'encres d'imprimerie Kannex. Polgrafex sera représenté par : Henryk Telak... »

L'enregistrement durait une heure et regorgeait de termes incompréhensibles comme *quadrichromie, pantone, trapping, polices de caractères Knockout*, et cætera. Malgré les implorations de Kuzniecov, Szacki n'osait accélérer l'écoute de peur de rater un indice. Le policier bâillait ostensiblement et dessinait dans son cahier des formes abstraites ou des femmes nues, les unes et les autres sans grand talent. Au bout du compte, lorsqu'il apparut que l'enregistrement suivant concernait la réunion hebdomadaire des divisions ventes et marketing de la société, Szacki capitula et appuya sur Avance rapide, vérifiant toutes les trois minutes s'il se passait quelque chose d'intéressant. Il était conscient que, de toute façon, il devrait réécouter l'intégralité de la cassette au prochain moment libre. Il pourrait tomber sur une dispute au sujet d'un salaire, il pourrait en apprendre davantage sur les tensions au sein de l'entreprise. Un mobile aussi basique ne pouvait pas être exclu.

Malheureusement, durant l'écoute superficielle de quelques autres réunions de travail parfaitement assommantes, ils ne trouvèrent rien qui pût les intéresser. La somnolence l'envahissait rien qu'à l'idée de devoir entendre le contenu une nouvelle fois. Un café aurait été le bienvenu. Oleg s'éclipsa avec joie et revint quelques minutes plus tard avec deux jus de chapeau semblables aux flots de la Vistule.

« La machine à espresso a rendu l'âme », expliqua-t-il en posant devant Szacki l'un des gobelets en plastique.

L'écran digital indiquait qu'il restait trois enregistrements. Le procureur avait pratiquement accepté l'idée que leur contenu serait insignifiant et que le dictaphone s'avérerait une fausse piste, à l'instar de toutes les autres dans cette enquête.

Il appuya sur Play.

« *Samedi 4 juin 2005, onze heures du matin. Thérapie de la constellation familiale avec la participation de...*

— *Excusez-moi. Qu'est-ce que vous faites ?* »

Szacki reconnut la voix de Rudzki, non plus calme et apaisante, mais agressive et chargée de reproches.

« *J'enregistre sur mon dictaphone*, répliqua Telak, apparemment surpris par cette attaque.

— *Éteignez ça tout de suite !* ordonna Rudzki avec fermeté.

— *Pourquoi ? Puisque vous enregistrez nos rencontres, alors je devrais en avoir le droit moi aussi.*

— *C'est hors de question. Vous n'êtes pas seul ici, votre enregistrement serait une atteinte à la liberté des autres patients. De toute manière, l'ensemble de la thérapie sera filmé par mes soins et l'unique copie demeurera dans mes archives. Je vous le répète, veuillez ranger votre magnétophone immédiatement.* »

À ce moment-là, Telak avait probablement éteint son appareil. Kuzniecov regarda Szacki.

« Un brin nerveux, notre docteur », remarqua-t-il.

Effectivement, Szacki était étonné par le ton du

médecin et par le fait qu'aucun des autres participants n'avait pipé mot.

Encore deux enregistrements. Il enfonça la touche Play.

Un silence, suivi d'un bruissement léger, comme si le dictaphone s'était allumé par inadvertance dans une poche. Enfin, la voix apeurée de Telak :

« Samedi 4 juin 2005, l'heure... environ vingt-trois heures, je ne suis pas sûr. Je ne suis plus sûr de rien. Je dois trouver un moyen de vérifier que ce n'est pas un mauvais rêve, que ce n'est pas un délire, que je ne suis pas en train de devenir fou. Est-il possible que je perde l'esprit ? Que ce soit la fin ? Une tumeur ? Ou alors, je suis simplement à bout... Je dois l'enregistrer... c'est impossible... Mais si je suis en train de rêver et si je rêve que j'enregistre, et que dans quelques instants je vais rêver que je réécoute, alors... Mais malgré tout... »

Un bruit sec, comme si Telak avait posé son dictaphone sur le plancher. Puis un frottement de pas. Szacki augmenta le volume. On entendait un froissement et la respiration rapide de Telak, ainsi que d'étranges bruits de succion, rappelant le son que produit une langue passée nerveusement sur les lèvres. Rien d'autre. Peut-être était-ce véritablement un délire ? Peut-être Telak avait-il perdu les pédales durant la thérapie et essayait-il à ce moment-là d'enregistrer ses propres hallucinations ? Soudain, le procureur se raidit, les muscles de sa nuque se contractèrent douloureusement. Le minuscule haut-parleur libéra une voix de jeune fille qui chuchotait très bas :

« Papa, papa... »

Szacki appuya sur Pause.

« Est-ce que je suis seul ici à péter un câble ou tu l'as entendu toi aussi ? » demanda Kuzniecov.

Sans un commentaire, le procureur pressa de nouveau le bouton.

« *Oui ?* gémit Telak.

— *Papa, papa...*

— *Est-ce que c'est toi, princesse ?* »

La voix de Telak semblait provenir d'outre-tombe. Szacki avait l'impression d'assister à une conversation entre deux fantômes.

« *Papa, papa...*

— *Oui, chérie, qu'y a-t-il ?*

— *Tu me manques.*

— *Toi aussi, ma princesse.* »

Un long silence. On entendait des bourdonnements et le clappement des lèvres de Telak.

« *Je dois m'en aller.* »

Telak se mit à sangloter.

« *Attends, parle-moi. Tu es partie si longtemps.*

— *Je dois y aller, papa, vraiment.* »

La voix de la fillette devenait de plus en plus distante.

« *Tu me rendras visite une autre fois ?* »

Telak pleurait.

« *Je ne sais pas, non, probablement pas,* répondit la voix. *Peut-être qu'un jour tu viendras me voir. Un jour... Adieu, papa...* »

Les dernières paroles étaient pratiquement inaudibles.

Fin de l'enregistrement.

« Il reste encore une bande, dit Szacki.

— Et si on s'accordait une pause, proposa Kuzniecov. J'irais chercher une bouteille de vodka ou une boîte de calmants. Ah oui, et puis une soucoupe, une bougie et des lettres de Scrabble pour qu'on invoque l'esprit de la fille Telak en qualité de témoin. T'imagines le juge recevant le procès-verbal ? née le, domiciliée au, décédée le, déclare ce qui suit...

— Tu crois que c'est Jarczyk ou Kwiatkowska ?

— Qu'est-ce que j'en sais ? La voix ne leur ressemble pas. »

Kuzniecov se versa le reste du café dans le gosier avant de lancer d'un geste imprécis le gobelet vers la poubelle. Des gouttes marron éclaboussèrent le mur.

« Mais elle est à peine audible. Envoie quelqu'un chez les deux avec des questions à la noix pour qu'ils les enregistrent et on donnera le résultat pour une analyse comparative. Vos gars du laboratoire ont de nouveaux joujoux en phonographie, ils te feront ça avec grand plaisir.

— J'enverrai quelqu'un chez la veuve aussi, annonça Kuzniecov.

— Tu ne crois tout de même pas que...

— Moi, je ne crois rien, je ne suis qu'un grand Russkof simplet. Je vérifie et j'exclus à tour de rôle. »

Szacki approuva de la tête. Le policier avait raison. Il lui était difficile d'imaginer madame Telak en train de traverser Varsovie en pleine nuit pour se dissimuler derrière la porte de son mari et imiter le spectre de sa fille, mais il devait faire face chaque jour à des événements qu'il n'aurait jamais envisagés une heure plus tôt.

Il appuya sur Play pour la dernière fois.

« *Dimanche 5 juin 2005, l'heure... six minutes après minuit...* »

La voix de Telak était celle d'un homme exténué et défait. Il devait se trouver à un autre endroit, peut-être dans la chapelle.

« *J'enregistre ceci à l'intention de ma femme, Jad-wiga. Pardon de te le dire de cette manière, il serait probablement plus correct de te laisser une lettre, mais tu sais à quel point j'ai toujours détesté écrire. Bien sûr, je pourrais faire une exception aujourd'hui, peut-être même que ça serait indiqué, mais je doute que ça changerait quoi que ce soit. Quoique, il se pourrait que tu y accordes de l'importance, il m'a toujours été difficile de savoir ce qui était important pour toi et ce qui ne l'était pas.* »

Telak interrompit sa phrase brusquement, il soupira puis, après un temps d'arrêt, il poursuivit :

« *Mais revenons à l'essentiel. J'ai décidé de me suicider.* »

Szacki et Kuzniecov se regardèrent au même moment, soulevant leurs sourcils dans une identique mimique d'étonnement.

« *Peut-être que tu t'en fiches, peut-être que tu te demanderas pourquoi. C'est dur à expliquer. C'est en partie parce que je n'ai plus de raisons de vivre. Tu ne m'aimes pas, ce dont je me suis toujours douté. Il se peut même que tu me haïsses. Kasia est morte. La seule chose qui m'attend dans l'avenir, c'est le décès de Bartek et son enterrement. Et je ne veux pas attendre jusque-là. Je suis navré de te laisser avec ce fardeau, mais vraiment, je ne suis plus capable de supporter l'idée d'endurer une journée supplémentaire. De plus, j'ai découvert aujourd'hui que j'étais responsable de la mort de Kasia et de la maladie de Bartek. Est-ce la vérité ? Peut-être que oui, peut-être que non, je ne sais pas. Mais il se pourrait que ma mort déclenche la guérison de Bartek. Ça peut sembler absurde, mais il se peut aussi que ça soit la vérité, qui sait. C'est étrange, j'ai l'impression de répéter en* » *boucle les mêmes phrases et les mêmes formules. En tout cas, je n'ai pas été très proche de lui de mon vivant, peut-être que mon décès lui servira au moins à quelque chose. Et il reste encore une raison, sans doute la plus importante : je ne veux pas attendre de longues années pour retrouver ma princesse au Nanguiyala. Je sais que tu n'aimes pas ce livre et je me rends compte qu'aucun Nanguiyala n'existe probablement, qu'il n'y a ni vallée de Cerisiers, ni Ciel, ni rien de la sorte. Le néant. Mais je préfère le néant à ma vie remplie de tristesse, de regrets et de culpabilité. Il y a tant de morts autour de moi ; il semblerait que je sois dangereux pour mon entourage. Alors, si je pars, ça sera une bonne chose. N'aie pas peur pour l'argent. Je ne te l'ai jamais dit, mais je suis assuré pour un montant considérable et Igor gère pour moi un fonds de placement. Tu as une procuration pour mon compte, il te suffit de l'appeler. Idem pour l'assurance, Igor sait où trouver ma police. L'argent était destiné aux enfants, il servira peut-être à l'opération de Bartek si une opportunité de greffe se présente à l'étranger. Embrasse-le de ma part et souviens-toi que je t'ai toujours aimée plus que ce que tu es capable d'imaginer. Je devrais maintenant te dire : "Ne pleure pas, Jadwiga, on se verra au Nanguiyala" ; mais je doute que ma disparition te désespère. Et je serais surpris que tu veuilles me revoir après ta mort. Alors, je ne te dirai que ceci : adieu, ma chérie. »*

L'enregistrement avait été interrompu avec brutalité, ce qui laissait à penser que Telak avait redouté les paroles qu'il aurait pu ajouter. Le dernier mot ne sonnait même pas comme « chérie » mais comme « chér… ». Kuzniecov fit tourner le dictaphone sur la table telle une toupie. Ils demeuraient assis en silence, analysant ce qu'ils venaient d'entendre.

« Je n'arrive toujours pas à croire qu'il se soit suicidé, dit le policier. Tu peux visualiser la scène ? Le gars enregistre un message d'adieu et avale un paquet de pilules, mais la minute d'après il change d'avis et dégobille la dose dans les chiottes. Il s'habille, fait sa valise et sort. Puis, en chemin, il change une nouvelle fois d'avis, saisit une broche à rôtir et se l'enfonce dans l'œil. Moi, je ne crois pas à ce scénar'.

— Moi non plus. »

Szacki fit tourner le dictaphone en sens inverse.

« Mais je ne crois pas non plus au scénario du cambrioleur. Toute cette colère durant la thérapie, Jarczyk et sa boîte de calmants, quelqu'un, peut-être bien Kwiatkowska, qui imite le fantôme de la fille Telak. Trop de choses arrivent cette nuit-là pour que la broche à rôtir soit le fruit du hasard. Le problème, c'est qu'en dehors de notre fantastique théorie des champs morphogénétiques qui transmettent la haine d'une personne à l'autre, nous n'avons rien qui constituerait un mobile.

— Ou alors, nous n'arrivons pas à l'apercevoir. »

Kuzniecov ayant mis en mots la dernière pensée de Szacki, ne restait plus à ce dernier qu'à signifier son accord d'un hochement de la tête.

« Mais on finira par y arriver, dit-il après un instant. Pour l'heure, je rencontre l'expert demain, tu t'occupes de la phonographie, tu me retrouves cet Igor et tu l'interroges. Il faut aussi faire transcrire le contenu du dictaphone et remettre la lettre d'adieu à la veuve. On se rappelle dans la soirée. Ou alors non, passe me voir au bureau. À tous les coups, je serai coincé jusque tard le soir, j'ai une montagne de paperasse à écouler. Il faudrait que je fasse une demande officielle pour un supplément d'agrafes.

— Une question me taraude encore…, dit Kuzniecov en tapotant le dictaphone de l'index.

— Oui ?

— Où est-ce qu'on insère ces putains de cassettes ? »

4

« Je me souviens que, dès le matin, j'étais extrêmement fatiguée. » Telles avaient été les premières paroles que Mariola Nidziecka avait prononcées lors de son interrogatoire, sept heures après avoir assassiné son mari. Il était deux heures du matin et Szacki avait eu envie de rétorquer que lui non plus ne se sentait pas très frais, mais il s'était abstenu. Heureusement. Une demi-heure plus tard, il avait compris que jamais dans sa vie il ne se sentirait aussi fatigué que madame Nidziecka l'avait été ce matin-là.

La femme avait trente-cinq ans, en paraissait quarante-cinq ; c'était une blonde maigrichonne avec des cheveux rares et mal coupés qui s'agglutinaient en filaments le long de ses joues. Elle avait posé la main droite sur ses genoux, la gauche pendait sur le côté, tordue dans un angle étrange au niveau du coude. Par la suite, Szacki avait appris que cinq ans plus tôt son mari lui avait brisé ce bras, le maintenant sur un plan de travail pour mieux cogner dessus avec un tabouret de cuisine. Après six coups, l'articulation s'était retrouvée en miettes. La rééducation n'avait pas suffi à la réparer. Le nez de Nidziecka était légèrement aplati et décentré sur la gauche, elle devait respirer par la bouche. Par la suite, le procureur avait appris que deux ans plus tôt son mari l'avait cassé avec une planche à découper. Ses cheveux clairsemés n'arrivaient pas à masquer une oreille difforme. Par la suite, Szacki avait appris qu'un an plus tôt son mari avait brûlé cette oreille avec un fer chauffé à blanc, après avoir conclu qu'elle n'était pas capable de repasser correctement une chemise. Elle avait tellement hurlé que, pour une fois, les voisins s'étaient résolus à appeler la police. Depuis cette époque, elle entendait à nouveau, certes, mais mal ; parfois, elle avait l'impression de percevoir un bourdonnement.

« Avez-vous réclamé un examen médico-légal ? » avait-il demandé.

Pas toujours, mais parfois, elle l'avait fait. Par la suite, il avait appris que le carnet de santé établi à son nom à la clinique du quartier avait l'épaisseur d'un annuaire téléphonique. Lorsqu'il l'avait lu, il avait eu l'impression de parcourir des documents d'archives relatifs aux tortures de prisonniers dans les camps.

« Pourquoi n'avez-vous pas porté plainte ? »

Elle l'avait fait, cinq ans plus tôt. Lorsqu'il l'avait découvert, son mari avait failli la tuer. Il l'avait tailladée avec un rasoir jetable. La cour l'avait condamné : deux ans avec sursis et une période de probation de cinq ans. En revenant à la maison directement de la salle d'audience, il s'était senti un peu déprimé, donc il s'était contenté de la violer. Elle s'était attendue à pire. « Maintenant, je risque d'aller au trou alors fais gaffe », l'avait-il prévenue, « avant qu'ils ne m'enferment, toi, tu vas bouffer les pissenlits par la racine. » « Tu ne feras jamais ça », avait-elle répliqué par inadvertance, « tu n'aurais plus personne à martyriser. » « Il me reste ma fille, j'ai de quoi faire », l'avait-il menacée. Elle l'avait cru. Pour parer à cette éventualité, elle lui avait barré depuis lors le chemin de son enfant et avait encaissé la plupart des coups.

« Parfois, je réfléchissais à ce qu'aurait été notre vie s'il n'avait pas été là, s'il n'avait pas existé du tout.

— Cela veut dire que vous avez planifié son meurtre ? avait demandé Szacki.

— Non, je ne l'ai pas planifié », avait-elle répondu, et le procureur avait soupiré de soulagement, car dans le cas contraire elle ne lui aurait pas laissé d'autre choix que de l'inculper pour homicide avec préméditation, relevant de l'article 148 paragraphe 1 du code pénal ; la fourchette basse des peines s'élevait alors à huit ans. « Simplement, parfois, j'imaginais ce qu'aurait été notre vie sans lui… »

Ce fameux jour où elle s'était réveillée si fatiguée, sa petite Zuzia était revenue de l'école en pleurs : elle s'était chamaillée avec un camarade de classe ; le garçon l'avait agrippée, elle s'était débattue, la sangle de son cartable s'était rompue. « Donc, tu t'es bagarrée avec des garçons », avait dit le père alors qu'ils partageaient le dîner, des choux farcis à la sauce tomate et des pommes de terre vapeur, son plat favori. Zuzia avait vivement nié. Elle avait répondu que ce n'était pas elle qui s'était battue, mais qu'on l'avait battue. « Comme ça, sans raison ? » avait demandé le père, calmement, en mélangeant les patates avec la sauce tomate, transformant le tout en une bouillie rose. La fillette avait confirmé brutalement, et Nidziecka s'était rendu compte qu'elle l'avait fait avec trop de vigueur.

La mère était tétanisée par la peur, ne savait plus quoi faire. Elle avait compris qu'il chercherait à punir la petite. Il lui faudrait alors défendre sa fille au péril de sa vie. Et s'il la tuait, plus personne ne défendrait Zuzia, comme personne ne l'avait défendue, elle.

« Bien », avait-il dit, s'essuyant la bouche avec une serviette. Il avait laissé sur le tissu une traînée rougeâtre, à l'image de celle déposée par la quinte de toux d'un tuberculeux. « Tu dois comprendre qu'il ne faut pas provoquer de disputes avec les garçons. » « Je le sais », avait répondu Zuzia, ne saisissant qu'à cet instant l'objectif premier de la conversation. Mais il était trop tard. « Tu dois comprendre, avait-il poursuivi, que si je te donne une fessée ce soir, tu te souviendras qu'il ne faut jamais le faire. Sinon, demain tu ne t'en rappelleras plus, après-demain il t'arrivera la même chose, et dans une semaine tu auras la réputation d'une bagarreuse, et il est difficile d'avancer dans la vie avec une telle étiquette. »

La fillette s'était mise à sangloter.

« Ne fais pas d'histoires », avait-il ajouté, irrité. « Mettons tout ça derrière nous au plus vite. Crois-moi, c'est encore plus dur pour moi que pour toi. » Il s'était levé, avait fait descendre sa fille de la chaise et l'avait traînée jusque dans sa chambre.

« Je restais assise, paralysée, avait dit Nidziecka. Il lui était déjà arrivé de frapper notre fille, mais en comparaison de ce qu'il me faisait, c'étaient des caresses. J'étais soulagée de constater qu'il la traitait avec une relative douceur. Ce soir-là, en revanche, j'ai senti qu'il pouvait sévir, tout en espérant encore qu'il ne la frapperait que légèrement.

— Pourquoi ne pas avoir appelé la police ? »

Elle avait haussé les épaules.

« J'avais peur qu'il m'entende. J'avais peur qu'aussitôt la pièce quittée, il puisse faire quelque chose de grave à ma fille. J'avais peur que, même si je parvenais à joindre quelqu'un, on me réponde que les policiers n'étaient pas mes gardes du corps. On m'avait déjà répondu de la sorte auparavant.

— Qu'avez-vous donc fait ?

— Rien. J'attendais de voir ce qui se passerait. Et puis, il s'est approché de l'armoire et je l'ai vu saisir une vieille laisse de cuir tressé. Dans le temps, nous avions un chien, moitié berger allemand, moitié bâtard. Un bus l'avait renversé quelques années plus tôt et je n'avais pas eu le cœur de jeter la laisse. J'aimais beaucoup ce chien. J'ai commencé à crier, à lui dire de lâcher ce truc, sinon j'allais appeler la police et il irait en taule.

— Et que s'est-il passé ensuite ?

— Il m'a dit de ne pas m'en mêler et de me rappeler la promesse faite à sa sortie du tribunal. Alors, je lui ai répondu qu'il devrait faire gaffe, que lui non plus n'était pas immortel. Entendant ça, il a lâché notre fille, s'est approché de moi et m'a giflée avec la laisse. Ça ne m'a pas fait très mal, l'essentiel du coup est parti dans les cheveux, il n'y a que le bout du cordon qui a fait le tour de ma tête et m'a coupé la bouche. »

Elle s'était touché une croûte à la commissure des lèvres.

« Bien sûr, Zuzia a commencé à pleurer très fort, ce qui l'a rendu furieux, il s'est mis à hurler qu'on allait se souvenir de cette journée jusqu'à la fin de nos jours. Donc, je me suis mise debout. Il a voulu me fouetter avec la laisse mais j'ai levé le bras et le cuir s'est enroulé autour de mon avant-bras. Ça l'a mis en rage. Il m'a poussée de toutes ses forces vers la table, mais comme on tenait toujours les deux bouts de la laisse, il s'est mis à tomber avec moi. J'ai cru que mon heure avait sonné. J'ai glissé ma main entre les assiettes, j'ai attrapé le couteau à pain et je l'ai tendu vers lui. Je ne voulais pas le tuer, je voulais simplement qu'il arrête. Il a basculé sur moi en perdant l'équilibre.

— Pourquoi n'avez-vous pas retiré votre main ? Celle qui tenait le couteau ? »

Elle s'était humidifié les lèvres et avait observé Szacki avec attention. Un long moment. Il avait compris sa demande, mais ne pouvait pas l'inscrire dans le procès-verbal. Et pourtant, il était bien obligé d'écrire quelque chose. Sans le quitter du regard, elle avait entrouvert la bouche mais, à ce moment précis, il avait secoué la tête, doucement, délicatement. Elle avait compris et, en lieu et place de ce qu'elle s'était probablement apprêtée à avouer, « je ne voulais pas la retirer », elle avait répondu :

« Je n'en ai pas eu le temps. Ça s'est passé en un clin d'œil. »

Et c'est ainsi que la terre a cessé de porter une enflure de plus, avait-il eu envie de conclure. Mais il n'avait rien dit du tout, lui permettant de finir son histoire. L'enquête avait confirmé que la vie de cette femme avait été un enfer. Les parents de la victime eux-mêmes avaient dressé un portrait au vitriol de leur cher rejeton. Le beau-père de Nidziecka n'en revenait pas que ce fût lui, le mort, et non elle. « Mais c'est bien, c'est très bien », répétait-il en boucle.

C'était une affaire simple, du moins du point de vue de la police. Arrestation, interrogatoire, aveu de culpabilité, fin de l'histoire. La suite dépendait du parquet et du tribunal. Un policier n'avait pas à définir quel article du code pénal avait été enfreint, il n'avait pas à imaginer la manière de qualifier les actes, ni quelle peine réclamer. Un policier n'avait pas au-dessus de lui la surveillance de la Division des procédures préliminaires qui lui écrirait des courriers requérant l'arrêt du fautif sous un angle d'approche différent. Szacki se demandait fréquemment s'il n'aurait pas été meilleur flic que procureur. Il effectuait déjà bon nombre d'actions que ses collègues magistrats ne connaissaient que de nom. Il se rendait sur les lieux du crime, assistait aux autopsies ; parfois, il allait jusqu'à se déplacer chez un témoin pour l'interroger sur le terrain. Rarement, il est vrai, mais cela arrivait. D'un autre côté, en tant qu'inspecteur vivant à la lisière du milieu, s'accommodant de quelques arrangements mineurs, fermant les yeux sur certains faits pour en découvrir d'autres, il n'aurait pas eu la satisfaction d'être un rouage essentiel de la grande machine judicaire dont le but est d'être impartiale, de définir une peine adéquate pour toute violation de l'ordre établi.

À présent, choisissant entre les classifications légales des faits, il sentait que l'impitoyable machine s'était grippée. Il savait ce qu'on attendait de lui : qu'il inculpe Nidziecka avec une totale sévérité sur la base de l'article 148, paragraphe 1 du code pénal. « Quiconque tue un être humain encourt une peine d'emprisonnement d'une durée minimale de huit ans. » Était-ce en accord avec la loi ? Sans doute. Szacki était persuadé que Nidziecka avait souhaité tuer son mari. Et c'était l'unique aspect qui aurait dû l'intéresser. Très probablement, un juge aurait prononcé une sentence clémente, aurait retenu des circonstances atténuantes exceptionnelles et tout le fatras. Pour autant, ça aurait toujours signifié que cette femme était plus criminelle que les poivrots vicieux qu'il poursuivait pour « avoir causé des lésions corporelles graves ayant entraîné la mort. » Il pourrait aussi opter pour l'article 148, paragraphe 4 : « Quiconque tue un être humain sous le coup d'une agitation justifiée par les circonstances encourt une peine d'emprisonnement d'une durée comprise entre un an et dix ans. » Un an, c'était moins que huit.

Szacki repoussa loin de lui le clavier de son ordinateur. Il avait déjà rédigé l'ensemble de l'acte d'accusation ; la seule chose qui manquait, c'était la qualification des actes et la justification de celle-ci en quelques phrases succinctes. En réalité, il avait envie de rédiger le projet d'un classement sans suite au regard des articles traitant de la légitime défense, en d'autres termes du droit de toute personne à parer une attaque injustifiée. Sans l'ombre d'un doute, c'était exactement ce qui avait eu lieu ici. Mais sa hiérarchie le mettrait en pièces s'il omettait de rédiger un acte d'accusation dans une affaire aussi limpide, dans une affaire qui améliorait à peu de frais les statistiques du service.

Finalement, il inscrivit une qualification selon l'article 155 : « Quiconque provoque involontairement la mort d'un être humain encourt une peine d'emprisonnement de trois mois à cinq ans. »

« Et plutôt démissionner de ce boulot de merde que de changer une ligne à ce document ! » déclara-t-il à haute voix.

Une demi-heure plus tard, l'acte d'accusation était prêt et il le déposa au secrétariat de sa directrice, qui avait déjà eu le temps de quitter les locaux. Il était dix-huit heures et il se dit qu'il était grand temps d'abandonner ce charmant endroit. Il ramassa rapidement ses affaires et éteignit l'ordinateur. À ce moment-là, le téléphone sonna. Szacki jura. Pendant une fraction de seconde, il voulut tout simplement sortir, mais le sens du devoir l'emporta. Comme toujours.

C'était le commissaire Nawrocki. Il avait réussi à

retrouver les camarades de Sylwia Boniczka des autres classes de troisième, parmi lesquels le redoublant dont avait parlé le voyant. Certains d'entre eux ne savaient visiblement pas de quoi on leur parlait, mais d'autres avaient peur, et le redoublant paraissait terrifié. La panique le faisait trembler, et, selon Nawrocki, si on l'avait secoué un peu plus fort, il aurait fini par craquer. Malheureusement, l'ancien élève avait repris ses esprits et réfuté l'ensemble des allégations. Le procureur n'en laissa rien transparaître, mais il regrettait que Nawrocki ait conduit cet interrogatoire. Le cerveau du policier fonctionnait mieux qu'un ordinateur, mais pour ce qui était de l'envergure physique, son allure de mauviette n'en faisait pas le meilleur candidat pour mettre la pression sur un suspect. Kuzniecov, lui, c'était autre chose. Il suffisait qu'il apparaisse dans l'embrasure d'une porte et tout le monde devenait soudain plus loquace.

« Je doute que nous puissions entamer des poursuites pour viol, regretta Nawrocki. Il n'y a plus de victime, plus de traces, plus de preuves et, comme indice, nous n'avons qu'un devin à la retraite et quelques suspects qui nient tout en bloc.

— Et le père ?

— Justement, j'avais dans l'idée que nous pourrions l'interroger ensemble.

— Comment ça, ensemble ?

— Eh bien, je me dis que si on lui tombe dessus à deux, alors il nous dira la vérité. Mais nous n'avons droit qu'à une seule tentative. S'il n'avoue pas la première fois, alors ce sera fini. C'est pourquoi je suggère une attaque en règle : un policier, un procureur, une arrestation publique et une escorte policière, la cellule la plus sombre du palais Mostowski et deux heures d'attente… Vous voyez ce que je veux dire ? »

Du théâtre, songea Szacki, il me propose une putain de pièce de théâtre. Qu'est-ce qu'il devait faire maintenant ? Aller chez un loueur de costumes et se trouver un masque de méchant flic ?

« Quelle heure ? demanda-t-il après un long silence, et il le regretta aussitôt, avant même que ses paroles n'aient atteint les oreilles de Nawrocki.

— Pourquoi pas demain, à dix-huit heures ? proposa le policier sur un ton paisible, comme s'ils planifiaient d'aller boire une bière entre copains.

— Un horaire impeccable ! annonça Szacki avec emphase. Veuillez vous rappeler que monsieur le procureur ne prend à l'apéritif que du vin rouge légèrement frais, de préférence un montepulciano de la région des Pouilles. La table ne devrait pas se trouver trop près de la fenêtre, ni à proximité d'une porte, cela va sans dire.

— Je vous demande pardon ?

— Non, rien. Demain, à dix-huit heures, chez vous. Je vous appelle d'en bas. »

5

Dix-neuf heures approchaient lorsqu'il dévia du pont Swietokrzyski vers le quai Szczecinski, en direction du zoo, et plaça gentiment sa voiture sur la gauche, à la suite d'une longue file de véhicules. La voie de droite était libre mais finissait quelques dizaines de mètres plus loin, derrière l'étroite passerelle au niveau du port Praga ; de celle-ci, officiellement, on ne pouvait que tourner à droite, ce qui n'empêchait pas les resquilleurs de rouler dessus jusqu'au bout puis de feindre l'étonnement avec le clignotant gauche allumé. Szacki ne les laissait jamais passer.

Derrière le trottoir, le bâtiment hideux du commissariat fluvial lui rappela que la saison des cadavres dans la Vistule venait de commencer : les baignades d'ivrognes, les viols dans les buissons, les paris stupides pour savoir qui nagerait le plus loin, tout cela produisait sa funeste moisson. Heureusement, on en trouvait rarement sur la section des berges rattaché administrativement au centre-ville. Szacki haïssait les noyés, leurs corps violacés, boursouflés, semblables à des charognes de phoques dont on aurait tondu la fourrure. Et il priait pour que ce cauchemar lui soit épargné cette année. Douze mois auparavant, lorsqu'on avait repêché un macchabée au pied du pont Gdanski, il avait eu envie de le déplacer lui-même quelques mètres plus loin pour que ses collègues du quartier Zoliboz en héritent. Par chance, l'affaire s'était révélée simple : l'homme avait mis fin à ses jours en sautant d'un pont situé en amont du fleuve. Le procureur n'avait cependant jamais réussi à découvrir pourquoi il s'était d'abord déshabillé ; c'était un point que l'homme avait omis d'expliquer dans la lettre d'adieu laissée à sa femme et celle-ci avait juré que son mari avait toujours été très pudique.

Au niveau du passage clouté près de l'entrée principale du zoo, Szacki dut s'arrêter pour laisser passer un père et sa fille. Plus vieux que lui de plusieurs années, l'homme était étique, peut-être malade. La fillette avait l'âge de Hela et tenait à la main un ballon en forme de petit cochon. Szacki se rendit soudain compte que, dans toutes les affaires criminelles dont il s'occupait ces jours-ci, des figures de pères apparaissaient avec leurs filles : le concierge Boniczka, qui avait probablement tué son enfant par honte avant de l'enterrer au milieu de la nuit sous l'aire de jeux d'une maternelle ; le monstrueux Nidziecki, traînant de force sa fillette dans sa chambre pour la battre, lui expliquant que ce geste serait plus dur pour lui que pour elle ; Telak, sur le point de se suicider pour rejoindre sa princesse disparue, mais peut-être aussi responsable de la mort de cette dernière d'une façon indirecte, voire surnaturelle ; et pour finir, lui, Szacki, qui désirait si ardemment un changement dans la routine de ses jours qu'il se retrouvait à courir derrière les jupons d'une jeune journaliste. Était-il capable de sacrifier sa fille ? Et qu'est-ce que cela voulait dire ici, « sacrifier » ? Il était trop tôt pour ce genre de considérations. Mais pourquoi trop tôt, après tout ? Il se posait cette question en attendant que le feu passe au vert à l'angle de Ratuszowa et de Jagiellonska, sur un croisement saturé au possible : aux heures de pointe, le trafic était si dense que seules deux voitures pouvaient tourner à gauche à chaque passage au vert, et encore, à condition que leurs conducteurs fassent preuve de bons réflexes. Oui, pourquoi trop tôt ? Ne valait-il pas mieux résoudre cette question d'avance, une bonne fois pour toutes, et avoir le champ libre ? Ne plus redouter un appel de sa femme chaque fois qu'il se rendait à un rencard ? Il n'aurait plus à trahir l'une ou l'autre partie.

Il gara la voiture devant son immeuble.

« Mais qu'est-ce que je raconte comme conneries ! » s'apostropha-t-il à haute voix, rangeant le panneau digital de l'autoradio dans son porte-documents. « Ça ne s'améliore pas, mon cher Szacki, mais alors vraiment pas. »

VENDREDI 10 JUIN 2005

L'UEFA décide d'accorder au FC Liverpool le droit de défendre son titre en Ligue des champions, même si sa cinquième place en Angleterre n'est normalement pas qualificative. Les procureurs de Moscou estiment que la formulation « agression juive comme forme de satanisme » n'est pas répréhensible. Les dirigeants du Parti paysan polonais désignent Jaroslaw Kalinowski comme candidat à l'élection présidentielle ; au cours de la campagne, le prétendant souhaite définir la forme que devra prendre le pays dans les années à venir. Dans les sondages, Lech Kaczynski gagne encore deux points de popularité, reléguant Zbigniew Religa à huit longueurs. Grâce aux questions soumises aux sondés, on découvre aussi qu'une majorité de Polonais soutient la croisade des frères Kaczynski contre les gays, alors qu'une majorité des habitants de Varsovie la désapprouve. Une alerte à la bombe paralyse la capitale : craignant une attaque au gaz sarin, les policiers bloquent le carrefour principal de la ville et arrêtent la circulation du métro durant trois heures au cours de l'après-midi ; le gigantesque bouchon routier qui s'ensuit dépasse probablement les espérances du plaisantin qui a déclenché l'alerte. Au zoo, des boutons d'origine virale apparaissent sur la trompe de l'éléphante Buba, qui endure son traitement avec patience et évite ainsi l'anesthésie pour recevoir les soins. La température maximale est de dix-huit degrés ; le temps est plutôt ensoleillé et il ne pleut pas.

1

Le docteur Jeremiasz Wrobel ressemblait à un chat. Son visage blême et couvert de taches de rousseur, comme tracé au compas, était encadré par une barbe clairsemée, rousse et courte, ainsi que par des cheveux bouclés, tout aussi rares, roux et courts. De surcroît, son profil était plat. Tandis que, vue de face, sa physionomie pouvait encore donner l'impression d'une certaine profondeur, vue de côté elle s'avérait complètement écrasée – Szacki imagina le docteur enfant, dormant chaque nuit sur le ventre, et sur un parquet dur. Ses oreilles adhéraient si précisément à sa tête qu'on aurait juré qu'elles avaient tout simplement disparu. L'ensemble était curieux mais, le procureur devait l'admettre, extrêmement sympathique. La voix de l'homme, plaisante et chaleureuse, rappelait le ton thérapeutique de Rudzki, mais en plus velouté. Si Szacki avait dû choisir auquel des deux praticiens raconter ses problèmes, il aurait désigné Wrobel sans une seconde d'hésitation. Mais c'était peut-être parce que ce dernier n'était pas empêtré dans une affaire de meurtre.

Après avoir quitté le minuscule cabinet du docteur

à l'Institut de psychiatrie et de neurologie de Varsovie, ils passèrent par un long couloir jusqu'à la salle de réunion où le médecin pourrait visionner la cassette. Au préalable, ils n'avaient échangé que quelques paroles. La plupart du temps, c'est Szacki qui avait parlé, relatant à Wrobel le déroulement de l'enquête. Finalement, il expliqua pourquoi il avait insisté pour avoir un rendez-vous en personne au lieu de se satisfaire de l'expertise écrite habituellement demandée :

« Cet enregistrement est peut-être la clé de l'énigme, la piste qui conduit vers l'assassin de Telak, dit-il. C'est pourquoi je dois savoir le plus vite possible ce que vous en pensez, même si je compte vous commander une opinion écrite pour mes archives quoi qu'il arrive.

— Monsieur le procureur s'égare telle une érection dans une maison de retraite », répondit le thérapeute en allumant le plafonnier de la petite salle.

Les odeurs de l'hôpital s'y mélangeaient à des senteurs de café chaud et de moquette flambant neuve. Szacki commençait à comprendre pourquoi l'idée même de retranscrire une conversation avec Wrobel pouvait déclencher l'hilarité.

« C'est un honneur bien rare que de recevoir un représentant de votre institution, continua le docteur. D'après moi, chaque procureur devrait venir nous consulter avant et après avoir réclamé une opinion. Mais ce n'est que l'humble avis du serviteur préposé à la culture des légumes en marge des jardins du Seigneur. »

Szacki était sur le point de répliquer que les « légumes » des hôpitaux psychiatriques devraient être soignés individuellement et non se trouver entassés en groupe, mais à la place il fit remarquer que, si rien n'avait changé depuis la veille, alors le parquet ne souffrait pas de sureffectif et ses employés ne pouvaient rendre visite à chaque expert assermenté.

Le thérapeute visionna l'enregistrement de la crypte avec une grande attention, prenant régulièrement des notes dans son carnet. Puis il rembobina jusqu'au passage où Kwiatkowska et Kaim s'approchaient des chaises symbolisant les parents de Telak, avant que Jarczyk devienne hystérique et que Kaim regarde au loin avec une grimace de douleur qui lui déformait les traits. Il arrêta l'image et se tourna vers le procureur.

« Posez vos questions.

— Pourquoi avoir interrompu le film à cet endroit précis ? »

Le docteur secoua la tête de désapprobation.

« Les préliminaires d'abord, l'orgasme viendra ensuite. »

Szacki était sur le point de répliquer spontanément par un « Vous parlez comme mon épouse », mais il se ravisa à la dernière seconde. Il était en service.

« Ce que je veux surtout savoir, c'est si cette thérapie a été conduite dans les règles de l'art. »

Wrobel se carra sur sa chaise et noua les mains derrière sa tête.

« Vous savez, il en va de l'*ars therapeutica* comme de l'*ars amandi*. Il n'y a pas de formule miracle pour conduire chaque femme jusqu'à l'extase en trois minutes chrono, comme il n'y a pas une seule position qui convient à tout le monde. »

Szacki commençait à en avoir assez.

« Non que je veuille filer votre métaphore, mais je vais quand même vous poser la question : faisaient-ils l'amour ou était-ce un viol ?

— Certainement pas un viol, rétorqua Wrobel. Un

rapport osé, sans aucun doute, mais pas au point de faire intervenir des tenues en cuir et des casquettes d'officiers de police. Pour être franc, en théorie, une thérapie de la constellation familiale devrait réunir beaucoup plus de personnes. Je peux vous prêter un DVD avec l'enregistrement vidéo des sessions conduites par Hellinger lui-même. La salle y est pleine et, en plus des patients, un public assez nombreux assiste à la séance. Il ne manque jamais de participants pour jouer une grand-tante ou l'amant de la femme. Mais ce que fait monsieur Rudzki, en remplaçant les parents du patient par des chaises une fois qu'ils n'ont plus de rôle à jouer, reste autorisé. Parfois, en effet, on peut être amené à le faire lorsqu'on manque de représentants.

— Ici, dès le départ, il n'y avait que quatre personnes, nota Szacki. Est-ce que ce n'est pas trop peu ? On sait que chaque patient a des parents, sa propre famille, des grands-parents. Il est sans doute difficile de travailler avec un groupe aussi restreint ?

— C'est peut-être difficile, mais je comprends en partie Rudzki. Moi-même, je ne goûte que modérément à ces orgies publiques. La seule chose qui y manquerait parfois, ce seraient quelques singes bonobo. Personnellement, je préfère m'amuser en compagnie de dix patients. Rudzki a poussé la logique un cran plus loin. D'accord, c'est une expérience assez intéressante. Et d'après ce que je vois, le champ fonctionne bien. Vous ne pouvez pas contester ça. »

Szacki ne le contesta pas.

« Par ailleurs, vous devez vous rendre compte que le docteur Cezary Rudzki n'est pas un novice. Il n'est peut-être pas aussi célèbre qu'un Eichelberger ou que Celui-dont-on-ne-doit-plus-prononcer-le-nom... »

Wrobel faisait sans doute allusion au psychologue Andrzej Samson, récemment impliqué dans un scandale pédophile. « … mais notre ami commun reste une figure importante dans le milieu. Il a maintes fois tenté des expériences sur des névroses aussi dures qu'un membre en érection chez un adolescent puceau. Et il a obtenu des résultats surprenants.

— Donc, d'après vous, il n'a commis aucune erreur ? »

Jeremiasz Wrobel clappa des lèvres, fronça les sourcils et se gratta derrière l'oreille. Szacki pensa que, si on le prenait en photo à cet instant précis et qu'on envoyait le cliché à un concours de beauté féline, il serait certainement qualifié.

« D'après moi, une seule mais importante, annonça finalement l'expert. C'est-à-dire, voyez-vous, j'aurais procédé autrement. Mais il est possible que mon collègue Rudzki ait eu d'autres plans, qu'il ait cru pouvoir tout rattraper à la fin.

— Et concrètement ?

— Oui, je vous demande pardon, soyons concrets. Lorsque la situation avec les parents défunts de Telak a été résolue, et avant d'introduire dans la constellation sa famille actuelle, il aurait fallu, je trouve, prononcer les phrases de dénouement. La suite a dû être incroyablement difficile pour le patient, vu que toute la première partie avait été laissée en suspens. Si on avait remis de l'ordre dans sa famille d'origine, si le sujet avait ressenti un soulagement immédiat à l'idée de s'être réconcilié avec ses géniteurs, si, à partir de cet instant-là, il n'avait plus ressenti de la culpabilité à leur égard, alors il serait rentré dans le reste du processus thérapeutique en position de force. Et ce n'est pas tout, je suis persuadé que les autres participants auraient perçu ce soulagement et que les scènes épouvantables qui se sont déroulées ensuite n'auraient pas eu lieu. »

Progressivement, une sensation de vide envahissait l'esprit de Szacki. Il restait assis, il observait Wrobel et n'était capable de penser qu'à une seule et unique chose, au manque de résultat, au fiasco, à l'affligeante absence de progrès. Les choses vont bien, tout se déroule à la perfection, constata-t-il avec ironie. Il n'y a que ce cadavre avec une broche à rôtir dans l'œil qui gâche un peu la quiétude du paysage.

« Est-ce que les émotions persistent après la fin d'une séance ? demanda-t-il.

— C'est-à-dire ? » Apparemment, Wrobel ne comprenait pas le sens de la question.

« Si madame X joue dans la constellation le rôle de la maîtresse dévergondée de monsieur Y et si elle le croise par hasard après la thérapie au bar de l'hôtel, est-ce qu'elle va coucher avec lui ? »

Le médecin soupesa la question durant un long moment.

« C'est une hypothèse intéressante. Je pense que, même s'il ne s'agissait pas de ses propres émotions, elle les aurait vécues en tant que siennes. Elle pourrait se remémorer le charme de monsieur Y, le désir ressenti à son égard. Bien sûr, elle ne tomberait pas à ses pieds en le suppliant de la prendre sur-le-champ, mais s'ils commençaient à flirter, alors il ne leur serait pas difficile de franchir le pas d'une relation charnelle. C'est en tout cas mon avis. »

Szacki confia au thérapeute la découverte qu'ils avaient faite sur le dictaphone de la victime, où l'on entendait Kasia s'adresser à son père.

« Et il s'agissait bien de la voix de la femme qui représentait la fille du défunt au cours de la séance ?

— À quatre-vingt-dix pour cent. On est en train de procéder à une phonographie pour en être tout à fait certains.

— Intéressant. Est-ce que Rudzki est au courant ?

— Non, et je ne souhaiterais pas qu'il l'apprenne de votre bouche.

— Oui, bien sûr. Mais vous voyez, le fait que la session ait été si brutalement interrompue peut avoir son importance. Le plus souvent, nous essayons de conduire un jeu de rôles jusqu'à son terme et il est rare que nous l'interrompions. Le peu de fois où nous le faisons, cela peut durer plusieurs jours, par exemple pour laisser au patient le temps de réunir davantage d'informations au sujet de sa famille. Toutefois, le passage de la séance à la réalité doit se faire en douceur. Ici, au moment où le champ culminait en intensité, les participants ont brusquement été séparés. Est-il possible qu'ils soient repartis dans leurs chambres en étant « possédés » par les personnalités des individus qu'ils représentaient ? Je ne sais pas. Je n'ai jamais été confronté à une telle situation, mais qui sait…

— Ça paraîtrait logique, non ? s'enquit Szacki.

— Oui. On pourrait comparer ça à la situation d'un patient sous hypnose. Je peux l'en extraire mais je peux aussi le laisser dans son état. À la fin, l'état d'hypnose se mue en sommeil et, au bout du compte, le sujet se réveille comme si de rien n'était. C'est peut-être ce qui a eu lieu ici. La constellation a été brisée de manière très brutale et, pendant un moment, les patients n'ont peut-être pas été seulement eux-mêmes, mais encore des représentants. Hypothèse à prendre avec des pincettes… »

Le regard de Wrobel se perdit dans le vide, exactement comme celui de Rudzki figé à l'écran. « Êtes-vous en mesure d'évaluer combien de temps un tel état de possession peut persister ? demanda le procureur.

— Non, je n'en ai aucune idée. Mais je comprends où vous voulez en venir, et d'après moi il s'agit d'une impasse, à l'instar des appareils génitaux d'un travesti. À l'extérieur, ça peut encore sembler prometteur, mais en profondeur, c'est inefficace.

— Pourquoi ?

— À cause des limitations médicales – qui finiront bien par être vaincues, cela dit. Il n'est pas aisé de modeler un vagin et de le greffer à l'intérieur d'un corps humain. C'est pourquoi les travestis se bornent à… »

Szacki n'écoutait plus. Il ferma les yeux et inspira profondément à plusieurs reprises. Il essayait de se calmer.

« Pourquoi mon raisonnement est-il une impasse ?

— Ah, pardon… »

Wrobel n'avait pas l'air gêné. Il rapprocha son fauteuil de la télévision.

« Observez bien la manière dont ils se tiennent, dit-il en désignant la constellation de Telak. Ils se trouvent les uns en face des autres, et c'est toujours un signe de désordre, de conflit, de manque, de tensions non résolues. Le résultat d'une bonne thérapie est toujours le demi-cercle. Les gens se retrouvent côte à côte, ils s'aperçoivent mais ils ont un espace libre devant eux, ils n'ont pas à lutter pour gagner leur place. J'attire votre attention sur le fait que les enfants du patient se retrouvent ensemble, ce qui veut dire qu'ils sont en accord. Il en va de même des parents du sujet, représentés ici par des chaises. Mais en dehors de ça, les personnages sont disséminés dans l'espace. L'arrangement tout entier est régi par le chaos. Si la session avait duré plus longtemps, on aurait pu voir sur la cassette comment les personnes successives se sont pardonné mutuellement puis se sont placées les unes à côté des autres en arc de cercle. Le principe de la thérapie fonctionne parce que chaque participant veut se sentir mieux et non plus mal. Le système se retrouve alourdi d'une manière insoutenable lorsqu'un crime grave est commis, et surtout lorsqu'il s'agit du plus épouvantable, du plus monstrueux de tous les forfaits. C'est pourquoi je doute que jouer le rôle d'un membre de la famille puisse pousser au meurtre.

— En êtes-vous sûr ?

— Nous parlons de psychologie humaine, procureur. Je ne suis sûr de rien.

— Et cette histoire comme quoi la fille se serait suicidée et le fils serait tombé malade pour la même raison, pour soulager le père ? Ça me paraît assez invraisemblable, non ? »

Wrobel se leva et se mit à arpenter la pièce, les mains plongées dans les poches de sa blouse blanche. Ses gestes étaient félins, eux aussi. On l'aurait juré capable d'effectuer les actions les plus inattendues, se mettre tout à coup à miauler par exemple, ce qui eut pour conséquence de tenir Szacki en alerte. Il remua la tête afin de relâcher les muscles de son cou. Comme d'habitude, ce mouvement ne donna aucun résultat. Il devrait s'offrir un massage, finalement. Après tout, ça ne pouvait pas être hors de prix.

« Lors des séances, nous nous posons deux questions principales. Primo : qui manque, qui devrait être ajouté à l'arrangement ? Cela rappelle à bien des égards une enquête. On remue la boue d'une histoire familiale.

Secundo : qui doit partir ? Qui devrait être autorisé à le faire ? La mécanique demeure toujours la même. Si on ne permet pas à quelqu'un de s'en aller, tant au sens de "mourir" qu'à celui de "s'éloigner", alors les enfants s'en vont à la place. La plupart du temps, les adultes sont coupables et les enfants veulent les aider, expier la faute à leur place, s'écarter en échange de celui qui aurait dû le faire. L'interconnexion des amours familiales fonctionne ainsi. C'est pourquoi le thérapeute prend le plus souvent le parti des enfants contre les adultes.

— Oui, mais de là à aller jusqu'au suicide ? »

Szacki avait le même sentiment que durant sa conversation avec Rudzki : il comprenait ce dont on lui parlait mais il ne voulait pas le croire.

« Le désir inconscient de soulager un parent qui a, par le passé, perdu un partenaire dans des circonstances tragiques est une cause fréquente de suicide chez les jeunes. D'après moi, la théorie du docteur Rudzki à propos de la nécessité d'un deuil, appliquée à… comment s'appelait-il déjà ?

— Telak.

— … appliquée à Telak, a du sens. Il aurait dû faire le deuil de ses parents. Je ne serais pas étonné non plus d'apprendre que l'une de ses maîtresses est morte dans un accident de voiture et qu'il ne s'en est jamais remis, ou qu'il ressentait une forme de culpabilité pour cette raison. À un point tel que sa fille a décidé d'expier la faute à sa place. Vous devez savoir que les premiers partenaires, si on les intègre dans notre psyché au lieu de les laisser partir, sont fréquemment remplacés par les enfants dans le monde réel. »

Le docteur Wrobel avait terminé son discours et Szacki se sentait incapable de formuler une seule question pertinente. Sa tête était vide. Chaque jour lui apportait son lot de nouvelles informations à propos de cette affaire et pourtant, ni ce jour-là ni la veille il n'avait effectué d'avancée significative vers la résolution de l'énigme. Cela devenait désespérant.

« Est-ce que vous pouvez me dire maintenant pourquoi vous avez arrêté la cassette à cet endroit précis ? demanda-t-il pour en finir.

— Avec plaisir, répondit le psychologue, et il sourit d'une manière que Szacki aurait qualifiée de lubrique. À votre avis, pourquoi, de toute la durée de la séance, Telak n'a-t-il pas regardé une seule fois sa femme et ses enfants, et ce malgré l'avalanche d'événements qui avaient lieu entre eux ? »

Le procureur eut l'impression d'être appelé au tableau en classe.

« Je ne sais pas, je n'y ai pas réfléchi. Il craint de le faire ? Il se sent coupable vis-à-vis d'eux ? Il a honte ? »

Wrobel secoua la tête avec désapprobation.

« Perdu, perdu et encore perdu. Tout simplement, il ne peut pas détourner le regard du personnage qui se tient pile en face de lui et qui est sans aucun doute le plus important de cet arrangement. Je ne sais pas de qui il s'agit mais leur lien est terriblement puissant. Vous remarquerez qu'il ne cligne même pas des yeux. Tout ce temps, il scrute la personne en question.

— Mais la place en face de lui est vide ! »

Szacki se sentait furieux tout à coup. Ce psychopathe lui avait fait déjà perdre assez de temps. Il se leva. Wrobel l'imita.

« Non, bien sûr qu'elle ne l'est pas, répliqua-t-il calmement, bougeant son nez à la manière d'un chat. Elle est occupée par la personne qui manque dans cette constellation. Vous voulez progresser dans votre enquête ? Alors trouvez l'individu manquant. Trouvez celui que fixe Telak avec une telle terreur et une telle panique dans le regard. »

Le procureur Teodore Szacki hocha la tête sans rien dire, contemplant le visage de Telak sur l'écran – l'image en pause était floue et sautillait, ce qui ne masquait pas l'expression de douleur. Le regard de la victime l'avait déjà intrigué auparavant, mais il avait ignoré cette intuition, considérant que Telak avait été épuisé par la thérapie. À présent, il comprenait que les traits de Telak n'exprimaient pas la fatigue. Si cette expression l'avait intrigué, c'était parce qu'il l'avait déjà vue chez certains suspects lors d'interrogatoires : un mélange de haine et de peur.

Il stoppa le magnétoscope et ôta la cassette du lecteur.

« Et vous, ne souhaiteriez-vous pas prendre part à une séance de constellation familiale ? demanda le psychologue alors qu'ils s'avançaient vers la sortie de l'institut. Découvrir de l'intérieur de quoi ça a l'air ? »

Szacki ouvrit la bouche pour répondre que c'était une très bonne idée, mais pendant ce court instant dont l'air a besoin pour passer des poumons jusqu'aux cordes vocales, il se vit en train de disposer dans l'espace ses parents, Weronika et Hela, puis le thérapeute leur demandant ce qu'ils ressentaient à ce moment-là.

« Non, merci, je crois que ça ne sera pas nécessaire. »

Wrobel sourit comme sourient les chats mais ne commenta pas. Sur le pas de la porte cependant, comme ils se disaient adieu, il ajouta :

« Quand il s'agit de savoir qui est bon et qui est mauvais au sein du système, il s'avère que c'est presque toujours le contraire de ce qu'on croit. Il vaut mieux s'en souvenir. »

2

Rares sont les parcelles de Varsovie qui évoquent une véritable métropole et non un vaste espace surchargé de rues et de bâtisses. Toutefois, même au cœur de ce dépotoir, il y a des endroits magnifiques, se répéta Szacki en roulant rue Belwederska en direction du centre-ville. La portion de la Voie royale entre la rue Gagarine et la place des Trois-Croix était l'une des seules à témoigner de ce qu'avait été cette ville et de ce qu'elle aurait pu être si la guerre ne l'avait pas détruite. D'abord le volume moderne de l'hôtel Hyatt, puis l'ambassade de Russie, la résidence présidentielle, les jardins royaux Lazienki, les immeubles gouvernementaux, le parc Ujazdowski, les ambassades le long des avenues (à l'exception du cube immonde construit par les Américains) et enfin la place des Trois-Croix. Le prolongement par le boulevard Nowy Swiat n'avait jamais suscité l'enthousiasme du procureur ; il ne comprenait pas pourquoi on admirait tant une rue dont les bâtiments semblaient téléportés depuis une bourgade régionale quelconque. C'étaient des édifices bas et moches, très mal assortis. Szacki n'arrivait pas à croire qu'on tentait de promouvoir ce boulevard et la rue Chmielna, une de ses perpendiculaires piteuses, pour en faire la plus belle partie de la ville. À moins que ce ne soit pour que les vacanciers de province s'y sentent comme chez eux.

Mais ce jour-là, le boulevard Nowy Swiat lui évoquait le café Cavie et la journaliste Grzelka – Monika –, et il pouvait difficilement cultiver un ressentiment à l'égard de l'endroit. Il aurait souhaité qu'elle fût en train de l'attendre sur place, qu'au lieu de rejoindre son bureau rue Krucza il pût aller y boire un café en sa compagnie et échanger quelques phrases comme un ami avec une amie. Ou bien comme un amant potentiel avec une maîtresse potentielle. Était-il vraiment en train de l'envisager ? Une liaison ? Comment était-ce possible ? Pour être infidèle, il fallait un studio en ville ou de l'argent pour une chambre d'hôtel, ou au moins un travail aux horaires aléatoires capable de justifier des absences répétées de la maison, alors qu'il n'était qu'un pauvre fonctionnaire qui revenait chaque jour du bureau à vingt heures au plus tard.

Qu'est-ce que je fais, au juste ? se demanda-t-il au moment d'accomplir une deuxième ronde autour du siège du parquet à la recherche d'une place, puisque l'unique stationnement réservé au service était déjà occupé. Et à quoi suis-je vraiment en train de songer ? Suis-je vraiment un mâle en manque, à un point tel que voir une nana deux fois suffit à me faire oublier tout le reste ?

Il finit par se garer sur la rue Zurawia, non loin du café L'Épingle. Il était treize heures. Dans cinq heures très précisément, il mettrait à mal son budget mensuel pour y dîner avec Monika. Il se demanda ce qu'elle porterait. Il fermait la voiture lorsqu'un déclic se fit enfin dans sa tête :

Monika, L'Épingle, dix-huit heures.

Nawrocki, commissariat, dix-huit heures.

Oh putain !

Une feuille de papier était scotchée à sa porte : « Rends-toi IMMÉDIATEMENT chez la chef. » Bien sûr, c'était à propos de Nidziecka. Il ignora le message, pénétra dans son bureau et appela Nawrocki, mais le policier avait déjà convoqué le père de Boniczka au commissariat, on ne pouvait plus annuler le rendez-vous. Szacki se dit qu'il pourrait convaincre le flic d'appliquer la méthode de harcèlement de rigueur dans les pays totalitaires, à savoir faire venir le suspect au commissariat, le laisser mariner dans le couloir, le libérer, puis le convoquer le jour suivant. C'était la manière dont les services de sécurité communistes avaient procédé avec son grand-père dans les années cinquante. Mais il renonça à l'idée. Il préférait être débarrassé de la corvée une bonne fois pour toutes. Il appela Monika.

« Tu as un empêchement ? demanda-t-elle avant qu'il puisse ouvrir la bouche.

— Je dois être à dix-huit heures au commissariat central, je n'ai aucune idée du temps que ça va prendre. Excuse-moi.

— Dans ce cas, passe un coup de fil si jamais ça ne dure pas longtemps. Et ne t'excuse pas sans raison. Qu'est-ce que tu diras quand tu feras vraiment quelque chose de mal ? »

Szacki déglutit. Et fut aussitôt persuadé qu'elle avait entendu le bruit. Devrait-il dévoiler la vérité et lui avouer qu'après l'interrogatoire il serait obligé de rentrer chez lui ? Le serait-il réellement, du reste ? Se comportait-il en adulte, en père de famille, ou bien en gamin qui demande à sa maman l'autorisation de rentrer à la maison plus tard pour rester sur le terrain de jeux ? Et à ce propos, pourquoi ne pouvait-il pas présenter ses difficultés avec franchise ? Après tout, si Monika comptait séduire un homme marié avec enfant, elle devait savoir où elle mettait les pieds. Et si jamais c'était une malade mentale qui se mettait à appeler Weronika le soir pour hurler « Il n'est qu'à moi » ? Il prit peur.

« Je ne peux rien te promettre. Honnêtement, ça m'étonnerait que je puisse me libérer à temps aujourd'hui », dit-il, voulant gagner quelques secondes.

Bon sang, pourquoi n'avait-il rien préparé avant de composer le numéro ?

« Hmm…, c'est dommage.

— Peut-être que demain en journée je serai en train de tourner en ville et nous pourrions faire un lunch ? »

Il s'étrangla à moitié en prononçant cette phrase à la syntaxe douteuse, puis se rendit compte que, le lendemain, il était censé se rendre aux obsèques de Telak. Il pourrait toujours dire à Weronika qu'après l'enterrement il devait faire un saut au bureau. Est-ce qu'il faudrait prévoir des vêtements de rechange ? Probablement. Son costume noir, adapté aux cérémonies familiales telles que mariages ou funérailles, ne l'était plus pour un déjeuner en ville. Fait chier !

Ils convinrent qu'il lui enverrait un SMS une fois qu'il saurait précisément à quelle heure ils pourraient se rencontrer et qu'en l'attendant elle ne prendrait qu'un petit déjeuner frugal, composé d'une mangue, d'un café et peut-être d'une petite tartine. En un clin d'œil, l'image de Monika le matin, négligée, couchée dans des draps blancs, lisant un journal et se léchant des doigts couverts de jus de fruits lui vint à l'esprit. Aurait-il un jour l'occasion de la voir ainsi pour de bon ?

Interroger une deuxième fois les proches d'Henryk Telak au sujet de ses maîtresses, de ses anciennes relations et de ses petites amies des années du lycée n'était pas une perspective de nature à réjouir Oleg Kuzniecov.

« T'as perdu les pédales ? gémissait-il. Comment faut-il que je vérifie ça, d'après toi ? Ses parents sont morts, sa femme ne sait probablement rien, et j'ai déjà posé la question à ses collègues de boulot la première fois que je les ai vus. »

Szacki demeura inflexible.

« Vérifie quel lycée il a fréquenté, puis quelles études il a faites et où, retrouve ses anciens camarades de cours et interroge-les. C'est bien à ça que sert la police, non ? Vous retrouvez les gens et vous leur posez des questions ! Mon rôle à moi, c'est de remplir la paperasse et de numéroter les feuilles dans les dossiers. »

Oleg lui adressa par téléphone une gerbe de qualificatifs indélicats.

« Je comprendrais encore si ça servait à quelque chose, geignit-il, mais depuis le début, on ne fait que traquer les ombres de quelques fantômes et rien de concret. Allez, imaginons qu'on retrouve une de ses anciennes dulcinées qui a passé l'arme à gauche dans un accident de voiture alors qu'il conduisait. Admettons que c'est pour ça qu'il se sentait si terriblement coupable et que sa fille s'est foutue en l'air. Et alors ? Tu peux me dire en quoi ça fera avancer l'enquête ? »

Szacki ne pouvait pas. Il s'agissait *a priori* d'une nouvelle information stérile dont l'obtention coûterait beaucoup de travail, et il s'en rendait compte. Une quantité conséquente de besogne, mais complètement inutile. Seulement, avaient-ils d'autres choix ?

Il l'avoua en ces termes au policier, qui répliqua en grognant que Szacki se comportait comme un manager arriviste au sein d'une multinationale.

« T'es furax parce qu'on n'a que dalle, poursuivit le policier. Tu te débats dans tous les sens dans le noir pour pouvoir te couvrir et prouver que tu es en train de faire quelque chose. Tel que je te connais, tu as juste la flemme de t'occuper d'un autre boulot. Tu ne pourrais pas au moins attendre le début de la semaine prochaine pour qu'on récupère les résultats de la phonographie ? Tu découvrirais si c'est bien Kwiatkowska qui imitait la fille de Telak. Tu sais que, sur le tube de somnifères, il y a les empreintes de Jarczyk. Ça serait suffisant pour perquisitionner leurs baraques respectives et vérifier s'il n'y a pas un autre élément qui les relie à notre macchabée. Je secouerais bien Kaim et Rudzki aussi, à tout hasard, au moins pour qu'ils ne se sentent pas trop confiants. En parlant de Rudzki, tu ne pourrais pas le questionner un peu au sujet du passé de Telak ? Après tout, le bonhomme se confiait à lui une fois par semaine depuis un an ! »

Kuzniecov n'avait qu'à moitié raison. Rudzki était un suspect et, en tant que tel, il constituait une source d'informations peu fiable. Toutes ses révélations devraient quoi qu'il arrive être vérifiées par ailleurs.

Aussi ne céda-t-il pas devant le policier. Mais à peine avait-il raccroché qu'il appela Rudzki et le convoqua à son bureau le lundi. Il apprit à cette occasion que le thérapeute avait lui aussi prévu de se rendre aux obsèques du lendemain.

La directrice Janina Chorko s'était maquillée. C'était horrible. Sans produits de beauté, elle était simplement laide ; avec, elle ressemblait à un cadavre que les enfants du croque-mort auraient peinturluré pour s'amuser avec les cosmétiques de leur mère – traitement qui aurait eu pour effet de réveiller la morte et de la renvoyer au boulot. Elle portait un pull léger à col roulé et probablement rien en dessous. Dire qu'encore quelques minutes plus tôt Szacki aurait été prêt à jurer que rien n'éveillait autant son désir qu'une poitrine de femme. Ce souvenir était tombé aux oubliettes, dans la préhistoire, s'était enfoncé dans le silurien, le dévonien, le cambrien. Szacki craignait de regarder dans la direction de son interlocutrice mais trouva une excuse facile, dans la mesure où sa patronne commençait à lui passer un savon. Il put donc baisser les yeux avec soulagement et jouer au pauvre procureur injustement grondé.

Un meurtre est un meurtre, la fonction du parquet n'est pas de faciliter le travail de la défense, il avait manifestement oublié ce dont ils avaient parlé la veille, il pouvait encore modifier la qualification des actes à l'audience sans foutre en rogne l'ensemble de sa hiérarchie, et cætera.

« Non », répondit-il brièvement lorsqu'elle eut fini.

Il leva le menton et la regarda dans les yeux, rien que dans les yeux. Il sortit son paquet de cigarettes de la poche de sa veste et en alluma une, sa première, alors que la journée était bien entamée. Pas mal.

« Il est interdit de fumer dans nos locaux », dit-elle froidement, allumant une cigarette à son tour.

Szacki savait qu'il aurait dû lui offrir du feu, mais il avait peur qu'elle interprète mal son geste. Elle prit dans son tiroir un cendrier plein de mégots et le déposa sur le bureau entre eux.

« Qu'est-ce que ça veut dire, "non" ?

— Ça veut dire que je n'accuserai pas Nidziecka de meurtre, répondit-il très lentement et très calmement. Pour être franc, je m'étonne d'avoir écrit un acte d'accusation dans une affaire qui est, de manière flagrante, un cas de légitime défense. J'ai honte d'avoir cédé d'avance à la pression qu'on n'aurait pas manqué d'exercer sur moi. Apparemment, mon intuition avait été la bonne. Mais quoi qu'il en soit, il n'y a pas de pire censure que l'autocensure. Je vous présente mes excuses, à vous, ma supérieure directe et la personne responsable de mes décisions. »

Janina Chroko souffla sa fumée en direction du plafond et se pencha par-dessus le bureau. Elle soupira lourdement au-dessus du cendrier, soulevant un nuage de cendres. Szacki fit semblant de ne pas le remarquer.

« Est-ce que vous essayez de vous foutre de moi, monsieur Szacki ? murmura-t-elle.

— Non. Je dis simplement que j'en ai assez de devoir deviner ce qui plaira ou ce qui ne plaira pas en haut lieu, reprit-il en essayant d'éviter l'utilisation de tout verbe qui évoquerait une relation charnelle. Je dis que nous devrions essayer de travailler selon des règles éthiques et nous préoccuper de nos collègues seulement lorsque quelqu'un nous tombe dessus. Je dis que je m'inquiète de vous entendre dire que je devrais anticiper les souhaits de notre hiérarchie, j'ai toujours cru que vous étiez différente. Je dis que ce constat me remplit d'une tristesse indicible et je vous poserai dès lors une seule question : trouvez-vous ma qualification des faits injuste ? »

La procureur de la République du district de

Varsovie-Centre écrasa son mégot avec l'énergie d'une fumeuse compulsive et repoussa le cendrier vers Szacki. Elle s'affala dans son fauteuil en similicuir et il vit soudain une vieille femme fatiguée.

« Procureur Szacki…, commença-t-elle, résignée. Je suis une vieille femme fatiguée qui a vu bien plus d'histoires de ce genre qu'elle n'aurait dû. Et j'aurais été la première à parapher un projet de décision de classement sans suite à la lumière des articles qui traitent de la légitime défense. Ce n'est pas tout. À mon avis, son fils de pute de mari devrait être exhumé, ramené à la vie et foutu au trou pour de longues années. Et vous avez raison sur un autre point. Plus je passe de temps dans ce fauteuil en cuir au lieu d'interroger des témoins et plus je me préoccupe de ce qu'ils vont en penser là-haut. Ce n'est pas glorieux, je l'admets – mais bordel, cette gymnastique m'épuise. Et j'ai réfléchi au sujet de ce que je vous ai dit hier, comme quoi il faut parfois courber l'échine pour survivre. Choisir le moindre mal. Êtes-vous d'accord avec ce principe ?

— Parfois oui, parfois non », répondit-il diplomatiquement.

C'était une question qu'aucun procureur de Pologne ne pouvait trancher en gardant la conscience tranquille.

« Cette devise devrait être inscrite sous l'aigle couronné qui orne notre porche, vous ne trouvez pas ? Parfois oui, parfois non. Mais… plutôt non ?

— Plutôt.

— Vous avez raison, soupira-t-elle. Je vais vous le signer, votre acte d'accusation. On l'enverra à la régionale et on verra bien ce qui arrive. Et si ça devient intenable, il faudra réfléchir à la suite. Ma bonne amie du district du quartier Wola a récemment passé une équivalence de conseillère juridique. Elle s'est fait embaucher au service administratif d'un producteur d'eau minérale des monts Beskidy. Elle s'est acheté une petite maison à la montagne, ne travaille que huit heures par jour et gagne un bon douze mille par mois. Et personne ne la défigurera en lui jetant de l'acide au visage ni ne rayera sa voiture en la traitant de "salope de procureur". »

Szacki hocha la tête en silence. Elle avait raison, mais il craignait d'exprimer sa connivence avec un allant trop marqué, de peur qu'elle croie avoir trouvé en lui une âme sœur et lui propose de passer chez elle après le travail pour boire un petit verre de vin et bavarder au sujet du triste quotidien des procureurs de la République. Par politesse, il patienta quelques instants puis remercia sa directrice. Il lança une vague ébauche d'excuse à propos d'une montagne de paperasses et quitta la pièce, abandonnant Janina Chorko à ses sombres pensées, la puanteur du tabac froid et l'odeur rance d'un fauteuil en similicuir.

3

Puisque tout le centre-ville se retrouvait bloqué dans un gigantesque bouchon, Szacki fit le trajet jusqu'au palais Mostowski à pied. Aucun véhicule n'était autorisé à traverser le véritable cœur de la cité, à savoir le rond-point de la Rotonde. Ce n'était plus à strictement parler le « rond-point de la Rotonde » mais le rond-point Dmowski, l'homme politique de l'entre-deux-guerres dont le nom avait le douteux privilège de définir ce croisement sans charme de deux axes autoroutiers. En temps normal, Szacki aurait pu se rendre jusqu'à la place Bankowy en métro, mais les voies ferroviaires souterraines avaient été fermées elles aussi. Ce fut donc avec un certain plaisir qu'il prit la rue Bracka en direction de la place Pilsudski, espérant tout de même que la circulation redevienne fluide d'ici la fin de l'interrogatoire afin qu'il puisse retourner au parquet en bus.

C'était un parcours agréable, et le procureur se dit que si l'on conviait un étranger à faire cette balade et qu'on prenait soin de lui bander les yeux lors de son trajet aller et retour jusqu'à l'aéroport, le touriste en question pourrait repartir de Varsovie avec le souvenir d'une très jolie ville. Une ville chaotique, certes, mais charmante. Et remplie de cafés, de restaurants et de bars *lounge* dont ce tracé regorgeait.

En particulier, la succession des rues Swietokrzyska, Mazowiecka et Kredytowa faisait très bon effet, avec ses immeubles au charme d'avant-guerre, ses galeries d'art (suggérant que Varsovie était une cité d'artistes), sa chapelle protestante du square Malachowski, sa galerie Zacheta (suggérant que Varsovie avait un marché de l'art) et son grandiose panorama de la place Pilsudski, dominée par l'immense Théâtre national (Varsovie, ville du théâtre) et le Metropolitan de Norman Foster (Varsovie, ville à la pointe de l'architecture – laissez-moi rire). En guise d'apothéose, on traversait le jardin Saxon en lançant des coups d'œil inévitablement admiratifs aux Polonaises qui se prélassaient au soleil sur les bancs publics.

Durant de longues années, Szacki avait détesté ce

parc parce qu'il s'était fait larguer sur l'un de ces bancs précisément, par une fille dont il était amoureux au lycée. Bien des années plus tard, il l'avait croisée dans les rayons d'un supermarché. À côté d'elle, un mari au front dégarni poussait un chariot débordant de provisions ; elle avait un visage grimaçant et traînait derrière elle deux enfants. Ou alors elle n'en traînait qu'un seul et portait l'autre dans les bras ? Pour être franc, de tout ce tableau, Szacki avait principalement retenu ses cheveux gras et leurs racines décolorées. Il avait fait semblant de ne pas la reconnaître.

Au milieu de la place Bankowy, le procureur pressa le pas. Il était dix-huit heures passées de quelques minutes. En courant à moitié par un couloir souterrain, il déboucha sur l'esplanade du cinéma Muranow et se sentit aussitôt coupable. Il devait bien se considérer comme un membre de la classe intellectuelle, et de ce fait il n'aurait pas dû rater une seule première dans cet établissement d'art et d'essai où, en lieu et place des mièvreries hollywoodiennes, on projetait des films européens indépendants plus ou moins ambitieux. Malgré cela, il ne s'y rendait que très rarement. Certes, il se promettait de revoir l'essentiel de la sélection dès sa sortie en DVD mais, dans les faits, il ne louait jamais aucun film européen ambitieux. Même à la télé, il ne brûlait pas d'envie de regarder ces platitudes. Cette fois, ils jouaient *La Reconstruction*, manifestement une sorte de réflexion danoise sur le sens de la vie. Il détourna les yeux des immenses lettres de l'enseigne qui semblaient le pointer du doigt. Trente secondes plus tard, il se réfugiait dans le hall très classique du palais Mostowski, ancien siège de l'Administration du tsar occupé depuis par l'armée polonaise, puis par la milice communiste et présentement par le commissariat central de la police.

Nawrocki s'était bien débrouillé. Il avait tenu sa promesse et avait collé Olgierd Boniczka dans la cellule la plus étriquée et la plus lugubre de tout le bâtiment. Szacki n'était même pas sûr qu'il s'agît vraiment d'une salle d'interrogatoire. Le commissaire avait peut-être introduit une table et trois chaises dans un cagibi oublié, afin de donner au suspect l'impression d'être questionné par la Gestapo. La surface de la pièce n'était que de quelques mètres carrés, elle laissait apparaître une porte sale, des murs sales et pas de fenêtre ; une ampoule suspendue au plafond par un fil nu constituait l'unique source de lumière. Par chance, le policier s'était abstenu d'installer une lampe de bureau sur un bras articulé, attribut indispensable de tout interrogatoire dans un régime totalitaire.

« Excusez-nous de vous avoir fait attendre. »

Nawrocki s'adressait à un homme apeuré, assis devant une minuscule table en contre-plaqué. Censé imiter un type de bois inexistant, le revêtement était ébréché sur les bords. À plusieurs endroits, on distinguait des brûlures de cigarette.

« Monsieur le procureur Teodore Szacki représente le ministère public dans le district de Varsovie-Centre. Nous avons jugé l'affaire suffisamment grave pour vous parler à deux. »

Boniczka se mit immédiatement debout. D'un signe de la main, Szacki le pria de se rasseoir. Il attrapa une chaise et l'installa près de la porte, laissant le commissaire et le suspect face à face, de part et d'autre de la table. Il ne prononça aucune parole, il n'en voyait pour l'instant pas l'utilité. Boniczka l'observait d'un air terrifié. Les gens réagissaient souvent de la sorte en présence d'un procureur. Un policier restait pour eux un personnage familier. Il patrouillait dans les quartiers en uniforme, verbalisait les poivrots et encaissait des pots-de-vin lorsqu'on roulait trop vite au sortir de l'apéro ; c'était un bon gars, en proie à ses propres problèmes, conscient du fait que la vie n'est pas facile et que rien ne s'y révèle ni totalement blanc ni totalement noir. Les procureurs, en revanche, appartenaient à une catégorie de fonctionnaires incommodes qui ne fermaient jamais les yeux sur rien, ne comprenaient absolument rien à rien, usaient d'un dialecte incompréhensible et n'avaient jamais dépassé l'âge du « non ». Aussi Szacki gardait-il le silence, car il comprenait très bien que, pour le moment, son costume et sa mine sévère suffisaient à créer l'effet escompté.

Par opposition, Nawrocki avait l'air d'un bon pote. Ventru, dépenaillé, le visage bouffi sous des cheveux gras et clairsemés, sans cravate, avec sa chemise déboutonnée en haut et son veston olivâtre froissé, il passait son temps à se moucher, souffrant visiblement d'une forme d'allergie.

L'unique trait commun entre Boniczka et le policier était que l'un comme l'autre semblaient à des années-lumière d'avoir fait des études (mais Nawrocki, malgré les apparences, possédait deux diplômes universitaires, un en droit et un en psychologie). Chétif, ou plutôt squelettique, le suspect se caractérisait par cette maigreur spécifique aux hommes qui travaillent de leurs mains et qui ont goûté dès l'école primaire à l'attrait des substances illicites. C'était indéniable, il y avait quelque chose du concierge en lui, peut-être une odeur étrange, mélange de sueur, de produits d'entretien, de sous-sol et de feuilles flétries. Il arborait une moustache très touffue et très noire ; ses cheveux, également noirs, se raréfiaient, et une calvitie dévoilait le sommet de son crâne. Luisantes et moites, ses mains reposaient sur ses genoux. Le père de la victime jetait des coups d'œil effarouchés tantôt au procureur, tantôt au policier, qui feuilletait son dossier en silence.

« Quel est le problème ? » s'enquit finalement Boniczka, puis il s'éclaircit la voix. « Pourquoi voulez-vous me parler ?

— Nous disposons de nouveaux éléments concernant le meurtre de votre fille », répondit Nawrocki.

Il poussa les documents sur le côté, mit en marche le magnétophone, posa les coudes sur la table et joignit les mains comme pour une prière.

« Oui ? »

Nawrocki ne répondait pas, il fixait simplement Boniczka avec un air de reproche.

« Vous les avez attrapés ? »

Le policier soupira.

« Est-ce que vous aviez conscience qu'avant d'être assassinée votre fille avait été violée ? »

C'était la question qu'attendait Szacki. Il observait maintenant le suspect à travers des paupières à moitié fermées, avec concentration, tentant de lire les émotions sur son visage. Boniczka leva les sourcils sans montrer aucun signe de nervosité.

« Comment ? Je ne comprends pas… Et vous ne me le dites que maintenant ?

— Nous l'avons appris il y a peu de temps », répliqua le policier avant d'éternuer bruyamment.

Il passa la demi-minute suivante à se nettoyer le nez.

« Veuillez m'excuser, reprit-il, je suis allergique à la poussière… Nous sommes tombés sur la piste des violeurs tout à fait par hasard, au cours d'une autre enquête.

— Et alors ? Ils ont admis avoir tué Sylwia ?

— Non. »

Boniczka jaugeait de nouveau le policier et le procureur.

« Mais vous ne les croyez certainement pas ?

— Que nous les croyions ou pas, c'est notre affaire. D'abord, nous voulions parler avec vous. Ils nous ont raconté avec précision ce qui s'est passé ce soir-là. »

Nawrocki entama alors son récit. Par deux fois, Boniczka supplia le policier d'arrêter. Sans succès. La seconde fois, Szacki faillit se joindre à la requête du concierge. Le commissaire ne leur épargna aucun détail. Depuis le moment où, marchant dans l'avenue Hoza, la fille avait entendu quelqu'un l'appeler « Sylwia, attends, c'est moi ! », en passant par la lutte dans la cage d'escalier lorsqu'elle avait refusé de monter « pour une seconde », l'assurance insistante que ça serait « super » puis les gloussements qui avaient accompagné l'affirmation que « tout le monde le sait, chez une gonzesse *non* veut dire *oui* et *oui* veut dire *avec plaisir* », jusqu'aux scènes de l'appartement du deuxième étage.

Le procureur se rendait compte que Nawrocki n'avait pas appris ces détails de la bouche des violeurs, à supposer qu'il s'agît bien d'eux, puisqu'ils avaient tout nié. S'il bluffait, alors il jouait à quitte ou double. Sylwia Boniczka avait pu raconter à son père exactement ce qui s'était passé et, dans ce cas, le suspect s'apercevrait bien vite qu'en réalité ils ne savaient absolument rien. S'il ne bluffait pas, alors il récitait très probablement l'histoire transmise par le voyant retraité. Szacki l'injuria en pensée. Des diseurs de bonne aventure et des thérapies loufoques ! Son travail ressemblait de plus en plus à une série télé médiocre autour d'un procureur parti en croisade contre des phénomènes paranormaux. Nawrocki aurait dû lui exposer sa tactique au préalable.

« Lorsqu'elle est sortie de l'appartement, ou plutôt lorsqu'ils l'ont jetée dehors en la menaçant des pires représailles si elle confiait à quiconque ce qu'ils ont appelé leur "partie de jambes en l'air", elle ne savait plus très bien où elle se trouvait. Elle comprenait seulement qu'elle avait très froid. Machinalement, elle a commencé à prendre la direction de chez elle. Mais lorsqu'elle est passée à proximité de l'école, elle s'est rappelée que vous étiez de garde. Elle a hésité un moment, en bas de l'escalier, puis elle s'est approchée de la porte et a sonné. Une fragile adolescente en pleurs vêtue d'un chemisier vert, d'une jupe en jean avec des strass, et dont l'un des talons aiguilles qu'elle portait pour la première fois de sa vie s'était cassé… »

Nawrocki interrompit son récit. Boniczka se balançait d'avant en arrière sur la chaise. Szacki multipliait en esprit des nombres à trois chiffres pour briser la continuité des scènes de viol qui naissaient dans son imagination – un tel crime devrait être passible des mêmes peines qu'un meurtre. Le viol *était* un meurtre, même si le cadavre déambulait encore de longues années dans les rues.

« Elle n'avait plus son talon cassé », murmura tout à coup Boniczka sans interrompre son bercement.

— Pardon ?

— Elle n'avait pas de talon cassé. Elle est venue pieds nus.

— Comment pouvez-vous le savoir, puisqu'elle n'est jamais arrivée à la maison ?

— Si. Si, elle est bien arrivée, dit Boniczka. Vous savez qu'elle a jeté ses chaussures sur le chemin ?

C'est drôle, mais elle l'a regretté aussitôt. Elle répétait en boucle que c'étaient des chaussures fabuleuses, qu'elles lui plaisaient tellement. Quand un de ses talons s'est cassé, elle a conclu qu'il valait mieux s'en débarrasser, mais elle s'en est mordu les doigts juste après. Elle m'a demandé si je pouvais aller rechercher les chaussures et les lui rapporter, car elle, elle avait peur. À la fin, elle ne parlait plus que de ça : "Les chaussures, mes chaussures, papa, retrouve mes chaussures s'il te plaît, elles sont sûrement encore là-bas." »

Szacki tentait de ne pas écouter. Il ne songeait plus qu'à prendre sa famille avec lui, ou au minimum sa fille, pour fuir cette ville aussi loin que possible. Putain, qu'est-ce qu'il détestait cet endroit !

« Vous les avez retrouvées ? » demanda Nawrocki.

Olgierd Boniczka fit « oui » de la tête.

« De simples escarpins noirs, avec une lanière autour de la cheville. Si ça n'avait été ce talon brisé, ils auraient eu l'air comme neufs. Lorsqu'elle était sortie plus tôt ce jour-là, elle les portait pour la première fois dans la rue ; avant, elle n'avait fait que s'exercer à marcher avec dans l'appartement.

— Et qu'est-il arrivé ensuite ?

— Quand je suis rentré, elle essayait de se pendre avec le câble de la cuisinière électrique. Lorsque je le lui ai enlevé des mains, elle n'a pas protesté. Elle s'est montrée très heureuse que j'aie retrouvé les chaussures. Elle les a remises et a repris l'histoire depuis le début, à quel point elle avait eu peur de tomber et que c'était à cause de ça qu'elle avait raté son tramway. À l'aller, elles avaient marché avec sa copine bras dessus bras dessous. Et ainsi de suite, sans discontinuer. Rien que les chaussures, les chaussures. Et puis, elle m'a demandé de la tuer. »

Boniczka se tut. Szacki et Nawrocki retinrent leur respiration. Le murmure du magnétophone devint tout à coup parfaitement audible.

« C'est curieux comme les enfants peuvent différer de leurs parents », reprit Boniczka, et Szacki frissonna. Il avait l'impression que quelqu'un lui avait déjà fait cette remarque au cours des journées précédentes, mais qui ? Il ne s'en souvenait plus.

« Tout le monde me disait toujours à quel point Sylwia me ressemblait. Les mêmes sourcils, les mêmes yeux, les mêmes cheveux. Le portrait craché de son père. Sauf que ce n'était pas ma fille. Pas une goutte de mon sang ne coulait dans ses veines.

— Comment ça ? demanda Nawrocki.

— Iza, ma femme, avait été violée un mois après notre mariage. C'est arrivé lors de son retour à pied depuis la gare jusqu'à la maison de mes parents où on vivait alors. Sylwia était la fille du violeur. Quand Iza est rentrée chez nous ce soir-là, elle n'arrêtait pas de caqueter à propos des lilas. C'était la fin mai, le parfum des fleurs planait dans l'air absolument partout et près de la gare, en effet, il y en avait à profusion. Ça vous filait la gerbe lorsque vous passiez à côté. Et elle, elle décrivait encore et encore ces putains de lilas. Ensuite, elle s'est arrêtée. Et on n'en a plus jamais reparlé. Ni du viol, ni des fleurs. On a fait comme si Sylwia était notre fille. C'était un petit village, ça ne nous est même pas venu à l'esprit d'aller alerter la police. Cependant, Iza n'est plus jamais redevenue la femme que j'avais épousée. C'était une coquille vide. Elle allait travailler, s'occupait de l'enfant, cuisinait, rangeait la maison, préparait un gâteau le samedi. Elle a cessé de fréquenter l'église, j'ai eu du mal à la convaincre de faire baptiser la petite. Elle n'est pas venue à sa première communion parce que le bâtiment avait été décoré de lilas. Elle l'avait aperçu de loin et avait fait demi-tour. Sylwia avait pleuré. Mais ce jour-là non plus, nous n'en avons pas reparlé. »

De nouveau, Boniczka se tut. Un long moment. Rien ne semblait indiquer qu'il comptait renouer avec le sujet qui les occupait.

Nawrocki le remit sur la voie.

« Et ce soir-là, à l'école, vous vous êtes dit que…

— Je me suis dit que je ne voulais pas que ma fille soit comme ma femme. Vide. Je me suis dit que parfois, la mort devenait une solution. Que moi, si j'étais à sa place, je n'aurais pas souhaité rester ici-bas non plus… »

Boniczka observa les paumes de ses mains.

« Mais je n'aurais jamais pu la tuer. J'ai fixé le câble au plafond et je suis sorti. J'avais décidé de revenir dix minutes plus tard, je me disais que si durant ce temps-là elle ne s'était pas décidée, alors je serais resté à ses côtés tout au long de sa vie. J'aurais fait semblant avec elle, j'aurais prétendu que rien ne s'était passé, que je ne savais pas pourquoi elle ne voulait jamais porter de talons aiguilles alors qu'elle n'était pas bien grande… »

La bande était arrivée au bout et le magnétophone s'arrêta dans un claquement sec. Nawrocki retourna la cassette et appuya sur le bouton rouge de l'enregistreur.

« À mon retour, elle était morte. Avant de franchir le pas, elle avait enlevé ses chaussures et les avait disposées soigneusement le long du mur, à côté des miennes. L'une était bien droite, celle au talon cassé s'était renversée sur le flanc. Je les ai gardées en souvenir.

— Et Sylwia ?

— Je savais qu'à la maternelle ils achevaient la rénovation de la conduite principale d'eau, qu'ils devaient l'enfouir le surlendemain. Je l'ai déposée dans la tranchée, je l'ai ensevelie sous quelques pelletées de sable. Personne ne s'est rendu compte de rien. Je me rendais souvent là-bas pour allumer un cierge. »

Szacki se sentait dépassé par la situation.

« Pourquoi ne pas l'avoir enterrée au cimetière ? »

Il venait de poser sa première question de la soirée.

« Par égard pour ma femme, répondit Boniczka. Si on l'avait retrouvée pendue chez moi, on aurait ouvert une enquête, déclenché des interrogatoires, de l'agitation, des commérages au sujet du viol, des articles dans la presse. À tous les coups, on m'aurait foutu en taule. Ma femme n'y aurait pas survécu.

— Mais son enfant aurait pu vivre. Est-ce que ça n'aurait pas été mieux ? »

Boniczka haussa les épaules.

« La mort est une solution propre. Bien souvent meilleure que la vie. C'est en tout cas mon impression. Vous allez m'enfermer ? » demanda-t-il après un moment de silence.

Nawrocki se tourna vers le procureur. Les deux hommes sortirent dans le couloir pour se concerter. Ils tombèrent d'accord sur l'idée de transcrire le récit du voyant et de le faire enregistrer comme déposition de témoin. Sur cette base, ils entameraient une procédure pour viol et enfermeraient les coupables. La démarche devait être aussi discrète que possible pour que l'affaire ne filtre pas dans la presse.

« Et qu'est-ce qu'on fait du père ? demanda le policier.

— Je lui collerai une mise à l'épreuve et une inculpation pour profanation de dépouille humaine. »

Une dose conséquente de poussière devait planer au milieu du couloir car une rafale d'éternuements secoua Nawrocki. Lorsqu'il se fut calmé et eut vidé son nez, il regarda Szacki avec des yeux remplis de larmes.

« Je vous le demande, laissez-le aller en paix, procureur, dit-il. Il n'est coupable de rien. C'est une victime, au même titre que sa femme et sa fille. Ça ne fera qu'empirer les choses. »

Teodore Szacki rajusta le nœud de sa cravate. Il avait honte de ce qu'il s'apprêtait à dire mais il n'avait pas d'autre choix. Son travail était ainsi.

« Monsieur le commissaire, vous savez parfaitement que toute affaire criminelle contient des tragédies humaines, des préjudices, un infini cortège de nuances, de gradations et de doutes. Voilà pourquoi l'État paie des salaires à des salopards de mon espèce. Je sais que vous avez raison mais un paragraphe du code pénal a été enfreint et c'est la seule chose qui m'intéresse. Je suis désolé. »

4

Par bonheur, lorsqu'il arriva à la maison, Hela dormait déjà. Il l'embrassa sur le front et l'éloigna du bord du lit. Celui-ci avait beau n'être pas bien haut, il avait toujours peur qu'elle en tombe. Elle marmonna quelque chose dans son sommeil et étreignit son fourmilier en peluche ; la longue gueule de l'animal se tordit sous le coup de cette tendresse inattendue. Il s'agenouilla au pied du lit et observa sa fille. Elle respirait par la bouche, son front était un peu moite et une agréable senteur de pain frais et chaud émanait de son petit corps.

Un homme quitte l'enfance lorsqu'il commence à puer, songea Szacki. Lorsque son haleine devient fétide, que ses draps dégagent une senteur âcre et que ses chaussettes exhalent des effluves douceâtres. Lorsqu'il faut changer de chemise chaque matin et de pyjama tous les deux jours. Weronika avait pour habitude de dormir une semaine entière dans le même T-shirt. Il détestait cela mais aurait eu honte de l'avouer. Dans le même ordre d'idées, il s'efforçait de ne pas remarquer ses chemisiers jaunis aux aisselles. Qu'aurait-il pu lui dire ? D'aller s'en acheter des neufs ? Elle lui rétorquerait de lui procurer l'argent. D'ailleurs, sous son pantalon de costume au pli impeccable, il portait lui-même des caleçons délavés. Est-ce que ça avait une chance de plaire à Weronika ? De plaire à Monika ? De plaire à une amante, quelle qu'elle fût ? Questions aberrantes. Il savait qu'une telle façon de raisonner était un piège, mais il lui arrivait de plus en plus souvent de se répéter que deux cent mille zlotys à peine résoudraient tous ses problèmes. Il rembourserait ses prêts, prendrait une année sabbatique, se reposerait, parcourrait un bout de la planète en compagnie des filles. Et puis, il aurait de quoi payer un café à Monika sans se reprocher de dilapider le montant nécessaire à une dépense domestique urgente.

Qu'Hela dormît déjà le soulageait. Dans le cas contraire, elle aurait pu distinguer au fond de ses yeux le reflet de l'histoire qu'il avait été forcé d'écouter plus tôt dans la journée. Est-ce que tout ce qu'il subissait dans le cadre de son travail demeurait en lui ? Est-ce que tous ces meurtres et ces viols tournoyaient autour de lui tel un essaim de guêpes et piquaient chaque personne qui s'approchait de lui ? C'était son angoisse : être un porteur de haine, expectorer les bacilles de l'agressivité, infecter sa femme et sa fille avec tout ce que ce monde produisait de pire. Nul ne soupçonnait encore son existence, mais la maladie finirait bien par se déclarer tôt ou tard.

Cette pensée lui fut si pénible qu'il s'éloigna du lit de sa fille au plus vite. Il était en train de prendre une douche lorsque Weronika entra dans la salle de bains. Elle ne portait qu'une petite culotte. Mais les paupières de Szacki étaient lourdes malgré le jet d'eau fraîche qui coulait sur lui ; il n'avait même pas la force de songer au sexe.

« Dis donc, toi, pourquoi tu te douches comme ça ? Tu rentres de rencard ? » demanda-t-elle en se brossant les dents.

Les saccades énergiques de son bras entraînaient ses seins dans un mouvement cocasse. Ça ne lui fit aucun effet.

« J'avais rendez-vous en ville avec une sexologue assermentée. Je n'aurais jamais cru qu'un être humain pouvait être souple à ce point. À partir d'aujourd'hui, la directive "on change de position" m'évoquera toujours un concours de gym. T'as envie de sauter un cheval d'arçon ?

— Arrête de raconter des bêtises. Lave-toi et rejoins-moi. »

Ils firent l'amour sous la couette, paresseusement, en silence et avec satisfaction, apaisés d'avance par l'expérience de deux amants qui, après quatorze ans de vie commune, savent avec précision où et comment ils doivent se toucher. Ce fut parfait, comme toujours. Avec un accent particulier sur le « comme toujours », pensa Szacki alors qu'ils reposaient côte à côte.

Le radio-réveil indiquait 23 : 45 : 34. Les chiffres qui marquaient les secondes changeaient rythmiquement. Elles l'exaspéraient mais il n'arrivait pas à en détourner les yeux. Qu'est-ce qui lui avait pris de s'offrir une horloge avec des secondes, bon Dieu ? Est-ce qu'il bossait dans une tour de contrôle à l'aéroport ou quoi ? En plus, ça brillait comme un putain de néon ; un halo rouge dansait même sur le mur. Il devrait s'offrir quelque chose d'autre. À condition d'en avoir les moyens.

Weronika se blottit contre lui.

« Tu penses à quoi ? fit-elle, lui soufflant au visage une bouffée parfumée au dentifrice et à la salive aigre.

— À toi.

— Et pour de vrai ?

— Que ça serait cool de gagner au loto.

— Il faudrait peut-être que tu tentes ta chance ? murmura-t-elle à moitié endormie.

— D'accord. Demain, on sera samedi, je vais acheter quelques grilles à remplissage automatique. »

Elle ouvrit un œil.

« Décision prise le dix juin deux mille cinq à vingt-trois heures cinquante-deux et treize secondes, dit-elle. C'est peut-être ces chiffres-là que tu devrais inscrire sur ton ticket, tu ne crois pas ? Donne-toi un peu de mal. »

Teodore Szacki se redressa d'un coup et s'assit au bord du lit. Il n'avait plus sommeil. Ses neurones commencèrent à fonctionner à plein régime. Il venait d'entendre une information essentielle, mais laquelle ? Il rejoua en pensée toute la conversation. Qu'est-ce que ça avait été ? Bon Dieu, de quoi s'agissait-il ?

« Tu pètes un plomb ? Tu piques une crise ? »

Weronika s'était relevée sur un coude.

« Dors, dors, répondit-il machinalement. Je me suis rappelé quelque chose, il faut que je jette un œil à mes notes.

— Ah, les mecs, je vous jure… », soupira-t-elle, résignée, avant de tirer la couverture sur sa tête lorsqu'il alluma la lampe de chevet.

Une minute plus tard, il retrouvait ce qu'il cherchait, inscrit en date du sept juin. La suite des chiffres porte-bonheur de Telak : 7, 8, 9, 17, 19, 22. Pourquoi précisément ces nombres-là et pourquoi, depuis quelques instants, ce n'était pas tant une sonnette d'alarme que le hurlement d'une sirène anti-incendie qui retentissait dans sa tête ? Il fit rapidement la somme : 82. Huit plus deux font dix. Un plus zéro, ça fait un. N'importe quoi.

Concentre-toi ! pensa-t-il en se massant les tempes avec les doigts. Concentre-toi, réfléchis vraiment ! À quel moment précis as-tu perçu le déclic ? Quand Weronika a prononcé la date du 10 juin 2005.

Il se raidit et sentit qu'il commençait à avoir froid. Et que sa bouche devenait sèche. Il passa dans la cuisine, sortit une canette de bière du réfrigérateur ; il en but la moitié en quelques gorgées. Maintenant, il savait. Cela lui avait rappelé madame Telak citant la lettre d'adieu de sa fille : « On se reverra au Nanguiyala. Varsovie, le 17 septembre 2003, à 22 h ». 17, 9, 22 – trois des nombres correspondaient aux paris de Telak. Était-ce possible ? Pouvait-on être barge au point de choisir la date du suicide de sa fille comme chiffres porte-bonheur au loto ? Et dans ce cas, à quoi correspondait le reste ? 7, 8, 19. Peut-être à l'année de naissance de la fille, 1987 ? *A priori*, c'était trop tôt. Absurde, surtout : seulement le jour, le mois et l'heure pour la mort ? Pas l'année ? La logique aurait voulu qu'on transcrive la date entière. Szacki observait les nombres en essayant de les organiser en une séquence cohérente. Finalement, il écrivit deux dates :

17.09.1978, 22 heures.

17.09.1987, 22 heures.

Et une question : pour le jour anniversaire exact de quel événement, vingt-cinq ou seize ans après les faits, Kasia Telak avait-elle choisi de se donner la mort ?

Samedi 11 juin 2005

Le Festival de la chanson polonaise d'Opole atteint un niveau médiocre, comme chaque année. Lors de l'ultime journée du championnat de Pologne de football, la ville de Plock fête le match nul entre le Wisla, son club, et le Legia Varsovie ; l'équipe de la capitale finit la saison sur la troisième marche du podium alors que Plock préserve sa quatrième place. À Cracovie, on célèbre le soixante-quinzième anniversaire de Slawomir Mrozek par une grande exposition de ses dessins et « une série d'événements absurdes » dans les jardins Planty. Pendant ce temps, à Varsovie, neuf manifestations diverses se télescopent : 1. l'association « La Dépravation, ça suffit ! » prône l'alourdissement des peines contre les pédophiles condamnés ; 2. des associations étudiantes défilent illégalement contre l'interdiction de la Gay Pride ; 3. des associations citoyennes défilent illégalement contre cette même interdiction ; 4. le Forum de la jeunesse du parti Droit et Justice se réunit, lui, contre la promotion des unions civiles homosexuelles ; 5. l'Association en faveur des libertés civiques s'oppose à tous travaux sur un projet de loi concernant les unions civiles homosexuelles ; 6. la section de Varsovie du Rassemblement des enseignants catholiques cherche à promouvoir l'éducation basée sur des valeurs chrétiennes comme garante d'une société saine sur les plans moral et humain ; le slogan de ce rassemblement indique que les chrétiens qui respectent les droits divins, donc les lois de la Nature, sont des citoyens de première catégorie ; 7. l'Association en faveur du développement de la société se déclare contre l'adoption pour les couples gays et lesbiens ; 8. Un meeting soutient les efforts menés dans le combat contre la discrimination des femmes dans la société ; 9. le Centre d'information des groupes féministes organise un pique-nique familial sur le thème de « Varsovie, ville sans haine ». Tout ce beau monde manifeste sous un ciel relativement clément ; il ne pleut quasiment pas, même si la journée reste fraîche – la température maximale dans la capitale atteint à peine seize degrés.

1

Dieu que je hais cet endroit, constata Szacki en plaçant ce qui était peut-être le cinquantième sac rempli
de courses dans le coffre – par chance assez spacieux – de sa Citroën garée au niveau le plus élevé
du parking du Carrefour de la rue Glebocka. Ce lieu
était un mausolée de mines grimaçantes et de préten-
tion que rien ne justifiait, un temple plastique pour
caissières fâchées et clients mécontents, un monument
moderne où chaque haut-parleur diffusait un foutu tube
de musique pop différent.

De toutes les expéditions au supermarché qu'il avait
faites dans sa vie, aucune ne s'était encore déroulée selon ses espérances. Cette fois, il avait d'abord
attendu vingt minutes avant d'accéder à une place de
stationnement, parce que deux débiles s'étaient un
peu tamponnés à l'entrée du parking et, bien sûr, ils
étaient restés plantés comme des piquets près de leurs
bagnoles en attendant la police au lieu de remplir le
constat et de partir, ou au moins de s'écarter sur le
bas-côté pour libérer le passage. Chaque conducteur en
Pologne sait que, même si le dommage se résume à un
clignotant cassé, il faut malgré tout appeler les flics,

sinon on se fait escroquer soit par le fautif, soit par l'assurance. Alors, ils n'avaient pas bougé d'un pouce.

Ensuite, une fois qu'il avait trouvé une place interdite dans un coin oublié de ce parking saturé, un clodo avait surgi comme par magie pour lui proposer de surveiller la voiture pendant son absence. La moutarde était montée au nez de Szacki.

« Pour quelle putain de surveillance ? avait-il répliqué sans prendre garde à la présence de sa fille. Si trois lascars s'amènent pour me chourer ma caisse, qu'est-ce que vous allez faire ? Vous coucher sous les roues et les empêcher de partir ? Leur sauter dessus ? »

Il avait extrait un zloty de sa poche, de peur que le vagabond ne lui crève les pneus, ne lui raye la portière, ne lui pique les essuie-glaces ou un autre des trucs que font ces gars-là. Juste au cas où, il avait lancé en partant qu'il était procureur. En entendant cela, le mendiant s'était d'abord courbé jusqu'à terre, avant de déguerpir à toute vitesse. Au temps pour la surveillance.

Ne possédant pas de pièce de deux zlotys pour le Caddie, il avait essayé de faire du change avec son billet de dix dans un kiosque – ou fallait-il dire un *espace presse* ? –, mais la demoiselle avait déclaré ne plus avoir de monnaie. Il avait donc acheté à Hela un jus de fruits pour un zloty cinquante. La vendeuse lui avait rendu le reste sans difficulté. Il n'avait fait aucun commentaire.

Il avait placé sa pièce et tiré sur le Caddie, l'extrayant avec peine de la file. À côté, un type en sueur lui avait lancé un regard de haine. Szacki avait compris que le lourdaud s'était apprêté à prendre ce chariot-là *précisément* et dans cette situation, bien que des dizaines d'autres eussent été disponibles, il en avait conclu qu'on avait perpétré contre *son* Caddie un véritable attentat, qu'on avait réduit en miettes *son* plan méticuleux.

« Fallait être plus rapide », s'était gaussé Szacki avant de filer vers l'entrée du supermarché.

Comme toujours, il avait préparé une liste de courses. Comme toujours, il l'avait lue plusieurs fois à l'avance afin d'établir un itinéraire optimal et ne pas perdre de temps à se débattre dans les rayons. Progressivement, chaque article avait été rayé de la feuille avec soin, et il s'était bien gardé d'acheter quoi que ce soit d'inutile. Il n'en était qu'au pain lorsqu'une voix en provenance des haut-parleurs avait annoncé : « Le propriétaire de la voiture de marque Citroën immatriculée WH 250 58 est prié de rejoindre au plus vite son véhicule. »

Il avait abandonné ses achats, avait saisi sa fille par la main et s'était mis à courir en direction du parking, persuadé que sa voiture bien-aimée était la proie des flammes – sûrement une explosion du système au gaz, défectueux depuis le jour de son installation.

Il s'était garé sur une place pour handicapés.

Appuyé sur son capot, un petit homme très maigre l'attendait, vêtu d'une veste noire bien trop grande pour lui estampillée *Securitas*. Et pourquoi pas *Secustapo*, tant qu'on y était ? Des fachos maison. D'après Szacki, aucune personne employée par le secteur privé n'aurait dû être autorisée à porter un uniforme.

« Vous permettrez que je ne commente pas, avait susurré le type.

— Je permets, putain, je permets », avait approuvé Szacki en oubliant une fois de plus la présence de sa fille.

Il avait déplacé sa voiture et était retourné dans le

supermarché, d'où, bien évidemment, son chariot avait déjà disparu. Ses soupçons s'étaient immédiatement portés sur le gros type dont il avait confisqué le Caddie.

Il avait rempli un nouveau chariot avec d'autres biens de consommation, évitant autant que possible les hôtesses importunes avec leurs morceaux de *pierogi* réchauffés sur des barbecues électriques, et il s'était fait la réflexion que le dénominateur commun de tous les habitants de Varsovie n'était ni leur lieu d'habitation, ni leur lieu de travail et encore moins leur lieu de naissance, mais bien plutôt une agressivité plus ou moins dissimulée. Pas de la haine à proprement parler, vu que celle-ci, même dans ses aspects les plus absurdes, reste toujours rationnelle car liée à une cible. Les jeunesses nationalistes du mouvement Tout-Polonais haïssent les gays, mais si on a la chance d'être une personne hétérosexuelle, alors on peut se sentir relativement en sécurité en compagnie de ces crétins dirigés par Roman Giertych ; les gays haïssent Lech Kaczynski, mais tant qu'on n'est pas Lech Kaczynski en personne, le problème demeure purement théorique. L'agressivité, en revanche, est dirigée contre tous.

La plupart des affaires dont s'occupait le procureur Szacki résultaient justement d'une agressivité déraisonnable. Cette hargne découlait d'une colère qui, à un moment donné, se matérialisait sous la forme d'une bagarre, d'un hold-up, d'un viol ou d'un meurtre. Quelle en était l'origine ? Le constat que la vie est terriblement dure, ennuyeuse, frustrante ? L'angoisse de la voir empirer ? La jalousie de voir les autres réussir mieux que soi ? Il se posait souvent la question, sans jamais aboutir à une réponse satisfaisante : d'où venait la rage polonaise ?

Les courses lui avaient pris deux bonnes heures.

Lorsqu'il eut fini, il tenait à peine sur ses jambes. Il avait l'impression que, sans le chariot, il se serait écroulé. Il avait honte de découvrir qu'il ressemblait à tous ces zombies qui poussaient devant eux leurs fromages, leurs savons, leurs viandes, leurs désodorisants pour chiottes et leurs bouquins de Dan Brown. Il aurait tant voulu être différent, se sentir exceptionnel, se perdre, s'oublier, changer, tomber amoureux.

Pour commencer, il décida de s'offrir une glace aux parfums qu'il n'avait jamais goûtés : mangue et Snickers. (Comment une boule de glace pouvait-elle coûter deux zlotys et demi ? Presque un dollar !) Les deux étaient immondes ; il regretta de ne pas avoir opté pour ses préférés, citron et fraise.

Il échangea la sienne contre celle d'Hela, qui par bonheur avait choisi la fraise, et songea que c'était chouette d'avoir des enfants.

2

Il observait Teodore Szacki qui, de son côté, examinait avec une grande attention les personnes en deuil. Certes, le procureur avait belle allure, mais il jugea que lui-même avait été plus beau à son âge. Plus beau parce qu'il possédait de l'argent. Et l'argent procure la décontraction et la confiance en soi. Une force qui ne découlerait jamais d'un physique agréable ou de la puissance d'un caractère.

Tout comme le magistrat, il n'avait pas fait le déplacement jusqu'à la chapelle du cimetière Wolka – ou plus précisément sa « maison funéraire » – pour faire ses adieux à Henryk Telak. Il désirait étudier les personnes présentes, avec une mention particulière pour Szacki. Il avança le long d'un immonde mur en béton pour l'observer de plus près. S'agissait-il d'un ennemi qu'il faudrait craindre, ou d'un énième fonctionnaire trop médiocre pour avoir décroché un poste de conseiller juridique ou d'avocat ?

Szacki ne donnait pas l'impression d'être médiocre. Il se tenait droit comme un I et portait un costume d'une rare qualité, surtout pour un salarié de l'État. Sa veste classique, noire, devait avoir été taillée sur mesure. Ou alors, son propriétaire possédait les mensurations exactes du mannequin choisi pour calibrer la collection. Il en doutait, puisque les autres vêtements du procureur affichaient selon toute apparence des étiquettes de chez Wolczanka ou Intermoda, et non de chez Boss ou Zegna – et l'homme qui se serait idéalement adapté aux coupes des marques polonaises n'était pas encore né, il suffisait de faire un tour parmi les hommes politiques de second ordre pour s'en convaincre. De plus, Szacki était assez grand – un bon mètre quatre-vingt-cinq à vue d'œil – et très maigre. Cette catégorie d'individus avait déjà du mal à trouver un jean à la bonne taille, on pouvait donc oublier la pioche miraculeuse dans une série d'habits destinés en priorité aux clients petits et replets. Lui-même faisait coudre ses costumes à Berlin, par un tailleur qu'il avait adopté dès les années quatre-vingt.

Sous sa veste, le procureur portait une chemise blanche très finement rayée de gris et une cravate grège unie. Il nota que ce n'était certainement pas sa femme qui la lui avait choisie, car on ne pouvait soupçonner une fonctionnaire municipale de souffrir d'un excès de goût. D'autant moins qu'il avait pu constater sur des photos la manière dont elle se vêtait. Un physique agréable, certes, mais avec sa silhouette, quelqu'un aurait dû lui déconseiller les pantalons serrés aux chevilles.

« C'était un bon mari, un père aimant, un citoyen exemplaire… », débitait sans passion un jeune prêtre.

Au son de ces mots, il faillit éclater de rire. Il dut tousser pour s'en empêcher. Quelques têtes se tournèrent vers lui, dont celle de Szacki.

Il croisa son regard et le soutint.

Le visage du procureur était jeune, même si on ne pouvait pas qualifier sa beauté de juvénile. Plutôt de masculine et de subtile. La finesse de ses traits était quelque peu perturbée par des sourcils froncés et des pupilles froides, d'un gris désagréable. Cette face-là ne devait pas sourire souvent. Le procureur allait fêter ses trente-six ans en juillet, mais un grand nombre de personnes lui en auraient donné moins, n'eût été sa chevelure dense et déjà blanche, qui jurait avec ses sourcils noirs et lui donnait un air sévère, presque inquiétant. Voilà un homme parfaitement monochrome, constata-t-il. Rien que du noir, du blanc et du gris, sans aucune autre couleur pour gâcher la composition. Au bout du compte, sans cligner des yeux, le procureur détourna son regard, très lentement. Ce magistrat-là n'aimait pas les compromis, pensa-t-il.

Les employés de la maison funéraire qui, malgré leur costume et leurs gants, ressemblaient à de redoutables repris de justice, soulevèrent énergiquement le cercueil et l'emportèrent hors de la salle. Peu de gens aimaient cet endroit. Le lieu était glacial, impersonnel, laid de cette laideur caractéristique de l'architecture moderne. Lui l'appréciait, car aucune puanteur d'une quelconque religion ne l'avait imprégné. Rien que le royaume d'une mort partagée, zéro promesse sans caution. Ça lui convenait. Plus tôt dans sa vie, comme tant d'autres avant lui, il avait cru qu'il reviendrait dans le giron de l'Église, l'âge avançant. Il s'était trompé. Il était prêt à tout croire, le quotidien le surprenait sans cesse, mais croire en Dieu – jamais !

Les personnes composant l'assemblée, pas plus d'une quarantaine en tout, s'étaient retournées vers l'allée centrale, attendant que la famille sorte. Le cercueil était suivi par Jadwiga Telak et son fils, tous deux graves mais ne donnant pas l'impression d'être accablés de désespoir. Dans leur sillage, la famille éloignée avançait, mais il ne la connaissait pas. Il savait leur parenté distante, car Henryk Telak avait été fils unique. Quelques amis suivaient, parmi lesquels les collègues de chez Polgrafex, ainsi qu'Igor, qui le salua discrètement au passage.

Les personnes qui fermaient le cortège étaient les plus intéressantes. Il s'agissait des témoins de la mort de Telak, et pas seulement des témoins – il était persuadé que l'un d'entre eux était le meurtrier. Le thérapeute Cezary Rudzki marchait à côté de Barbara Jarczyk ; Hanna Kwiatkowska et Ebi Kaim venaient derrière. De l'autre côté de l'allée, Teodore Szacki examinait ces quatre personnes d'un regard aigu. Lorsqu'elles le dépassèrent, le procureur leur emboîta le pas. Lui-même prit place à son côté et, épaule contre épaule, tous deux sortirent de la salle mortuaire. Il sourit. Qui eût cru que nous nous retrouverions tous autour du cercueil d'Henryk Telak ? Le destin, parfois, savait se montrer facétieux. Il se demanda si le magistrat découvrirait ce qu'il avait lui-même appris à propos des personnes endeuillées. Il croyait le contraire. Il souhaitait le contraire.

3

Il avait perdu son temps. Qu'espérait-il en venant à cet enterrement ? Que quelqu'un viendrait habillé d'un T-shirt rouge proclamant « C'est moi » ? Szacki savait qu'il se montrait impoli mais, après être sorti de la chapelle, il présenta de brèves condoléances à la veuve, gratifia d'un coup d'œil glacial ses quatre suspects et s'éclipsa vers le parking. Tandis qu'il avançait sur les dalles de béton, il sentait toujours sur lui le regard du vieux monsieur qui ne l'avait pas quitté des yeux de toute la cérémonie. À tous les coups un lointain parent qui se demande qui je peux bien être, se dit-il.

Il monta dans sa voiture, introduisit la clé dans le démarreur mais ne mit pas le contact. Encore une fois, il avait l'impression que quelque chose lui avait échappé. Pendant une fraction de seconde, là-bas, dans la salle mortuaire, il avait cru voir un élément important. Un sentiment indéfini l'avait envahi, une sorte de chuchotement discret à l'arrière de son crâne. À quel moment était-ce arrivé ? À la toute fin, juste après la sortie du cercueil. Il s'était tenu debout, son attention absorbée par l'homme qui l'examinait et semblait lutter en lui-même pour ne pas sourire. Il devait avoir près de soixante-dix ans, mais Szacki espérait lui ressembler à son âge, devenir cette sorte de frère séduisant de Robert Redford, tout comme il aurait désiré s'offrir de tels costumes. Du coin de l'œil, il avait continué à observer le vieillard pendant que les gens quittaient les bancs et s'avançaient le long de ce qu'on pouvait appeler une nef. Et là, il l'avait perçu. Quelque chose d'important.

Il ferma les yeux et appuya son front sur le volant, s'efforçant de revivre ce moment. Une salle froide, de la musique classique indéterminée, des personnes traînant les pieds. Cezary Rudzki auprès de Barbara Jarczyk, Hanna Kwiatkowska et Ebi Kaim derrière eux. Et cette impression curieuse, comme un air de déjà-vu, une décharge soudaine au milieu de ses neurones. Pourquoi ?

Rien. Il n'en avait aucune idée.

Par ses dimensions, le parking rappelait celui du supermarché ; il le quitta, tourna à gauche et s'arrêta peu après, le long du bois Mlocinski. Retirant le costume noir qu'il réservait aux enterrements, il mit un jean et une chemise en lin ; il versa un peu d'eau minérale dans sa paume et décoiffa énergiquement sa chevelure. Il tenta un sourire espiègle au rétroviseur latéral. Une tragédie. Le reflet d'un Allemand qui ferait semblant de goûter l'humour polonais. Après quelques instants d'hésitation, il enleva le siège auto d'Hela de la banquette arrière et le plaça dans le coffre, ramassa un bon kilo de miettes, la paille d'un jus de fruits en carton et l'emballage d'un Milky Way. Tout cela dans la perspective incertaine de devoir ramener Monika chez elle après leur rendez-vous.

Cette fois-ci, il était arrivé à L'Épingle en premier. Il s'installa sur la mezzanine à une table près du mur. Il y avait de meilleures places au rez-de-chaussée, sur des banquettes le long des fenêtres par lesquelles on pouvait observer l'animation de la place des Trois-Croix, mais dans ce cas Monika s'assiérait à côté de lui et il ne saurait peut-être pas comment se comporter. Et puis, il se souvenait que sa femme devait faire un tour avec Hela au parc Ujazdowski ; il préférait qu'elles ne le surprissent pas ici. Monika arriva peu après. Elle portait un haut moulant à fines bretelles, une longue jupe à fleurs et des sandales à talons dont les lanières s'enroulaient avec fantaisie le long des mollets. L'ensemble était complété par de petites boucles d'oreilles en ambre. Elle s'immobilisa sur le pas de la porte, enleva ses lunettes de soleil et, plissant les paupières, parcourut du regard l'intérieur du café. Lorsqu'elle l'aperçut sur la mezzanine, elle sourit et agita la main. Ce geste lui sembla adorable et frais. Il lui renvoya spontanément un sourire, beaucoup moins artificiel que celui exercé dans son rétroviseur, et il se dit que, depuis de longues années, la seule femme qui s'émerveillait autant en le voyant, c'était sa fille. Personne d'autre.

Il se leva à son approche. Elle le salua et déposa un baiser sur sa joue.

« Et maintenant, je vous prie d'expliquer à la cour, dit-elle en fronçant les sourcils, pourquoi l'accusé a choisi la table la plus déprimante, dans le coin le plus sombre d'un lieu qui, par ailleurs, est illuminé par un splendide soleil de juin ? J'écoute. »

Il rit.

« C'était un coup de folie passager, je ne savais pas

ce que je faisais. Lorsque je suis revenu à moi, j'y étais déjà assis. Ce n'est pas ma faute, je le jure. La police a tout manigancé contre moi. »

Ils descendirent et prirent place sur une banquette, dans un renfoncement de fenêtre d'où la vue sur l'église Saint-Alexandre était superbe. Sur le trottoir se trouvait un petit attroupement de jeunes portant un T-shirt avec l'inscription « Interdiction de pédaler » et un dessin montrant deux bonshommes barrés forniquant par-derrière – selon toute apparence, l'image était censée représenter des homosexuels. Tout d'un coup, les jeunes se mirent à scander :

« Un garçon et une fille, c'est ça une vraie famille ! »

Szacki se dit qu'ils avaient eux-mêmes l'air d'une bande de pédés – un groupe d'hommes en tenue moulante qui s'excitent avec des cris stupides –, mais il garda cette réflexion pour lui.

Il mentit en prétendant ne pas avoir faim à cause d'un petit déjeuner copieux ; en réalité, il redoutait l'addition. En fin de compte, il commanda une tartine au fromage fumé, l'oscypek des Tatras qu'il appréciait tant, et elle choisit des *pierogis* farcis aux épinards. Et deux cafés pour finir. Ils discutèrent du travail de procureur et de son manque chronique d'intérêt ; il tenta de l'amuser avec quelques anecdotes à propos de ses collègues. Puis il se força à lui faire un compliment : il la félicita pour le choix de ses chaussures, craignant aussitôt de passer pour une espèce de fétichiste. C'est à cause de ce maudit Oleg qui m'inonde sans cesse de ses fantasmes, se justifia-t-il en pensée.

« Tu les aimes bien ? » s'enquit-elle, avant de soulever un peu sa jupe et de remuer son pied dans tous les sens pour qu'il puisse admirer à loisir ses sandales.

Il confirma. Elle avait de très jolies jambes et toute cette scène était merveilleusement affriolante.

« Quel dommage qu'on ne puisse pas les ôter d'un geste, avoua-t-elle dans un soupir. Ces lanières ont dû être imaginées par un mec !

— Un homme avisé. Il sait ce qui fait de l'effet.

— Merci. Je suis ravie d'avoir atteint l'objectif escompté. »

À ce moment précis, le présentateur télé Christophe Ibisz pénétra dans le café. Plus précisément, il gravit en courant les marches qui menaient jusqu'à la mezzanine et y chercha nerveusement quelqu'un. Szacki se dit qu'il était honteux de reconnaître Ibisz ; identifier l'écrivain Jerzy Pilch ou l'ex-politicien Tadeusz Mazowiecki aurait été plus avouable ; il feignit donc de ne pas remarquer l'animateur. Il interrogea Monika à propos de son métier. À proprement parler, il n'était pas intéressé par l'histoire du rédacteur de journal qui bondissait sur le moindre prétexte pour admirer les décolletés de ses employées, ce qui obligeait la jeune femme à réécrire dix fois chacun de ses articles pour dix fois les soumettre à des réunions de corrections ; mais, tout simplement, il aimait l'écouter. Il admirait ses gestes, la façon dont elle replaçait ses cheveux, dont elle s'humectait les lèvres, sa manière de jouer avec sa cuillère à café ; il avait l'impression que sa bouche n'était qu'un outil de communication parmi beaucoup d'autres, qu'elle parlait avec chaque parcelle de son corps. Il se rappela l'adage selon lequel, si un homme s'attardait sur les lèvres d'une femme, c'est qu'il désirait l'embrasser. Alors, il reporta son attention sur ses yeux. Juste après, il songea qu'il devait bien exister des règles de conduite qui régissent le fait de regarder une femme dans les yeux : on devait les fixer assez longtemps pour prouver son intérêt, mais pas assez pour se montrer insistant. Pourquoi donc toutes ces conneries lui venaient-elles à l'esprit ?

Soudain, elle s'interrompit.

« Je vais t'avouer un truc, dit-elle en le pointant de sa cuillère à *latte* après avoir extrait du fond de sa tasse un reste de mousse. Mais promets-moi de ne pas rire. Ou alors non, après tout, je ne te connais pas... Ou alors si, tant pis, finalement, ça te concerne... en un sens... je ne sais plus...

— Tu veux subir un interrogatoire ? »

Une nouvelle fois, il faillit s'étrangler de honte alors qu'elle partait d'un rire sincère.

« D'accord. Je voudrais écrire un livre. Un roman.

— Ça arrive aux meilleurs d'entre nous.

— Ça arrive à tous les diplômés en lettres et à presque tous les diplômés en journalisme. Peu importe. Je voudrais écrire un livre à propos du parquet.

— Un polar ?

— Justement non. Un roman social. Simplement, le personnage principal serait un procureur. Ça m'avait déjà traversé l'esprit il y a quelque temps, mais lorsqu'on s'est rencontrés, je me suis vraiment dit que c'était une bonne idée. Qu'est-ce que tu en penses ? »

Il ne voyait vraiment pas quoi répondre.

« Et ce procureur, il fait...

— Eh ! » Elle fit un grand geste de la main. « C'est une longue histoire. »

Il donna un coup d'œil discret à son portable. Mon Dieu ! Déjà une heure et demie qu'ils bavardaient. Si leur relation devait s'approfondir, il se verrait obligé d'assassiner quelqu'un tous les deux jours pour justifier auprès de Weronika ses absences répétées. Il promit à Monika qu'il écouterait avec plaisir le récit de l'intrigue et qu'il lui permettrait tout aussi volontiers de profiter de lui, dans le sens où il lui raconterait en détails tout ce qu'elle souhaiterait savoir. Mais pas aujourd'hui.

Quand la serveuse apporta l'addition, il se saisit de son portefeuille, mais elle l'arrêta.

« Laisse tomber. C'est gentil, mais tu as déjà payé la dernière fois et moi, je suis une féministe, je travaille dans une entreprise quasiment privée pour un salaire quasiment décent. Et puis, il faut bien que je te corrompe un brin pour que tu sois déterminé à coopérer ! »

Il voulut s'enquérir du genre de coopération qu'elle avait précisément à l'esprit, mais il renonça. Selon toute apparence, il n'était pas passé maître dans l'art de flirter avec hardiesse.

« C'est gênant », dit-il.

Elle déposa l'argent sur la table.

« Ce qui est gênant, c'est qu'après des études poussées tu te retrouves à poursuivre de véritables bandits au prix d'efforts surhumains, et que moi j'aie suivi un cursus universitaire chaotique et écrives maintenant de piètres articles pour, au bout du compte, gagner plus que toi. Ne sois pas macho à ce point. Tu sais que ça n'a pas d'importance.

— Ça en a une énorme.

— Et laquelle, selon toi ?

— Si j'avais su que tu allais payer, j'aurais pris aussi une soupe et un dessert. »

Elle lui apprit qu'elle habitait dans le charmant quartier de Zoliborz, mais refusa qu'il la raccompagne. Elle comptait encore faire un tour dans une librairie ou deux pour dénicher quelques nouveautés intéressantes. Elle parlait énormément, ce qui lui convenait à merveille. Il avait lu un jour que ce qui vous plaisait le plus chez l'autre au début d'une relation finissait par vous agacer par la suite. Cruelle vérité. Avait été un temps où il adorait voir Weronika tourner les pots de fleurs d'un quart de tour chaque soir pour que les plantes prennent uniformément la lumière ; à présent, il était allergique au grincement du pot en terre cuite contre le rebord de la fenêtre de la cuisine.

À peine Monika avait-elle disparu derrière le coin du boulevard Nowy Swiat que son téléphone sonna. « Chaton ».

« Où est-ce que tu es ?

— Au volant, mentit-il. Je vais à la bibliothèque, je dois vérifier un truc.

— Combien de temps ont duré ces satanées funérailles ? Trois heures ?

— Elles ont commencé en retard, elles ont duré plus que prévu et moi, je voulais tout voir en détail. Tu sais comment c'est.

— Bien sûr, ça m'arrive trois fois par semaine. Rien que des funérailles et encore des funérailles. Tu passeras nous prendre à la sortie du parc dans deux heures ?

— Je ne sais pas si j'y arriverai.

— Essaye. Ta fille vient de me révéler qu'elle aimerait bien se rappeler à quoi ressemble son père.

— D'accord », répliqua-t-il, et il se demanda pourquoi il avait songé à se rendre à la bibliothèque seulement maintenant.

4

Il appréciait cet endroit. À l'université, il avait toujours préféré venir là au lieu de se battre pour une place à la bibliothèque du campus, perpétuellement saturée. La salle de lecture principale était époustouflante, rappelant à s'y méprendre la salle de bal d'un palais baroque. Haute de plafond, ornée de pilastres et de stucs, elle accueillait la lumière du côté de la rue Koszykowa au travers d'une double baie vitrée. On y sentait confusément une atmosphère de temple, mais au lieu de la fraîcheur de parois en marbre et du parfum d'encens, on percevait l'odeur d'un parquet en chêne et les notes de noix du vieux papier. Les tables qui remplissaient la pièce évoquaient les bancs d'une église ; les chaises qui les accompagnaient étaient aussi inconfortables que ces mêmes bancs. Toutefois, l'inoubliable atmosphère de la galerie provenait des lampes en laiton avec leur abat-jour en verre, couleur émeraude, qui illuminaient chacun des bureaux. Les soirs de novembre, la salle de lecture de la plus vaste bibliothèque de la ville était sans aucun doute le lieu le plus magique de toute la capitale.

En se garant au sous-sol, il s'était réjoui à la perspective de goûter à cette magie ; malheureusement, la section des archives des publications périodiques se trouvait dans une pièce sans charme, au quatrième étage, au royaume des pupitres en contre-plaqué, des tubes halogènes et des chaises tapissées d'un tissu marron.

Dans la base de données informatique, il retrouva

les références des journaux *Zycie Warszawy* et *Express Wieczorny*, remplit le formulaire pour les classeurs des années 1978 et 1987, puis patienta. Pendant un moment, il observa la bibliothécaire en train de remplir sa paperasse. Son apparence était un cliché en soi : de longs cheveux noirs avec une raie au milieu, de grandes lunettes à la monture démodée, un pull vert à col roulé et une poitrine excessivement abondante pour une femme aussi fine. Elle dut sentir son regard sur elle car elle interrompit son travail et se tourna vers lui. Il baissa les yeux.

Le rendez-vous à L'Épingle continuait à lui accaparer l'esprit et il revenait sur chacune des paroles de la journaliste, cherchant à comprendre ce qu'elle avait pu sous-entendre, comment elle avait interprété tout ce que lui-même avait dit. Aurait-il prononcé des phrases qu'elle aurait pu comprendre de travers ? Ne s'était-il pas moqué à l'excès de ses collègues de travail ? Elle pourrait le croire misanthrope et bouffon à la fois. Et elle, était-elle seulement belle ? Charmante, sans nul doute, et même très charmante, mais belle ? Ses épaules étaient un peu trop larges, ses seins trop petits, ses fesses trop basses et, en plus, il lui semblait bien que ses jambes s'arquaient légèrement.

À force de penser à son corps avec insistance, et malgré ses efforts pour y déceler des imperfections, il fut submergé de désir. Il se remémorait sans cesse la scène où, légèrement penchée vers l'avant, la jupe relevée jusqu'à mi-cuisse, elle lui avait présenté ses nouvelles chaussures. Il l'imagina en train de remonter son vêtement encore plus haut et ressentit une torsion dans les entrailles. Il ferma les yeux pour la visualiser d'une manière encore plus précise, non pas au café mais à son domicile, sur son canapé.

Je ne peux pas, se répétait-il, je ne peux pas le faire. J'ai trente-cinq ans, pratiquement trente-six. Je ne peux pas aller me cacher dans les toilettes de la plus grande bibliothèque de Varsovie pour m'y caresser en rêvant à une minette aux jambes de traviole !

Pourtant, il s'y rendit.

Lorsqu'il revint, les journaux l'attendaient déjà.

Il commença par les exemplaires du *Zycie Warszawy* de l'année 1978, même s'il doutait que l'affaire remontât à si loin. Henryk Telak avait alors dix-neuf ans et ses parents étaient déjà morts. Le 17 septembre tombait un dimanche. Il parcourut les articles : la fin de l'été le plus froid de la décennie, l'éloge de la remarquable efficacité de la campagne nationale des moissons, le défilé des forces aériennes sur la place de la Victoire pour célébrer les trente-cinq ans de l'Armée du peuple polonais. Quel ennui. *On déplore les décès de l'écrivain Zenon Kosidowski et de l'éminent ophtalmologue Witold Starkiewicz. Dans les Tatras, un touriste a succombé à une crise cardiaque et un guide de montagne a chuté du haut du pic du Moine.* Pouvait-il s'agir de l'un d'entre eux ? Non, certainement pas. Détail intéressant, *Zycie Warszawy* faisait paraître une série d'articles qui précédaient les célébrations du soixantième anniversaire du retour à l'indépendance. Curieux, il avait toujours cru que, dans la Pologne communiste, la fête de l'Indépendance avait été fixée au 22 juillet, ce qui était loin d'être bête car l'idée de commémorer quoi que ce soit à la mi-novembre n'avait aucun sens – à cette période de l'année, il faisait toujours froid, la pluie ne cessait de tomber et personne n'était d'humeur à admirer un défilé. Il éplucha soigneusement toutes les annonces mineures à la recherche d'informations sur un accident de la route ou un meurtre, en privilégiant celles qui avaient pour cadre la capitale. Au lieu de quoi, il trouva des réflexions à propos de « l'expansion fulgurante des ordinateurs qui, par moments, suscite même l'inquiétude ». Par acquit de conscience, il poussa jusqu'à vérifier ce qui avait été diffusé à la télé en ce soir du 17 septembre 1978 : sur la Une, le premier épisode de l'adaptation du roman *La Poupée* de Boleslaw Prus, avec Jerzy Kamas et Malgorzata Braunek dans les rôles principaux, et sur la Deux, *Un Amour de soldat*, un film de production yougoslave.

Dans le quartier Ochota, une voiture avait renversé deux personnes, dont une était décédée. Il nota avec application les noms de tous les macchabées de la journée, dont celui du professeur Sylwester Kaliski, ministre des Sciences, de l'Éducation supérieure et de la Technique, membre du Parti ouvrier unifié polonais et député à l'Assemblée nationale.

Les pages Sport. *Dans le concours de saut à ski sur neige artificielle, Tadeusz Tajner est arrivé sixième.* S'agissait-il d'un parent du champion Apoloniusz Tajner ? *Les joueurs de l'équipe nationale de football se préparent à un nouveau match des éliminatoires pour le championnat d'Europe des nations, sous la direction du sélectionneur Jacek Gmoch. Ils ont déjà battu l'Islande, ils affronteront ensuite la Suisse, puis les Pays-Bas et l'Allemagne de l'Est.* L'auteur de cet article ne pouvait pas savoir ce que savait Szacki en l'an 2005, que la Pologne ne se qualifierait pas pour ce championnat d'Europe, ni pour aucun de ceux qui allaient suivre.

Il continua à chercher et recopia les nécrologies des personnes décédées le 17 septembre. La plupart d'entre elles, d'un âge avancé, avaient tout simplement

« quitté » leurs proches, ou étaient parties « après une longue maladie ». Constater que si peu de personnes mouraient au cours d'accidents lui parut rassurant. Tout portait donc à croire que, statistiquement parlant, lui aussi avait une chance d'atteindre l'âge honorable de soixante-dix ans. Dans l'édition datée du 20, il tomba enfin sur un événement intéressant : *En ce 17 septembre, Marian Kruk, 52 ans, et Zdzislaw Kruk, 26 ans, sont morts dans des circonstances tragiques.* Deux avis de décès à la charte graphique identique, à la formulation identique, qui ne se différenciaient que par les signatures. Dans le premier, « la femme, la mère et la famille » avaient le regret d'annoncer la disparition « d'un mari et d'un fils aimant », dans le deuxième, « la femme, la belle-fille et la famille » annonçaient celle « d'un mari et d'un beau-père aimant ». Un père et un fils étaient donc morts ensemble. Un seul accident, deux décès, une immense tragédie familiale. Un tremblement de terre pour leur « système ». Szacki entoura leurs noms au stylo rouge dans son carnet. Il faudrait vérifier les circonstances de cet événement.

Plein d'espoir, il tendit la main vers la pile des *Express Wieczorny*, l'ancien journal du soir, s'attendant à une flopée de crimes odieux ou à des comptes rendus dégoulinants d'hémoglobine des accidents de la nuit. Il fut amèrement déçu. Le quotidien s'avéra terriblement ennuyeux – il ne comprenait pas comment la légende de ce journal avait pu traverser les décennies. À moins qu'il n'ait joué de malchance en tombant sur des numéros ratés ? L'unique information remarquable concernait le réalisateur Andrzej Wajda, qui entamait le tournage des *Demoiselles de Wilko*, d'après la nouvelle éponyme de Jaroslaw Iwaszkiewicz, Daniel Olbrychski ayant été choisi pour interpréter le rôle principal. Autrefois, ces mecs-là tournaient de sacrés films.

Dans le *Zycie Warszawy* du 17 septembre 1987 – il s'agissait d'un jeudi cette fois –, il ne trouva pas une ligne au sujet de l'anniversaire de l'agression soviétique contre la Pologne en 1939. Tout comme neuf ans plus tôt ou comme chaque année jusqu'à la chute du rideau de fer. Toutefois, on pouvait lire un long article au sujet du bombardement ordonné par Hitler sur le Palais royal. On parlait aussi du chef de l'État, le général Jaruzelski, qui s'entretenait avec son homologue Erich Honecker lors de sa visite officielle en Allemagne de l'Est. Ça ne durera plus très longtemps, bande de fils de putes, pensa Szacki avec rancœur. Une petite année et demie et on vous mettra tous au placard !

À la télévision, une série policière britannique, *Couvre son visage*, la retransmission des championnats du monde de gymnastique artistique, le programme de société « Vodka, laisse-moi vivre ! » et les débats du Congrès international des universités du troisième âge. Il semblait bien que, en ce soir du 17 septembre 1987, quelques heures devant son écran pouvaient suffire à se tailler les veines d'ennui.

Une partie du centre-ville s'est retrouvée privée de gaz. Une panne généralisée du réseau d'eau chaude. Szacki parcourait sans passion les en-têtes des articles. *À l'automne, une rencontre au sommet entre Gorbatchev et Reagan a été programmée. Malgré une période de moisson particulièrement difficile, l'ensemble des récoltes de blé atteindra cette année les vingt-cinq millions de tonnes. Le meurtrier présumé clame son innocence.* Ce dernier titre l'arrêta. C'était un crime commis à la capitale en date du 17 septembre.

La tragédie qui s'est déroulée hier dans le centre de Varsovie est sur toutes les lèvres. On recense des dizaines de témoins. En plein milieu des allées de Jérusalem, sous les yeux de cent vint-cinq passants et personnes attendant leur tramway, Danuta M., une femme de quarante-sept ans, a été tuée. Le meurtrier, Ryszard W., un homme de cinquante-trois ans, l'a poignardée dans le cou. La victime est décédée sur place. Les passants ont immobilisé le coupable. L'enquête est menée par le Bureau du district des Affaires intérieures du quartier Ochota.

Le Bureau du district des Affaires intérieures ? Bordel, qu'est-ce que c'est que ce machin ? s'interrogeait Szacki en recopiant la note. La milice ? Le parquet ? Une antenne camouflée des Services de sécurité ? L'affaire avait fait du boucan, mais ça chlinguait à plein nez le règlement de comptes entre poivrots. Par la suite, il lut que l'assassin était ivre, tout comme la victime, et qu'il l'avait frappée parce qu'elle avait refusé de lui rapporter des cigarettes du kiosque voisin.

Il continua à chercher.

La Mère des rois a gagné le Lion d'Or lors du festival du film de Gdynia. Il faillit siffler d'extase en voyant la liste des autres productions récompensées. Chacun de ces films aurait pu aujourd'hui remporter Gdynia haut la main sans se préoccuper de la concurrence : *Le Magnat, Sur la rivière Niémen, Le Hasard* de Kieslowski, *Le Fleuve fidèle, La Vie intérieure* et *Le Train pour Hollywood*. Rien que des classiques ! Et tout ça la même année. Incroyable.

Dans l'*Express Wieczorny* du 21 septembre, il trouva une note de quelques lignes : *Le corps sans vie de Kamil S., un jeune homme de vingt-deux ans, a été retrouvé par sa sœur cadette, dix-huit ans, dans leur appartement du centre-ville, rue Mokotowska. De la bouche du capitaine Stefan Mamcarz de la milice municipale, commissariat du district, nous avons appris que toute la famille était censée être partie pour des vacances décalées : « Le garçon est resté et c'est ce qui l'a perdu. Les cambrioleurs s'attendaient certainement à trouver un appartement vide et lorsqu'ils sont tombés sur lui, ils ont paniqué et l'ont assassiné. » La milice déclare que la tragédie s'est déroulée le 17 septembre au soir. Tout est mis en œuvre pour retrouver les coupables.*

Après avoir retranscrit l'article, Szacki tapota le vieux quotidien avec son stylo à bille, laissant sur l'exemplaire original de petits points noirs. Une nouvelle fois, il ressentait un picotement à l'arrière du crâne. Soit son intuition lui indiquait que ce drame pouvait avoir un lien avec l'affaire Telak, soit il souffrait d'une tumeur au cerveau. Sauf qu'il était censé retrouver une fille morte et là, il était tombé sur un jeune homme. Peut-être qu'il fallait retrouver la sœur qui avait découvert le corps ? Peut-être que cette fille avait été la copine de Telak ? Ou alors ce Kamil fricotait avec Henryk Telak ? Non… Tout ça à cause de l'agitation homophobe dans les rues. Maintenant, lui aussi avait l'impression de voir des gays partout. Il devait vérifier tout ce qui se rapportait à l'affaire, en tout cas. Il serait intéressant de récupérer un nom.

Dans un exemplaire plus vieux de trois jours, il trouva deux nécrologies. La première : *Le 17 septembre 1987, nous avons été brutalement privés de notre fils et de notre frère adoré, Kamil Sosnowski. Cher petit Kamil, nous t'aimerons éternellement. Ta mère, ton père et ta sœur.* Le deuxième, plus atypique : *Le 17 septembre, Kamil, notre meilleur ami et com-*

pagnon, a été assassiné. Frérot, nous ne t'oublierons jamais. Zibi et les autres.

Il doutait que cela puisse aboutir à quoi que ce soit, mais il décida de demander à Oleg de lui retrouver les dossiers de cette affaire dans les archives.

Sans en avoir l'intention, il parcourut encore du regard l'article qu'il venait d'abîmer avec son stylo. *Le deuxième tome de* l'Encyclopédie universelle *est prêt à être retiré par ses commanditaires dans les points de vente. Il leur sera remis après qu'ils auront rempli les conditions suivantes : réunir un poids suffisant de papier à recycler, faire tamponner le carnet de remise, présenter le justificatif de commande et une pièce d'identité et, enfin, s'acquitter d'un montant de cinq mille cent zlotys.*

Quelles conneries ! Il ne se rappelait pas bien le temps du système communiste, mais il semblait que le réalisateur de films satiriques Stanislaw Bareja ait dit à son propos l'exacte vérité. Encore que, à cette époque, tout devait être plus simple. Et plus marrant.

Il rapporta les dossiers au guichet, salua poliment la bibliothécaire aux seins énormes et dévala les escaliers en chantonnant le tube de Michael Jackson *Liberian Girl*. Ce n'est qu'au rez-de-chaussée qu'il ralluma son portable et s'aperçut qu'il était resté à la bibliothèque près de trois heures. Il avait encore tout foiré. Merde ! Il composa le numéro de Weronika.

LUNDI 13 JUIN 2005

Aux États-Unis, les jurés disculpent Michael Jackson des charges de pédophilie qui pèsent sur lui ; malgré ce verdict, le roi de la pop quitte l'enceinte du tribunal triste et atone. En Biélorussie, des miliciens arrêtent un violeur gérontophile ; la plus jeune de ses victimes a 61 ans, la plus âgée, 87. Dans la ville de Lviv, en Ukraine occidentale, les conseillers municipaux adoptent la résolution nécessaire à l'ouverture du cimetière des Aiglons, honorant ainsi les victimes polonaises de la Seconde Guerre mondiale. En France, l'acteur franco-polonais Andrzej Seweryn est fait chevalier de la Légion d'honneur. Rien de bien passionnant en Pologne : le politicien nationaliste Roman Giertych veut traîner en justice le ministre de l'Intérieur pour ne pas avoir empêché la tenue illégale de la Gay Pride à Varsovie. Le conservateur Jan Rokita, membre du parti Plate-forme Civique, s'accorde avec Jaroslaw Kaczynski, leader du parti Droit et Justice, quant à la nécessité, pour tous les détenteurs des hautes fonctions de l'État, de déclarer leurs activités d'avant 1989, et notamment s'ils ont collaboré ou non avec la police secrète communiste. De plus, il annonce la « possibilité d'un gouvernement de coalition » entre les deux partis. L'ancien Premier ministre Leszek Miller, de l'Alliance de la gauche démocratique, est littéralement laminé lors des primaires organisées dans la ville de Lodz, mais il sera malgré tout tête de liste dans cette circonscription. À Varsovie, la police démantèle un réseau de voleurs d'automobiles de luxe qui faisaient descendre de voiture les propriétaires sous prétexte d'inspecter un pneu crevé ; lors des perquisitions chez les coupables présumés, un révolver à silencieux est mis sous scellé, ainsi que deux kilos d'amphétamines et une armure antique de samouraï. Le beau temps fait son entrée dans la capitale : vingt-deux degrés, soleil, aucune précipitation.

1

Très tôt le matin, il avait rejoint Oleg Kuzniecov au commissariat de la rue Wilcza. À son grand regret, personne n'avait été assassiné durant le week-end, et il commençait à craindre de devoir s'occuper de l'affaire des stupéfiants si le policier ne lui fournissait pas de nouvelles pistes pour le cas Telak.

Ils buvaient du café dans des gobelets en plastique à la cantine du commissariat. Dans son gilet en faux cuir passé par-dessus un T-shirt verdâtre, Kuzniecov avait l'allure d'un trafiquant de devises tandis que Szacki, soigneusement mis dans son costard gris argent, figurait le comptable véreux qui l'aurait abordé pour évoquer quelque combine illégale.

— J'ai les résultats de la phonoscopie, annonça le policier. Malheureusement, il ne s'agit que d'un avis informel et non du rapport d'expert. Mon pote Leszek me l'a confié entre nous, en dehors du circuit officiel. Normalement, tous les enregistrements prévus pour les comparaisons audio doivent être gravés dans leur studio insonorisé. Ils l'ont payé un fric fou, même le bourdonnement des électrons dans les fils électriques a été compensé. Sauf que maintenant, ils ne veulent plus entendre parler d'une bande produite ailleurs. Le monde à l'envers ! Mais Leszek est réglo. Tu sais qu'il continue à accorder des pianos ? Il a une oreille fabuleuse. Je m'étonne qu'il travaille encore chez nous.

Szacki acheta au self une bouteille d'eau minérale pour se rincer la bouche après ce café au goût de vieux torchon. Soit les serveurs étaient passés à la chicorée, soit ils n'avaient pas lavé la machine depuis des lustres. Ou les deux.

« Et quel serait le verdict de ton monsieur Leszek ?

— Tu ne peux pas imaginer à quel point il est barge, ce gars-là. Je suis passé chez lui un jour, je ne sais plus pourquoi. Il possède un deux-pièces à Ursynow, mais son enfant dort dans la même chambre que les parents, vu que la seconde pièce est devenue un studio d'écoute. Une petite table et rien d'autre, tous les murs et le plafond sont recouverts de cartons à œufs, tu sais, les larges, les carrés.

— Oleg, je t'en prie, j'ai un boulot de taré et je pourrais en avoir davantage après. Son verdict ? »

Kuzniecov commanda un deuxième café.

« Attends un peu, tu ne vas pas le regretter.

— J'ai peur que si, répondit Szacki, résigné, zyeutant avec crainte la machine à espresso.

— À ton avis, qu'est-ce qu'il écoute dans cette chambre ?

— Apparemment pas de la musique, si tu poses la question.

— Sa femme.

— Quel charmant garçon. Tu as fini ?

— Non. Il écoute sa femme en train d'atteindre l'orgasme. »

Kuzniecov suspendit sa phrase et considéra son ami d'un air triomphal. Szacki savait qu'il aurait dû moucher le policier d'une remarque sarcastique et mettre un terme à la digression, mais il était incapable de refréner sa curiosité.

« D'accord, d'accord. Tu veux dire qu'ils baisent sur ces cartons ?

— Presque. Il lui demande de se masturber dans le studio et il enregistre ses gémissements. Aucun bruit de fond n'est toléré. »

Szacki regretta de n'avoir pas clos le sujet.

« Question : pourquoi est-ce qu'il irait faire ça ?

— Pour l'argent. Il a une théorie selon laquelle une femme, en s'approchant de l'orgasme, émet un cri très spécifique, partiellement en dehors du spectre audible. Il compte synthétiser ce son, le breveter et le vendre aux publicitaires. Tu piges ? On diffuse une pub pour de la bière à la télé, une marque quelconque, ni pire ni meilleure que les autres, et toi, tout d'un coup, hop, tu te mets à devenir dingue d'excitation car cette fréquence audio mystérieuse est retransmise en simultané. Ensuite tu te rends au supermarché, tu vois cette bière et tu te mets à bander aussi sec. Et donc ? T'achètes un pack, n'est-ce pas ? Tu peux en rire, mais il y a quelque chose de vrai là-dedans.

— Je sais même quoi : le drame d'un enfant obligé de dormir avec ses parents. »

Kuzniecov opina du bonnet – il devait très certainement se demander si lui aussi pourrait faire fortune avec des publicités orgasmiques. Puis il prit son carnet dans la poche de sa veste.

« Bref. Leszek est sûr à quatre-vingt-dix pour cent que la voix sur l'enregistrement appartient à Hanna Kwiatkowska. Un accent de Varsovie, une intonation très caractéristique, assez proche de la prononciation française. Il se pourrait que la fille ait vécu en France par le passé. Et pour finir, une manière quasi sourde de prononcer les "r". Seulement quatre-vingt-dix pour cent à cause de la piètre qualité de l'enregistrement d'origine. Il a exclu la veuve Telak de manière catégorique. *A priori*, Barbara Jarczyk également, bien qu'il ait trouvé quelques traits communs. Il soutient que les deux, tant Kwiatkowska que Jarczyk, doivent être originaires de Varsovie, au moins de seconde génération, et du centre-ville qui plus est. Par ailleurs, elles ont un timbre de voix très proche, assez aigu. »

Szacki haussa les sourcils.

« Arrête de déconner. T'es en train de me dire qu'on peut définir si quelqu'un est de la rive gauche ou de la rive droite rien qu'au son de sa voix ?

— Ça m'a étonné aussi. C'est certainement impossible si tu habites ici depuis quelques années à peine, mais si tes grands-parents y habitaient aussi, alors c'est faisable. Impressionnant, non ? »

Szacki approuva spontanément et se demanda si sa propre fille, qui vivait depuis la naissance sur la rive droite de la Vistule, avait déjà eu le temps d'acquérir l'affreux accent prolétaire du quartier Praga.

Ils parlèrent encore un peu de l'enquête, mais Kuzniecov n'avait plus rien de nouveau à dévoiler. Il devait rencontrer le conseiller financier de Telak dans la journée. Par ailleurs, il avait délégué un agent pour retrouver ses camarades de lycée et d'école d'ingénieur, avec pour mission de les interroger au sujet de ses anciennes amours. Pour finir, le policier et le procureur se prirent le bec lorsque Szacki demanda à Kuzniecov de retrouver au plus vite les dossiers de l'affaire de 1987.

« Pas question ! s'énerva Kuzniecov, engloutissant

un beignet à la vanille. Bordel, c'est tout simplement hors de question !

— Oleg, je t'en prie.

— Va te plaindre à mon commandant. T'as toujours été chiantissime, mais sur ce coup-là, tu bats tous les records. Fais la liste de tout ce que tu m'as réclamé depuis le début de cette enquête et tu verras comment tu seras accueilli. Pas question, je te dis. Ou alors, rédige une demande officielle au service des archives. Tout sera prêt dans trois petites semaines. Moi, je ne m'en mêle pas. »

Szacki tira sur les manchettes de sa chemise. Il se rendait compte que son ami avait raison, mais son intuition le pressait de vérifier cette piste au plus vite.

« C'est la dernière fois, promis », dit-il.

Kuzniecov haussa les épaules.

« T'as de la chance qu'un de mes potes bosse aux archives », murmura-t-il, fâché.

Pourquoi ça ne m'étonne pas ? pensa Szacki.

2

Par chance, Janina Chorko avait l'air aussi laide qu'à l'ordinaire. Cette fois, elle avait souligné son manque total de beauté par un pantalon noir à pli et un chandail en lainage gris orné d'une broche en cuir aux dimensions monstrueuses. Szacki pouvait se relaxer et la regarder droit dans les yeux durant leur conversation.

« Parfois, j'ai cette impression étrange, monsieur le procureur, dit-elle en le regardant comme on contemple un papier peint en train de se décoller, que vous croyez bénéficier chez moi de passe-droits. Eh bien, c'est une croyance infondée. »

Szacki se sentait tout heureux. Si elle avait décidé une nouvelle fois de flirter avec lui, de poser sur lui un regard de convoitise, il aurait certainement dû changer de travail. Quel soulagement !

« Mercredi, dit-il.

— Et pourquoi donc ?

— Pour plusieurs raisons… », commença-t-il, mais il s'interrompit. Le bip annonçant l'arrivée d'un SMS résonna dans le bureau. Il avait oublié de mettre son portable en mode silencieux.

« Allez-y, vérifiez. C'est peut-être quelqu'un qui avoue sa culpabilité », lança-t-elle d'un ton acerbe.

Il vérifia. « C'est bête, mais depuis hier j'apprécie beaucoup plus mes chaussures. Devine pourquoi. Un café ? Mo. »

« C'est privé, dit-il, feignant de ne pas remarquer la grimace de sa patronne. Premièrement, j'ai besoin de deux jours supplémentaires pour fouiller autour du cas Telak. Deuxièmement, il faut que je me prépare pour le procès de Glinski et, troisièmement, j'ai une tonne de paperasse à finir.

— On en a tous. Soyez sérieux.

— Quatrièmement, je doute que l'affaire des stupéfiants nécessite le travail d'autant de procureurs », dit-il, s'efforçant de faire résonner cette dernière remarque de la manière la plus délicate qui soit.

Chorko regarda par la fenêtre.

« Faisons comme si je n'avais rien entendu. Sinon je serai forcée de croire que vous remettez en question ma façon de diriger ce service. Ou alors que vous doutez des compétences professionnelles de vos collègues. Et, bien sûr, ce n'est pas ce que vous aviez en tête, n'est-ce pas ? »

Il ne répondit pas.

Elle sourit.

« Allez, d'accord pour mercredi. Mais pas une minute de plus. »

Barbara Jarczyk arriva dans son bureau à onze heures pile. Le procureur cligna des yeux ; une fois de plus, quelque chose le chatouillait à l'arrière du crâne. Un air de déjà-vu. Madame Jarczyk semblait en tous points identique à la semaine précédente. Y compris pour les boucles d'oreilles. Il en conclut qu'elle s'habillait peut-être différemment chaque jour mais s'en tenait à un cycle hebdomadaire.

Il lui posa quelques questions de routine. Est-ce qu'il était arrivé quelque chose, est-ce qu'elle s'était rappelée des faits qu'elle n'aurait pas mentionnés auparavant, est-ce qu'elle était entrée en contact avec Ebi Kaim, Hanna Kwiatkowska ou le thérapeute Cezary Rudzki. À toutes ces questions, elle répondit par un « non » laconique. Elle signala simplement qu'un policier était venu la voir le jeudi précédent pour une raison futile. Elle n'avait pas vraiment compris le but de cette visite.

« La police prend en compte toutes les pistes. Il s'agissait sans doute d'une vérification de routine, mentit-il, considérant qu'elle n'avait pas à être mise au courant de la phonoscopie. Malheureusement, vous devez accepter le fait que, jusqu'à la fin de l'enquête, cette sorte d'incursion risque de se répéter assez souvent. »

Elle acquiesça – d'un air peu enthousiaste, mais compréhensif.

« Est-ce que vous prenez des somnifères ? » demanda-t-il.

La question parut l'étonner.

« Parfois, répondit-elle après un moment de silence. Aujourd'hui, cela m'arrive de manière épisodique, mais il fut un temps où j'étais pratiquement dépendante. Je devais avaler un comprimé tous les soirs.

— Quand vous dites dépendante...

— Pas au sens d'une addiction à la drogue, non. Mais j'avais des problèmes, je ne pouvais pas dormir, les médecins m'ont donné ces pilules. À la fin, en prendre était devenu presque aussi naturel que de me brosser les dents avant d'aller me coucher. Lorsque j'en ai pris conscience, ça m'a un peu effrayée. C'est en partie pour cette raison que je me suis retrouvée à suivre cette thérapie.

— Mais il vous arrive encore de prendre un cachet de temps en temps.

— Jamais plus d'un tous les deux ou trois jours. En général un par semaine. Parfois même moins.

— Quel médicament utilisez-vous ces temps-ci ?

— Du Tranquiloxil. C'est une marque française.

— Il est puissant ?

— Assez. On ne l'obtient que sur ordonnance. Quoi qu'on en dise, j'ai pris des somnifères pendant trop longtemps. Maintenant, les pilules moins dosées ne me font plus d'effet.

— Quand avez-vous pris du Tranquiloxil pour la dernière fois ? »

Elle s'empourpra.

« Hier, répondit-elle. Je ne dors pas très bien ces jours-ci.

— Savez-vous pourquoi je vous demande tout ça ?

— En vérité, non, je ne vois pas. »

Il retardait la question suivante. Était-il possible que Telak lui ait volé ses comprimés ? Dans ce cas, elle aurait dû remarquer leur absence.

« Dans la chambre de monsieur Telak, au cloître, on a retrouvé un tube de Tranquiloxil vide. Le légiste a conclu que, avant d'être assassiné, monsieur Telak en avait pris en grande quantité puis l'avait vomi. Sur le tube, on a trouvé les empreintes de monsieur Telak et les vôtres. Pouvez-vous m'expliquer ça ? »

Cette fois, Barbara Jarczyk devint blême. Elle le fixait avec des yeux terrorisés et n'ouvrait pas la bouche.

« Je vous écoute, la pressa-t-il.

— Je… je… oh, mon Dieu ! Ça ne me revient que maintenant… Vous ne croyez tout de même pas que je… oh, mon Dieu. »

Elle fondit en larmes.

« Je vous demande pardon », dit-elle en cherchant un mouchoir dans son sac à main.

Szacki aurait voulu lui en tendre un, mais il avait épuisé son paquet. Finalement, elle en trouva un, s'essuya les yeux et se moucha.

« Je vous demande pardon, répéta-t-elle tout bas sans lever les yeux vers lui. Mais comment peut-on se rappeler les détails avec cette thérapie, ce meurtre, ce cadavre, et tout ça ! La police, les procureurs. Moi, avec tous ces trucs, je me sens constamment accusée et je n'arrive plus à dormir. Pire, je n'ose même plus appeler mon propre analyste, vu qu'il est peut-être mêlé à l'affaire, allez savoir. Et du coup, j'ai oublié.

— Veuillez me dire ce que vous avez oublié, l'encouragea-t-il avec délicatesse.

— Vendredi soir, après le dîner, nous nous sommes croisés avec Henryk Telak dans le couloir, par hasard. Il revenait de la salle de bains et je me rendais justement aux toilettes. Je crois qu'il m'a confié que cet endroit l'impressionnait, qu'il lui donnait la chair de poule, je ne m'en souviens plus très bien. Je réfléchissais beaucoup à la thérapie et à la façon dont ça allait se dérouler. J'étais un peu distraite. Bref. Il a dit qu'il se sentait nerveux et m'a demandé si je n'avais pas quelque chose pour dormir. Je lui ai répondu que je pouvais lui donner un comprimé. »

Szacki l'interrompit d'un mouvement de main.

« Et au lieu de lui donner un cachet ou deux, vous lui avez cédé un tube entier d'un médicament dont vous vous savez dépendante ? Je ne comprends pas. Pourquoi ?

— J'en avais deux.

— Des cachets ?

— Des tubes. J'en ai jeté un en vitesse dans ma valise lorsque j'ai quitté la maison, et l'autre se trouvait déjà dans ma trousse de toilette. Je ne l'en avais pas sortie depuis mon dernier voyage à Hanovre, un déplacement professionnel pour un Salon du jouet. Je me suis dit que ça faisait un peu rapiat de donner juste une pilule, comme ça, alors que j'en avais tout un tube. On s'est promis qu'Henryk me le rendrait avant le départ.

— Et il y en avait combien, de ces pilules ?

— La moitié du tube. Peut-être un peu moins. Une vingtaine environ. »

Szacki sentit dans la poche la vibration de son téléphone. Encore un SMS. Un peu plus tôt, il avait répondu à Monika qu'il boirait bien un café en sa compagnie mais à condition qu'elle lui permette d'admirer ses vêtements. Il était curieux de savoir ce qu'elle avait bien pu écrire en retour.

« Et le samedi, vous n'avez pas eu peur que monsieur Telak ait pu utiliser vos somnifères pour mettre fin à ses jours ? »

Elle se mordit la lèvre.

« Je n'y avais pas pensé. »

Szacki tendit la main vers le dossier de l'affaire et lut :

« Alors, je me suis dit que quelqu'un lui avait peut-être rendu service parce que, pour tout vous dire, je doutais qu'il pût exister un monde qui serait pour monsieur Telak pire que celui-ci. »

« Ce sont vos paroles, ajouta-t-il.

— Mais je ne me rappelle pas qu'elles aient été consignées dans le procès-verbal », répliqua-t-elle hardiment, les yeux plantés dans les siens.

Il sourit.

« Vous avez raison, il s'agit d'une note personnelle. Ce qui ne change rien au fait que ce sont vos mots. La question qui me vient à l'esprit serait de savoir si la situation que vous venez de décrire n'a pas plutôt eu lieu samedi soir et si, le cas échéant, vous n'avez pas donné à Telak plus de comprimés que nécessaire pour, formulons-le avec finesse, lui laisser le choix.

— Bien sûr que non ! » Elle éleva la voix. « Ce sont des insinuations odieuses ! »

Il ne réagit pas.

« L'autre question qui me vient à l'esprit serait de savoir pourquoi, lors de notre précédente entrevue, vous n'avez pas évoqué votre conversation nocturne avec monsieur Telak. En ce qui me concerne, une telle discussion me serait restée en mémoire. »

Elle baissa la tête et appuya le front sur le bout de ses doigts.

« Aucune idée. Je ne peux pas l'expliquer, chuchota-t-elle. Vraiment, je ne peux pas. »

Il profita du fait qu'elle était en train de fixer le plancher pour jeter un coup d'œil à l'écran de son téléphone : « Alors, je cours me changer ! À tout à l'heure. Mo. »

« Croyez-moi, c'est la vérité, ajouta-t-elle tout bas. Pourquoi mentirais-je ? »

C'est précisément ce que je voudrais savoir, pensa Szacki.

« Cette demande vous paraîtra étrange, mais dans quelle région avez-vous grandi ? »

Elle releva la tête et le considéra, étonnée.

« Ici, à Varsovie, mais mes parents sont de Lodz.

— Quel quartier ?

— Le centre-ville, non loin du commissariat de la rue Wilcza. J'ai emménagé à Grodzisk lorsque j'avais une vingtaine d'années, autant dire il y a des siècles. »

Il se pencha légèrement dans sa direction. Il n'avait pas envie qu'elle puisse détourner le regard quand il poserait la question suivante.

« Est-ce que le nom de Kamil Sosnowski vous évoque quelque chose ? »

Elle ne baissa pas les yeux. Elle ne battit pas des paupières. Elle ne fronça pas les sourcils.

« Non, répondit-elle brièvement. Qui est-ce ?

— Un malchanceux. Peu importe. »

Hanna Kwiatkowska semblait bien plus à son avantage que la semaine précédente. Elle avait également l'air beaucoup moins agitée. Peut-être son état de nervosité n'avait-il pas alors été provoqué par une instabilité mentale mais par une session thérapeutique d'un week-end entier, achevée par la découverte du cadavre d'Henryk Telak ? Aujourd'hui en tout cas elle semblait joyeuse, confiante face à la vie, grâce à quoi elle avait gagné en séduction. Szacki se fit la remarque qu'en toute objectivité elle était bien plus belle que Monika, malgré ses huit ans de plus. Elle répondit de manière concise à toutes les questions qu'il posa pour démarrer la conversation. À un moment, elle s'autorisa même une plaisanterie, mais Szacki resta sans réaction. Elle ne recommença pas. Il s'avéra que Leszek avait vu juste et qu'elle avait grandi dans le centre-ville, près de la place de la Constitution, avant de déménager pour le quartier Grochów, non loin de la place Szembek. Szacki eut envie de demander si elle se sentait condamnée à l'exil dans son nouveau quartier, tout comme lui l'était à Praga, mais il s'abstint. Puis il lui demanda si elle connaissait un certain Kamil Sosnowski. Elle nia, après un instant de réflexion. Elle ne voulut pas savoir pourquoi ce nom l'intéressait.

« Savez-vous ce qu'est une phonoscopie ? » s'enquit-il.

Elle se gratta la joue.

« Non, je ne le sais pas. Mais d'après le nom, il pourrait s'agir de quelque chose comme une dactyloscopie, mais pour les sons. Selon toute vraisemblance, c'est une technique criminalistique de détection de la voix. J'ai raison ?

— À cent pour cent. Pourquoi est-ce que je pose

la question ? Eh bien, au cours de notre enquête, nous avons sécurisé – il se réprimanda en pensée pour avoir utilisé ce terme de *novlangue* – le dictaphone de monsieur Telak. Je peux vous confier que c'était une sorte de bloc-notes et de journal intime mélangés. Il y consignait ses rendez-vous d'affaires et ses réflexions personnelles. Le plus intéressant pour nous a été sans conteste l'enregistrement du samedi soir, après la thérapie. »

Hanna Kwiatkowska secoua la tête.

« Je n'aimerais pas entendre ce qu'il avait à dire. Pour nous, déjà, ça avait été horrible, alors je n'ose pas imaginer pour lui.

— Je vais vous faire un résumé. Henryk Telak se trouvait dans un état lamentable, il lui semblait entendre des voix. Il pensait être victime d'hallucinations, avoir des visions. Il a donc décidé d'enregistrer ces hallucinations pour vérifier si elles étaient réelles. »

Il s'interrompit pour analyser les réactions de Kwiatkowska. Elle ne dit rien, mais sa décontraction s'estompa quelque peu. Elle cligna plusieurs fois de l'œil droit. Il lui demanda si elle avait envie de commenter ces révélations d'une manière ou d'une autre. Elle nia d'un mouvement de tête et remonta ses lunettes sur son nez. De nouveau, Szacki ressentit une démangeaison à l'intérieur de la cervelle. Soit je ne sais plus faire le lien entre les faits, soit je devrais consulter un neurologue, se dit-il.

« Lors de l'écoute de la bande, nous avons été secoués dès le départ, car monsieur Telak a enregistré une conversation avec sa fille, morte depuis deux ans. L'enregistrement a été soumis à une analyse phonoscopique et les résultats sont sans équivoque. La personne qui se tenait de l'autre côté de la porte et qui faisait semblant d'être sa fille défunte n'est autre que vous. Voudriez-vous faire une déclaration par rapport à cette découverte ? »

Le visage de Kwiatkowska s'était vidé de toute couleur.

« C'est une plaisanterie, articula-t-elle. Je n'en crois pas un mot. »

Le procureur Teodore Szacki se sentit soudain très las. Il en avait assez de cette imposture.

« Chère madame, commença-t-il sur un ton plus dur encore qu'il n'en avait eu l'intention, je ne vous expose pas l'une de mes hypothèses, mais des faits. Et les faits sont les suivants : après une session thérapeutique particulièrement pénible pour monsieur Telak, vous vous êtes fait passer pour sa fille morte, cachée derrière sa porte, lui suggérant qu'il devrait vous rejoindre ; quelques instants plus tard, il enregistrait la lettre d'adieu à sa femme et avalait un tube entier de somnifères. Alors, ne venez pas me dire ce en quoi vous croyez ou non, mais expliquez-moi ces faits, nom de Dieu ! Et faites-le avant que j'en vienne à penser que vous avez usé d'une broche à rôtir après avoir échoué à convaincre Telak de mettre fin à ses jours lui-même. Faites-le avant que je vous mette tout simplement en taule ! »

Il ne bluffait pas. Depuis la découverte de l'enregistrement et la confirmation qu'il s'agissait bien de sa voix, la professeur de collège était devenue la principale suspecte. À tout hasard, il possédait dans son tiroir une décision de justice signée par sa patronne quant à la mise en accusation de Hanna Kwiatkowska. Il était prêt à faire d'elle un suspect officiel dans l'enquête, à perquisitionner son domicile dans les moindres recoins, à ordonner sa mise sous tutelle policière et à lui faire subir une analyse psychiatrique. Deux choses l'en empêchaient : son intuition, et la crainte de perdre au tribunal dès la première audience. En lieu et place d'un dossier de preuves, il ne disposait que de vagues indices et de théories ridicules à la lisière de l'éso-térisme.

La femme se leva brutalement de sa chaise et se mit à faire les cent pas dans la pièce.

« Non, ça doit être un mauvais rêve…, dit-elle pour elle-même. Non, ça ne peut pas être vrai, ça ne peut pas… »

Elle s'arrêta et regarda Szacki.

« Il m'est difficile de croire que vous ne mentez pas, dit-elle. Mais admettons, car après tout quel inté-rêt auriez-vous à le faire ? Veuillez inscrire dans le procès-verbal que, pleinement consciente de ma res-ponsabilité pénale ou ce que l'on dit dans ces cas-là, je jure et je souligne avec la plus grande force que je ne me souviens pas m'être tenue derrière la porte d'Henryk Telak pour faire semblant d'être sa fille. Je le jure. Vous pouvez me faire passer au détecteur de mensonges, me soumettre à une analyse psychiatrique, j'accepte tout. »

Si tu ne me demandes pas dans la seconde ce que tu pouvais bien raconter à ce pauvre Telak à travers la porte, je te place en détention et je t'accuse, se dit Szacki. Il ouvrit le tiroir de son bureau.

« Mais tout d'abord – Kwiatkowska pointa le pro-cureur du doigt –, j'exige que vous me présentiez cet enregistrement. Je veux savoir ce qu'on me reproche. »

De ce tiroir, il retira le CD et le plaça dans un vieux lecteur posé sur le rebord de la fenêtre. Le haut-parleur diffusa la singulière conversation avec le fantôme. Dès les premières paroles, il dut mettre sur pause : l'ensei-gnante était prise d'une crise d'hystérie. Il lui offrit un verre d'eau, l'allongea par terre sur le tapis, lui glissa sous la tête sa propre veste pliée, renvoya les collègues venus en hâte, alarmés par l'intensité des sanglots, et se demanda si on pouvait jouer la comédie avec autant de talent. Au bout d'un quart d'heure, Hanna Kwiatkowska déclara se sentir mieux et voulut écouter l'enregistrement jusqu'au bout.

Elle était diaphane, ses poings serrés vigoureusement, mais elle ne pleurait plus.

« Je vous écoute, dit-il après avoir éteint le lecteur.

— Je reconnais ma voix, mais j'ai encore l'impression que, comment dire, d'un instant à l'autre quelqu'un bondira du placard en criant "Caméra cachée !" et que vous me remettrez le bouquet de fleurs que vous tenez dissimulé sous le bureau. Je ne parviens pas à l'expliquer, j'ignore comment ça a pu se produire, mes uniques souvenirs de cette soirée sont de m'être lavé les dents avec le doigt parce que j'avais oublié ma brosse, puis d'être allée me coucher. Bien sûr, je comprends que vous ne vouliez pas me croire, mais c'est la chose la plus étrange qui me soit arrivée de toute ma vie. J'entends mes propres paroles mais je ne les ai jamais prononcées. »

Il nota cette déclaration et lui présenta le procès-verbal. Avant de le signer, elle le relut deux fois, très attentivement.

« Je ne vais pas vous mettre en accusation, même si j'aurais pu le faire et que personne n'aurait pu me le reprocher, dit-il. Mais je voudrais que vous sachiez qu'à cette étape de l'enquête, vous êtes, disons, la personne la plus surveillée. C'est pourquoi je vous demande de n'en parler à personne et de ne pas quitter la ville. Si j'ai ne serait-ce que l'ombre d'un doute quant à votre capacité à faire obstruction à la justice, vous vous retrouverez le jour même dans une cellule. Est-ce clair ? »

La porte n'était pas encore fermée derrière Hanna Kwiatkowska qu'il regrettait déjà sa décision. Ta confiance en ton intuition te perdra, constata-t-il. Il aurait fallu enfermer cette femme et voir ce qui en découlerait.

3

Il laissa à sa secrétaire la consigne de ne lui passer aucune communication, alluma son ordinateur et s'installa confortablement dans son fauteuil pour pouvoir écouter à travers l'interphone la conversation qui se déroulait dans la pièce d'à côté. Il regrettait que ce bureau ne fût pas équipé de caméras de surveillance. Il aurait aimé voir comment ce commissaire aux allures d'ours questionnait Igor. Si le pauvre flic soupçonnait ne serait-ce qu'un centième de ce qu'Igor savait, de ce dans quoi il était impliqué, il n'aurait probablement pas franchi le seuil de la porte sans une armée d'agents antiterroristes. Il eut envie de rire à l'idée que, même si le policier avait eu ce flair, il l'en aurait empêché de toute manière. Il aurait su qui appeler pour cela.

« Belle épée. Japonaise ?

— C'est un cadeau de l'un de mes clients. Un authentique sabre de samouraï du dix-huitième siècle.

À votre place, je le reposerais, monsieur le commissaire. Vous pourriez facilement vous blesser par mégarde.

— J'ai l'habitude. Je me suis coupé hier en vidant un poisson. C'est la dernière fois que j'achète quelque chose qui ne ressemble pas à un cube compressé. Vous savez qu'un jour on a demandé à des enfants aux États-Unis de dessiner un poisson et qu'un bon nombre d'entre eux ont dessiné un rectangle ? Pas mal, non ?

— Fascinant, en effet. Sauf que, en ce qui concerne cet objet, une coupure peut impliquer la perte d'un doigt ou, dans le cas le plus favorable, la section des tendons de la moitié de votre main. Asseyez-vous, vous serez plus à l'aise.

— Je ne fais que ça toute la journée, rester assis, au point que j'en ai des cors au cul. Ça vous dérange beaucoup si je me balade quelques instants ? Votre cabinet est plus spacieux que bon nombre des cours de promenade des prisons du pays.

— Il m'est difficile d'en juger, je n'ai jamais eu le privilège d'en voir une.

— Ne bénis pas le jour avant le coucher du soleil, dit un vieux proverbe chinois. Ou bien romain, je ne sais plus. Enfin bref, passons aux choses sérieuses.

— Avec plaisir. Je ne vous cacherai pas que mon emploi du temps est assez chargé.

— Je voudrais que vous me parliez de l'état des finances de monsieur Henryk Telak. Si je comprends bien, vous étiez son comptable.

— Son conseiller en investissements financiers. Nous sommes une entreprise de consulting, nous ne nous occupons pas de fiscalité.

— Dommage, il paraît que c'est un domaine qui rapporte. Vous auriez pu acheter un coupe-papier pour les courriers du ministère, ça aurait fait la paire avec le sabre.

— Nous gérons le compte boursier de monsieur Telak. Il possédait également chez nous une police d'assurance vie.

— Un compte boursier, c'est-à-dire ?

— Nous avons une accréditation pour disposer des fonds qu'il y avait réunis jusqu'à un pourcentage défini. Dans ce cas précis, cinquante pour cent du bilan du dernier semestre mais jamais plus de la moyenne des deux dernières années. Ce qui veut dire que plus nous avions gagné d'argent pour monsieur Telak et plus nous pouvions investir, mais si nous avions raté nos placements et provoqué des pertes, alors nous ne pouvions pas rogner ses économies en dessous de, disons, un seuil de sécurité.

— Et vous arrive-t-il souvent de perdre de l'argent ?

— Au cours d'une année, monsieur Telak n'a jamais gagné moins de vingt pour cent de la somme disponible. Bien évidemment, dès l'annonce de son décès, nous avons cessé tous les investissements. Ce qui adviendra de l'argent dépend de la volonté de la veuve de monsieur Telak. Elle peut clôturer le compte, retirer une partie des fonds, nous confier la gestion de ses finances en gardant les mêmes bases ou définir de nouveaux plafonds.

— À combien s'élève le total en ce moment ?

— Un peu moins de cinq cent mille zlotys en cash et six cent mille en actifs.

— Pardon ?

— En tout, environ un million cent mille zlotys. Bien sûr, cette somme fluctue tous les jours selon les cours des actions, des devises, et cætera. Certains placements étaient planifiés sur le long terme, donc si madame Telak veut tout vendre au plus vite et retirer du comptant, cela reviendrait certainement à un million environ.

— Et l'assurance vie ?

— Un demi-million.

— Dites-moi, la petite veuve n'aura pas à opter pour les génériques polonais en pharmacie !

— Monsieur Henryk Telak était un de nos clients, mais à titre personnel, c'était aussi un ami de longue date. Il en va de même pour sa femme. Je vous serais reconnaissant de choisir vos qualificatifs avec plus de respect.

— Était-elle au courant de la police d'assurance et du compte d'investissement ?

— Non.

— Vous en êtes sûr ?

— À moins qu'elle ne l'ait appris de la bouche d'Henryk.

— Est-elle déjà venue vous voir ?

— Nous nous sommes rencontrés à l'enterrement mais nous n'avons pas parlé d'argent. Elle a juste promis de passer la semaine prochaine.

— C'est un peu bizarre, vous ne trouvez pas ?

— Non. D'après ce que je sais, Jadwiga n'est pas à court de liquidités pour les dépenses courantes.

— Je vois. Vous connaissiez monsieur Telak depuis longtemps ?

— Nous nous sommes connus durant nos études à l'école Polytechnique, ça devait être à la fin des années soixante-dix, à coup sûr avant la loi martiale de quatre-vingt-un. Puis nos chemins se sont séparés pendant un temps. J'ai obtenu, un peu par piston, un poste dans une plate-forme de commerce international, je me suis intéressé à l'économie et lui est resté fidèle à l'imprimerie. Nous nous sommes retrouvés par hasard, peu après le changement de régime de quatre-vingt-neuf.

— Donc il s'agit de votre propre compagnie ?

— J'en suis l'un des actionnaires et l'un des vice-présidents.

— Et vous vous occupiez des finances de monsieur Telak depuis longtemps ?

— Plus de dix ans. Depuis 1994 pour être précis.

— On peut rentrer chez vous comme ça, en venant de la rue ?

— On peut, mais je ne vous garantis pas que vous soyez accepté. Nous sommes une structure modeste mais élitiste. Nous avons très peu de clients et aucun d'eux n'est, comment dire, dans le besoin. Ils sont tous arrivés chez nous sur recommandation. Nous sommes capables de leur faire gagner beaucoup d'argent mais nos honoraires ne sont pas des plus modiques. Malgré cela, il n'est jamais arrivé que l'un d'entre eux soit mécontent de nos services.

— Vous n'êtes pas une secte secrète ?

— Qu'est-ce que vous voulez dire ?

— Des rituels initiatiques suintant le sexe, des hôtesses vêtues seulement de deux billets de cent dollars, des percussions effrénées, de la baise…

— Je ne suis pas au courant de ce genre de pratiques.

— Mais savez-vous si monsieur Telak avait des ennemis, des gens qui jalousaient sa position sociale ou son argent ?

— Je ne sais rien à ce sujet.

— Est-ce que les noms de Cezary Rudzki, Ebi Kaim, Barbara Jarczyk ou Hanna Kwiatkowska vous disent quelque chose ?

320

— J'ai vu Rudzki deux fois à la télé, je crois en qualité d'expert dans une émission de confidences psychologiques. Par ailleurs, ma femme possède l'un de ses livres sur la résolution des problèmes familiaux. Les autres noms me sont inconnus.

— Kamil Sosnowski ?

— Non plus.

— Dommage. Ne soyez pas étonné par la prochaine question, je ne plaisante pas, je vérifie une piste majeure de l'enquête.

— Dommage. Je commençais à apprécier votre humour.

— Un certain procureur vous rétorquerait que vous êtes bien le premier. Vous rappelez-vous les femmes qu'Henryk Telak aurait fréquentées durant vos études ? Ou peut-être vous a-t-il parlé d'histoires datant d'avant votre rencontre ? A-t-il eu un grand amour ? Elle et lui auraient-ils été victimes d'une tragédie ? Pris au cœur d'un événement exceptionnel et traumatique ?

— Je ne sais rien à ce sujet. L'école Polytechnique n'a jamais été propice à ce genre d'observation, il y a peu de filles dans les amphis, mais je me souviens qu'Henryk ne participait presque jamais à nos expéditions pour, pardonnez-moi l'expression, "débusquer la gonzesse". Par deux fois il est sorti avec une jeune femme pendant quelques mois, mais je ne dirais pas qu'il s'agissait de relations sérieuses. De toute manière, il était assez timide. Lors de sa dernière année d'études, ça devait être en quatre-vingt-quatre, il est tombé fou amoureux de Jadwiga. Mais elle ne voulait pas de lui. Il déambulait, comme pris d'égarement. C'est un miracle s'il a réussi sa soutenance. Mais juste après, nous nous sommes perdus de vue et quand nous nous sommes rencontrés la fois d'après, ils étaient déjà mariés. Il a dû l'épouser en quatre-vingt-huit ou quatre-vingt-neuf.

— Donc, c'était un couple heureux ?

— Nous ne nous fréquentions pas assez pour que je puisse en juger. »

Dès que Kuzniecov eut quitté les locaux de la compagnie, Igor se précipita dans son bureau. Il était venu sans sa veste.

« Quel ringard emmerdant ! Je suis tout en sueur. J'avais des frissons à chaque fois que ce pignouf ouvrait la bouche. Je déteste ce genre de gars. Tu as tout entendu ? »

Il acquiesça.

« Selon moi, on ne peut plus faire semblant. Ils ne se débattent pas dans le noir. Ça m'a glacé le sang lorsqu'il a posé la question à son sujet. Je ne pensais pas qu'ils seraient capables de tomber dessus. »

Le patron se leva et s'approcha de la fenêtre. En effet, il s'agissait d'un léger inconvénient, mais en comparaison des autres menaces auxquelles ils avaient dû faire face au cours de ces dernières années, ce n'était rien de préoccupant. Il contemplait la fête foraine de béton et de bitume qui s'étalait sous ses pieds et il se disait que, s'il avait possédé des pouvoirs divins, il aurait dévoilé d'un claquement de doigts tous les mystères cachés entre les murs de cette triste ville qu'était Varsovie. Tous, sans exception. Non seulement les plus grands – dont il était l'un des dépositaires –, ceux dont dépendaient la sécurité de l'État, mais aussi toutes les magouilles commerciales, les trahisons, les infidélités conjugales, les boniments de séducteurs, les demi-vérités parentales, les secrets d'enfants. Juste comme ça, en claquant des doigts – tout aurait été étalé au grand jour. Aurait-on alors trouvé une seule personne pour proclamer encore, dans le sillage de leur petit Dieu et de son culte aveugle, « la vérité vous rendra libres » ? Il en doutait.

« Tu as raison, admit-il en se détournant de la fenêtre. Il est temps d'agir. Kuzniecov est inoffensif d'après moi, mais on doit en apprendre le plus possible au sujet du procureur Szacki. Où travaille sa femme, où sa fille va à l'école, qui il se tape en douce, avec quels potes il va boire des bières, qui il n'apprécie pas au boulot. Je pense qu'avant la fin de la semaine nous devrons lui rendre une petite visite.

— De combien de temps est-ce que je dispose ?

— Jusqu'à mercredi matin. Après, il pourrait être trop tard. »

4

Cezary Rudzki avait recouvré la santé et ses faux airs d'Hemingway. Un pull à col roulé très fin, des cheveux volumineux, poivre et sel avec une majorité de sel, des yeux perçants bleu pâle et un sourire thérapeutique, à la fois bienveillant et moqueur. Son apparence tout entière semblait annoncer que cet homme pouvait vous écouter avec intérêt et compréhension, mais en gardant une saine distance et sans envahir votre territoire intime. Oui, Cezary Rudzki aurait fait bonne figure sur des affiches publicitaires pour la psychanalyse.

Szacki lança la conversation sur l'hypnose, et le thérapeute répondit longuement et de manière exhaustive, au point d'obliger le procureur à l'interrompre et à lui demander d'abréger ses exposés théoriques pour répondre simplement aux questions.

« Est-ce que vous savez hypnotiser un patient ?

— Bien sûr. Je profite rarement de cette possibilité, je suis d'avis que le processus de guérison devrait être entièrement conscient. Mais, parfois, la source de la névrose réside dans un souvenir si profondément refoulé qu'il est impossible de l'atteindre sans faire régresser le patient. Mais je n'opte pour cette méthode qu'en tout dernier recours.

— Faire régresser le patient… ? »

Szacki préférait s'assurer que Rudzki et lui avaient la même chose à l'esprit.

« En redirigeant le patient vers son passé. C'est une opération délicate, qui requiert de la prudence et du tact. Ainsi qu'une dose de courage, parce que le patient devient souvent agité après la confrontation avec des souvenirs qui ont marqué sa mémoire avec force ou qui en ont été brutalement effacés. Ça peut devenir choquant. J'ai eu un jour une patiente qui avait été abusée sexuellement durant son enfance par ses éducateurs à l'orphelinat. Une femme terriblement mutilée, psychiquement parlant. Mais je ne savais rien de ces abus. Et elle non plus, en quelque sorte. Quand soudain, durant une régression, elle a commencé à me raconter avec sa voix de petite fille et ses mots d'alors les détails des orgies auxquelles elle avait été forcée de prendre part – je vous prie de me croire sur parole, j'ai vomi.

— Peut-être qu'il vaut mieux ne pas se souvenir de certaines choses.

— C'est aussi mon avis, même si un grand nombre de thérapeutes ne seraient pas d'accord. Je suis persuadé que notre cerveau sait ce qu'il fait lorsqu'il nous ordonne d'oublier. Quoique, bien évidemment, il y a des actes qu'on n'a pas le droit d'effacer de sa mémoire. Vous le savez mieux que quiconque. »

Szacki fronça les sourcils.

« Qu'avez-vous en tête ?

— Des actes dont les auteurs doivent se repentir, pour lesquels ils doivent subir un châtiment. Des crimes. Des fautes graves.

— Est-ce que vous avez prévenu la police au sujet de ces éducateurs de l'orphelinat ?

— Ma patiente avait près de soixante ans.

— Mais si, pendant l'hypnose, vous étiez tombé sur une information concernant un crime perpétré récemment tout en vous rendant compte que le fait de garder cette information secrète serait bénéfique pour votre patient, qu'auriez-vous fait ?

— Je l'aurais dissimulée. Ma priorité, c'est le bien de mon patient, pas celui de la société.

— C'est ce qui nous différencie.

— J'en ai bien l'impression. »

Szacki donna un coup d'œil discret à sa montre. Il était quinze heures trente. Il devait accélérer le tempo de son interrogatoire s'il ne voulait pas être en retard pour son rendez-vous avec Monika.

« Et seriez-vous capable d'hypnotiser un homme jusqu'à le soumettre à votre volonté et lui faire faire quelque chose qu'il n'aurait pas été capable d'accomplir d'ordinaire ? »

On touchait là à une théorie qui, malgré ses défauts,

lui paraissait plus crédible qu'un meurtre accompli par Hanna Kwiatkowska. Un thérapeute ô combien charismatique exploite son don naturel pour influencer les gens et utilise la technique de l'hypnose pour régler à travers ses patients ses propres comptes. Cela sonnait évidemment comme l'incursion du fantastique dans une série policière à la télé, mais qui aurait pu jurer que de telles choses ne pouvaient pas arriver ? Cependant, cette hypothèse de travail renfermait de nombreuses zones d'ombre, et surtout elle souffrait de l'absence de mobile ; par ailleurs, il était difficile de répondre à la question suivante : pourquoi Henryk Telak serait-il allé suivre une thérapie chez quelqu'un qui lui gardait rancune ? Mais Szacki sentait dans ses tripes que cette affaire ne connaîtrait pas une résolution simple et qu'il faudrait explorer la moindre conjecture, aussi idiote parût-elle à première vue.

« Je n'en sais rien, je n'ai jamais essayé. Je suis un guérisseur, procureur, pas un magicien. » Visiblement, Rudzki se sentait offensé par la question. « Mais je vous demande de ne pas prendre pour argent comptant ce que décrit Dean Koontz dans ses romans de gare, continua-t-il. Le fait de programmer quelqu'un au point de lui faire commettre un acte contraire à sa volonté et même opposé à son sens éthique ne requiert pas une simple hypnose, mais un lavage de cerveau régulier. Il faudrait de nombreuses séances d'envoûtement, probablement couplées à un traitement pharmaceutique, les deux ayant pour but une entière déconstruction de la personnalité du patient, pour qu'il puisse se comporter en accord avec un plan imposé. Et même alors, le succès ne serait pas garanti. Dans tous les bouquins qui traitent du sujet vous trouverez mentionné qu'il est presque impossible d'obliger une personne à agir contre sa moralité. Voici un exemple devenu célèbre : lors d'une séance à l'Académie de médecine, le professeur a dû abandonner un instant une patiente hypnotisée sous la surveillance de l'un de ses étudiants. Bien sûr, l'étudiant en question en a aussitôt profité pour lui ordonner de se déshabiller, à la suite de quoi elle s'est réveillée et l'a giflé de toutes ses forces. Voyez vous-même, si c'était vraiment aussi facile, alors on utiliserait l'hypnose dans toutes les entreprises du monde pour supprimer l'envie qu'ont les employés de faire une pause cigarette, de bavarder entre eux ou de jouer au solitaire sur leur ordinateur. »

Teodore Szacki hocha spontanément la tête, tout en se demandant s'il devait parler au thérapeute du cas d'Hanna Kwiatkowska en train d'imiter la fille d'Henryk Telak. Il en avait déjà parlé avec Wrobel, l'avis d'un second psychologue ne lui était donc pas nécessaire, mais il pouvait vérifier un autre aspect de sa théorie. Il réclama de Rudzki une discrétion totale et enclencha l'enregistrement de Telak.

« C'est absolument fabuleux ! » Le thérapeute ne semblait ni choqué ni apeuré. Bien au contraire, il rougissait d'excitation. « Comprenez-vous seulement ce que cela implique ? s'extasia-t-il. Ça veut dire que le champ peut devenir plus puissant que ce qu'on soupçonnait jusque-là ! Si l'enregistrement est daté de vingt-trois heures, soit quatre heures après la fin de la session, alors c'est tout simplement inouï. »

Il se leva et se mit à arpenter la pièce. Plus précisément, il se mit à tourner en rond et à se dandiner debout, les dimensions du bureau n'autorisant pas de longues balades, ni même deux pas énergiques de suite sans rencontrer un mur.

« Quatre heures après la session et une identification

aussi forte, vraiment, j'ai du mal à le croire. On peut supposer que la personnalité de Hanna était dans une certaine mesure proche de celle de la fille Telak et qu'un couplage a eu lieu, mais quand même ! Est-ce que vous savez de quelle puissance nous parlons là ? Je ne serais pas étonné que la théorie du champ morphogénétique dépasse maintenant le cadre de la simple psychologie et pose les prémices d'une nouvelle religion ! »

Rudzki devenait de plus en plus enthousiaste. Or il était déjà quatre heures moins le quart.

« À condition qu'elle ne fasse pas semblant », ajouta froidement Szacki.

Le psychologue cessa de remuer et, stupéfait, regarda le procureur.

« Pardon ? Je ne comprends pas. Comment ça, "qu'elle ne fasse pas semblant" ?

— Je vous serais reconnaissant de ne pas oublier que le grand final de votre expérience thérapeutique se trouve être un cadavre couché par terre avec un globe oculaire répandu sur la joue. Quelqu'un l'a assassiné et je ne vous cache pas, même si j'espère que ça restera entre nous, que madame Hanna Kwiatkowska est devenue pour moi la principale suspecte. Regardez-y de plus près, tout colle parfaitement. Elle joue le rôle de la fille qui s'est tuée à cause de son père, l'identification ne s'arrête pas avec la session, elle le supplie de la rejoindre mais il cherche à s'enfuir. Elle ne peut pas le supporter et elle se saisit de la broche à rôtir… Tout s'assemble. »

Rudzki se laissa tomber sur la chaise.

« Vous êtes fou…, déclara-t-il avec difficulté. Madame Kwiatkowska est innocente. J'en mettrais ma main à couper. C'est absurde. »

Szacki haussa les épaules et se carra dans son fauteuil.

« Pourquoi pensez-vous ça ? Avez-vous connaissance d'un élément que j'ignorerais ? Auquel cas je vous prierai de me le confier.

— Non, pas du tout, mais vous ne comprenez pas, reprit le thérapeute. Un meurtre pèse d'une manière insoutenable sur un système. Un tel acte se retourne toujours contre ce système, jamais en sa faveur. La constellation familiale peut devenir l'élément déclencheur d'un suicide, jamais d'un meurtre.

— Kwiatkowska possède peut-être un mobile en dehors du système ? »

Le thérapeute se tut un instant.

« Je n'en crois rien, dit-il enfin.

— En êtes-vous sûr ? Elle venait chez vous pour ses séances d'analyse, elle vous racontait sa vie, son enfance, ses amours, ses haines. Il ne vous vient vraiment rien à l'esprit qui pourrait constituer un mobile ? »

Le docteur garda encore le silence.

« Oui, oui, oui, je sais, dit Szacki dans un soupir, de toute manière, vous ne me direz rien, puisque vous êtes mû par l'intérêt de votre patiente et non par celui de la société. Nous avons déjà établi cela. Ce n'est pas grave : même si les gens confient leurs secrets avec plus de réticence aux policiers et aux procureurs qu'aux analystes, nous aussi, nous réussissons parfois à découvrir des vérités. J'espère que vous vous rendez compte que, dorénavant, tout contact avec madame Kwiatkowska peut vous conduire à la maison d'arrêt ? Selon moi, un tribunal ne considérera pas le fait d'aider une personne soupçonnée de meurtre comme un motif valable pour le maintien du secret professionnel. »

Rudzki rit tout bas et secoua la tête.

« Mon Dieu, vous ne savez pas à quel point vous vous trompez...

— Je serais ravi de l'apprendre.

— Je vous ai déjà tout dit.

— Bien sûr. Vous connaissiez Kamil Sosnowski ?

— Pardon ? Quel nom avez-vous dit ? »

Rudzki essayait de toutes ses forces de paraître n'avoir pas bien entendu la question, mais Szacki avait interrogé trop de témoins au cours de sa carrière pour ne pas remarquer quand quelqu'un cherchait à gagner du temps. Une simple astuce vieille comme le monde qui donne quelques secondes supplémentaires pour décider si on doit dire la vérité ou improviser un mensonge.

« Kamil Sosnowski, répéta-t-il aussitôt.

— Non, désolé. J'ai cru que vous aviez dit Kamil Kosowski. J'ai eu par le passé un patient qui s'appelait ainsi. »

Foutaises ! pensa Szacki. Tu veux juste effacer la mauvaise impression. Et dans ta hâte, tu as choisi le nom d'un footballeur de l'équipe nationale. Sale petit menteur.

« Kosowski ? C'est drôle. Est-ce qu'il soignait une dépression nerveuse après avoir passé sa saison sur le banc de touche au FC Kaiserslautern ?

— Pardon, mais je ne saisis pas...

— C'est moi qui vous demande pardon, j'ai eu envie d'une petite blague. »

Il vérifia sa montre. Il était déjà en retard.

« J'ai encore une requête, reprit-il. Je voudrais écouter les cassettes des entretiens individuels que vous avez eus avec Henryk Telak. Pourriez-vous me les apporter demain avant midi ?

— Je croyais vous avoir déjà signifié que ces rendez-vous n'avaient pas été enregistrés.

— Oui, mais à l'époque, je ne savais pas que vous mentiez. Vous me confiez ces cassettes ou bien j'appelle la police pour que nous allions ensemble perquisitionner votre appartement ?

— Mais je vous en prie. Vous pouvez même arracher le plancher si vous voulez. Si vous trouvez ne serait-ce qu'une vidéo de la thérapie de Telak, je vous cède mes honoraires de l'année.

— Malheureusement, je ne peux rien accepter de votre part, pas même une pièce d'un zloty. Mon statut de procureur m'en empêche. »

Si l'impossibilité de soudoyer Szacki préoccupa le thérapeute, il n'en laissa rien paraître.

« Pour finir, je voudrais que vous répondiez à une dernière question. Et je souligne que ceci est un interrogatoire officiel consigné dans un procès-verbal et que vous êtes obligé de dire la vérité. Dans le cas contraire, vous pourriez être poursuivi pour faux témoignage et obstruction à la justice.

— Vous me l'avez déjà expliqué plus tôt.

— Je sais, mais parfois, je remarque que vous avez du mal à entendre ce que je vous dis. Est-ce qu'Henryk Telak vous a parlé d'un grand amour de ses jeunes années, de l'université, ou encore d'une maîtresse qu'il aurait eue alors qu'il était déjà marié ? Une personne très importante pour lui qui aurait pu, mais ce n'est pas certain, mourir dans des circonstances tragiques ? Ou bien quelqu'un dont Telak aurait été brutalement séparé ? »

L'homme de l'autre côté du bureau enleva ses lunettes, les essuya avec une peau de chamois prise dans sa poche, puis les replaça sur son nez avec soin.

Szacki s'aperçut qu'il n'interrogeait que des binoclards ces temps-ci. Barbara Jarczyk et Hanna Kwiatkowska avaient elles aussi des problèmes de vue.

« Non, il n'a jamais mentionné une telle personne », déclara Rudzki en regardant fixement le procureur, et celui-ci eut la surprise de constater que les yeux du docteur étaient remplis de tristesse. « De plus, je doute qu'une telle femme puisse exister. Henryk Telak n'aimait que sa Jadwiga et personne d'autre. Même sa fille, il ne l'aimait pas autant qu'elle. Il était fou de sa femme à un degré tel que probablement ni vous ni encore moins moi ne connaîtrons jamais un amour pareil. Et il se pourrait bien que nous devrions en remercier le Seigneur. »

5

Seize heures dix venaient de passer. Le procureur Teodore Szacki pressait le pas sur un trottoir ombragé par les arbres, le long de la rue Zurawia, du côté de l'Institut de géodésie. Sous les arcades modernes de l'immeuble d'en face, les gens savouraient leur après-midi, assis aux terrasses des restaurants qui avaient germé là ces dernières années. L'un d'entre eux, l'italien Campagnia del Sole, aurait pu intégrer la liste des adresses préférées du procureur s'il avait eu les moyens de s'y rendre plus d'une fois par an. Et il mangeait si rarement en ville qu'il pouvait difficilement évoquer un quelconque restaurant préféré, si on excluait le kebab près du commissariat de la rue Wilcza. Il connaissait néanmoins par cœur les fast-foods turcs des environs et, dans ce domaine précis, il était devenu un expert. Le Bar Emil était d'après lui la meilleure sandwiche-rie de tout le centre-ville. Mais il doutait que cette information puisse impressionner quiconque déjeunait en face pour plus de quarante zlotys par tête.

Il ralentit le pas, soucieux de ne pas arriver essoufflé à L'Épingle. Il traversait la rue au niveau du bâtiment qui abritait le département d'ethnographie de l'univer-sité de Varsovie lorsque Kuzniecov appela.

« Sois bref, je vais à une réunion.

— Est-ce que ta femme est au courant de cette réunion ? »

Szacki se dit que tant que Kuzniecov travaillerait dans une brigade de la capitale, il n'oserait jamais commettre un crime.

« Je suis vraiment pressé.

— Le fils Telak et sa chère maman n'ont pas à s'in-quiéter pour les frais d'une transplantation à l'étranger. Notre petite veuve héritera d'un bon million en liquide et récupérera encore un demi-million grâce à la police d'assurance. Tu tiens encore debout ?

— Non, il a fallu que je me roule en boule sur le trottoir. Le mec dirigeait une boîte qui fonction-nait correctement, mettait de côté depuis des années et quelqu'un a fait des placements judicieux en son nom. Tout ça reste logique. Et pour le capital décès, si un mendiant comme moi peut s'assurer à hauteur de cent mille zlotys, alors lui... Disons qu'il cotisait cinq cents zlotys par mois, tu crois vraiment que ça l'empêchait de faire le plein de sa Mercedes ? Sois sérieux. Autre chose ?

— Dans les archives du commissariat central, il n'y a aucune trace de ce Kamil Sosnowski et de son assassinat, en dehors d'une note dans le registre des signalisations et d'un numéro dans la liste des enquêtes. Les dossiers se sont volatilisés.

— Peut-être que ton pote ne sait pas chercher ?

— Mon pote travaille dans ce putain de service depuis sept ans, et je n'ai encore jamais vu de dossier qu'il n'aurait pas su dégoter en moins d'une demi-heure.

— Qu'est-ce que ça peut signifier ?

— Rien. Quelqu'un a dû emprunter le dossier un jour, juste « pour une seconde », tellement pour une seconde qu'on n'a même pas pris le soin de le noter, puis il l'a oublié et les papelards prennent la poussière au fond d'un tiroir du palais Mostowski. Ça arrive. Mais si t'as un moment de libre ce soir, tu peux rendre visite au milicien qui s'occupait de l'affaire à l'époque. Vous êtes voisins.

— Il habite où ?

— Rue Mlota.

— Bien, envoie-moi ses coordonnées par SMS, j'y ferai peut-être un saut. Si je n'y arrive pas, tu iras, toi, demain, ou tu délégueras quelqu'un de chez vous. Je ne devrais vraiment pas m'encombrer avec ce genre de futilités. Navré, Oleg, faut que je te laisse. Je te rappelle.

— Embrasse-la de ma part.

— Embrasse mon cul de ma part. »

Seize heures vingt. Il pénétrait dans le café, craignant de découvrir une Monika exaspérée, lorsque le téléphone sonna à nouveau. « Chaton », cette fois. Il soupira, décrocha et recula dans la rue.

« Tu es où ?

— Dans la rue, grogna-t-il. Je suis sorti manger un bout. Là, je retourne au boulot. »

Quelle déclaration subtile. Un tiers de vérité, un tiers de demi-vérité – il était sorti grignoter plus tôt –, un tiers de mensonge éhonté. De la rhétorique de mes deux !

« Je t'en prie, passe prendre Hela après l'école. Je dois rester tard, on a une réunion de crise. Il y a un procès très important demain, ça implique des millions de zlotys. Si je les plante maintenant, je ferais aussi bien de ne jamais revenir. »

Il écarta le portable de son oreille, recouvrit le microphone de la main et jura à haute voix. Une blonde attirante, toute en rondeurs, qui passait par là en manœuvrant une poussette double, lui jeta un coup d'œil empreint de pitié.

« Et ta mère ?

— Je les ai déjà appelés. Ils sont partis en banlieue ce matin pour voir des amis et sont encore coincés là-bas. Aucune chance de revenir à l'heure. Je t'en prie, Teo, dis-moi que tu n'es pas en train de cuisiner un tueur en série…

— D'accord, d'accord. À quelle heure faut-il la prendre ?

— La garde est assurée jusqu'à dix-sept heures trente, mais je t'en supplie, essaye de…

— J'essaierai, coupa-t-il. Ne t'inquiète pas. Faut que je file. Bisou. »

Seize heures vingt-cinq. Il entra en courant à L'Épingle, oubliant de paraître nonchalant. Aucune trace de Monika dans la salle du bas. Il parcourut du

regard la mezzanine – non plus. Elle était partie...
Parfait ! Au temps pour ses flirts avec de jeunes et
attirantes demoiselles. Il devrait se trouver une femme
mariée de quarante ans, lassée de son vieux mari et
n'attendant plus grand-chose de la vie ; il pourrait
débarquer chez elle une fois que l'époux aurait quitté
les lieux pour son bureau climatisé et que les enfants
seraient partis pour l'école. Tout le monde y gagnerait,
une situation saine. Et au moins, Hela ne serait pas
le dernier enfant récupéré après les cours ! Il savait
trop bien comment ça se déroulait. Tu restes assis par
terre, tu joues sans conviction, tu sursautes chaque fois
que la porte d'entrée s'ouvre. Furieuse, la maîtresse lit
quelque chose derrière son bureau et vérifie sa montre
toutes les trente secondes. Alors, quand est-ce qu'il
va venir, ce papa, dis-moi quand... Vraiment, il ne
se montre pas sous son meilleur jour aujourd'hui, ce
petit papa !

Il se retourna brusquement et percuta Monika. Elle
rit.

« Tu es vraiment dans un état second, Teo. Tu cours
de-ci, de-là et tu ne me remarques pas du tout. Tu ne
croyais tout de même pas qu'un jour comme celui-ci,
j'allais rester assise à l'intérieur ? Trop peu de clients
auraient pu m'y admirer. »

Ce disant, elle fit un tour sur les talons des mêmes
chaussures qu'il avait complimentées la veille.

Et il songea qu'il devrait ravaler toutes les méchan-
cetés qu'il avait pensées à propos de ses formes. Ses
jambes n'étaient pas arquées, ses épaules trop larges
ou ses seins trop petits. Son corps dans sa totalité
lui semblait absolument parfait et on ne pouvait en
attribuer tout le mérite à sa fine robe d'été en lin.
Celle-ci était ouverte partout où elle devait l'être. Il se

rappela un conte de fées russe dans lequel on éprouvait l'intelligence de l'héroïne en lui demandant de se présenter au château à la fois habillée et déshabillée. Finaude, la jeune femme était arrivée vêtue d'un filet de pêche. Monika, debout et en contre-jour, ne semblait pas davantage couverte. Lorsqu'ils s'assirent à leur table, il distinguait encore les contours de son corps et de sa lingerie blanche.

« Tu es vraiment rentrée te changer, remarqua-t-il bêtement.

— C'est un reproche ?

— Non, je regrette simplement de ne pas avoir apporté mon appareil photo.

— Rien de perdu, je pourrai la remettre pour toi un autre jour.

— Mais sans les dessous », lança-t-il spontanément, et il faillit s'étrangler de honte.

Ce n'est pas Weronika, espèce de sale con, mais une fille que tu connais depuis à peine une semaine. Maîtrise-toi !

« Hmm… Je ne savais pas qu'on était si intimes », répliqua-t-elle en riant, visiblement aux anges, ce qui l'affola au moins autant que sa propre audace.

Il se confondit en excuses, mais elle rit de plus belle avant de lui poser un doigt sur la bouche pour l'interrompre. « D'accord, marché conclu, dit-elle en reculant sur sa chaise.

— Quel marché ? demanda-t-il, déboussolé, sentant encore son index sur ses lèvres.

— Sans les dessous. »

Tu l'as voulu, George Dandin[1], pensa-t-il.

1. En français dans le texte.

6

Il pénétra dans la salle de classe à six heures moins le quart. Hela lui sauta au cou avec une joie digne d'une séparation de dix longs mois et non d'une dizaine d'heures. Elle était le dernier enfant dans toute l'école. Par chance, madame Marta se borna à lui lancer un regard lourd de sens.

Une fois à la maison, il autorisa la petite à allumer la télé. Il se sentait trop coupable pour lui interdire quoi que ce soit et trop distrait par le rendez-vous à L'Épingle pour jouer avec elle. Monika et lui avaient encore passé le plus clair de leur temps à parler du travail ; elle l'avait questionné à propos de toutes sortes d'aspects de son métier, arguant qu'elle en avait besoin pour son bouquin. Cependant, elle s'était montrée moins intéressée par les détails techniques de sa profession que par les émotions qui l'accompagnaient. En l'obligeant à se confier ainsi, elle avait rendu l'entretien beaucoup plus intime qu'il ne l'aurait souhaité. De plus, la conversation avait été chargée en sous-entendus polissons.

« Il reste une chose que je ne comprends pas, avait-elle déclaré alors qu'ils se levaient de table. Tu es fonctionnaire, tu as trente-cinq ans, une femme et un enfant, sans parler de tes cheveux blancs. Peux-tu m'expliquer pourquoi je ne cesse de penser à toi ? »

Il avait répondu que ça l'étonnait aussi, au moins autant que le fait que cela marchait apparemment dans les deux sens. Puis il avait déguerpi.

De chez lui, il tenta à plusieurs reprises de joindre

l'officier de la Milice nationale à la retraite, le capitaine Stefan Mamcarz, mais son téléphone devait être en panne ou éteint – il tombait en boucle sur le message automatique d'après lequel « sa communication ne pouvait pas être établie pour le moment ». Weronika arriva à l'appartement peu avant dix-neuf heures et il jugea le prétexte du milicien idéal pour s'éclipser de la maison. Il craignait trop que sa femme pût lire dans ses yeux chaque parole entendue ou prononcée cet après-midi.

Oleg avait dit vrai, ils étaient quasiment voisins. La barre d'habitations de la rue Mlota lui gâchait chaque jour le paysage visible depuis ses fenêtres. Le procureur fut sur place en à peine deux minutes de marche. Il appuya sur le numéro « 46 » de l'interphone mais personne ne répondit. Il était sur le point de renoncer lorsqu'il vit s'avancer vers la cage d'escalier un adolescent hirsute avec un visage intelligent et gracieux, quoique en partie couvert d'acné, et flanqué d'une blondinette de huit ou neuf ans aux yeux de diablotin. Hela l'aurait adorée au premier regard, il en était certain.

« L'interphone ne marche pas chez lui, déclara le garçon. Je vais vous laisser entrer. »

Il composa le Digicode sur le panneau près de la porte.

Szacki aurait dû le remercier mais restait figé. Il réagissait de la sorte dès qu'il avait affaire à un handicapé. L'agréable adolescent avait prononcé sa phrase avec une lenteur inouïe, allongeant les voyelles à l'infini. Dans son interprétation, la séquence était devenue tellement longue qu'il l'avait énoncée en trois phases, prenant des inspirations entre elles. « L'interphone ne marche pas », inspiration, « chez lui », inspiration, « je vais vous laisser entrer. » Pauvre gamin, il devait souffrir d'une anomalie du centre de la parole, *a priori* rien de plus. Ses parents ne lui auraient certainement pas confié sa petite sœur s'il avait été infirme pour de bon.

Szacki reprit ses esprits et le remercia, s'efforçant d'articuler chaque mot très soigneusement et avec lenteur, mais l'adolescent le regarda comme un cinglé. La fillette s'engouffra dans l'immeuble et monta l'escalier quatre à quatre jusqu'au palier à mi-étage.

« Tu fais la course ? » demanda-t-elle sans cesser de sautiller sur place.

Souffrait-elle d'hyperactivité ? Le destin n'avait pas été clément avec cette famille en lui octroyant des enfants magnifiques mais malades. En guise de réponse, le frère gratifia la fillette d'un regard moqueur. Elle redescendit les marches aussi vite qu'elle les avait montées.

« T'as peur de faire la course parce que t'es gros », déclara-t-elle alors qu'ils attendaient l'ascenseur tous les trois.

Le garçon sourit et se tourna vers Szacki.

« Je vous prie (inspiration) de ne pas faire attention (inspiration). Elle est encore (inspiration) toute petite.

— Je ne suis pas petite ! » hurla-t-elle.

Ils entrèrent dans l'ascenseur. L'adolescent interrogea Szacki du regard. « Le quarante-six, c'est à quel étage ? demanda ce dernier.

— Quatrième. »

Le jeune garçon appuya sur le bouton. La cabine était vieille, délabrée et sentait la pisse.

« Je ne suis pas petite, chuchota encore la fillette en colère avant de donner un coup de pied à son frère.

— Tu es (inspiration) une petite (inspiration) schtroumpfette », dit-il en continuant de sourire, ce qui mit la blondinette hors d'elle.

Il essaya de lui caresser les cheveux.

« Laisse-moi ! »

Elle le frappa sur la main, ce qui, bien entendu, n'impressionna guère l'adolescent.

« Tu vas être puni, tu verras ! Ils vont te priver de dîner. Gras du bide ! Patapouf ! »

Teodore Szacki trouvait l'échange particulièrement amusant mais, à son grand regret, l'ascenseur s'immobilisa au quatrième étage. Les sympathiques frère et sœur descendirent en même temps que lui et disparurent à l'intérieur de l'un des trois appartements du palier. Au moment de franchir le seuil, le garçon considéra d'un œil étonné le procureur puis la porte qui lui faisait face. Szacki lut sans peine dans ce regard. Le battant privé de serrure était légèrement entrouvert et une épouvantable odeur d'urine s'échappait de l'interstice. Deux cafards se promenaient tranquillement sur l'encadrement de bois. Sans l'ombre d'un doute, le capitaine Mamcarz ne devait pas figurer parmi les chouchous du voisinage.

La sonnette ne marchait pas. Il frappa avec vigueur. Il s'attendait à ce que personne ne réponde mais l'embrasure de la porte laissa bientôt apparaître un homme esquinté… ou plutôt une femme esquintée… Ce n'est qu'en apercevant les boucles d'oreilles que Szacki reconnut une femme dans la personne qui se tenait devant lui. Elle aurait pu jouer madame Morlock dans une nouvelle adaptation cinématographique de *La Machine à explorer le temps* sans avoir besoin d'un quelconque maquillage. Son apparence suggérait une petite soixantaine d'années, mais elle pouvait tout aussi bien en avoir quarante. Une silhouette carrée, un visage carré de paysan, des cheveux noirs et denses qu'elle coupait probablement elle-même. Et un regard mauvais.

« Vous désirez ? » demanda-t-elle.

Elle avait cette voix suave et faussement polie des êtres habitués à supplier.

« Je cherche Stefan Mamcarz », répondit-il.

La femme s'écarta et ouvrit la porte, invitant Szacki à entrer. Une bouffée nauséabonde heurta son visage et il réprima in extremis un haut-le-cœur. Il pénétra néanmoins à l'intérieur de l'appartement. Il savait que, dans quelques minutes, il s'habituerait à la puanteur, tout comme il s'habituait aux relents des cadavres dans la salle d'autopsie. Mais cette certitude constituait pour le moment une bien maigre consolation.

L'habitation se présentait sous la forme d'un studio minuscule et obscur avec un coin cuisine où trônait, à côté d'un poêle éteint, une bonbonne de gaz. Visiblement, on avait coupé l'électricité et le chauffage depuis belle lurette. Il faisait encore jour, mais les bougies enfoncées dans les flaques de cire ne servaient probablement pas qu'à créer une atmosphère agréable au moment de savourer son verre de vin le soir – à propos de vin, des bouteilles vides étaient disposées le long de la fenêtre et on avait aligné sur le rebord une rangée de bouchons en plastique rouge.

« Capitaine ! Un visiteur pour toi ! » cria-t-elle vers l'intérieur de la pièce, d'un ton qui ne laissait aucun doute sur l'identité du véritable patron dans ce dépotoir.

Un homme minuscule au visage gracile se leva péniblement du canapé-lit. Il portait une chemise rayée et une veste usée. Son regard était triste et étonnamment bon. Il s'approcha de Szacki.

« Je ne vous connais pas », remarqua-t-il, inquiet.

Szacki dévoila sa profession, ce qui parut accroître encore l'anxiété de son interlocuteur, et lui exposa en phrases brèves l'objet de sa venue. Le capitaine à la retraite hocha la tête, se rassit sur le canapé et indiqua un fauteuil. Szacki y prit place en masquant sa répugnance et s'efforça de ne pas fixer chaque endroit où il voyait grouiller des cafards. Il haïssait ces insectes. Les araignées, les serpents, les limaces baveuses, les fruits de mer, rien ne soulevait en lui un dégoût comparable à celui que provoquaient les cafards, petites créatures brunâtres monstrueusement rapides dont l'écrasement sous la chaussure était accompagné d'un craquement désagréable et suivi d'une lente agonie dans un fluide blanc et visqueux. Le procureur s'efforçait de maintenir sa respiration en surface, pour éviter de sentir l'odeur de l'appartement, alors qu'il aurait souhaité inspirer profondément pour maîtriser sa phobie des insectes. Au bout de quelques instants de lutte intérieure, il prit une bouffée d'air et lentement, très lentement, il la laissa s'échapper. Mieux. Pas beaucoup mieux, mais un peu mieux.

Stefan Mamcarz était pensif. Sa compagne – Szacki doutait qu'il pût s'agir de son épouse – lui proposa un café, mais il déclina. De toute manière, il était persuadé qu'elle lui demanderait de l'argent au moment de partir. Il préférait encore laisser une aumône que payer pour un breuvage qu'il ne serait probablement pas capable d'avaler.

« Vous souvenez-vous au moins de cette affaire ? le brusqua Szacki.

— Je m'en souviens, monsieur le procureur, je m'en souviens. On n'oublie pas les meurtres. Vous le savez bien. »

Szacki approuva de la tête. Le milicien disait vrai.

« Je m'efforce juste de me rappeler le plus de détails possible. C'était il y a presque vingt ans, après tout. Je ne suis plus sûr de l'année, mais c'était un 17 septembre, j'en suis persuadé. Un haut dignitaire de l'URSS avait débarqué et on se marrait tout bas entre collègues en disant que quand les Ruskoffs arrivent, c'est toujours un 17 septembre.

— 1987.

— Peut-être bien… Avant la chute du mur, à coup sûr. Encore un instant. Il faut que je réfléchisse…

— Dépêche-toi, Stefan », grogna la femme. Puis elle ajouta d'une voix douce : « Monsieur le procureur ne restera certainement pas ici pendant des heures. »

Szacki convoqua sa mine la plus austère.

« Veuillez ne pas déranger le capitaine, dit-il. C'est moi qui vous le conseille. »

La menace restait vague, grâce à quoi la maîtresse de maison pouvait la comprendre comme bon lui semblait. Elle marmonna des excuses obséquieuses et se retira au fond de la pièce. Voyant ce mouvement, le capitaine soudain tendu se mit à parler à toute vitesse, en lorgnant avec inquiétude vers le coin sombre où s'était tapie sa concubine. Ou peut-être bien son épouse, allez savoir. Szacki l'interrompit.

« Je vous demande pardon, madame, dit-il à la femme, mais pourriez-vous nous laisser seuls un quart d'heure ? Je vous prie de m'excuser, mais cette enquête est extrêmement importante tant pour la police que pour le ministère public. »

L'emploi dans une même phrase des termes « enquête », « police » et « ministère public » eut l'effet escompté. Moins de quinze secondes plus tard, la femme fermait la porte derrière elle. Mamcarz n'avait pas réagi. Il s'était replongé dans ses pensées.

Teodore Szacki regarda à travers la fenêtre pour ne plus remarquer les insectes qui grouillaient sur le tapis. Il sourit à la vue du balcon qui semblait emprunté à un autre appartement. D'une propreté éclatante, avec une balustrade récemment repeinte en bleu turquoise, il abritait des pétunias qui s'alignaient en touffes bien droites dans des caisses vertes, ainsi que, sur les côtés, des pots remplis de roses, disposés sur des supports métalliques. Comment était-ce possible ? Et était-ce l'œuvre de l'homme ou de la femme ? Il était curieux mais savait qu'il ne poserait pas la question.

« Je suis navré, il n'y a pas grand-chose qui me revienne, déclara finalement Mamcarz. J'étais le premier officier parvenu sur place. Je suis arrivé dans l'appartement quand il n'y avait encore que le cadavre en décomposition, sa sœur en état de choc et deux flics municipaux qui n'arrêtaient pas de lui répéter de ne pas s'en faire. La dépouille était épouvantable. Couché nu dans la baignoire, la gorge tranchée, le garçon avait été ligoté, les mains nouées dans le dos et attachées aux pieds, eux aussi ligotés. Toutes les pièces avaient été mises sens dessus dessous. Comme nous l'avons appris plus tard de la bouche des parents de la victime, l'ensemble avait été dévalisé avec précision, avec une surprenante précision. Tous les effets de valeur avaient disparu.

— Pourquoi surprenante ?

— D'ordinaire, les cambrioleurs agissent dans la précipitation. Ils embarquent ce qui traîne et qui tient dans un sac. Personne ne se risque à rester plus longtemps que nécessaire. Dans ce cas précis, les voleurs avaient eu plus de temps, vu qu'ils avaient découvert quelqu'un à la maison. »

Szacki demanda des explications supplémentaires.

« À mon avis, lorsqu'ils sont entrés par effraction dans l'appartement et sont tombés sur ce jeune homme, Kamil, ils ont d'abord été abasourdis, puis, très vite, ils l'ont immobilisé et entravé. Ils l'ont peut-être torturé par jeu ? D'après moi, ils n'avaient pas l'intention de le tuer au début. Ils avaient appris que le reste de la famille n'allait pas revenir avant le lendemain au plus tôt. Ils avaient du temps. Ils sont peut-être restés si longtemps parce qu'ils se demandaient quoi faire d'un prisonnier qui avait pu mémoriser leurs visages ? Ce faisant, ils ont exploré chaque tiroir, raflé le moindre bijou.

— Pour finalement l'assassiner.

— Pour finalement l'assassiner.

— Avez-vous envisagé un autre mobile qu'un cambriolage ?

— Non. Ou peut-être au tout début, mais très vite nous avons appris en ville qu'une petite frappe de Goclaw se vantait d'avoir ligoté et taillladé un morveux pendant que ses potes et lui faisaient un casse. Mais la trace s'est vite interrompue, le gars n'était probablement même pas de Goclaw, il ne faisait que se planquer en banlieue. Tout ça ne menait à rien, il n'y avait même pas un semblant d'indice pour éclairer l'enquête. Pas une confidence d'indic', pas une pièce à conviction, pas une empreinte digitale. Il ne s'est pas passé un mois que le dossier avait déjà fini aux archives. Je me souviens d'avoir été furieux à en crever. Je n'en ai pas dormi de toute cette semaine-là. »

Szacki se dit que l'histoire de l'enquête menée par

le capitaine Mamcarz ressemblait un peu trop à sa propre instruction. Et il en avait assez des coïncidences.

« Quelle sorte d'appartement était-ce ?

— Pas bien grand, mais rempli de livres. Pour moi, c'était intimidant. Je ne suis qu'un rustaud. Lorsque je leur ai rendu visite, ils m'ont servi un café dans une jolie petite tasse en porcelaine et ça m'a tétanisé. Elle était si fine que j'avais peur de la casser en touillant. Alors, je n'ai pas osé ajouter du lait ou du sucre. Je me souviens de ce salon débordant de livres, des parents de Sosnowski – leur fille avait été envoyée chez une tante à la campagne – et du goût amer de ce café noir. Je n'avais rien à leur dire, en dehors du fait qu'on suspendait "momentanément" l'enquête et qu'on n'était pas capables de retrouver les coupables. Ils m'ont regardé comme si j'étais moi-même l'un des meurtriers. Je me suis sauvé de là dès que j'ai eu fini ma tasse. Je ne les ai jamais revus.

— Savez-vous ce qu'ils faisaient dans la vie ?

— Comme profession ? Non. À l'époque, je l'ai sans doute su, puisque je devais remplir les cases des formulaires. Mais ça ne devait pas avoir de lien avec l'affaire, sinon je l'aurais mémorisé.

— Les auriez-vous croisés à une autre occasion, par hasard ?

— Non, jamais. »

Stefan Mamcarz se leva, traversa la pièce sans redresser totalement le dos et revint avec une bouteille de Coupe d'or. Il servit deux verres et en tendit un à Szacki. Le procureur en but une gorgée, constatant avec surprise que, bien qu'il eût presque trente-six ans, il goûtait à du vin de fruits bon marché pour la première fois de son existence. Il s'attendait à une saveur de nettoyant pour chiottes mais, à la place, il découvrit un breuvage tout à fait supportable. Un peu comme une clairette russe mais sans les bulles. Et en bien plus sucré. Pourtant, il n'aurait pas eu envie de s'enivrer avec ça.

« C'est-à-dire, une fois, j'ai cru voir le père Sosnowski à la télé. Lors d'une soirée chez des amis », ajouta Mamcarz, remarquant que le procureur parcourait la pièce du regard à la recherche d'un écran de télévision.

Szacki eut la vision de l'ancien milicien marchant bras dessus bras dessous avec son amie, une bouteille de piquette à la main, s'enfonçant dans le dédale des ruelles sordides du quartier Praga pour se rendre à « une soirée chez des amis ». Un bal à Versailles ! Était-il aisé de rater l'instant où la vie bascule, où un homme se retrouve sur la pente menant droit à des orgies de vinasse à la bougie en compagnie d'une odieuse rombière et d'un régiment de cafards ? Certainement. Et sans doute cela commençait-il par des cachotteries faites à sa femme.

« Qu'est-ce qu'il faisait à la télé ? s'enquit-il, intimement persuadé que, cette fois-ci encore, il n'apprendrait rien de concret.

— Aucune idée. Je ne l'ai vu que l'espace d'une seconde. S'il s'agissait bien de lui, alors il avait énormément vieilli. Mais je ne suis sûr de rien. »

Szacki interrogea encore le capitaine Mamcarz à propos de quelques menus détails et des gens qui auraient pu connaître les Sosnowski. Il tenta aussi d'établir ce qui aurait pu advenir du dossier de l'enquête. Sans succès. Au fond, le capitaine retraité de la Milice nationale ne se rappelait pas grand-chose. Après la énième question sans réponse satisfaisante, Szacki lança un regard de haine à la bouteille de Coupe d'or qui, en compagnie de ses semblables, avait transformé année après année sa source d'informations en une personne dont le cerveau ressemblait à une pierre ponce – une apparence de solidité mais, en réalité, rien que des trous. Ce n'est qu'au moment où il allait sortir, songeant qu'il devrait probablement incinérer ses vêtements dans une poubelle de la cour avant de poser le pied chez lui, que le capitaine Mamcarz suggéra une méthode dont il aurait dû avoir lui-même l'idée bien plus tôt.

« Vous devriez interroger vos collègues qui farfouillent dans les dossiers des anciens services secrets communistes. Ils savent peut-être des choses à propos de Kamil Sosnowski.

— Pourquoi ?

— C'était un étudiant d'une maison d'intellos. Il y a une chance qu'on ait ouvert un fichier pour lui. Même s'ils n'ont pas eu le temps d'accumuler beaucoup d'infos, vous devriez au moins tomber sur des noms et des adresses. Je sais comment c'est, quand il manque même un semblant d'indice pour éclairer l'enquête. »

Il devait s'agir de sa formule favorite.

Comme il l'avait prévu, la concubine de Mamcarz l'attendait derrière la porte avec un sourire artificiel sur les lèvres. La pensée que cette femme allait retrouver le capitaine – qui, au bout du compte, lui avait laissé l'impression d'un homme vaincu mais sympathique – l'attrista profondément. Mais, avait dit Rudzki, quand il s'agit de savoir qui est bon et qui est mauvais au sein du système, il s'avère que c'est presque toujours le contraire de ce qu'on croit. Était-ce elle qui avait planté les fleurs et repeint la balustrade ?

Bien sûr, elle lui demanda une petite faveur. Elle s'apprêtait à lui exposer par le menu ses difficultés mais il l'interrompit d'un mouvement de la main et ouvrit son portefeuille à la recherche de monnaie. Il lui donna un billet de dix zlotys. Elle était en train de se répandre en remerciements, lorsque la porte de l'appartement où avaient précédemment disparu le frère et la sœur rencontrés au rez-de-chaussée s'ouvrit et qu'un jeune couple en sortit. Leur voisine s'empressa de se réfugier au fond de sa tanière. Szacki eut la vision horrible de cafards courant sur les visages de Mamcarz et de sa compagne durant leur sommeil. Un frisson de dégoût lui parcourut l'échine.

L'homme garda la main sur la poignée le temps de donner des instructions à l'adolescent ébouriffé :

« La schtroumpfette doit avoir éteint sa lampe à vingt-deux heures et toi, ne passe pas ta soirée à jouer. On rentrera tard. Au besoin, j'ai mon portable. »

Ils prirent l'ascenseur tous les trois. Le couple gratifia Szacki de ce regard empreint de pitié qu'il aurait lui-même posé sur n'importe quel invité du capitaine Mamcarz. Il leur renvoya un sourire contrit. Ils ne semblaient pas avoir plus de vingt et quelques années et le procureur jugea impossible qu'ils pussent avoir des enfants aussi grands. Ou bien restaient-ils en forme parce qu'ils étaient heureux ? Parce qu'ils s'aimaient ? Parce qu'ils faisaient beaucoup l'amour et s'embrassaient souvent sur la bouche ? Peut-être que Szacki aurait préservé sa jeunesse si Weronika avait abandonné ses charentaises trouées et son pyjama jauni sous les bras ? D'un autre côté, il portait lui-même ce genre de chaussons fourrés. Et dire qu'il avait jadis soutenu que ces pantoufles sonnaient le glas de toute virilité ! Il avait apprécié cette plaisanterie ; un jour, il leur en avait rapporté à chacun une paire d'un séjour dans les Tatras, comme ça, pour rigoler. Et ils les portaient maintenant toute l'année. Pour être honnête, elles s'avéraient assez confortables.

Szacki détourna le regard du couple. À contrecœur – la femme était très sexy, exactement son genre. Pas trop maigre mais pas grosse non plus, avec de belles formes, des lèvres pleines, une robe rouge à petites fleurs blanches suffisamment décolletée pour éveiller l'imagination sans être vulgaire. Elle donnait l'impression d'une personne qui riait souvent.

L'ascenseur s'immobilisa, et Szacki eut envie de leur dire qu'ils avaient des gamins fabuleux. Mais il s'abstint. Depuis que des photos compromettantes avaient été retrouvées dans la poubelle d'un psychologue pédophile, ce genre de remarques avait perdu son innocence.

En marchant vers la maison, il repensait au frère et à la sœur en train de se chamailler. Parfois, il se demandait s'ils n'avaient pas fait du tort à Hela en n'essayant pas d'avoir un deuxième enfant. Peut-être qu'il n'était pas encore trop tard ? Entre l'adolescent à l'élocution capricieuse et sa sœur hyperactive, il devait y avoir six, tout au plus sept ans de différence. Si Weronika et lui se décidaient enfin, Hela et sa sœur ou son frère en auraient huit.

Et peut-être qu'alors tout redeviendrait simple ? Peut-être qu'alors il n'aurait plus besoin de changement. Peut-être, peut-être, peut-être...

Il suffisait de prendre une décision. Pour Teodore Szacki, l'homme qui préférait que les événements lui tombent dessus plutôt que de les provoquer, une telle pensée équivalait à escalader l'Aconcagua en un week-end.

Au pied de son immeuble, il leva les yeux vers les fenêtres illuminées de la cuisine au deuxième étage. Il n'avait pas envie de rentrer. Il s'assit sur un banc de la cour pour savourer cette belle soirée de juin. Vingt et une heures venaient de sonner et la journée restait chaude et claire. Une senteur de métropole en train de refroidir s'élevait dans l'air. En de tels moments, il se sentait comme le rossignol des poèmes de Julian Tuwim qui exaspère madame rossignol en revenant tard pour le dîner.

« Pardonne-moi, ma beauté, mais le soir est si splendide que je suis rentré à pied », récita-t-il à haute voix avant de laisser échapper un éclat de rire.

Il repensait à ce qu'il avait appris de la bouche du capitaine Mamcarz. En vérité, une fois de plus, il avait entendu des informations qui ne lui permettaient pas d'avancer. Mais le chatouillement dans son crâne croissait et devenait féroce. La certitude qu'il aurait déjà dû comprendre de quoi il retournait dans cette affaire ne le quittait pas. Il avait l'impression d'avoir déjà tout entendu, tout découvert, mais au lieu de réunir les pièces du puzzle en un ensemble cohérent, il les agitait sans logique comme un chimpanzé qui s'acharnerait sur un Rubik's Cube.

Quelle étrange rencontre, encadrée de manière surréaliste par la famille avec laquelle il avait voyagé dans l'ascenseur. Il songea au couple de jeunes gens – du moins, ils paraissaient jeunes – et se leva aussitôt. La sensation de démangeaison avait cessé et une idée était apparue à sa place, si précise et limpide qu'elle en devenait douloureuse.

Teodore Szacki commença à faire les cent pas devant son immeuble, tournicotant autour du banc peint en vert et de la poubelle en béton. Il se posait encore et encore la même question, parfois à haute voix, parfois en la ponctuant d'un « putain ». Était-ce possible ? Était-ce seulement possible ?

MARDI 14 JUIN 2005

Un nouveau record du monde du 100-mètres est établi à Athènes par le Jamaïcain Asafa Powel, qui parcourt la distance équivalente à la longueur de la place de la Constitution en 9 secondes et 77 centièmes. En Pologne, comme dans douze autres pays européens, on assiste au grand final de l'opération policière « Brise-glace », dirigée contre les réseaux pédophiles ; l'enquête avait commencé par l'infiltration des forums Internet ; cent cinquante maisons et appartements ont été perquisitionnés et vingt personnes ont été arrêtées. Les journaux ne précisent pas, en revanche, si des pédophiles condamnés se trouvent au sein de l'équipe de football de la prison de Lowicz, qui dispute une rencontre amicale contre les étudiants du séminaire local ; bien qu'ayant ouvert le score, les futurs prêtres sont finalement battus par les détenus, deux buts à un. Par ailleurs, les membres du Club des tireurs amateurs de la ville de Rawicz, parmi lesquels le maire élu sous l'étiquette de l'Alliance de la gauche démocratique, organisent un concours de tir sur une cible à l'effigie du pape Jean-Paul II ; ils expliquent avoir voulu rendre hommage au souverain pontife, mais l'opposition n'en réclame pas moins la tête du maire. Afin de sauvegarder la neutralité politique dans l'enseignement supérieur, un professeur de la Haute École d'Économie de Bialystok est renvoyé après avoir obligé ses étudiants à signer les listes de soutien au leader ultranationaliste Maciej Giertych, candidat à l'élection présidentielle. À Varsovie, les citadins découvrent pour la première fois des policiers municipaux qui patrouillent en rollers au milieu des parcs sur les quais de la Vistule. La température maximale en ville atteint les vingt-sept degrés, il ne pleut pas et le ciel est dégagé. Une parfaite journée de juin.

1

Lorsqu'il put enfin se précipiter hors du bâtiment du tribunal de la rue Leszno, le procureur Teodore Szacki était furieux. Cela faisait longtemps qu'il n'avait pas vécu une journée où rien ne s'était passé comme il le voulait. Le matin, il s'était disputé avec Weronika, poussant aux larmes sa femme et la petite Hela qui avait assisté à la scène. Le pire, c'est qu'il n'arrivait plus à se rappeler ce qui avait déclenché la querelle. Et il était d'ailleurs persuadé qu'à l'apogée des hurlements il ne s'en souvenait déjà plus. Il s'était levé de bonne heure, à la suite d'une mauvaise nuit, avec la ferme intention de faire un tour à la piscine. Il avait besoin de se dépenser physiquement, au moins pour un instant, et de se vider la tête de toute pensée concernant Telak. Il avait réveillé sa femme d'un baiser et avait préparé le café. Puis il n'avait pas réussi à mettre la main sur ses lunettes de natation alors qu'il était convaincu de les avoir rangées dans le tiroir des sous-vêtements. Il avait fouillé tous les tiroirs tandis que Weronika, restée sous la couette, buvait son café en se moquant de lui, disant qu'il n'était plus allé à la piscine depuis si longtemps que ses lunettes s'étaient peut-être desséchées et transformées en poussière. Il avait répliqué que, pour ce qui était de prendre soin de son corps, lui au moins n'avait rien à se reprocher. La suite en avait découlé naturellement : qui fait quoi, qui ne fait pas quoi, qui renonce à des choses, à cause de qui, qui se sacrifie, qui a le travail le plus important, qui s'occupe le plus de l'enfant. Le dernier sujet l'avait particulièrement blessé, et il avait hurlé qu'il ne se souvenait pas que l'obligation principale d'un père fût l'éducation des petites filles et qu'hélas il ne pouvait pas tout faire à la place de la mère, ce qu'elle regrettait sans doute profondément. Après quoi, il était sorti. Il était trop tard pour aller à la piscine et il avait perdu l'envie de nager. De plus, il lui manquait ses lunettes, sans lesquelles l'eau chlorée lui irritait les yeux. L'unique point positif de la matinée, c'est que, pendant la dispute, il n'avait plus pensé à Telak.

Une fois au bureau, il avait passé un coup de fil à un ancien camarade de promo. Il savait que Marek – c'était son nom – avait travaillé un temps dans une antenne régionale du parquet, à Nowy Dwor Mazowiecki si sa mémoire ne le trompait pas, avant d'être muté à sa demande au département des investigations de l'Institut de la mémoire nationale, où l'on enquêtait sur les crimes des communistes et des nazis. Par malheur, non seulement son ami était en congés au lac de Nidzica, mais il s'était comporté d'une manière assez distante, lui suggérant entre autres de s'en tenir au circuit officiel.

« Navré, mon vieux, mais depuis l'affaire Wildstein, tout a changé », avait-il dit sans une once de regret dans la voix – il faisait référence à la célèbre fuite dans la presse d'un dossier classé top secret. « On ne peut plus vérifier quoi que ce soit en douce, ça pourrait nous retomber dessus. Ils observent à la loupe nos moindres faits et gestes, on a même peur de demander l'accès aux archives. Rédige une requête conforme et appelle quand c'est fait, je vais veiller à ce que tu n'attendes pas ta réponse trop longtemps. »

En réalité, le « pas trop longtemps » voulait dire au moins une semaine. Szacki l'avait remercié sèchement et lui avait proposé pour finir de ne pas hésiter à l'appeler en cas de besoin. Tu verras comment je te renverrai l'ascenseur, putain ! pestait-il en pensée, sans écouter les promesses habituelles d'une rencontre à venir autour d'une bière en mémoire du bon vieux temps.

Il avait essayé de joindre Oleg, mais son portable ne répondait pas. Au commissariat, on lui avait annoncé de manière fort imprécise que le policier avait été retenu par d'importantes affaires familiales et qu'il ne reviendrait que dans l'après-midi.

Szacki avait grillé sa première cigarette bien avant neuf heures.

Poussé par une envie soudaine, il avait appelé Monika. Elle s'était déclarée ravie et lui avait certifié avec fougue qu'elle était debout depuis fort longtemps, mais il avait pu juger au son de sa voix qu'il l'avait réveillée. Son esprit était tellement encombré par l'affaire Telak qu'il n'avait même pas essayé de flirter avec la jeune femme. Sur un ton assez officiel, comme il l'avait constaté après avoir raccroché, il lui avait demandé si elle avait des amis ou des contacts de journalistes à l'Institut de la mémoire nationale. À sa grande surprise, elle en avait un. Son ancien petit ami du lycée avait fait des études d'histoire, ce qui l'avait conduit au cœur des kilomètres d'archives des services de sécurité communistes. Szacki ne parvenait pas à croire en sa bonne fortune, mais il avait déchanté quelque peu lorsque Monika lui avait confié que, la dernière fois qu'ils s'étaient vus, il venait d'avoir un bébé atteint de trisomie 21 ; pour faire face aux dépenses liées à la maladie, il pouvait avoir troqué son travail contre un poste plus lucratif. Cependant, elle avait promis de reprendre contact avec lui. Le procureur avait dû abréger la conversation à regret : il devait se rendre au tribunal pour le début du procès Glinski, programmé à neuf heures et demie.

Il s'était retrouvé dans la salle d'audience à neuf heures et quart. À dix heures, le greffier était venu annoncer que le fourgon transportant le prisonnier était tombé en panne sur le trajet, rue Modlinska, et que le juge avait ordonné une pause jusqu'à midi. Szacki avait mangé son œuf sauce tartare, bu un café, fumé sa deuxième cigarette de la matinée et lu le journal de part en part, pages Économie incluses. L'ensemble avait été emmerdant au possible, le seul article intéressant concernait une discussion au sujet des trésors de l'architecture communiste. Les spécialistes étaient d'avis de les considérer comme des monuments historiques et de les placer sous le contrôle du conservatoire, mais les régisseurs de l'ancien bâtiment du comité central du Parti et ceux du palais de la Culture et de la Science commençaient à paniquer : s'ils devaient se battre pour une autorisation officielle avant de boucher le moindre trou dans un mur, plus personne ne louerait de locaux chez eux, pas même un minable studio, et les immeubles deviendraient des coquilles vides. Szacki avait noté avec acrimonie que si, juste après 1989, on avait rasé ce palais construit en guise de cadeau par le « grand frère » soviétique, il n'y aurait plus eu aucun problème aujourd'hui et Varsovie connaîtrait peut-être un centre-ville digne de son nom, avec des gratte-ciel. L'autre hypothèse étant qu'on aurait remplacé le palais par des galeries marchandes encore plus monstrueuses – allez savoir, dans cette ville venue du tiers monde, on ne pouvait vraiment être sûr de rien.

À midi, on avait ordonné une nouvelle pause jusqu'à treize heures. Oleg Kuzniecov était bien arrivé au bureau, mais Szacki ne voulait pas lui exposer par téléphone les conclusions auxquelles il était parvenu. Il lui avait simplement demandé de ne plus harceler Rudzki et compagnie, mais de continuer à fouiller dans le passé de Telak. D'après lui, c'était là que résidait la clé de toute l'affaire. Kuzniecov n'avait pas vraiment envie de parler de l'enquête, il lui avait confié en revanche qu'il était arrivé en retard au boulot en raison d'une tradition qu'ils avaient instaurée avec sa femme Natalia – chaque deuxième mardi du mois, ils s'autorisaient une « matinée cochonne ».

À treize heures, le procès avait failli commencer. Le prévenu avait finalement été conduit jusqu'à la salle d'audience, mais son avocat avait fait défaut, après être sorti faire « un saut rapide à son cabinet » et s'être retrouvé coincé dans les embouteillages au retour, ce dont il s'était platement excusé par téléphone. Avec un calme olympien, le juge avait ordonné une pause jusqu'à quatorze heures. Sur le point d'exploser de rage, Szacki avait investi dans un *Newsweek* pour s'occuper l'esprit. Il avait feuilleté l'hebdomadaire et avait été pris d'une envie d'appeler l'éditeur pour réclamer le remboursement des quatre zlotys et demi qu'il avait dépensés pour le « Portrait de la prostituée polonaise contemporaine » – attirante, diplômée, active.

À quatorze heures, Szacki avait enfin pu lire l'acte d'accusation. Glinski plaidait non coupable. Comme par hasard, rien d'autre n'avait résulté de l'audience puisque, pour un tribunal de Varsovie, l'heure était déjà devenue tardive. Pour couronner le tout, l'avocat de la défense avait vomi une demi-tonne de motions formelles – que Szacki avait oubliées aussitôt après les avoir entendues –, ce qui s'avéra suffisant pour repousser l'audience suivante d'un mois et demi. Le procureur s'était levé et était sorti sans attendre que le vénérable juge ait quitté la salle. Il avait dû se faire violence pour ne pas claquer la porte.

Lorsque, derrière l'essuie-glace de sa Citroën, il avait trouvé une contravention pour stationnement impayé, il n'avait fait que hausser les épaules. Il avait allumé sa troisième cigarette de la journée et s'était dit qu'il en avait ras le bol de ses propres règles, qu'il était un homme libre et qu'il comptait fumer autant de clopes que bon lui semblait.

Il n'était pas capable de se concentrer sur le travail. Il rêvassait en pensant au meurtre de Telak ou, plus souvent, à Monika. Il eut beaucoup de mal à ne pas l'appeler simplement pour entendre sa voix. Il utilisa Google pour trouver quelques informations sur elle, mais il ne tomba que sur ses articles dans *La République* et sur une vieille page où son nom figurait parmi les membres du bureau des étudiants du département des Lettres à l'université. Aucune photo, malheureusement. Serait-ce grossier de lui demander d'en envoyer une par mail ? Le seul fait de l'envisager était gênant, il le savait, mais il ne pouvait pas s'en empêcher. Un instant de honte lui paraissait un prix modique à payer contre un portrait de Monika, surtout dans la robe d'été qu'elle avait portée la veille. Il pourrait choisir cette photo comme fond d'écran pour son ordinateur, après tout, personne d'autre ne l'utilisait et Weronika ne passait jamais le voir au bureau.

Ses visions devenaient très charnelles et Szacki commença à se demander si son envie d'aller s'isoler en leur compagnie aux toilettes, au fond du bâtiment du parquet de district, faisait de lui un cas psychiatrique. Quelques secondes lui suffirent pour prendre sa décision. Il se leva et mit sa veste pour cacher son érection.

À ce moment précis, Monika appela.

« Salut, qu'est-ce que tu fais ? demanda-t-elle.

— Je pense à toi, répondit-il, conformément à la vérité.

— Tu mens, mais c'est charmant. Tu as un courriel professionnel ou le service public n'a pas assez de fric pour s'offrir Internet ? »

Il lui dicta son adresse et lui demanda ce qu'elle comptait lui envoyer.

« Un virus épouvantable qui vous accusera tous d'activités subversives et vous enverra faire un séminaire de moralité long d'une semaine à Lodz. Huit heures de cours d'amphi obligatoire par jour, avec Miller, Jaskiernia et Kalisz pour conférenciers, dit-elle – il s'agissait de politiciens de gauche particulièrement assommants. Pour finir, Peczak vous fera un striptease. Tu verras. Tu n'as pas envie d'une surprise ? »

Il répondit du tac au tac qu'il n'aimait pas les surprises.

« Tout le monde aime les surprises, répliqua-t-elle avec légèreté, mais ce n'est pas la raison de mon appel. J'ai parlé ce matin avec Greg, mon ex, et imagine-toi qu'il m'apprécie toujours. Il m'a promis de t'aider. Il vient de me rappeler il y a cinq minutes : il a déjà trouvé un petit truc pour toi et il préférerait te rencontrer en personne. Je ne voulais pas lui donner ton numéro de portable donc je te donne le sien. Tu peux l'appeler aux frais du contribuable. C'est-à-dire aux miens. »

Il commença à la remercier chaleureusement, mais elle lui coupa la parole en annonçant qu'une réunion de la rédaction venait de débuter et qu'elle devait s'y rendre. Elle raccrocha avant qu'il n'ait eu le temps de l'inviter à prendre un autre café.

Il fixa donc rapidement un rendez-vous à Greg. Pour finir, il se rendit aux toilettes.

2

« Greg » s'appelait en réalité Grzegorz Podolski et semblait fort sympathique, bien que, biologiquement parlant, il donnât l'impression d'être resté à jamais coincé au temps de la puberté. Il était très grand, maigre au-delà du raisonnable, voûté, avait des jambes et des mains trop longues et, de surcroît, était légèrement boutonneux et rasé de près. Il portait des vêtements passés de mode, tel un héros de ces films pour la jeunesse tournés en Allemagne de l'Est dans les années soixante-dix. Des tennis, un pantalon brun d'un tissu indéfinissable, une chemise verdâtre à manches courtes et des bretelles. Szacki ne soupçonnait pas que ce style « old school » avait coûté à Podolski une bonne partie de son salaire d'archiviste.

« Savez-vous ce qu'était la section "C" ? » lui

demanda ce dernier une fois qu'ils eurent échangé les civilités d'usage.

Le procureur l'ignorait.

« Il s'agissait du système nerveux de la police secrète, en quelque sorte les neurones qui reliaient chaque fonctionnaire à son département et à son unité. Un réseau d'informations immense. Sur les documents officiels, on trouvait l'intitulé "Centrale des archives du ministère des Affaires intérieures", mais au sein des services, personne ne l'a jamais appelée autrement que "C". Le sujet m'intéresse depuis des années et je peux vous assurer que, si les Rouges avaient eu à leur disposition le genre d'ordinateurs que nous possédons aujourd'hui, ils auraient pu nous réduire en miettes d'un simple clic. Ce n'est pas tout : je crois sincèrement que leur système pour réunir et compiler des informations sur fiches était cent fois meilleur que le modèle numérique ultramoderne de la Sécurité sociale dont nous sommes pourtant si fiers. »

Szacki haussa les épaules.

« C'est impressionnant, mais le constat que la bureaucratie constitue une caractéristique majeure de tout système totalitaire ne date pas d'hier.

— En effet ! »

Pour Podolski, il s'agissait de toute évidence d'un sujet fascinant.

« Sans la bureaucratie, continua ce dernier, sans catalogue d'informations, sans ordre dans les papiers, aucun système de ce genre n'aurait pu survivre longtemps. C'est pourquoi l'Allemagne nazie était si efficace. Tout était en ordre, ils délivraient un reçu pour chaque élément déplacé. Mais toute médaille a son revers. Grâce à la bureaucratie, un système totalitaire peut certes fonctionner, mais il laisse derrière lui une tonne de paperasse pour ceux qui voudraient régler leurs comptes avec lui, en l'occurrence nous. Je vais vous donner un exemple... »

Szacki essaya de l'interrompre d'un mouvement contenu de la main, mais Podolski était trop bien lancé pour remarquer ce geste.

« Connaissez-vous l'histoire de Maleszka ? Certainement, tout le monde la connaît. Maleszka était un activiste d'opposition célèbre. Bien sûr, son numéro se trouvait sur la liste des internés, comme tous ceux qui avait été suivis ou ceux pour lesquels on avait ouvert un dossier. À l'évidence, un agent ou un milicien ordinaire ne pouvait pas, comme ça, en passant, consulter les documents concernant Maleszka. Tout était classé confidentiel. Mais imaginez qu'au milieu des rapports du financement des opérations, librement accessibles, on trouve une note où figure la somme versée à un certain agent "Zbyszek" en récompense de ses cafardages, à côté de ce même numéro attribué par ailleurs à Maleszka. Un hasard ? Pas du tout. Tout simplement, les papiers devaient rester en ordre. Un seul homme, un seul numéro. Maleszka et "Zbyszek" étaient la même personne. Voilà pourquoi ça me met hors de moi quand un mouchard commence à chialer à cause des méchants Rouges qui auraient falsifié son dossier pour ternir sa réputation. Les fonctionnaires de l'époque avaient tous un boulot monstrueux avec le remplissage de ces foutus formulaires. Vraiment, il n'y a que ceux qui n'ont aucune idée de la manière dont ça fonctionnait pour soutenir que les communistes s'amusaient le soir à fabriquer de faux récépissés. Les agents de la Sûreté pouvaient être cruels, parfois stupides, mais ils n'étaient pas attardés mentalement. Par exemple, pensez simplement que chaque personne devenue le centre d'intérêt d'un agent, même pour une raison futile, était aussitôt enregistrée sous le premier numéro disponible dans le grand index des informations générales. À condition bien sûr de ne pas y avoir été enregistrée plus tôt, ce qu'on devait vérifier à l'aide de cartes spécialement conçues à cet effet. Une fois qu'elle y avait été enregistrée, toutes les autres interventions autour de cette personne donnaient lieu au remplissage des fiches complémentaires, qui finissaient dans des dossiers spécifiques, à leur tour listés dans des répertoires dédiés.

— À quoi bon ? » s'enquit spontanément Szacki quand l'archiviste s'interrompit pour reprendre sa respiration. Mais, au fond, il ne désirait pas connaître la réponse à cette question.

« Comment ça, "à quoi bon" ? Imaginez que vous partiez en vacances à Leba, sur la côte, et que sur place l'agent secret chargé de surveiller "l'ennemi" local s'aperçoive que vous mangez en sa compagnie un filet de turbot dans une assiette en carton. Il voudra découvrir qui vous êtes. Alors, l'agent déposera la demande au service "C". Là-bas, quelqu'un vérifiera si vous êtes inscrit dans l'index, quel est votre numéro, si votre cas est toujours "ouvert" et entre les mains d'une antenne régionale ou s'il a fini aux archives. Et il lui fournira des informations adéquates à votre propos, à condition d'être autorisé à le faire, parce qu'il se pourrait bien que vous soyez ou que vous ayez été un collaborateur très important, dont les dossiers existent, bien sûr, mais dont l'accès est sécurisé par de multiples… »

Szacki se fichait royalement de tout ça. Il mit son esprit en veille et le laissa vaguer vers des fantasmes érotiques.

Ils parlaient déjà depuis une heure. Durant ce laps de temps, il avait pu apprendre quelle était la différence entre le formulaire EO-4 et le EO-13-S – ce dernier numéro lui était resté en mémoire car il lui évoquait le Canon EOS. Il aurait voulu pouvoir s'acheter cet appareil photo un jour. Peut-être à crédit ? Il pourrait peut-être en parler à Weronika ? Après tout, il leur fallait bien un appareil numérique. Tout le monde en avait un. Il en avait assez de cette discussion, ou plutôt de ce monologue sur les fiches et les formulaires de l'Administration communiste. Il avait envie de secouer son interlocuteur et de lui hurler : « Bon Dieu de merde, j'ai un assassin à attraper et toi tu me casses les couilles avec tes foutus papelards ! »

« Veuillez m'excuser, monsieur Podolski… »

Avec une grande courtoisie, il interrompit le laïus sur le thème du retard que prenait parfois la pratique sur la théorie, à cause des dossiers constamment déplacés, retenus ailleurs, rattachés « momentanément » à d'autres. Certains jours, lui, l'archiviste Grzegorz Podolski, avait l'impression qu'il serait plus facile de retrouver l'Arche d'alliance et le Saint Graal en une seule soirée qu'un putain de classeur des services de sécurité.

« Mais on en retrouve tout le temps ! ajouta-t-il en levant le doigt. Alors qu'ils n'espèrent pas trop. »

Szacki n'essaya même pas de comprendre qui étaient les « ils » auxquels Grzegorz Podolski faisait allusion.

« Veuillez m'excuser, dit le procureur de manière plus appuyée, et merci infiniment de m'avoir expliqué tout cela, mais qu'advient-il du dossier de Kamil Sosnowski ? Vous l'avez ? Vous ne l'avez pas ? Qu'est-il arrivé de si spécial pour que vous ne puissiez pas m'en parler au téléphone ? »

« Greg » Podolski réagit comme un homme frappé soudain au visage. Il rentra la tête dans les épaules, leva les mains devant lui et tordit les lèvres dans une grimace de douleur.

« Il n'est pas là », annonça-t-il après un instant.

Szacki soupira et commença à se masser les tempes avec le pouce et l'index de sa main gauche. Un mal de crâne semblait sur le point de débarquer.

« Monsieur Podolski, merci d'avoir pris la peine de venir jusqu'ici pour m'aider. Votre expertise est impressionnante et je bavarderais avec plaisir encore quelques instants, mais je vous prie de comprendre que j'ai énormément de travail. »

Il aurait aimé par-dessus tout foutre à cet emmerdeur quelques coups de pied au cul, mais il se retint – avoir pour ami un champion d'archivage au sein de l'Institut de la mémoire nationale pourrait encore servir.

« Il n'y a pas de dossier – Podolski voulait visiblement le torturer avec ce constat – mais ça ne veut pas dire qu'on ne peut pas recueillir quelques informations. Je comprends votre lassitude mais je voudrais encore vous dire que la première chose à comprendre, c'est dans quel répertoire chercher. Monika m'avait dit que votre figurant était jeune, à peine plus de vingt ans, il est donc difficile d'envisager qu'il ait été agent secret ou candidat pour le devenir, auquel cas il aurait été classé sous le symbole "I", qui réunissait les SIP et les candidats SIP, les propriétaires des LC et des AC…

— Pardon ? »

Szacki était perdu dans tous ces sigles.

« Les Sources d'Information Personnelles, les Locaux de Contact et les Appartements de Conspiration. Je pensais que c'était évident… » Podolski le considérait d'un air supérieur. « Quoi qu'il en soit, reprit-il, j'ai immédiatement commencé à le chercher dans le répertoire "II", où étaient catalogués les dossiers des actions opérationnelles... »

Au bout du compte, Szacki prit la décision de lui filer ces quelques coups de pied au cul. Il se leva.

« Et je l'ai trouvé ! Votre client, ce Kamil Sosnowski, était sous la surveillance de la section des services de Varsovie. Il avait été enregistré à l'index sous le numéro 17875/II. Le dossier avait été créé en 1985, deux ans avant sa mort. Sosnowski avait alors vingt ans. Il devait être assez actif au sein des organisations étudiantes ou alors ses parents étaient dans l'opposition. C'est rare de voir un dossier ouvert pour une personne aussi jeune. »

Szacki se rassit.

« Est-ce que vous avez réussi à apprendre quelque chose de plus ?

— À partir du répertoire, on peut découvrir uniquement de quelle manière le dossier a été transmis de main en main. Qui l'a pris, quand il l'a rendu. Rien de plus.

— Et celui-ci a été transmis ? »

Grzegorz Podolski croisa ses jambes maigrichonnes l'une par-dessus l'autre, les deux flottant dans un pantalon démodé. Il s'appuya sur le dossier de sa chaise.

« Donc ? le pressa Szacki.

— D'après le registre, il a été retiré en juillet 1988 par le département "D".

— C'est-à-dire ? C'est une autre section des archives ?

— Non, pas vraiment. Je ne sais rien à leur propos. Enfin, j'en sais un peu, j'en devine aussi un peu. Je ne veux pas en parler.

— Parce que ?

— Parce que non, je ne veux pas. Je ne sais rien,

je n'y connais rien, je ne suis qu'un simple archiviste. Je peux vous donner les coordonnées de quelqu'un qui s'occupe de ça. Un vrai chien de chasse contre les ex-agents, il n'a peur de rien. Célibataire, sans enfants, ses parents sont morts, d'après certains il souffrirait d'un cancer. Ce genre de mec, ça peut prendre des risques. »

La dernière phrase prononcée par Podolski l'avait été avec une note d'envie dans la voix, ce qui parut bizarre à Szacki.

« Vous préféreriez être mourant et seul pour pouvoir traquer les ex-agents ? lança-t-il.

— Non, bien sûr que non, mais si vous aviez vu ce qu'il y a dans ces dossiers... Si vous saviez ce que je sais, si vous aviez vu les photos, décortiqué les délations, compulsé les récépissés... Toutes ces infos entrées avec l'intime conviction que probablement personne ne les verra jamais, que la vérité ne sera jamais dévoilée, que tout sera balayé au nom du sommeil tranquille des gouvernements à venir, de tous bords confondus... Certes, Wildstein a envoyé cette liste à la presse, mais qu'est-ce que ça a donné ? Avez-vous vu le film *Fight Club* ? Ou, mieux, avez-vous lu le roman d'origine de Palahniuk ? »

Szacki ne l'avait pas vu et ne l'avait pas lu. Il en eut un peu honte, dans la mesure où le titre lui revenait en mémoire comme assez renommé.

« Dans son histoire, des gens normaux comme vous et moi se liguent pour faire sauter tout ce système d'hypocrisie, de mensonges et d'argent. Parfois, je rêve et je me dis que ça serait chouette de monter une telle organisation, de prendre d'assaut les archives de l'Institut, de scanner l'ensemble en une semaine et de le placer sur un serveur quelque part, dans un pays véritablement démocratique. Putain, ça en ferait du boucan !

— Toutes les vérités ne sont pas bonnes à dire. Quelquefois, le prix du préjudice est trop élevé », dit Szacki prudemment.

Podolski eut un rire qui ressemblait à un grognement et se leva. Il tendit au magistrat une feuille avec le nom du chasseur d'ex-agents qui n'avait peur de rien – Karol Wenzel.

« Bordel de merde, dit l'archiviste une fois parvenu à la porte, et ces mots sont sortis de la bouche d'un procureur de la République ? Si c'est comme ça, alors j'émigre chez mon frère à Londres. Merde. Comment avez-vous pu ? Même la lecture de tous ces éditoriaux de Piotr Stasinski dans la *Gazeta Wyborcza* n'aurait pas dû éteindre en vous le désir d'établir la vérité à tout prix. C'est votre putain de boulot, non ? Vous n'avez pas à dresser le bilan des pertes et des préjudices, mais à découvrir la vérité. Putain, je n'arrive pas à y croire. »

Il secoua la tête et sortit avant que Szacki eût le temps de répondre quoi que ce soit. Il aurait dû contacter promptement Karol Wenzel mais à la place il vérifia sa messagerie, curieux de voir si Monika avait déjà envoyé sa surprise.

Elle l'avait fait. C'était une photo d'elle prise à la mer, dans la robe qu'elle portait aussi la veille. Elle devait dater de l'année précédente ; Monika était plus bronzée et avait les cheveux plus courts. Elle barbotait dans une eau peu profonde, le bas de sa robe entièrement trempé. Elle souriait d'un air coquet à l'objectif. Ou bien était-ce à un homme ? Szacki sentit la morsure de la jalousie. Une jalousie irrationnelle, compte tenu du fait que c'était lui qui avait un enfant et une épouse, pas elle. Une épouse avec laquelle il couchait fort régulièrement ces derniers temps, à sa grande surprise.

Il admira la photo encore quelques instants, en vint à la conclusion qu'il n'y avait *a priori* aucun maillot de bain sous la robe, et fila aux toilettes. Pas mal, pas mal. Il ne se rappelait plus quand, pour la dernière fois, son corps avait démontré sa virilité deux fois dans la même journée.

3

La conversation téléphonique avec Karol Wenzel prit une tournure très différente de celle qu'il avait imaginée. Très simplement, il s'attendait à convoquer un vieux monsieur à son bureau dans les plus brefs délais, au lieu de quoi il découvrit à l'autre bout du fil une voix qui semblait jeune et dont le propriétaire n'avait nulle intention de se présenter dans un bâtiment du ministère public.

« Ne me faites pas rire », lâcha Wenzel. Il prononçait les « r » d'une manière vibrante, excessivement soignée. « Votre bureau doit figurer dans le top cinq des pires endroits où parler avec vous. Bon, disons dans le top dix. »

Szacki demanda pourquoi.

« Et d'après vous ? fit Wenzel.

— Si vous me dites que vous craignez les mouchards, je considérerai que les années passées à fouiller dans les archives communistes vous ont poussé vers un état proche de la paranoïa. »

Szacki regretta de ne pas pouvoir nommer crûment l'état psychique supposé de son interlocuteur.

« Je n'ai pas la patience de vous expliquer des évidences, répliqua Wenzel. Mais je vous préviens de bon cœur : si vous en êtes arrivé dans votre enquête – et peu importe qui elle concerne – à un point où vous voulez me parler, c'est que vous devriez vous montrer prudent. Je n'accepterai aucun interrogatoire au siège du parquet, aucune conversation menée autrement que via des lignes privées, et j'exige une discrétion maximale face à vos collègues, vos supérieurs et la police. »

Teodore Szacki eut soudain l'impression que le combiné devenait très lourd. Pourquoi ? Pourquoi ça tombait toujours sur lui ? Pourquoi ne pouvait-il pas y avoir un seul élément normal dans cette enquête ? Un cadavre honnête, des suspects du milieu, des témoins ordinaires qui se présentent avec crainte et ponctualité à leur interrogatoire chez le procureur. Pourquoi ce cirque ? Pourquoi chaque nouveau témoin était-il plus bizarre que le précédent ? Il avait cru qu'après le si félin docteur Jeremiasz Wrobel, plus rien ne pourrait le surprendre, et voilà qu'il écopait d'un archiviste complètement cinglé suivi par un maboul paranoïaque.

« Allô ? Vous êtes encore là ?

— Oui, désolé, j'ai eu une rude journée, répondit Szacki, histoire de répondre quelque chose. Je suis fatigué, navré.

— Est-ce que quelqu'un a déjà posé des questions sur vous ?

— Pardon ?

— Est-ce que quelqu'un a déjà rendu visite à votre famille ou à vos amis pour les interroger à votre sujet sous des motifs anodins ? Il pouvait être de la police, de l'Agence de la Sécurité intérieure, de l'office de protection de l'État. Est-ce qu'une telle chose est déjà arrivée ? »

Szacki nia.

« Alors, ça ne va peut-être pas encore si mal. Mais on verra demain. Passez impérativement me voir après dix heures. Je vous attendrai. »

Le procureur Teodore Szacki approuva sans trop y penser. Il n'avait pas envie de se chamailler. Tout ce qu'il désirait à présent, c'était lire le nouveau mail de Monika.

« Photo prise l'année dernière, au bord de la Baltique. Il y avait un soleil fabuleux, on se serait cru en Grèce. Hier, j'ai vu que la robe t'avait plu, alors *voilà*[1], tu peux l'avoir à demeure. Et si l'envie te prenait de voir de tes propres yeux d'autres de mes chiffons (bon, aujourd'hui, j'avoue que je n'en porte pas beaucoup), alors on pourrait se rencontrer cet après-midi en ville. »

4

Ils se retrouvèrent un moment dans le parc Ujazdowski. C'était le premier lieu qui lui était venu à l'esprit, sans qu'il sache pourquoi. Il avait grandi dans ce quartier et si on se fiait aux photos de l'album de famille, il s'était d'abord promené sous ces arbres à bord d'un landau, puis dans une poussette, puis sa main

1. En français dans le texte.

agrippée à celle de sa mère et enfin tout seul, avec ses petites amies. Plus il grandissait, plus le splendide parc rétrécissait. Autrefois, il lui semblait receler des sentiers sans issue, des venelles mystérieuses et des passages inexplorés. Aujourd'hui, rien qu'en franchissant le portail, Szacki pouvait embrasser d'un seul regard le moindre de ses recoins.

Il était venu en avance pour prendre un peu l'air. Son vieux terrain de jeux, avec ses échelles métalliques tordues à la peinture écaillée, avait été remplacé par des jouets modernes : une pyramide de cordes, un enchevêtrement complexe de ponts et de toboggans en guise de parcours d'adresse, des balançoires, le tout disposé sur un sol étrangement mou qui devait rendre les chutes moins douloureuses. Seul le bac à sable avait gardé son emplacement d'origine.

Szacki se souvenait que, chaque fois qu'il venait ici avec sa mère, il s'immobilisait indécis au bord du terrain, ses jouets à la main, et se mettait à observer les enfants qui s'amusaient déjà entre eux. Il tremblait, anticipant ce qui allait suivre. Sa mère le poussait doucement vers les autres et disait : « Va jouer avec tes copains. Demande-leur s'ils veulent devenir tes amis. » Alors, il y allait comme à la potence, persuadé qu'il se ferait aussitôt railler et rejeter. Et même si une telle chose n'était jamais arrivée, dès qu'il franchissait le portillon du parc en compagnie de sa mère, il se sentait écrasé par cette crainte. Encore aujourd'hui, lorsqu'il s'approchait d'un groupe d'inconnus au cours d'une soirée, la première phrase qui germait dans son esprit était : « Salut, je m'appelle Teodore. Voulez-vous devenir mes amis ? »

Quelqu'un lui recouvrit les yeux.

« Une pièce contre tes pensées, monsieur le procureur.

— Rien d'intéressant, je rêvais simplement de faire l'amour avec ces enfants là-bas dans le bac à sable. »

Elle rit et retira ses mains. Il la regarda et se sentit complètement vulnérable. Il recula d'un pas. Elle remarqua son mouvement.

« Tu as peur de moi ?

— Comme de toutes les femmes fatales. Je voulais simplement voir comment tu étais habillée aujourd'hui, mentit-il.

— Et alors ? » demanda-t-elle en prenant la pose.

Elle portait un chemisier orange aux manches retroussées, une jupe blanche et des sandales de plage. Elle personnifiait l'été. Sa fraîcheur et son énergie étaient presque insupportables et Szacki se dit qu'il devrait s'enfuir tout de suite, sinon il ne serait pas capable de leur résister et transformerait la vie qu'il avait patiemment construite pendant des années en un tas de cendres fumantes.

« C'est prodigieux, dit-il enfin avec sincérité. Et même un soupçon trop pour moi. »

Ils se promenèrent en discutant de choses sans importance. Szacki trouvait du plaisir à entendre le son de sa voix, aussi faisait-il en sorte qu'elle parlât le plus possible. Il l'irrita un peu avec ses commentaires de citadin snob lorsqu'il apprit qu'elle était née dans la ville de Pabianice. Elle lui parla de sa famille, de son père récemment décédé, de son frère cadet, de sa sœur aînée sans enfants coincée dans une relation toxique, de sa mère qui avait décidé de repartir vivre à Pabianice pour la retraite. Ses anecdotes s'interrompaient, manquaient de dénouement, il n'arrivait pas toujours à les suivre. Ça ne le dérangeait pas.

Ils longèrent un étang où des enfants jetaient des morceaux de pain à des canards indifférents et rassasiés, traversèrent sur des pierres un ruisseau artificiel qui prenait sa source dans un tuyau métallique et rouillé bien trop visible, et débouchèrent au pied d'une petite butte coiffée d'un monument indéfinissable. C'était une sculpture abstraite qui rappelait un beignet viennois sans les petites rainures dans la pâte. Elle était recouverte de déclarations d'amour, et Szacki se rappela qu'il avait lui-même gravé ici ses initiales entrelacées avec celles de sa petite amie en classe de troisième.

Il s'adossa au monument. Monika s'assit dans son renfoncement. En bas, la route Lazienkowska vrombissait dans son ravin ; de l'autre côté de la voie, le palais Ujazdowski leur présentait sa façade ; enfin, à gauche, le cloître-forteresse se pavanait – comment pouvait-il en être autrement ? –, et en son sein cette crypte où, quelques jours plus tôt, Szacki s'était agenouillé pour la première fois auprès du cadavre d'Henryk Telak.

Au cœur du silence qui s'était installé entre eux, Szacki restait persuadé que s'il n'embrassait pas Monika sur-le-champ il le regretterait à tout jamais, et ce même s'il passait des années à se trouver des excuses, à se construire une montagne d'explications ou à tenter de rationaliser sa lâcheté. Aussi, il vainquit sa timidité et sa peur des moqueries. Il se pencha vers elle et l'embrassa maladroitement. Ses lèvres étaient plus fines, plus fermes que celles de Weronika, elle ouvrait moins la bouche et, en définitive, ce n'était pas une championne dans l'art d'embrasser. Soit elle se laissait faire sans répondre, soit elle remuait la tête et lui enfonçait la langue dans la bouche. Pour un peu, il aurait ri. Mais elle avait un goût agréable, un mélange de cigarette, de mangue et de pastèque.

Elle recula prestement.

« Excuse-moi, dit-elle.

— Pardon ?

— Je sais que tu as une famille. Je sais que tu vas me briser le cœur. Je sais que je ne devrais pas mais je n'ai pas pu m'en empêcher. Excuse-moi. »

Il pensa qu'elle avait raison. Il aurait voulu lui dire qu'elle se trompait mais il n'en avait pas la force. C'était au moins ça.

« Viens, dit-elle un peu plus joyeusement, et elle lui prit la main. Tu vas me raccompagner jusqu'à l'arrêt de bus. »

Ils descendirent la butte – autrefois, elle lui avait paru immense – et s'engagèrent sur l'allée, le long d'un grillage qui les séparait d'une rangée de chalets de fortune qui prouvaient, s'il en était besoin, que les solutions provisoires avaient tendance à durer. Au début, ils ne dirent rien. Soudain, elle le pinça très fort au niveau des reins. Il eut peur que la marque puisse rester visible.

« Hé, monsieur le procureur ! Nous venons de nous embrasser dans un cadre très romantique. Il n'y a pas de quoi pleurer, non ? En ce qui me concerne, j'ai aimé ça, et toi ?

— C'était incroyable, mentit-il.

— Je dirai même plus, j'ai beaucoup aimé ça. Il se pourrait même que je puisse adorer ça à l'avenir, même si jusque-là j'ai toujours pensé que s'embrasser n'était qu'un passage obligé et ennuyeux avant de faire l'amour. »

Elle partit d'un rire sonore qui parut artificiel.

« Je ne devrais pas te dire ça, reprit-elle, mais

puisque nous sommes pratiquement devenus amants, alors je crois que je peux… »

Un autre éclat de rire.

« Mon petit doigt me dit que tu auras bientôt une promotion, annonça-t-elle.

— Qu'est-ce qui te fait croire ça ? demanda-t-il, se voyant déjà promu dans son lit.

— L'Agence de la Sécurité intérieure m'a contactée à ton sujet aujourd'hui. Quand on y pense, ils doivent te surveiller depuis un bon moment puisqu'ils savent que nous nous fréquentons. Ils m'ont posé des questions tellement stupides que j'ai failli mourir de rire. Je ne sais pas quelle importance ça peut bien avoir pour la sécurité de l'État, mais… »

Il n'écoutait plus. Était-il possible que Karol Wenzel puisse avoir raison ? Aurait-il touché au cours de son enquête à des choses intouchables ? Ce n'étaient sûrement que des conneries, une coïncidence. Szacki reprit ses esprits et commença à assaillir Monika de questions pour recueillir des détails. Elle fut surprise mais répondit. L'instant d'après, il avait appris qu'ils étaient venus à deux et qu'ils étaient assez jeunes, en dessous de la trentaine, habillés comme les agents du FBI dans les séries télé américaines. Ils lui avaient présenté leurs cartes et leurs insignes. Des hommes concrets ; ils avaient interrogé Monika brièvement mais avec précision. Certaines questions, comme celle de savoir si Szacki dilapidait son argent ou s'il parlait de la pègre, semblaient avoir une justification. D'autres, celles sur ses opinions politiques, ses habitudes, ses addictions, paraissaient en avoir beaucoup moins. Malgré ses efforts, il n'arrivait pas à se calmer. S'ils avaient retrouvé Monika, alors ils pourraient remonter jusqu'à sa famille encore plus facilement.

La liaison romanesque n'accaparait plus son esprit.

Ils sortaient déjà du parc – Monika de plus en plus déconcertée par ses questions insistantes – lorsqu'il se rappela qu'il s'agissait d'un rendez-vous galant. Il proposa qu'elle se pèse pour rire sur l'antique balance disposée à l'entrée.

Ce machin avait été l'une des plus grandes attractions de son enfance. D'abord, le vieillard qui manipulait la balance mesurait la taille de son client, puis il le plaçait dans un fauteuil métallique, triturait un moment un ensemble de poids, avant de tirer brusquement sur un manche usé et de remettre au client un bout de carton sur lequel la date et le poids étaient incrustés. Juste incrustés, sans aucune encre. C'était marrant, il avait collectionné tellement de ces petits cartons et tous avaient disparu. À moins qu'ils soient toujours conservés chez ses parents ?

« Tu plaisantes, dit-elle, offusquée. Pour que tu puisses juger à quel point je suis minuscule et grosse ? Pas question. »

Il rit, mais une telle fin le navrait.

5

À la maison, une fois de plus, la partie de jambes en l'air avec Weronika fut fabuleuse. Plus il voyait Monika, plus il rêvait d'elle et mieux les choses se déroulaient avec sa femme. Il n'arrivait pas à comprendre pourquoi ça se passait de la sorte.

Étendu auprès de son épouse endormie, il réfléchissait.

Premièrement, il fallait bien admettre que ça ne pouvait pas être l'Agence de la Sécurité intérieure qui avait interrogé Monika ; il devait se renseigner auprès de Karol Wenzel pour savoir qui pouvait bien l'espionner et pourquoi. En parallèle, il devait vérifier l'incident directement auprès de l'Agence et, le cas échéant, porter plainte pour usurpation d'identité. Ce dernier point ne lui tenait pas particulièrement à cœur à cause de Weronika. Comme toujours, il y aurait des fuites à propos de ses infidélités, ou de ses prétendues infidélités, et sa femme pourrait le découvrir dans la presse.

Deuxièmement, est-ce que Kamil Sosnowski, le mystérieux cadavre de la fin des années quatre-vingt dont toute trace avait disparu des archives, était la personne manquante dans la constellation ? Était-ce l'homme que le docteur Wrobel lui avait conseillé de retrouver ? Le spectre qu'Henryk Telak avait dévisagé avec une telle frayeur tout au long de sa thérapie ? Szacki ne savait pas ce que cela pouvait impliquer. D'après la théorie psychologique, la personne disparue aurait dû être une femme, le premier et le plus grand amour de Telak, une compagne dont la perte n'aurait jamais été acceptée par ce dernier. Dont la disparition l'aurait rempli de culpabilité. Le poids de ses remords aurait été la raison pour laquelle sa fille – s'identifiant avec la morte et voulant soulager la peine de son père – aurait mis fin à ses jours. Et maintenant ? Il était difficile de supposer quoi que ce soit, dans la mesure où ses connaissances au sujet de Sosnowski se résumaient au fait qu'il avait été assassiné au cours d'un cambriolage. Rien de plus. Est-ce que Telak pouvait avoir été le meurtrier, l'un des cambrioleurs ? Le procureur en doutait. C'était même hautement improbable. Des zones d'ombre, des zones d'ombre, rien que des zones d'ombre…

Troisièmement, Szacki était-il tombé amoureux de cette journaliste aux petits seins ? Peut-être pas. Mais sinon, pourquoi accaparait-elle son esprit ? Pourquoi était-elle sa dernière pensée avant de s'endormir, la première à son réveil ? Il étouffa un rire. Mon Dieu, on aurait dit la réplique d'un roman à l'eau de rose ! De deux choses l'une, soit toutes les histoires d'amour n'étaient qu'un ramassis d'émotions dignes d'un graphomane, soit il n'était pas capable de les vivre autrement qu'en adolescent attardé. Considérant le fait que la dernière fois qu'il était tombé amoureux, il était bien adolescent et que c'était de sa femme, le constat ne semblait guère étonnant. Il était peut-être temps de tomber amoureux comme un homme ? L'idée qu'il devrait essayer cette nouvelle forme de sentiments sur sa femme et sur personne d'autre germa dans son esprit, mais il l'écarta aussitôt. Le monde était si vaste. Et l'on n'avait qu'une vie.

Il partit uriner avant de s'endormir. En passant, il saisit discrètement son téléphone portable posé sur la table de nuit. Depuis peu, il le mettait sur vibreur lorsqu'il revenait à l'appartement. Il redoutait la question : « Qui est-ce, cette fois ? » Il redoutait ses propres mensonges.

Le message était bref : « Qu'est-ce que tu m'as fait ? Je vais devenir folle ! M. » Il renvoya une réponse prudente : « Moi ? C'est toi qui devrais arrêter de glisser des aphrodisiaques dans mon café ! » Puis il retourna au lit, heureux.

Il se blottit contre Weronika et s'endormit instantanément.

MERCREDI 15 JUIN 2005

Les Japonais construisent une machine capable de percer la croûte terrestre. Les Espagnols interpellent quinze personnes soupçonnées de terrorisme islamiste. Les Hollandais incendient une mosquée. « Je suis impressionné par la tournure des événements, tant en Pologne qu'autour de la Pologne, et par les nombreuses sollicitations qui me touchent », déclare le président de l'Assemblée nationale Wlodzimierz Cimoszewicz à l'Agence polonaise de la Presse ; il n'exclut pas de se porter finalement candidat à l'élection présidentielle. La secrétaire d'État à l'Égalité hommes-femmes Magdalena Sroda n'est quant à elle pas impressionnée par les manuels scolaires polonais dans lesquels la maman court partout avec son torchon et prépare à manger tandis que le papa est retenu par ses nombreuses affaires – elle compte donc déclencher une croisade féministe. Le maire de Varsovie Lech Kaczynski, qui déclarait jusqu'à peu que l'orientation sexuelle ne devait pas faire l'objet d'une manifestation publique et interdisait la Gay Pride pour cette raison, donne cette fois son accord pour la tenue d'une croisade homophobe, un défilé organisé par la jeunesse ultranationaliste du mouvement « Tout Polonais », baptisé Normalité Pride. Bien qu'ayant dominé pendant 120 minutes à Grodzisk, le Legia de Varsovie fait match nul contre le Groclin un but partout, avant de perdre dans un style navrant la séance des tirs au but, et par la même occasion l'accès à la finale de la Coupe de Pologne.

À Varsovie, temps variable : à un moment, le soleil brille et il fait près de trente degrés, l'instant d'après, le ciel devient si sombre que les lampadaires s'allument et que des orages éclatent brutalement ; une femme de trente-cinq ans meurt, touchée par la foudre.

1

Il grinça des dents en garant sa Citroën face à la pharmacie située à l'angle des rues Zeromski et Makuszynski, dans le quartier Bielany ; les trottoirs de cette ville étaient trop élevés, même pour les suspensions hydrauliques de son croiseur français. Il trouva sans peine l'immeuble bas dans lequel habitait Wenzel et avala les marches jusqu'au deuxième étage. Avant de presser la sonnette d'une porte incroyablement blindée, il croisa les doigts. S'il n'obtenait pas maintenant un élément qui lui permettrait de résoudre l'affaire Telak, alors ça serait fini.

Karol Wenzel ouvrit, le surprenant d'emblée et doublement. Tout d'abord, derrière la première paroi, il avait installé une grille solide qui constituait une barrière supplémentaire entre l'appartement et le couloir. Deuxièmement, l'allure de Wenzel n'était pas celle d'un homme susceptible d'avoir un poste à l'Institut de la mémoire nationale. On l'aurait mieux imaginé sous contrat avec une agence publicitaire prospère. Il était d'une taille médiocre, certes, pas plus grand que Tom Cruise selon toute vraisemblance, mais son physique n'appelait guère d'autres critiques. Pieds nus, vêtu d'un short et d'un polo blanc, il donnait l'impression de piloter un corps constitué exclusivement de muscles. Non pas d'une manière exagérée, comme les body-builders, mais plutôt comme un homme qui passe tous ses moments libres à pratiquer un sport. Hâlé, rasé de près, des cheveux noirs et denses coupés en brosse, il devait être du même âge que Szacki mais, dans son esprit, le procureur évoquait probablement la figure d'un vieil oncle.

« Vous ne me demandez pas si j'ai été suivi ? » demanda le magistrat sur un ton plus acerbe qu'il ne l'aurait voulu. Au même moment, il se fit la remarque que, s'il se dressait sur la pointe des pieds, Wenzel pourrait lui passer sous l'aisselle.

« Ils savent où j'habite », répondit laconiquement l'historien.

À l'intérieur de l'appartement, chaque détail semblait crier : « un célibataire loge ici ! » L'ensemble ne devait pas faire plus de trente mètres carrés et avait probablement été constitué à l'origine d'une chambre et d'une cuisine. Dans la configuration actuelle, les deux pièces étaient réunies. Deux fenêtres donnaient sur le même côté ouest. Entre les deux, une troisième était peinte sur le mur et des montagnes représentées au-delà de la vitre. Szacki n'en était pas sûr, mais il pouvait s'agir des Hautes Tatras, avec les pics du Kozi Wierch et de la Zamarla Turnia, vues de l'étang de la vallée, en contrebas. Cela faisait si longtemps qu'il n'avait pas admiré ce paysage ! La vie défilait, et lui restait coincé dans le cycle travail-femme-travail-fille-femme-travail. Mais ça allait changer. Ça changeait déjà.

Une bibliothèque remplie de livres et de dossiers occupait tout un pan de mur ; c'était l'unique détail en mesure de trahir la profession du propriétaire des lieux. Le reste – bureau relié à un canapé convertible, télévision, ordinateur, chaîne Hi-Fi, enceintes dans tous les coins, posters de chaque épisode de *Star Wars* aux murs et splendide machine à café disposée à la place d'honneur en cuisine – n'était que la collection de joujoux d'un grand garçon qui vivait seul.

« Tu veux un café ? » demanda Karol Wenzel en indiquant la machine.

Szacki acquiesça. Il se dit que son hôte aurait pu proposer le tutoiement avant de l'appliquer, au moins pour sauvegarder les apparences, même si tous deux étaient plus ou moins du même âge et travaillaient en qualité de fonctionnaires d'État. Pendant que l'historien s'affairait avec les boissons, le procureur se demanda s'il devait commencer par lui exposer l'affaire ou lui avouer qu'il avait déjà été découvert. Il choisit la première option.

Il lui relata en détails le déroulement de la thérapie, lui décrivit les tueurs potentiels – Rudzki, Jarczyk, Kaim, Kwiatkowska –, résuma sa conversation avec le docteur Wrobel, qui lui avait conseillé de chercher la personne manquante. Il lui parla des chiffres porte-bonheur de Telak, des journaux et de l'étrange meurtre de Kamil Sosnowski, dont toute trace avait disparu des archives de la police. Enfin, il lui raconta son échange avec le capitaine Mamcarz et la découverte d'un dossier retiré par une section « D » dont Podolski ne voulait rien dire.

Wenzel garda le silence pendant quelques instants puis il éclata de rire.

« D'après moi, tu sais déjà tout, dit-il. Tu dois juste relier les faits entre eux.

— Pitié, pas de devinettes.

— Ton Sosnowski dans la baignoire, la gorge tranchée, pieds et poings liés… Tu sais certainement qui d'autre a été attaché de la sorte au milieu des années quatre-vingt, mais quelque temps plus tôt. Tout le monde le sait.

— Bon Dieu…

— Pas loin.

— Le père Jerzy Popieluszko.

— Exact.

— Tu es en train de me dire que Kamil Sosnowski a été assassiné par les services secrets comme l'aumônier de Solidarnosc ? Pourquoi ? »

Wenzel haussa les épaules.

« Soit pour tempérer les ardeurs de ses vieux, soit par erreur. De telles choses arrivaient. Je vais te dresser le portrait de ceux dont tu viens de piétiner les plates-bandes, histoire que tu saches de quoi on parle. Tu connais sans doute leur schéma d'action ? Le département III s'occupait de l'opposition, le département IV, de l'Église. L'infiltration des réseaux, le recrutement des indics, la centrale d'informations, le système des dossiers, ça te parle ? »

Szacki confirma.

« Les gens croient que c'était une sorte de milice bureaucratique et que tous ces agents n'étaient que des fonctionnaires nigauds qui compilaient des informations inutiles. Comme ce commandant joué par Kowalewski dans *Conversations sous surveillance*. À ce propos, je déteste tous les réalisateurs de films satiriques de l'époque communiste. Les Bareja, les Checinski, rien que pour ces *Conversations* justement. Ils m'irritent, déclara Wenzel.

— Parce que ?

— Parce que c'est un putain de mensonge. Un mensonge très commode pour tous ces fils de pute. Et qui leur est très utile encore aujourd'hui. Un mensonge grâce auquel les gens ont cru que la République populaire de Pologne était un pays un peu farfelu où, malgré un quotidien pas toujours rose, au moins on se marrait tous.

— Et ce n'était pas un peu le cas ? »

Szacki, lui, adorait les films de Bareja. L'historien soupira et le regarda comme s'il avait l'intention de le congédier.

« Pose la question à ton Kamil Sosnowski. Tu crois vraiment que c'était la seule victime ? Bordel, pourquoi personne ne veut comprendre à quoi ressemblait vraiment la Pologne de l'époque ? Je vais te dire : c'était un système totalitaire fondé sur l'asservissement et la répression des citoyens par tous les moyens disponibles. Un système où le dernier mot revenait toujours à l'appareil de la terreur, et tant pis si ça sonne pathétique. L'appareil de la terreur, c'est-à-dire des services secrets qui espionnaient tout le monde, prêts à intervenir à chaque instant. Putain ! – Wenzel s'emportait visiblement – Tu ne comprends pas qu'ils veulent encore que tu croies ce que racontent les films du style *L'Ours* ou *Un brun le soir* ? Ce n'est pas étonnant. Dans ces films, on ne parle ni des prisons, ni des accidents, ni des disparitions. On n'y parle pas du département III, des maîtres chanteurs et des collabos. On n'y parle pas de la section "D".

— Je suis désolé, admit Szacki. En 1989, j'avais vingt ans.

— Et moi dix-huit. Et alors ? Ça te dispense d'avoir une conscience historique ? Ça t'autorise à réduire ton enfance et la vie de tes vieux à des blagues sur "la dernière Knacki qui reste" ? Félicitations. Tu devrais peut-être en acheter un kilo et les déposer sur la tombe de Jacek Kuron. Qu'il rigole un peu, lui aussi. »

L'activiste du mouvement Solidarnosc avait passé de nombreuses années en prison pour sa lutte contre le régime.

« Je suis vraiment désolé, siffla Szacki, mais je ne travaille pas à l'Institut de la mémoire nationale. Je ne découvre pas les crimes des services secrets chaque jour que Dieu fait. Et lorsque je viens ici pour en apprendre davantage, je me fais engueuler au lieu de recevoir des informations. Si tu veux que je m'en aille, dis-le-moi. Sinon, expose-moi ce que tu sais. Tu peux t'épargner le reste. »

Karol Wenzel passa la main dans ses cheveux.

« "D" comme désinformation et désintégration. Il s'agissait de la structure la plus secrète au sein du ministère de l'Intérieur. Ils se définissaient eux-mêmes comme "une conspiration dans la conspiration". Elle existait aussi bien centralement qu'en région, dans les voïvodies. C'étaient des mecs chargés du sale boulot. Leurs actions consistaient à répandre des rumeurs, à diviser l'opposition, à ternir les réputations. Des chantages, des kidnappings, des passages à tabac, mais aussi des meurtres. Je sais que tu n'en as jamais entendu parler, mais leur existence est logique. Tu crois en un régime dictatorial qui se satisferait de délations et de simples aveux ? Eh bien voilà. »

Teodore Szacki n'avait jamais analysé les choses sous cet angle. Pire, il n'avait jamais entendu parler d'un homme qui l'aurait fait. Mais il devait admettre que tout cela paraissait vraisemblable. Il demanda ce que des agents de la Sûreté qui, mine de rien, franchissaient l'extrême limite pouvaient bien vouloir à un étudiant de vingt ans.

« Comme je te l'ai déjà dit : soit ses vieux, soit une bourde. Qu'est-ce que faisaient ses parents ?

— Ça aussi, c'est étrange, marmonna Szacki. Je n'en sais foutre rien. C'était une maison d'intellos, ils pouvaient être juristes ou médecins. Je n'ai pas encore réussi à les retrouver. J'ai quelques soupçons extravagants mais le plus plausible, c'est qu'ils ont pris leur fille cadette sous le bras et sont partis à l'étranger. C'est ce qu'ils avaient de mieux à faire, vu les circonstances.

— Probablement, oui. En tout cas, il faut que tu saches que les Rouges n'étaient pas débiles. Un attentat direct, comme cela a été le cas pour le prêtre Jerzy Popieluszko, entraînait une affaire, un scandale, un procès, une tempête médiatique à l'Ouest. Mais si soudain on tuait la mère de quelqu'un lors d'un cambriolage – c'est ainsi qu'est morte Aniela Piesiewicz, la mère de l'avocat de·Solidarnosc –, alors tant pis, ça peut arriver à tout le monde. L'enfant de quelqu'un est victime d'un malheureux accident ? La femme d'un gars périt dans l'incendie de sa maison ? Pas de chance. Mais ceux qui devaient recevoir l'information la décryptaient. Tu sais quel jour on a assassiné la mère de Piesiewicz ?

— Vas-y.

— Un 22 juillet, l'anniversaire du fondement de la République populaire de Pologne. Tu crois que c'est un hasard ? Certains aspects de ces meurtres, la manière de ligoter les victimes justement, une date symbolique, c'étaient les signatures de ces barbares rouges. Quand est-ce qu'ils ont tué ton Kamil Sosnowski ?

— Le 17 septembre... date de l'invasion de la Pologne par l'URSS.

— Et voilà ! D'autres questions ? »

La gorge de Szacki devenait sèche. Il pria son hôte de lui offrir un verre d'eau.

« Tu as dit deux fois qu'il pouvait s'agir d'une erreur. Ça arrivait vraiment ?

— Oui, hélas. Pense au fait que les officiers ne se déplaçaient pas eux-mêmes pour faire le boulot. Parfois, à travers divers intermédiaires, on louait les services de criminels de droit commun pour ne pas se salir les mains. Et un malfrat, c'est un malfrat. Soit le type avait mal lu l'adresse, soit il s'était trompé d'appartement, soit les officiers avaient fait une mauvaise reconnaissance du terrain et ne l'avaient pas envoyé où il fallait. Nous avons des comptes rendus de tels cas dans nos archives. C'est choquant. C'est d'autant plus choquant que ceux qui combattaient connaissaient les risques, leurs familles également. Alors que les autres n'étaient au courant de rien et vivaient tranquillement à côté. Mais ça prouve aussi qu'en temps de terreur personne ne peut vivre tranquillement et que l'abandon du combat, le fait de s'enfouir la tête sous le sable, ne protège pas et ne justifie rien. »

Teodore Szacki analysa les informations qu'il venait d'entendre. On pouvait supposer que Kamil Sosnowski avait été assassiné par les services secrets, peut-être en représailles des activités d'opposition de ses parents dont il ne savait rien. La date de sa mort était devenue un jour porte-bonheur pour Henryk Telak. Pourquoi ? Telak était-il impliqué d'une manière ou d'une autre dans le meurtre ? Avait-il bénéficié de cette mort ? Le procureur posa la question à Wenzel.

« Et où est-ce que travaillait ton homme ?

— Il occupait le poste de directeur dans une entreprise d'imprimerie au nom très évocateur de Polgrafex. Une société assez prospère. Nous avons appris qu'il avait mis de côté une somme rondelette et que son assurance vie portait sur à peu près autant. »

Wenzel partit d'un gros rire.

« Tu sais à qui appartient Polgrafex ? »

Szacki répondit par la négative.

« Aux Sociétés polonaises de hasard, connues pour posséder le monopole de nos casinos, à peu de chose près. Mais très réputées aussi pour leur opacité, vu qu'aucun procureur du pays, ni aucun inspecteur des finances, n'est capable de leur chercher des poux. Et enfin, parce qu'elles sont saturées d'ex-agents. Si tu te demandais encore si Telak était impliqué dans les services secrets d'avant la chute du Mur, alors tu peux arrêter. Il l'était certainement. La question qui reste, c'est de savoir s'il avait trempé dans le meurtre de ce garçon. Et si c'est pour ça qu'il vient de se faire assassiner. Mais là, je ne peux pas t'aider. Je peux essayer de vérifier s'il était agent des services du renseignement dans les années quatre-vingt, mais s'il travaillait à la section "D", alors tu peux être sûr que tout a été nettoyé avec soin.

— Détruit ?

— Bien sûr que non. On ne détruit pas ce genre de choses. Elles reposent bien tranquillement dans un coffre quelque part, dans une villa de la banlieue chic de Konstancin. »

Szacki demanda s'il pouvait allumer une cigarette. Il pouvait, mais à l'extérieur. Il sortit sur un minuscule balcon. L'air était lourd, sans aucune brise, l'atmosphère devenait collante, le ciel se couvrait peu à peu de nuages couleur d'encre. Il espérait qu'un solide orage éclate enfin. Tout le monde attendait ça avec impatience. Szacki restait calme. Chaque nouvelle pensée permettait de mettre un élément à sa juste place ; deux faces étaient déjà complétées sur son Rubik's Cube mental. Bien des morceaux du puzzle n'étaient réunis, il est vrai, que par de vulgaires suppositions et non des pistes, sans parler de preuves concrètes, mais son intuition lui indiquait que cette affaire ne deviendrait pas un autre CSS sur une étagère poussiéreuse. Il voulait parler avec Wenzel d'un autre aspect des choses.

« Ils ont déjà posé des questions à mon sujet », annonça-t-il à son retour sur le canapé.

Wenzel clappa des lèvres.

« C'était à prévoir. Ils devaient t'avoir à l'œil depuis le jour où ils ont appris que tu étais chargé de l'enquête. Maintenant, ils veulent se rapprocher pour pouvoir intervenir rapidement si le besoin s'en fait sentir.

— Qu'est-ce qu'ils savent ?

— Le mieux est de considérer qu'ils savent tout. Même si tu te trompes, ce ne sera pas de beaucoup. »

Szacki hocha la tête. Dieu de miséricorde, il n'arrivait toujours pas à croire que ça se déroulait dans la réalité.

« Qui sont ces "ils" ? demanda-t-il.

— Bonne question. J'en sais déjà pas mal sur eux, mais en même temps ça reste très peu. As-tu lu *Le Dossier Odessa,* de Frederick Forsyth ? »

Le procureur confirma.

« Alors tu sais qu'"Odessa" était un réseau d'anciens officiers SS qui ont constitué une organisation souterraine après la guerre pour soutenir leurs frères d'armes.

L'argent, les postes, les affaires, l'aide pour se cacher, les fausses pistes, les papiers contrefaits, les nouvelles identités, parfois la suppression de ceux qui en soupçonnaient trop ou étaient trop motivés pour découvrir la vérité. Je sais que la plupart de nos compatriotes trouveraient l'analogie hallucinante, mais nous aussi nous avons notre Odessa. Sauf que le "ss" signifierait "services de la Sûreté" dans notre cas. Et qu'il se pourrait que la nôtre fonctionne bien mieux que l'originale. Nos officiers n'ont jamais dû fuir en Argentine, ils n'ont jamais été véritablement traqués et les quelques timides investigations ont été étouffées dans l'œuf. Nous n'avons même pas été capables de foutre en taule les commanditaires du meurtre du père Popieluszko – alors les centaines, voire les milliers d'affaires plus modestes, n'en parlons pas. Pense un peu : un réseau parfaitement organisé, une tonne d'informations sensibles, de quoi faire chanter pratiquement n'importe qui, des dossiers qu'on ressort au moment opportun, une fortune immense qui provient tant du passé que du braquage du patrimoine de l'État lors des privatisations des années quatre-vingt-dix, puis des seize années d'activités fructueuses durant l'économie de marché. Tu sais par quel mot on définit d'ordinaire une telle organisation ?

— La Mafia.

— Exactement. C'est peut-être la seule qui peut se mesurer aux meilleurs modèles italiens. Voilà qui sont ces "ils". Donc, si tu comptes leur mettre le grappin dessus d'une manière ou d'une autre, alors laisse tomber tout de suite. Tu y songeras le matin et, le soir, tu pleureras sur le cadavre de ta fille. Et puisque tu ne seras pas en mesure de résoudre ton affaire sans ça, alors laisse-la aussi au placard. Ça n'en vaut pas la peine.

— Et toi ?

— Moi, je suis l'un des seuls enquêteurs qui s'occupent véritablement des crimes des anciens services. Pour être franc, même dans mon milieu, on me prend pour un cinglé, un bouffeur d'agents. Personne ne me soutient, mes travaux sont systématiquement ignorés. Ça ne m'étonne pas, l'Institut de la mémoire nationale est l'administration la mieux infiltrée par notre "Odessa". Probablement encore mieux que, avec tout le respect que je te dois, les bureaux du parquet. Bien sûr, ils savent tout ce que je fais mais ils m'estiment inoffensif. À part ça, j'ai une maladie incurable. Bien qu'il soit difficile de s'en apercevoir aujourd'hui, il me reste deux ans à vivre, tout au plus. J'en connais un rayon, mais je me rends compte que je ne publierai rien de mon vivant. Un jour, peut-être, quand ils seront tous morts, un historien quelconque utilisera ce que j'ai réuni.

— N'exagère pas, répliqua Szacki, nous ne sommes pas en Sicile. On parle probablement de deux ou trois gars qui louent anonymement un bureau à Varsovie-Centre pour y jouer aux grands méchants agents des services secrets, trop fiers d'avoir sorti dans le temps quelques dossiers en douce. Pour ce qui me regarde, je vais faire mon travail. »

Wenzel grimaça.

« J'exagère ? Corrige-moi si je me trompe, mais est-ce qu'en 1989 tu as vu exploser une espèce de bombe "K" qui aurait vaporisé d'un seul coup tous les putains d'apparatchiks rouges, toutes les crapules à la solde des soviétiques, tous les agents, les indics, les collaborateurs, toute cette racaille totalitaire ? Je vais te dire une bonne chose : ils vont t'acheter ou t'effrayer. Sans doute pas plus tard qu'aujourd'hui, dès qu'ils apprendront que nous avons parlé. Juste comme ça, au cas où.

— Tu ne me connais pas.

— Je connais ceux qui sont venus ici avant toi. Tout aussi incorruptibles. Tous me disaient que je ne les connaissais pas. Et depuis lors je n'ai plus entendu parler ni d'eux, ni des affaires dont ils s'occupaient. Je ne leur en veux pas. C'est la vie. Quand, du point de vue personnel, tu as beaucoup à gagner ou beaucoup à perdre, il est facile de changer d'avis. »

2

Au bureau, il commença par prendre rendez-vous pour le lendemain avec le docteur Jeremiasz Wrobel. L'idée folle d'une expérience avait germé dans son esprit, mais pour la mener à bien il devait d'abord en établir les paramètres avec le thérapeute. Chose curieuse, Wrobel, qui l'avait tant irrité durant leur conversation par son attitude hautaine et ses plaisanteries salaces, s'était finalement inscrit dans sa mémoire comme un homme sympathique et digne de confiance. L'idée de le rencontrer de nouveau lui faisait plaisir.

Ensuite, il appela Kuzniecov. Le policier décrocha le téléphone pour une fois, mais il se montra cafardeux, comme d'habitude.

« En théorie j'en ai un peu, mais en pratique c'est un zéro pointé si colossal qu'on pourrait y déverser tout le fric détourné par l'équipe du maire Piskorski en billets de dix zlotys, répondit-il à la question de ses progrès dans l'enquête sur le passé de Telak. Nous avons retrouvé ses copains du lycée, ils se rappellent à peine qu'il a fréquenté la même classe qu'eux. Nous avons retrouvé ses camarades d'études, qui se le rappellent aussi peu. Nous avons retrouvé ses collègues des Ateliers d'impression de Varsovie, où Telak a atterri aussitôt son diplôme en main. La plupart ne s'en souviennent pas du tout, il n'y a qu'un contremaître à se rappeler que Telak apprenait vite et voulait expérimenter de nouvelles technologies. Ce qui, à l'époque, devait impliquer des imprimantes à jet d'encre, j'imagine. D'ailleurs, je n'en sais rien.

— Laisse tomber Henryk Telak, déclara Szacki après un moment d'hésitation. Nous ne trouverons rien. Il semblerait que nous avons fouillé le passé de la mauvaise personne.

— Parfait. » Oleg ne cachait pas son amertume. « Mais si tu veux qu'on cherche maintenant les potes du lycée de quelqu'un d'autre, alors trouve-toi un autre commissariat de quartier pour ce boulot. Ou demande l'aval de la direction départementale.

— Ne t'inquiète pas. Ce ne sont que des petites choses. Et peut-être même les dernières à vérifier dans cette enquête. Écoute… »

Szacki se tut un instant et parcourut du regard son bureau ; il se rappela les mises en garde de Podolski et de Wenzel.

« … ou plutôt non, n'écoute pas, ce n'est pas un sujet à débattre au téléphone. Nous devons en parler de vive voix.

— Très bien. De toute façon, il fallait que je sorte. Je peux passer au parquet.

— Non, non, ce n'est pas une bonne idée. Rencontrons-nous plutôt sur les escaliers du ministère de l'Agriculture. Dans un quart d'heure. »

Kuzniecov soupira de manière théâtrale, chuchota un « d'accord » d'une voix martyrisée et raccrocha.

Szacki consacra le quart d'heure suivant à noter ce qu'il avait entendu de la bouche de Wenzel et à esquisser ses propres hypothèses. Il se demanda aussi ce qu'il attendait précisément de Kuzniecov et quelle partie de ses idées il devrait lui dévoiler. Commençait-il déjà à penser comme un paranoïaque ? Ça en avait tout l'air. Bien évidemment, il confierait tout à son ami et ils décideraient ensemble de la marche à suivre. Ils avaient toujours procédé ainsi. Il arracha une feuille de son cahier et la coupa en deux. Sur une moitié, il inscrivit les noms des personnes impliquées dans l'affaire, sur l'autre, ceux des gens en rapport avec le meurtre de 1987. Pouvait-on les relier d'une manière ou d'une autre ? Existait-il entre eux un autre lien que Telak ? À ce moment précis, il était persuadé qu'il en existait au moins un. Mais il n'excluait pas qu'il pût s'agir d'une fausse piste. Et la personne qui faisait d'après lui le pont entre les deux affaires pourrait ne pas être, au final, celle qu'il soupçonnait à présent. Par bonheur, il avait une idée de mise en scène pour le découvrir une bonne fois pour toutes.

Comme d'habitude, au moment où il se tenait sur le pas de la porte, le téléphone sonna.

« Puis-je parler avec monsieur le procureur Teodore Szacki ? » La voix était paisible, âgée. Szacki ne la reconnut pas.

« Lui-même. Et vous êtes ?

— Je suis un vieil ami d'Henryk Telak. Nous avons travaillé dans le temps au sein de la même entreprise. Nous devrions parler. Je vous attendrai dans une demi-heure au restaurant italien de la rue Zurawia. Celui entre la rue Krucza et la rue Bracka. J'espère que vous n'avez pas encore mangé. Je serai ravi de vous inviter à déjeuner. »

Wenzel avait vu juste. Pas plus tard qu'aujourd'hui.

3

L'homme commanda de l'eau et attendit. L'envie d'un café le tiraillait, mais il en avait déjà bu deux et, ce jour-là, la pression – tant atmosphérique que celle de son sang – faisait des bonds spectaculaires. De toute manière, il ne se refuserait pas un petit espresso en fin de repas, en conséquence de quoi boire un autre café maintenant relèverait de la stupidité. Il en avait conscience, mais souffrait quand même. C'est drôle de constater à quel point les habitudes minuscules pouvaient tourner à l'obsession.

Le procureur Teodore Szacki se montra ponctuel. Il arriva dans un costume d'un gris argenté, rigide, sûr de lui. Sans hésitation et sans parcourir la salle du regard, il se dirigea vers la table et s'assit face à lui. Il ne lui tendit pas la main. Il aurait fait un excellent officier des services secrets. Le procureur ne dit mot, lui aussi garda le silence. Finalement, il décida de le rompre ; il n'avait pas le temps de jouer au grand méchant loup jusqu'au soir.

« J'ignore si vous connaissez cet endroit, mais rendre visite directement au cuisinier donne de bien meilleurs résultats que de s'adresser au serveur. On peut observer ce qu'il fait, discuter, choisir. Et, bien sûr, composer soi-même sa salade. »

Szacki hocha la tête. Ils se levèrent. Lui – encore une habitude qui s'était transformée en obsession – opta pour une petite portion de roquette et de mozzarella ; le procureur commanda des aubergines et des artichauts grillés, de la romaine et quelques tomates séchées. En guise de plat principal, et toujours sans s'adresser la parole, ils penchèrent pour des tortellinis à la ricotta et aux champignons pour l'un et pour des cannellonis aux épinards sauce gorgonzola pour l'autre. Assurément, on ne trouvait de meilleures *pasta* que sur l'avenue de Cracovie, non loin de l'aéroport.

« Vous comptez m'acheter ou m'effrayer ? » demanda Szacki lorsqu'ils furent revenus à table.

Un point pour lui. S'il avait gardé le silence aussi longtemps pour réfléchir à la meilleure manière d'ouvrir cette discussion, alors il avait réussi. Il ne s'attendait pas à une telle entrée en matière. À présent, il était obligé de faire partiellement machine arrière, ce qui le plaçait d'entrée de jeu en mauvaise posture. La roquette lui sembla plus amère que d'ordinaire.

« Je vois que vous aimez vous habiller avec soin, dit-il en indiquant son costume.

— Je préfère dire avec élégance. »

Il sourit.

« L'élégance commence à partir de dix mille zlotys. Vous, vous êtes soigneux.

— Alors un pot-de-vin... À dire vrai, ça fait un

petit moment que je suis curieux de voir combien vous allez me proposer. Vous pouvez donc vous épargner les préliminaires et m'annoncer directement un chiffre. On saura où on en est avant même l'arrivée de nos plats. »

Un deuxième point. Soit il jouait avec lui, soit il avait effectivement besoin d'argent. Était-il possible que ça pût être aussi simple ? Il en avait tant appris à propos du procureur Szacki qu'il avait perdu de vue son statut de fonctionnaire d'État, payé une misère et aussi avide de fric que n'importe lequel de ses collègues. Il se sentait déçu mais, en effet, on pouvait peut-être boucler l'affaire avant l'arrivée des pâtes.

« Deux cent mille. Pour cinquante, vous pourrez faire un tour du monde avec votre famille. À moins que vous ne préfériez le faire avec votre maîtresse ? Au demeurant, je ne sais pas comment évoluera votre liaison après le baiser d'hier. Avec l'argent qui restera, vous pourrez acheter à votre fille un petit appartement qui prendra sagement de la valeur en attendant sa majorité. »

Szacki s'essuya les lèvres avec sa serviette.

« Vous comptez prendre une commission pour vos conseils en investissement ? dit-il sur un ton sarcastique. À moins que votre donation soit assujettie à la condition de suivre vos suggestions de dépenses ? »

Troisième point. Il en avait trop dit et s'était fait taper sur les doigts. Il était grand temps de reprendre le contrôle de la conversation.

« Deux cent mille et, bien évidemment, nous allons vous aider à justifier cette rentrée d'argent. Ma proposition est sérieuse, je vous serais donc reconnaissant d'arrêter vos moqueries.

— Je vous donnerai ma réponse jeudi, la semaine prochaine. »

Erreur.

« Non, vous me la donnerez tout de suite. Ce n'est pas un entretien d'embauche mais l'offre d'un gigantesque dessous-de-table. Vous devez prendre votre décision sans consulter vos amis, votre femme, votre maîtresse, vos parents ou je ne sais trop qui. Vous avez le temps jusqu'à, disons, la fin de notre café d'adieu, après le repas. »

Szacki acquiesça d'un signe de tête. Le serveur apporta les plats, et ils se mirent à manger. Ils commandèrent aussi deux verres d'eau : malgré la climatisation, les chemises collaient à la peau. Le ciel était sombre, des éclairs et des coups de tonnerre leur parvenaient du lointain, mais pas une goutte de pluie n'était encore tombée sur le centre-ville.

« Et si je refuse ? demanda Szacki.

— J'en serai désolé. Essentiellement parce que vous êtes un procureur brillant et, à ce qu'on m'a dit, un homme très sympathique. Mais, par hasard, vous avez touché à un monde qu'on ne doit pas toucher. Je pense que cet argent vous serait utile, qu'il vous simplifierait la vie. D'ailleurs, regardons la vérité en face, cette affaire finira classée quoi qu'il arrive.

— Dans ce cas, pourquoi n'attendez-vous pas paisiblement qu'elle le soit ?

— Pour le dire gentiment, ma tranquillité et celle de mes compagnons sont ma priorité. Nous ne nous sentons pas en danger, ne vous donnez pas cette importance. Nous craignons simplement que, si vous faites trop de grabuge, ça ne nous coûte plus d'argent, plus d'énergie, et que cela nous oblige à commettre plus de ces actes que, en dépit des opinions qui circulent à notre sujet, nous avons toujours considérés comme un mal nécessaire.

— Donc, au final, des menaces. Quel cliché.

— J'en suis conscient et bien plus que vous, veuillez me croire. Je vous respecte trop pour vous dire ce dont nous sommes capables, ce que nous savons à propos de votre famille, de vos amis, vos connaissances, vos collègues de travail, vos témoins, vos suspects et tutti quanti. Je voudrais simplement éviter que vous vous fassiez une fausse idée de notre faiblesse car, guidé par cette impression trompeuse, vous pourriez accomplir un geste sur lequel il serait impossible de revenir, un geste qui ne pourrait pas être discuté autour d'une table dans un restaurant agréable. »

Teodore Szacki ne répondit rien. Il finit son plat sans un mot. Enfin, il demanda :

« Vous n'avez pas peur que je sois en train d'enregistrer cette conversation ? »

Il s'en fallut de peu qu'il ne recrache un délicieux morceau de tortellini dans son assiette. Il s'attendait à beaucoup de choses, mais pas à une mauvaise réplique pour film d'espionnage tourné par des collégiens option cinéma. Il se sentait embarrassé par l'obligation de répondre.

« Je sais que vous ne l'enregistrez pas. C'est évident. La question est de savoir si moi, je ne suis pas en train de l'enregistrer. La question, cher monsieur, est de savoir si mon ami du laboratoire criminalistique du commissariat central ne la découpera pas d'une manière si parfaite que son collègue chargé de l'analyser sur ordre du parquet régional ne s'apercevra pas qu'il s'agit d'un montage. Et vos supérieurs hiérarchiques en seront réduits à se demander mille fois comment vous avez pu être culotté au point d'exiger un bakchich d'un demi-million.

— C'est du bluff.

— Dans ce cas, testez-moi.

— Encore du bluff. »

Il soupira et écarta son assiette vide. La sauce était si délicieuse qu'il avait envie d'essuyer l'assiette avec ses doigts. De la poésie pure. Il se demanda si l'heure de la démonstration de force avait sonné. Un serveur s'approcha et il lui commanda deux cafés serrés ainsi qu'une portion de tiramisu. Szacki ne voulait pas de dessert. Encore une erreur. Par ce refus, il avait dévoilé son anxiété. Donc, il suffisait de lui mettre encore un peu la pression et l'affaire serait dans la poche.

Il parcourut du regard le restaurant. Malgré l'heure du déjeuner, il était presque vide, la plupart des clients occupaient des tables au-dehors, pratiquement invisibles de l'intérieur. Dans leur partie de la salle, il n'y avait que deux hommes d'affaires dans des costumes haut de gamme mais loin d'être élégants, plongés dans une discussion devant l'écran d'un ordinateur portable. Un couple d'une trentaine d'années devant une pizza, probablement des étrangers – lorsqu'ils élevaient la voix, on distinguait des mots d'anglais. Enfin, un homme seul portant une chemise en lin, absorbé dans la lecture de son journal.

Le serveur apporta les cafés. Il ajouta dans sa tasse deux cuillères d'un sucre de canne non raffiné et touilla soigneusement. Le fluide qui en résulta avait la consistance d'un caramel laissé sur le tableau de bord d'une voiture un jour de canicule. L'homme en but une petite gorgée.

« Du bluff, dites-vous. Écoutez-moi bien. Je pourrais maintenant sortir le flingue que j'ai sur moi et vous mettre une balle dans la tête. Simplement, comme ça. Ça nous poserait quelques difficultés, ça ferait du grabuge, la presse, une enquête… On dirait partout que c'est la Mafia, des règlements de comptes, que vous avez marché sur les plates-bandes du mauvais gars. On s'apercevrait que vous n'étiez pas aussi propre que ce que tout le monde avait cru. On retrouverait un enregistrement étrange. Pour finir, on en viendrait à la conclusion en haut lieu que ça ne valait pas la peine de trop fouiller là-dedans. Bien sûr, je ne ferais jamais une chose pareille. Ce serait de la stupidité pure. Mais, en théorie, je le pourrais. »

Szacki but son café d'une traite, enleva sa serviette de ses genoux et la déposa sur le coin de la table.

« C'est le bluff le plus idiot que j'aie entendu de toute ma vie, déclara-t-il, lassé. Je suis navré de constater qu'il vous manque une case. Au besoin, je peux vous indiquer un spécialiste. Je fréquente bon nombre de psychologues ces temps-ci. Quoi qu'il en soit, il faut que j'y aille. Merci pour le déjeuner. J'espère que nous ne nous reverrons plus jamais. »

Teodore Szacki recula sa chaise.

De l'étui qu'il portait sous le bras, l'homme sortit un minuscule pistolet équipé d'un silencieux intégré et le pointa vers le cœur du procureur.

« Assieds-toi », murmura-t-il.

Szacki blêmit mais garda son sang-froid. Très lentement, il rapprocha sa chaise de la table.

« J'ignore à quel point vous êtes taré, dit-il avec calme, mais sans doute pas au point de me tuer devant témoins.

— Et que se passerait-il, répliqua son interlocuteur en souriant avec douceur, s'il n'y avait aucun témoin dans cette salle ? Que se passerait-il s'il n'y avait autour de nous que mes collaborateurs ? »

Comme sur un coup de sifflet, le couple d'étrangers, le liseur à la chemise de lin et les deux hommes d'affaires tournèrent leur visage vers le procureur et le saluèrent joyeusement de la main. Le procureur jeta un coup d'œil au bar. Le serveur le salua de la même manière.

L'homme enleva le cran de sûreté de l'arme et enfonça le canon dans la poitrine du procureur. Une trace allait y rester, il le savait, accompagnée par l'odeur du cambouis. Tant mieux, que ça lui serve d'aide-mémoire.

« Avez-vous d'autres questions ? demanda-t-il. Voudriez-vous me répéter une fois de plus que je bluffe ? Ou bien souligner à quel point je suis taré ?

— Non, répliqua Szacki.

— Parfait », dit-il. Il rangea le pistolet dans son étui et se leva de table. « Je n'attends pas de déclaration de votre part. Je sais que ça serait humiliant pour vous. Mais j'ai le privilège de croire que c'était notre dernière conversation. »

Il sortit en faisant signe à l'homme à la chemise de lin de régler la note. Tandis qu'il marchait vers la voiture qui l'attendait, le vent se leva et de grosses gouttes commencèrent à tomber sur la ville poussiéreuse, annonçant un orage à venir. Non loin de là, la foudre frappa.

4

Trempé de sueur et de pluie, il vomissait à genoux dans les toilettes du parquet du district de Varsovie-Centre. Il n'arrivait pas à interrompre les spasmes. Il avait expulsé les cannellonis, il avait expulsé les artichauts grillés et son petit déjeuner, une bile amère coulait de sa gorge, et il n'arrivait pas à interrompre les spasmes. La tête lui tournait et des points blancs virevoltaient devant ses yeux. Finalement, il réussit à reprendre son souffle, à tirer la chasse d'eau et à s'asseoir par terre sur le carrelage. Son front appuyé contre les carreaux froids, il tentait de respirer lentement. Un nouveau haut-le-cœur secoua ses entrailles mais, cette fois-ci, il réussit à retenir le contenu de son estomac. Il enleva sa cravate couverte de vomissures et la jeta dans la poubelle attenante à la cuvette. Encore quelques inspirations. Il se leva, marcha d'un pas chancelant jusqu'à son bureau et ferma la porte à clé. Il devait réfléchir.

Il saisit le combiné pour appeler Oleg mais le reposa sur le socle avant d'avoir composé le numéro. Primo, il ne pouvait le dire à personne. À personne. Aucune conversation n'avait jamais eu lieu dans un restaurant italien, il n'y avait jamais eu de pseudo-Odessa, jamais personne n'avait essuyé le bout de son flingue sur sa chemise. Une marque brunâtre demeurait visible sur le tissu. Un jour, il trouverait le moyen de faire plonger ces fils de pute ; un jour, il les réduirait en poussière, mais pour le moment, pas un mot. Tous ceux qui rentraient en contact avec lui se trouvaient maintenant menacés. Celui qui en apprendrait trop pourrait subir un malencontreux accident. Un mot de travers pouvait signifier que ses proches seraient en danger chaque fois qu'ils traverseraient la rue, cela même sur les clous, cela même au feu vert. Weronika, Hela, Monika également. Du reste, Monika – il fallait mettre un terme au plus vite à cette stupide liaison pour leur ôter des mains l'un des leviers du chantage.

Il l'appela, lui annonça qu'il voulait la voir quelques

instants. Il prit pour cela son ton le plus officiel. Elle rit, déclara se sentir inculpée de génocide. Il n'entra pas dans son jeu. À son grand regret, elle n'habitait pas dans le centre ; elle était restée à la maison pour rédiger un papier et n'en bougerait pas tant qu'elle n'aurait pas fini.

« Je pourrais peut-être passer prendre un café ? » proposa-t-il, n'arrivant pas à croire ce qu'il était en train de faire. De toutes les manières possibles de clore leur relation, celle-ci était certainement la pire.

Bien évidemment, elle se montra ravie – comment pouvait-il en être autrement ? Il lui demanda son adresse et ne put contenir un éclat de rire lorsqu'elle la lui dicta.

« Qu'est-ce qui te fait marrer ?

— Rue Andersen ? Sérieusement ? On voit tout de suite que tu n'es pas de Varsovie.

— Pourquoi ?

— Tu m'avais dit habiter le si charmant quartier Zoliborz !

— D'accord, admettons, c'est le quartier Bielany.

— Bielany ? Fillette, rue Andersen, c'est la province, une banlieue-dortoir.

— Administrativement, c'est encore le quartier Bielany. Et puis, je dois t'avouer que tu n'es pas très sympa.

— Et si j'apporte des beignets pour le café ?

— Je te pardonnerai peut-être. Je vais y réfléchir. »

Dix-huit heures approchaient. Il était coincé dans le trafic sur la place Bankowy et écoutait la radio. Les essuie-glaces fonctionnaient à plein régime, des éclairs cognaient le cœur même de la cité, il avait l'impression qu'une bonne moitié d'entre eux heurtaient l'antenne de sa Citroën. Une boîte de pâtisseries occupait le siège passager. Il avait vomi peu avant mais, à présent, il se sentait capable de les avaler toutes et d'embrayer sur un jambonneau entier. À côté du paquet, il avait déposé un bain de bouche à la menthe, acheté sur le chemin. Il l'avait utilisé une première fois de suite, sur le parking, pour effacer le goût de la bile. Il se rinça la bouche une nouvelle fois, ouvrit la portière et cracha le liquide sur l'asphalte mouillé. Les habitants qui patientaient à l'arrêt de bus le regardèrent avec étonnement.

Dix-huit heures. Il monta le volume de son poste et changea de station, passant de l'Anti-radio à Radio Zet. Il voulait avoir les infos.

« Nous ouvrons cette édition par une tragédie à Varsovie », annonça l'animateur sur un ton tellement joyeux que Szacki se demanda si Radio Zet avait droit à des réductions d'impôts pour employer autant d'attardés mentaux. « En pleine ville, dans un lieu pourtant entouré d'arbres et d'immeubles de plusieurs étages, la foudre a tué cet après-midi une femme qui se rendait à l'école primaire pour rejoindre sa fille de sept ans. Nous retrouvons notre envoyé spécial au quartier Praga nord. »

Teodore Szacki crut qu'il avait cessé d'exister. Il n'était plus qu'attente, que terreur et espoir qu'il ne s'agisse pas d'elle. Il se gara sur un arrêt de bus et coupa le moteur.

« La détonation a été assourdissante. Je n'ai rien entendu de tel de toute ma vie, relatait un vieil homme d'une voix excitée. Avec mon épouse, nous nous tenions devant la fenêtre pour observer les éclairs, nous aimons ça. Nous avons vu cette femme qui courait d'un arbre à l'autre pour éviter la pluie, mais elle était de toute manière trempée jusqu'aux os. »

Il imagina la scène. Weronika en jeans, sandales, un T-shirt mouillé collé à sa peau, les cheveux assombris par l'eau, des gouttes sur ses lunettes.

« Tout d'un coup, il y a eu une déflagration et un flash de lumière simultanés. J'ai cru que c'en était fini de moi. Toute la cour s'est illuminée. J'étais aveuglé. Je crois qu'elle n'a même pas crié. Quand j'ai commencé à voir de nouveau, je me suis aperçu qu'elle était étendue par terre. »

La voix du reporter :

« C'était monsieur Wladyslaw, un habitant de la rue Szymanowski. L'ambulance est arrivée juste après le drame mais les secouristes n'ont pas réussi à ranimer la victime. Sa fille se trouve en ce moment même prise en charge par des psychologues de la police. En direct de la rive droite, c'était Marek Kartaszewski pour Radio Zet. »

La voix de l'animateur :

« Nous reviendrons sur le sujet dans le grand journal de dix-neuf heures. Notre antenne accueillera à cette occasion un professeur de l'École Polytechnique de Varsovie, grand spécialiste des décharges atmosphériques. Politique intérieure : le président de l'Assemblée nationale Wlodzimierz Cimoszewicz a déclaré lors d'une conférence de presse… »

Szacki n'écoutait plus. Il composa le numéro de Weronika pour la cinquième fois d'affilée et, pour la cinquième fois, il tomba sur la messagerie. À demi conscient, il réussit à joindre les renseignements, nota le numéro de l'école d'Hela, située rue Szymanowski, et appela. Occupé. Il composait tour à tour les deux numéros. Le premier ne répondait pas, le second sonnait occupé. Il était sur le point de contacter Oleg

411

lorsqu'il entendit un signal d'attente. Il ne savait plus de quel numéro il s'agissait.

« École primaire, j'écoute.

— Bonjour, Teodore Szacki à l'appareil. Ma fille est chez vous en CE1. Je voulais savoir si ma femme est déjà venue la chercher. »

Il était persuadé que la femme répondrait : « Comment ça, monsieur, vous n'êtes pas au courant ? » Il entendait presque ces paroles résonner et il avait envie de raccrocher pour repousser le moment où il apprendrait avec certitude que sa femme était couchée morte sur le bitume d'une cour de la rive droite, qu'il était devenu veuf et que sa petite fille adorée ne verrait plus sa maman.

Il s'imaginait déjà habitant seul avec Hela, leur entrée commune dans un appartement silencieux. Est-ce qu'après un drame pareil le mystérieux ex-agent des services de Sûreté continuerait à le menacer ? Est-ce que Monika voudrait encore le revoir ? Est-ce qu'Hela pourrait apprécier la journaliste ? Il était furieux contre lui-même d'avoir ces pensées idiotes.

« Une minute, je vais vérifier », répondit la secrétaire de l'école, et elle reposa l'écouteur.

À tous les coups, elle est partie chercher un policier, se dit-il. Elle a peur de me l'annoncer.

Quelqu'un reprit le combiné en main.

« Salut Teo. » Il entendit une voix d'homme et eut envie de hurler de désespoir. « Konrad Chojnacki, récemment muté à Praga nord, anciennement du commissariat central. On a travaillé ensemble il y a un an, sur l'affaire du ferrailleur, tu te souviens de moi ?

— J'en ai rien à foutre. Dis-le-moi, point barre ! lança-t-il d'une voix rauque.

— Qu'est-ce que je dois te dire ?

412

— La vérité, bordel, quoi d'autre ? »

Il commença à sangloter dans le combiné, incapable d'articuler un mot supplémentaire. Il voulait l'entendre une bonne fois pour toutes.

« Bon Dieu, Teo, qu'est-ce qui t'arrive ? Minute, je te repasse mon épouse. »

L'épouse ? Quelle épouse ? De quoi parle-t-il ? Il entendait des chuchotements en fond sonore.

« Monsieur Szacki ? dit la même voix féminine que tout à l'heure. Hela n'est plus là. Sa mère l'a récupérée il y a une demi-heure de cela. »

Il n'y comprenait plus rien.

« Et le tonnerre ?

— Ah oui, une histoire horrible, Konrad me l'a racontée. Mon Dieu, quand je pense que ça aurait pu arriver chez nous, dans notre école, que la maman de l'un de nos petits aurait pu être tuée, franchement, ça me donne envie de pleurer. Une tragédie. Mais ne quittez pas, je vais vous repasser mon mari. »

Szacki raccrocha. Il ne voulait pas discuter maintenant avec un vieux copain surgi au pire moment et au pire endroit. Il appuya sa tête contre le volant et pleura, de soulagement cette fois. Son téléphone sonna.

« Salut ! Pourquoi tu me harcèles comme ça ? Il est arrivé quelque chose ? On faisait les courses, je n'ai pas entendu mon portable. »

Il prit une grande inspiration. Il avait envie de tout lui avouer, mais à la place il mentit :

« Tu sais que, parfois, je m'occupe d'affaires dont je n'ai pas le droit de parler, ni à toi ni à personne d'autre ?

— C'est le boulot. Moi aussi, je pourrais perdre mon poste si je te transmettais les détails de certains procès.

— Justement, je dois rester travailler tard aujourd'hui et je ne peux pas trop t'expliquer pourquoi.

— Tard à quel point ?

— Je ne sais pas. Tard. Je serai au commissariat central. Je t'enverrai un SMS dès que je pourrai.

— Dommage, Hela sera triste. Rappelle-toi au moins de manger un vrai truc, au lieu de te nourrir de Coca et de barres chocolatées. Tu vas prendre du bide et moi j'aime pas les mecs avec une brioche. Compris ? »

Il fit la promesse solennelle de manger une salade, lui dit qu'il l'aimait et assura qu'il trouverait un moyen de compenser son absence auprès d'Hela durant le week-end. Après quoi il redémarra le moteur et s'inséra dans le flot des véhicules en direction du quartier Bielany.

L'immeuble de la rue Andersen était immense et immonde, comme toutes les tours d'habitations de ce quartier, mais l'appartement se révéla plutôt joli, quoique bas. Et étonnamment grand pour une seule personne. Près de soixante mètres carrés à vue d'œil. Un verre de vin blanc glacé à la main, il visita les lieux. Des livres encombraient un salon décoré en tout et pour tout d'une télé antédiluvienne et d'un immense canapé mou. Dans les deux pièces plus petites, Monika avait aménagé une chambre à coucher et une penderie-débarras. On voyait au premier coup d'œil qu'il s'agissait d'un appartement de location ; le mobilier de la cuisine et les meubles des autres pièces semblaient crier haut et fort : « Bonjour, nous avons été fabriqués dans les années soixante-dix, lorsque Ikea n'existait pas encore ! » Bien entendu, le vestibule avait été recouvert d'un lambris de pin.

Il y avait des photos accrochées absolument partout. Collées, percées de punaises, encadrées, sous verre. Des cartes postales, des souvenirs de voyage, des instantanés de soirées, des images de journaux. La plupart d'entre elles avaient un caractère privé : Monika fillette avec un éléphant gonflable, Monika sur un chameau, Monika en train de dormir par terre, un caleçon (le sien ?) sur la tête, Monika au ski, Monika à la mer, Monika lisant nue, étendue dans l'herbe. Il reconnut la photo qu'elle lui avait envoyée – en robe blanche sur la plage. Szacki vit à quel point elle était jeune et fraîche sur ces portraits et il se sentit terriblement vieux. Tel un oncle en visite chez sa nièce. Qu'est-ce qu'il foutait ici ?

Plus tôt dans la voiture, il avait enlevé sa veste, déboutonné le col de sa chemise et retroussé ses manches. Auprès de Monika néanmoins – pieds nus, dans un short en jean et un T-shirt affichant une reproduction des *Oiseaux de nuit* d'Edward Hopper –, il ressemblait à un fonctionnaire d'État. Il sourit à cette idée. Après tout, il était bien un fonctionnaire d'État, à qui d'autre aurait-il pu ressembler ?

« Je me suis demandé si je ne devais pas enlever la moitié de ces photos dès que j'ai su que tu venais. J'ai même commencé. Puis j'ai tout laissé en plan et je suis partie faire quelques courses. Tu aimes les pâtes aux épinards ?

— Pourquoi ?

— Mine de rien, c'est l'heure du déjeuner. Je me suis dit qu'on pourrait manger un morceau avant de prendre ce café. »

Elle paraissait terriblement tendue. Son regard fuyait

le sien, sa voix hésitait, les glaçons tintaient dans son verre. Elle ne restait pas en place, sautillait presque autour de lui. Finalement, elle fila vers la cuisine.

« Pourquoi voulais-tu enlever les photos ? cria-t-il dans sa direction.

— Je suis horrible sur certaines ! Trop maigre ou trop grasse, trop infantile, ou d'autres trucs qui ne vont pas. D'ailleurs, tu peux le constater toi-même.

— Je vois une chouette nana sous un millier de facettes. Allez, admettons que sur celle-ci, tu as une coiffure épouvantable. Tu n'es pas un peu trop jeune pour une coupe afro ? »

Elle accourut.

« Voilà. J'aurais au moins dû ôter celle-là ! »

Elle repartit en cuisine au galop. Il désirait l'embrasser mais aurait préféré que ça coule de source, comme la veille. Que ça arrive naturellement. Cependant, il était venu ici dans l'intention de mettre fin à leur histoire, non ? Il soupira. Autant se débarrasser de cette corvée sur-le-champ. Il la rejoignit à la cuisine. Elle pêcha un fil de spaghetti dans la casserole et le goûta.

« Encore une minute. Tu peux sortir les assiettes de l'armoire au-dessus du frigo ? »

Il déposa son verre sur le plan de travail et saisit deux assiettes, profondes avec un rebord bleu. Elles lui rappelèrent les cantines des anciens camps de vacances des travailleurs volontaires. La cuisine, bien que longue, était désespérément étroite. Il se retourna, les assiettes en main, et, pour la première fois de la soirée, ils se regardèrent dans les yeux. Elle baissa aussitôt les siens, mais durant cette fraction de seconde elle lui avait paru excessivement belle. Il se dit qu'il aimerait se réveiller à ses côtés au moins une fois dans sa vie.

Honteux, il reprit son verre de vin et retourna au salon pour farfouiller parmi les livres sur les étagères. Dans son ensemble, la situation lui paraissait comique. Qu'est-ce qu'il foutait ? Il avait pris un café quelques jours plus tôt avec une jolie jeune femme et, au lieu de coucher avec simplement, de l'oublier aussitôt et de se concentrer sur sa femme, à l'instar de ce que faisaient les autres mâles, il la regardait dans les yeux en rêvant à un petit déjeuner avec elle ? Incroyable.

Au souvenir de Weronika et de Hela, il ressentit la morsure du tourment. Une morsure de culpabilité ? Pas forcément. Plutôt de la tristesse. Tout, dans sa vie, avait déjà eu lieu. Jamais plus il ne serait jeune, jamais plus il ne tomberait amoureux d'un amour adolescent, jamais plus il n'aimerait sans se préoccuper du reste du monde. Tant d'émotions seraient pour toujours des rappels. Quoi qu'il puisse arriver par la suite, il resterait à jamais un gars – d'âge moyen pour l'instant, de plus en plus vieux à l'avenir – avec un passé complexe, avec une ex-épouse et une fille, avec une faille décelable par chaque nouvelle femme rencontrée. Certaines d'entre elles le choisiraient peut-être par calcul – parce qu'il avait encore une belle allure, un travail stable, parce qu'il restait mince et que sa conversation se tenait à peu près. Peut-être qu'il accepterait aussi l'une d'entre elles car, après tout, il était plus simple de vivre à deux que seul. Mais est-ce que quelqu'un pourrait devenir dingue d'amour pour lui ? Il en doutait. Est-ce qu'il pourrait, lui, aimer à la folie un jour ? Il sourit avec amertume, eut envie de pleurer. Son âge, sa femme, sa fille – soudain, cet ensemble prit des allures de sentence, de maladie incurable. Un diabétique n'a pas le droit de manger des sucreries, un homme souffrant d'hypertension n'a pas le droit de courir en montagne, lui n'avait pas le droit de tomber amoureux.

Elle lui banda les yeux avec ses mains.

« Un pièce contre tes pensées », chuchota-t-elle.

Il ne fit que secouer la tête.

Elle se blottit contre son dos.

« C'est tellement injuste, dit-il enfin.

— Hé ! N'exagère pas, répondit-elle avec une joie feinte. Un peu, c'est mieux que rien.

— Un peu, ça ne m'intéresse pas.

— Parfois, on ne peut pas avoir davantage.

— Jamais, alors.

— Tu es venu me dire ça ? »

Il hésita un moment. Il avait envie de mentir, comme d'habitude. Depuis quand y arrivait-il avec autant de facilité ?

« Oui… Et ce n'est pas seulement à cause de… »

Il suspendit sa phrase.

« … de ta famille ?

— Oui. Il est arrivé quelque chose… Je ne peux pas te donner les détails, mais je me suis embarqué dans une sale affaire. Je n'ai pas envie de t'entraîner là-dedans. »

Elle se crispa, mais ne le lâcha pas.

« Tu me prends pour une idiote ? Pourquoi tu ne dis pas la vérité ? Que tu m'as séduite pour déconner, que c'était une erreur et que maintenant tu dois retourner auprès de ta femme ? Pourquoi ces bobards ? Dans un instant, tu vas me dire que tu travailles pour le gouvernement.

— Dans une certaine mesure, ça serait la vérité. » Il sourit. « Et je te jure que je ne mens pas. Je crains qu'ils puissent t'utiliser pour m'atteindre. Quant à te séduire sans rien éprouver pour toi, je te prie de me croire, ce n'est pas du tout ça. »

Elle se blottit plus fermement contre lui.

« Mais tu restes ce soir ? Tu me dois au moins ça. »

Bien des fois il s'était imaginé cette scène, et dans toutes les variantes possibles, mais il n'avait pas envisagé ce scénario. Il la suivit dans le couloir jusqu'à la chambre à coucher et, brusquement, il eut envie de rire. Tu trottines, se dit-il. Tu trottines comme un faune aux pieds poilus. Tu trottines comme un singe bonobo toujours excité avec son cul rouge. Tu trottines comme un vieux chien qui aurait reniflé une chienne. Tu trottines comme un bouffon entre deux âges. En ce moment précis, il n'y a rien d'humain en toi.

Lorsqu'elle ouvrit la porte de sa chambre devant lui, lorsqu'elle lui sourit de façon coquine, il dut se mordiller l'intérieur des joues pour ne pas devenir hilare.

Ils se touchèrent avec tendresse, se cherchèrent timidement, tels des lycéens et non tels des adultes décidés à coucher ensemble. En déboutonnant son short, en observant comment elle soulevait ses fesses du lit pour l'enlever, comment elle passait par-dessus sa tête le T-shirt avec la reproduction des *Oiseaux de nuit* de Hopper, il ne ressentait qu'une froide curiosité. L'instant d'après – allongé nu à ses côtés, caressant son corps –, il avait cessé de ressentir quoi que ce soit.

Il était terrifié. Il savait qu'elle était splendide. Jeune. Appétissante. Différente. Essentiellement différente. Il avait vu les hommes se retourner sur son passage. Cent fois, il avait imaginé les moindres parcelles de son corps. Et maintenant que ce corps restait étendu à ses côtés, appelant à l'amour, il lui était devenu totalement indifférent. Szacki était terrifié car, soudain, il se rendait compte qu'il pouvait faillir en tant qu'homme. Son corps à lui ne voulait pas de son corps à elle et enregistrait avec désintérêt les efforts accomplis par son cerveau. Son corps à lui ne voulait pas trahir. Et peut-être que, sans la pensée persistante que tout cela ne mènerait à rien, les choses se seraient déroulées autrement. Hélas, à cause de cette pensée, la pire qui pouvait germer dans son esprit masculin, il se raidit. Pas dans la région clé, malheureusement. Une moitié de son être était envahie par la panique, l'autre par la honte. Il ne restait plus aucune place pour le désir.

Il aurait voulu disparaître.

Finalement, elle l'obligea à la regarder dans les yeux. À sa grande surprise, elle lui sourit.

« Hé, grand bêta, dit-elle. Tu sais que je pourrais rester couchée à tes côtés durant des semaines et que je serais la femme la plus heureuse du monde ?

— Je suis malade, bougonna-t-il. Apporte un rasoir. Je ne veux plus vivre. »

Elle rit.

« Tu es stupide et tendu comme un ado. Prends-moi dans tes bras et dormons un peu. Ça fait des jours que je rêve de me réveiller dans le même lit que toi. Tu ne comprendras jamais ça. »

Il ne comprenait pas. Il souhaitait mourir. Elle le força à se coucher sur le côté, colla son dos contre son torse et s'endormit presque aussitôt. Sans qu'il sache l'expliquer, alors qu'il se demandait encore si elle dormait assez profondément pour qu'il puisse s'éclipser en douce, il bascula dans le sommeil en quelques instants.

Il s'éveilla après plusieurs heures, trempé par la moiteur de la nuit. Dans un premier temps, il ne reconnut pas l'endroit où il se trouvait. Il prit peur. Mais seulement dans un premier temps.

En fin de compte, ça s'était déroulé, peut-être pas d'une manière fantastique – allons donc – mais correctement. Au moment clé, il s'était rappelé la confidence d'un de ses camarades de lycée qui, après avoir finalement couché avec la fille dont il avait rêvé durant des années, était revenu en cours le surlendemain et, toujours déprimé, leur avait avoué en fumant une clope : « Vous savez quoi ? C'est dingue, mais j'ai eu plus de fun avec elle quand je me branlais dans les chiottes. »

Il dut se mordiller les lèvres une nouvelle fois.

L'horloge du tableau de bord de sa Citroën indiquait cinq heures passées et le soleil se trouvait déjà assez haut dans le ciel lorsqu'il gara la voiture devant son immeuble, à l'autre bout de la ville. Il pénétra dans l'appartement sur la pointe des pieds, se déshabilla dans le vestibule, enfonça ses vêtements au fond du bac à linge pour que Weronika ne puisse pas sentir le parfum d'une autre femme. Sur la table de leur salon, entouré d'un ruban rouge, il trouva le coffret d'un jeu vidéo, la nouvelle version de *Splinter Cell*. Un petit mot l'accompagnait : « Pour mon shérif. W. » Il sourit avec amertume.

Vendredi 17 juin 2005

Le sommet européen s'achève par un fiasco ; malgré l'assaut diplomatique des nouveaux États membres, orchestré par le Premier ministre polonais Marek Belka, les Britanniques et les Français s'opposent à la ratification du nouveau budget, ce qui réduit fortement les subventions prévues pour la Pologne. Dans ce pays soudainement appauvri, la campagne présidentielle fait rage : La Ligue des familles polonaises s'attaque au passé du Premier ministre sous l'ère communiste ; le projet de loi sur l'égalité hommes-femmes tombe à l'eau – l'opposition l'avait bien sûr présenté comme la promotion de toutes les perversions ; la réforme du système électoral finit elle aussi à la poubelle. Le Parti paysan polonais choisit Jaroslaw Kalinowski comme candidat présidentiable. Tomasz Nalecz devient le chef du cabinet électoral de Marek Borowski, mais celui-ci se voit prié par la jeunesse de son parti, l'Alliance de la gauche démocratique, de se retirer de la campagne au profit de Wlodzimierz Cimoszewicz – ce qui reste étrange puisque ce dernier n'est, apparemment, toujours pas candidat. L'écrivain Ryszard Kapuscinski reçoit un doctorat *honoris causa* à l'université de Barcelone, la Pologne bat la Grèce au volley-ball, se qualifiant ainsi pour la finale de la Ligue mondiale, et le club de football Celtic Glasgow se renseigne officiellement au sujet de l'attaquant Maciej Zurawski, après s'être déclaré impressionné par le niveau du gardien de but polonais Artur Boruc, acheté en début de saison. Des scientifiques américains déclarent que la consommation de viande provoque le cancer, et leurs collègues russes se basent sur une enquête d'opinion effectuée dans la rue pour soutenir que le meilleur ami de la Russie est la Biélorussie et que la Lettonie est son pire ennemi ; la Pologne laisse les citoyens russes indifférents. À Varsovie, une plaque commémorative en mémoire de l'activiste Solidarnosc Jacek Kuron est dévoilée sur la façade du ministère du Travail. Des taxis-vélos font leur apparition sur l'allée Royale. Par ailleurs, la ville se prépare pour le défilé de la Normalité Pride le samedi, l'ouverture nocturne des musées le week-end et les cérémonies de béatification de cinq nouveaux bienheureux polonais qui doivent avoir lieu dimanche. La température maximale dans la capitale polonaise du crime est de vingt-quatre degrés ; il est pourtant difficile d'en profiter en raison d'un temps nuageux et pluvieux.

1

La manière dont Szacki avait réussi à survivre au jeudi restait pour lui une énigme. Il s'était réveillé avec – ou plutôt il avait été réveillé par – un mal de crâne atroce et une fièvre à trente-neuf degrés. Lorsqu'il s'était traîné hors du lit pour aller vomir, il avait failli s'évanouir sur le chemin des toilettes. Il avait dû attendre, assis par terre dans le vestibule, que les taches sombres disparaissent de son champ de vision. Après avoir téléphoné au bureau pour prévenir de son retard, il avait avalé deux comprimés d'aspirine et était retourné au lit où, il en était persuadé, il avait plus perdu connaissance que trouvé le sommeil.

Revenu à lui à quatorze heures, il avait pris une douche et s'était rendu au parquet. En montant jusqu'au deuxième étage, il avait dû s'arrêter toutes les quatre marches pour reprendre son souffle. Il avait tenté de se convaincre qu'il s'agissait d'une réaction naturelle de l'organisme face au concentré d'émotions qu'il avait vécues ces dernières vingt-quatre heures et qui auraient pu remplir plusieurs décennies. Mais il ne s'était pas senti mieux pour autant.

Une fois à l'abri derrière son bureau, il avait enfin

songé à allumer son téléphone portable. Ignorant les SMS de Monika, il avait écouté les messages d'Oleg, qui en avait enregistré plusieurs, de plus en plus furieux, lui hurlant que s'il ne le rappelait pas dans la minute il allait établir un mandat d'amener à son nom.

Il avait rappelé le policier et appris ce qu'il soupçonnait depuis sa visite chez le capitaine Mamcarz. En théorie, il n'aurait donc pas dû se sentir surpris, mais un frisson d'excitation l'avait malgré tout parcouru. Chaque fois que la vérité sur un crime se faisait jour, il ne ressentait pas de satisfaction mais une profonde tristesse. Une fois de plus, il s'était avéré qu'un être humain n'avait pas péri par hasard. Les souvenirs et les espoirs d'une personne s'étaient éteints lors de ce bref instant dont avait eu besoin la pointe d'une broche à rôtir pour percer l'œil et traverser l'os du crâne peu épais à cet endroit. Ressent-on quelque chose dans un moment pareil ? Combien de temps reste-t-on encore conscient ? Les médecins déclarent « Il est mort sur le coup », mais qui peut vraiment le savoir ? Qu'est-ce qu'il aurait ressenti, lui, si une enflure d'ex-agent communiste avait appuyé sur la détente ?

Il s'efforça de chasser ces sombres idées au moment où elles rendaient sa respiration pénible. Il avait noté à toute vitesse la liste des choses à faire et rappelé Kuzniecov pour lui demander de préparer le nécessaire pour la tenue d'une expérience psychologique d'investigation. Ensuite, il avait contacté tour à tour Cezary Rudzki, Ebi Kaim, Hanna Kwiatkowska, Barbara Jarczyk et Jadwiga Telak. Cette fois, tout s'était déroulé sans accroc ; chacun d'entre eux avait décroché son téléphone. Curieux : quand ça ne va pas, rien ne va, mais quand ça commence à se mettre en place, tous les voyants passent simultanément au vert.

« Pourvu que ce soit la vérité, prononça-t-il à haute voix en faisant craquer ses doigts. Il le faut ! »

Devant sa directrice, il avait esquissé un compte rendu sommaire de son plan d'action, sans aborder les événements de la veille et sans attendre que l'étonnement de celle-ci se transforme en colère. Il s'était éclipsé, prétextant le rendez-vous pris avec le docteur Jeremiasz Wrobel. Il lui restait quelques questions à poser au félin psychologue.

Jouer le tout pour le tout, voilà ce que Szacki comptait faire. S'il réussissait, alors l'enquête serait bouclée avant le mardi suivant. Sinon, il faudrait la ranger dans un coin de tiroir et l'estampiller CSS. Bien sûr, traquer la pseudo-Odessa aurait constitué une piste entièrement nouvelle mais, malheureusement, il ne pouvait pas se le permettre.

Rien qu'en y songeant, il se sentit défaillir à nouveau.

2

Mais tout ça avait eu lieu le jeudi. Et maintenant, il était près de onze heures, le vendredi matin. Le procureur restait assis dans sa Citroën garée devant la maison de la culture de la rue Lazienkowska, et il s'efforçait de comprendre pourquoi la soupape régulatrice de pression d'huile de son dragon français s'enclenchait aussi souvent. Une fois l'autoradio éteint, le sifflement se reproduisait toutes les cinq secondes à une cadence irritante. Il coupa le moteur pour ne plus entendre ce bruit qui lui crispait les nerfs.

C'était l'une de ces moites journées d'été où l'humidité, en plus de tomber du ciel, s'élève dans l'air et s'agglutine sur toute chose. Le monde derrière les vitres de la Citroën était brumeux et trouble ; les gouttes d'eau qui s'écoulaient sur le verre brouillaient encore plus ses contours. Teodore Szacki soupira, saisit son parapluie et sortit de la voiture précautionneusement, s'efforçant avant tout de ne pas salir son pantalon gris clair sur le rebord de la portière. Slalomant entre les flaques d'eau, il traversa la rue, s'immobilisa devant cette imposante chimère en briques rouges qu'était la chapelle attenante au cloître et fit une chose qui le surprit lui-même : il se signa. Enfant, il avait pris cette habitude en imitant les membres de sa famille : il faisait son signe de croix chaque fois qu'il passait devant une église. Durant son adolescence, il avait eu honte de ce qu'il considérait comme une manifestation religieuse intempestive, et il ne se rappelait ces derniers temps son ancienne coutume qu'en de rares occasions, lorsqu'il marchait à proximité d'un lieu de culte catholique. Pourquoi n'avait-il pas pu s'en empêcher cette fois-ci ? Il n'en savait rien.

À l'abri sous son parapluie, il observa la bâtisse lugubre et laide. Maudite soit cette église, maudits Henryk Telak et son meurtrier, maudites toutes ces choses qui font que ma vie ne sera plus jamais la même. Il voulait se débarrasser de cette affaire au plus vite, peu importait le résultat final. Je ressemble chaque jour davantage à ceux que je déteste, pensa-t-il avec amertume. Encore un peu et je resterai assis derrière mon bureau, j'observerai l'aiguille de l'horloge avec avidité et je me demanderai sans cesse si quelqu'un s'apercevra de mon absence si je m'éclipse un quart d'heure en avance.

« Vos papiers, s'il vous plaît ! tonna la voix de Kuzniecov contre son oreille.

— Dégage », grogna-t-il en guise de réponse.

Il n'était pas d'humeur à plaisanter.

Ils pénétrèrent ensemble dans le bâtiment annexe au temple, par la même entrée que près de deux semaines plus tôt, lorsque le cadavre d'Henryk Telak gisait encore sur le plancher d'une petite crypte du cloître et que la tache sur sa joue, couleur grisâtre et cerise, évoquait au procureur un bolide de Formule 1. Cette fois-ci, la salle était vide, à l'exception de quelques chaises disposées en demi-cercle et du père Miec-zyslaw Paczek, dont le visage, éclairé par la lumière morose des halogènes, semblait avoir encore ramolli depuis leur précédente rencontre.

Szacki échangea quelques mots avec le prêtre. Dans le même temps, Kuzniecov, rejoint par un technicien du commissariat, disposait la caméra et plaçait dans la pièce sombre des projecteurs supplémentaires afin de pouvoir enregistrer l'expérience.

Un quart d'heure avant midi, tout était prêt. Il ne manquait plus que les protagonistes du drame, qui devaient arriver à douze heures précises. Le père Paczek repartit à contrecœur, et le technicien abandonna ses joujoux, insuffisamment rassuré par Oleg Kuzniecov, qui lui avait pourtant affirmé avoir plus de doigté avec les appareils électroniques qu'avec les femmes.

Assis sur de petites chaises peu engageantes avec leurs pieds métalliques et leur revêtement brunâtre, le magistrat et le flic patientaient en silence. Plongé dans ses pensées, Teodore Szacki gloussa tout bas.

« Qu'est-ce qu'il y a ? demanda Kuzniecov.

— Ça va te surprendre, mais j'étais en train d'imaginer Hela d'ici quinze ans. Tu crois qu'elle me ressemblera encore ?

— La vie ne peut pas être cruelle à ce point.

— Très drôle. Je me demande comment les enfants peuvent différer à ce point de leurs parents.

— C'est peut-être parce qu'ils sont d'abord eux-mêmes et qu'ils ne sont les enfants de quelqu'un que dans un second temps.

— Peut-être. »

3

Ils arrivèrent à l'heure, presque en même temps, comme s'ils étaient venus au rendez-vous par le même autobus. Triste comme à son ordinaire, Jadwiga Telak portait un pantalon en lin beige, un pull d'une teinte similaire et d'élégantes bottines à talons. Avec ses cheveux noués en tresse, la veuve apparaissait pour la première fois de cette enquête comme une séduisante femme de quarante et quelques années, soignée, gracieuse, d'une beauté distinguée, et non comme une version vieillie d'elle-même, de quinze ans son aînée. Cezary Rudzki s'était totalement rétabli. À nouveau il diffusait son charisme autour de lui, tel le roi des thérapeutes polonais. Une abondante chevelure poivre et sel, une moustache grise, le regard perçant d'une paire d'yeux clairs et un sourire incitant à la confidence – « Que ressentez-vous en me parlant de ceci ? » –, un jean de marque, une chemise sport boutonnée jusqu'en haut et une veste bleu marine en tweed qui serrait étroitement ses larges épaules. Ils s'assirent sans un mot sur ces chaises si laides. Ils attendaient. Le procureur sentit que l'atmosphère devenait solennelle.

Hanna Kwiatkowska ne la perturba pas en faisant son entrée. Elle n'avait plus son agitation coutumière, sans doute à cause de son état de fatigue manifeste. Son maquillage ne parvenait pas à masquer des cernes bleuâtres sous ses yeux. Ses cheveux avaient gardé leur couleur de souris des champs, son tailleur ne se distinguait toujours pas des milliers d'autres tailleurs exhibés dans les rues de la capitale, mais le décolleté de son chemisier comme la hauteur de ses talons poussèrent Szacki à se demander s'il ne lui avait pas collé trop vite une étiquette de sainte-nitouche asexuée. Barbara Jarczyk était entrée au même moment que Kwiatkowska, fidèle une fois de plus au style affiché lors de leurs deux premières entrevues – même les vêtements semblaient inchangés. Elle sourit au procureur ; il remarqua qu'elle avait dû être très belle par le passé ; même à présent, elle aurait mérité qu'on la qualifie d'attirante si elle n'avait pas souffert de surpoids. Ebi Kaim arriva en dernier, à douze heures une. Comme d'habitude, il exhalait le raffinement et la confiance en soi. Sa mise aurait été jugée élégante et non simplement soignée par cette ordure d'ex-agent. Ses chaussures ou son pantalon devaient coûter chacun le prix du costume de Szacki. Sa chemise blanche et épaisse aux manches retroussées semblait tout droit sortie de l'armoire de Brad Pitt.

Lorsqu'ils furent assis, le procureur leur demanda s'ils voulaient utiliser les toilettes avant de commencer. Ils ne le souhaitaient pas.

Le magistrat inspira profondément et commença à parler.

« Je vous ai conviés dans ces locaux afin de tenter une expérience psychologique qui m'aidera, ainsi que le commissaire Kuzniecov ici présent, à mieux comprendre ce qui est arrivé dans cette salle voici deux semaines. Évidemment, je connais le récit de chacun d'entre vous, je connais le principe de la constellation familiale et je vous suis très reconnaissant, cher docteur Rudzki, de me l'avoir expliqué. La tenue de cette expérience me paraît malgré tout nécessaire. Je suis navré que vous ayez dû vous déplacer dans un lieu qui, sans doute, provoque chez vous des émotions déplaisantes. Votre présence ici doit vous être pénible mais je vous promets de faire de mon mieux pour que la session soit aussi brève que possible. »

Il récitait un discours préparé à l'avance et se rendait compte à quel point celui-ci pouvait sembler rigide, mais il n'avait rien à foutre de son style. Ce qui lui importait, c'était d'endormir leur méfiance, c'était de faire en sorte qu'ils croient à une banale reconstitution des faits le jour du drame. Il s'efforçait de ne pas regarder Oleg, qui se tenait debout dans un coin de la pièce et se rongeait les ongles.

Rudzki se leva.

« Est-ce que je dois disposer les patients de la même manière que ce jour-là ? demanda-t-il.

— Non, ce ne sera pas nécessaire, répondit Szacki d'une voix très calme. Je vais le faire. De cette façon,

432

je pourrai mieux comprendre le fonctionnement du mécanisme.

— Je ne suis pas certain que…, commença Rudzki avec hauteur.

— Mais moi je le suis, coupa brutalement le procureur. Et ceci n'est pas une simulation de thérapie pour étudiants de première année, mais une expérience judiciaire menée par un représentant du ministère public dans le cadre d'une enquête sur le plus sérieux des crimes. Ce n'était pas de ma part une demande polie, mais une information à propos du déroulement de cette réunion. Je vous serai donc reconnaissant de me laisser travailler. »

Szacki avait exagéré sa rudesse, mais il devait recadrer le docteur dès le départ, faute de quoi celui-ci interrogerait le moindre de ses faits et gestes. Et il ne pouvait prendre un tel risque.

Le psychologue eut une grimace de dédain mais ne répliqua pas. Szacki s'approcha de lui, le prit par la main et l'installa au centre de la pièce. Avec son sourire moqueur, Cezary Rudzki ne soupçonnait certainement pas que sa place n'était pas fortuite mais résultait, à l'instar de celles qu'occuperaient les autres participants, de paroles échangées la veille entre le procureur Teodore Szacki et le docteur Jeremiasz Wrobel.

Le magistrat prit la main de Barbara Jarczyk et l'amena à droite de Rudzki. Tous deux se tenaient maintenant épaule contre épaule, tournés vers la porte. Le sourire railleur disparut du visage du thérapeute, qui jeta au procureur un regard inquiet. Celui-ci se permit de lui faire un clin d'œil.

Ensuite, il disposa Hanna Kwiatkowska en face de Rudzki et de Jarczyk, de sorte qu'elle parût observer les autres. Il plaça Kaim sur le côté, un peu en dehors de la constellation, et lui demanda de fixer un point quelque part à mi-chemin entre Kwiatkowska et le couple Rudzki-Jarczyk. Non loin de ce point, il installa Jadwiga Telak. La veuve le regarda d'un air surpris lorsqu'il la prit par la main. Fort probablement, elle ne s'attendait pas à devoir participer à la mise en scène. Mais elle se laissa faire avec docilité et se tint debout près de la place X, tournée vers celle-ci, suffisamment à l'écart cependant pour que Kwiatkowska, Jarczyk et Rudzki puissent se contempler sans encombre.

Rudzki était devenu livide. Il avait certainement compris où Szacki voulait en venir. Mais il espérait encore que ça puisse être un hasard, que le procureur se débatte dans l'obscurité, avançant à tâtons à la recherche du moindre indice.

« Docteur, dit Szacki, veuillez expliquer à tout le monde quelle est la question la plus importante à se poser durant une thérapie de la constellation familiale. Ou, du moins, l'une des plus importantes. Celle que vous vous seriez posée si on vous avait montré un agencement tel que celui-ci. »

Dans cette crypte aux murs nus, chaque parole résonnait artificiellement fort et une réverbération basse l'accompagnait, rendant le silence qui suivit les derniers mots de Szacki d'autant plus pénétrant.

« Difficile à dire, répondit finalement Rudzki en haussant les épaules. Cela me semble assez aléatoire, je n'y décèle aucun ordre. Vous devez comprendre que…

— Dans ce cas, je vais le dire, puisque vous ne le souhaitez pas, le coupa de nouveau Szacki. La question est : qui manque ? Quelle est la personne absente ? Car tout semble indiquer que vous observez quelqu'un qui n'est pas là aujourd'hui. À la place de cette personne, il n'y a que du vide. Mais nous pouvons remédier aisément à cette lacune, en plaçant entre vous le commissaire Kuzniecov. »

Szacki s'approcha du policier et le prit par la main – celui-ci mima un petit baiser dans sa direction et le procureur se promit de tuer le flic dès que la mise en scène serait terminée. Il le conduisit au point X, à égale distance de Kwiatkowska et du couple Jarczyk-Rudzki, très près de Jadwiga Telak. Il le disposa face à la veuve, de sorte qu'ils se regardent. Madame Telak déglutit et fit mine de vouloir reculer.

« Ne bougez pas, gronda Szacki.

— S'il vous plaît, montrez-la-moi sur-le-champ ! cria Barbara Jarczyk, essayant de se pencher assez pour apercevoir Hanna Kwiatkowska. S'il vous plaît, montrez-la-moi sur-le-champ… Vous m'entendez ? »

Sa voix tremblait. Elle était au bord des larmes.

« Vous jouez un jeu dangereux, monsieur le procureur », grinça Rudzki entre ses dents. Il enveloppa madame Jarczyk de son bras. Celle-ci se blottit au creux de son épaule.

« Vous ignorez avec quelles puissances vous jonglez, reprit-il. Je me réjouis de voir que cette "expérience" est enregistrée et j'espère que vous comprenez ce que je veux dire par là. Je vous prie de vous dépêcher.

— Oui, tu pourrais te grouiller, murmura Kuzniecov en avalant sa salive avec peine. Je ne crois pas aux contes de fées mais si je ne bouge pas de cette place dans les secondes qui viennent, je vais m'évanouir. Je me sens vraiment monstrueusement mal, comme si la vie s'échappait de moi. »

Szacki hocha la tête. La victoire se profilait. Kuzniecov respirait à grandes goulées. Des larmes coulaient sur les joues de Jadwiga Telak. Elle appliquait les consignes de Szacki et demeurait debout, face au policier, mais elle penchait artificiellement le torse vers l'arrière pour s'écarter au maximum de lui. Malgré cela, elle ne détournait pas le regard. Barbara Jarczyk s'efforçait de contrôler ses sanglots dans les bras de Cezary Rudzki. Ce dernier observait le procureur, la peur au fond des yeux. À ce moment précis, il ne pouvait plus avoir de doute sur l'objectif du magistrat. Hanna Kwiatkowska n'avait pas détourné les yeux une seule seconde du large dos de Kuzniecov et elle souriait doucement. Ebi Kaim se tenait sur le côté, les bras croisés sur le ventre.

« Excusez-moi, intervint monsieur Kaim, est-ce qu'on représente maintenant la famille de monsieur Telak ? Monsieur le commissaire incarnerait le défunt ? Pour être honnête, je ne comprends pas bien qui joue qui. »

Szacki enleva sa veste et la suspendit au dos d'une chaise. Au diable l'élégance, il ruisselait de sueur. Il prit une grande inspiration – le dénouement approchait. S'ils parvenaient à garder leur sang-froid une fois qu'il leur aurait expliqué qui ils représentaient, s'ils avaient prévu le coup et savaient comment réagir, alors il aurait échoué. Il ne lui resterait plus qu'à les remercier gentiment et à rédiger une demande de classement de l'affaire. En revanche, s'il les surprenait et qu'ils craquaient, l'un d'entre eux quitterait cette crypte inamicale menottes aux poignets.

« Le commissaire Kuzniecov est effectivement le personnage central de cette constellation, dit-il. Même s'il ne s'agit pas d'Henryk Telak. Bien au contraire, si l'on y pense, puisqu'il représente l'homme qui a perdu la vie à cause d'Henryk Telak. »

Jadwiga Telak gémit, mais Szacki l'ignora et poursuivit.

« Vous, reprit-il en pointant Ebi Kaim du doigt, vous êtes le meilleur ami de cet homme, son confident, son complice et son soutien. Quant à vous – il s'adressa à Jarczyk et Rudzki –, vous êtes ses parents. Madame – il se tourna vers Kwiatkowska – est sa sœur, qui a découvert son frère mort dans des circonstances particulièrement dramatiques. Et enfin vous, madame – il posa un regard triste sur Jadwiga Telak –, vous êtes le plus grand, le plus pur et le plus sincère amour de cet homme qui s'appelait… »

Il leva la main vers elle pour qu'elle finisse la phrase.

« Kamil… », chuchota la veuve, et elle tomba à genoux.

Elle semblait en admiration devant Kuzniecov, qui s'était mis à pleurer lui aussi.

« Kamil, Kamil, Kamil, mon chéri, comme tu me manques, comme tu me manques… Tout aurait dû être si différent.

— Montrez-moi ma fille ! cria à nouveau Barbara Jarczyk. Je ne vois plus ma fille. Il ne peut pas me cacher ma fille. Il est mort. Il est mort depuis tant d'années. Je vous en supplie, montrez-moi ma fille, je veux la voir. »

Szacki fit reculer Kuzniecov de quelques pas pour qu'il ne se tienne plus entre Jarczyk et Kwiatkowska. Cette dernière suivit le policier du regard sans un mot, son sourire mélancolique ne l'ayant pas quitté un instant ; Jadwiga Telak leva les bras vers lui comme si elle voulait le retenir. Voyant sa fille, Barbara Jarczyk se calma. Seul Rudzki observait avec haine le procureur qui se tenait à l'écart.

437

« J'exige que vous interrompiez cette mise en scène sans délai, annonça froidement le thérapeute.

— Dans la présente situation, je doute que vous soyez en mesure d'exiger quoi que ce soit de moi, répliqua Szacki avec calme.

— Vous ne vous rendez pas compte de l'impact que ça a sur ces femmes. Votre expérience pourrait laisser des séquelles permanentes sur leur psychisme.

— Mon expérience ? » Szacki sentait que sa pression sanguine grimpait en flèche, il se maîtrisait avec peine. « Mon expérience ! On vient de découvrir que, durant les deux semaines de cette enquête, vous, tous autant que vous êtes, vous avez menti à la police et au ministère public. Je ne suis pas là pour veiller à votre confort psychique, surtout pas au vôtre, docteur, mais pour conduire les personnes responsables d'un manquement au code pénal devant un tribunal. Par ailleurs, nous n'avons toujours pas trouvé la réponse à la question principale : lequel d'entre vous a assassiné monsieur Telak ici même, dans cette salle, la nuit du 4 au 5 juin de cette année ? Et je vous assure que je ne mettrai pas un terme à *mon* expérience tant que je ne serai pas certain que l'un d'entre vous sortira d'ici escorté par la police.

— Nous ne voulions pas l'assassiner. »

Hanna Kwiatkowska avait ouvert la bouche pour la première fois depuis son arrivée au cloître. Le procureur Szacki laissa lentement s'échapper l'air de ses poumons.

« Et qu'espériez-vous obtenir ?

— Nous voulions qu'il comprenne la gravité de ce qu'il avait fait et qu'il se donne la mort.

— Ferme-la ! cria Rudzki. Tu n'as aucune idée de ce dont tu es en train de parler !

— Oh, arrête, papa. Il faut savoir reconnaître quand on perd la partie. Tu ne vois pas qu'ils sont au courant de tous nos secrets ? J'en ai marre de tes plans et de tes mensonges. J'ai vécu de trop nombreuses années dans la torpeur avant de parvenir à accepter la mort de Kamil. Tu ne comprendras jamais l'immense effort que ça m'a demandé. Et lorsque enfin j'ai recommencé à vivre normalement, tu es revenu avec ta "vérité", ta "justice", ta "compensation". Dès le départ, je n'ai pas aimé le projet de ta foutue vengeance, mais vous étiez si déterminés, si sûrs de vous, si convaincants. »

Elle fit un grand geste de la main. Szacki n'avait jamais entendu autant d'amertume résonner dans la voix de quelqu'un.

« Et toi, et Ebi, et maman aussi, reprit-elle. Oh, mon Dieu, quand je pense à ce que nous avons fait ! Je t'en prie, papa, comporte-toi comme il faut au moins dans cette situation. Si nous nous enfonçons plus profondément dans nos mensonges alors, comme tu dis, des séquelles permanentes risquent d'apparaître dans nos psychismes. Mais je te prie de me croire, ce ne sera pas à cause des agissements de monsieur le procureur. »

Résignée, elle s'assit par terre et se cacha le visage dans les mains. Rudzki l'observait avec tristesse et amour, l'air abattu. Malgré cela il se taisait. Ils se taisaient tous. L'immobilité et le silence étaient complets. Pendant un moment, Szacki eut l'impression étrange de ne pas assister à un événement réel mais de regarder une photographie en trois dimensions. Il observait Rudzki, qui le fixait à son tour, les traits figés par l'attente. Le thérapeute était obligé de parler, peu importe à quel point il ne le souhaitait pas. Il était obligé de parler, il n'avait pas d'autre choix. Les deux hommes qui ne se quittaient pas des yeux en étaient intimement persuadés.

Enfin, Rudzki céda. Il eut un soupir profond et commença à parler.

« Hanna a raison, nous ne voulions pas le tuer. Enfin... nous voulions qu'il meure mais nous ne voulions pas le tuer. C'est compliqué. D'ailleurs, il faudrait sans doute que je parle en mon nom. Je souhaitais qu'il meure et j'ai obligé les autres à prendre part au projet. »

Sans un mot, Szacki haussa un sourcil. Tous ces gens avaient regardé trop de films américains. Tuer quelqu'un n'était pas comme envoyer des boulettes de papier en classe : on ne pouvait pas, comme cela, prendre la faute sur soi pour que les copains soient contents et que la maîtresse n'y voie que du feu.

« De quoi ça devait avoir l'air ? demanda-t-il.

— Comment ça ? Je ne comprends pas. De quoi le suicide devait avoir l'air ? »

Szacki fit non de la tête.

« De quoi ça devait avoir l'air dès le début, à partir du moment où vous avez eu l'idée de pousser Henryk Telak au suicide. Si je ne me trompe pas, on ne prépare pas ce genre de chose en un week-end.

— Le plus difficile au départ a été d'approcher Telak. J'ai passé commande auprès de son entreprise pour une impression de prospectus. Ils étaient censés promouvoir un colloque sur la vie après le décès d'un enfant, mais c'était juste pour l'appâter. Après quoi j'ai déclenché une dispute chez Polgrafex, prétendant qu'ils ne les avaient pas imprimés comme je l'avais souhaité, ce qui, bien sûr, n'était pas vrai. J'ai exigé de voir le directeur. J'ai réussi à manœuvrer la conversation de manière à ce qu'il parle de lui. Je lui ai proposé un rendez-vous à mon cabinet. Il était réticent, mais j'ai réussi à le convaincre. Il est venu. Il est revenu durant six mois. Savez-vous l'effort que ça m'a coûté de passer une heure avec ce salopard semaine après semaine ? Avec le meurtrier de mon fils ? De conduire sa satanée thérapie ? Je restais assis dans mon fauteuil et je n'arrêtais pas de me demander si je ne devais pas tout simplement le frapper avec quelque chose de lourd. Pour être débarrassé de cette histoire une bonne fois pour toutes. Je visualisais la scène sans cesse. Encore et encore.

— Je présume qu'on peut mettre le mot "thérapie" entre guillemets, remarqua Szacki. L'objectif des sessions était loin d'une quelconque idée de soin, n'est-ce pas ?

— Henryk revenait de ces rendez-vous dans un état lamentable, commenta Jadwiga Telak à voix basse mais sans quitter Kuzniecov du regard. J'avais l'impression que les choses empiraient séance après séance. Je lui ai conseillé d'y mettre un terme, mais il m'expliquait que ça devait se dérouler ainsi, qu'avant toute guérison la crise doit d'abord s'intensifier.

— Saviez-vous qui était Cezary Rudzki ?

— Non. À ce moment-là, non.

— Quand est-ce que vous l'avez découvert ?

— Peu avant la constellation. Cezary est venu me voir, il s'est présenté… Tous les spectres de mon passé ont ressurgi en un claquement de doigts. Vraiment tous. Il m'a dit ce qu'Henryk avait fait et ce qu'eux envisageaient de faire en représailles. Il m'a aussi assuré qu'ils pouvaient l'épargner si je le souhaitais. »

Elle se tut, se mordilla la lèvre.

« Et vous le souhaitiez ? »

Elle secoua la tête.

« Vous avez raison, le but de cette thérapie n'était pas une amélioration, reprit à toute vitesse Rudzki, tentant visiblement de détourner l'attention du procureur. Au départ, je voulais découvrir si c'était vraiment par sa faute que j'avais perdu mon fils. Je disposais d'éléments assez solides mais je devais les confirmer. Ce salaud me l'a avoué dès la première séance ! Évidemment, il avait enjolivé les circonstances, peut-être qu'il avait peur que j'aille le dénoncer à la police, mais ses confidences étaient sans équivoque. Ensuite… Peu importe les détails, mais mon objectif était d'éveiller en lui un maximum de culpabilité touchant la mort de sa fille, et de le persuader que s'il partait à son tour ça pourrait sauver son fils. Ce qui, en l'occurrence, était l'exacte vérité.

— Et avez-vous reparlé de votre fils Kamil après ça ?

— Non. Nous aurions sans doute pu si j'avais insisté, mais je craignais de ne pas en être capable. Je me suis focalisé sur ses parents et sur sa famille actuelle. De temps à autre, je lui lançais une réflexion destinée à aggraver ses remords. Au fond de moi, j'espérais réussir une manipulation qui le pousserait au suicide sans en arriver à la constellation, mais le salaud s'accrochait fermement à la vie. Il me demandait quand il irait mieux. Dieu m'en est témoin, ce furent des moments pénibles pour moi. Finalement, j'ai préparé la session thérapeutique. J'ai longuement peaufiné mon scénario, les différentes options selon les réactions possibles de Telak. Des dizaines de fois, j'ai analysé l'agencement qui avait conduit au suicide de la patiente d'Hellinger à Lipsk. Je cherchais les émotions les plus fortes, les paroles les plus blessantes, les plus propres à le provoquer. Je devais préparer l'ensemble sans répétition générale ; il aurait été impossible ou cruel de simuler la session sur des êtres humains. Avec Barbara, nous en sommes venus à la conclusion que ce lâche ne se déciderait probablement ni à se pendre ni à se taillader les veines, et qu'il serait bien plus susceptible d'avaler des somnifères. C'est pourquoi, après avoir interrompu la thérapie au pire moment pour lui, nous lui avons proposé des cachets extrêmement forts.

— Nous marchions tous les deux dans le couloir, l'interrompit soudain Barbara Jarczyk sans prendre garde au regard de réprimande qu'il lui lançait. Moi au bord de l'évanouissement, lui blanc comme un linge, voûté, désespéré, tête basse. Durant quelques secondes, j'ai eu de la peine pour lui, j'ai pensé renoncer, lui dire de tenir bon. Puis je me suis rappelé Kamil, mon fils premier-né. J'ai rassemblé mes forces et je lui ai dit que j'étais désolée pour ses enfants, qu'à sa place j'aurais probablement préféré mourir que de vivre avec un tel poids. Il m'a avoué songer à cette option. En fin de compte, il n'hésitait plus que sur la façon de partir. J'ai répondu que j'aurais choisi les somnifères. Que dans mon cas, ça aurait été simple et que, de toute manière, je prenais déjà des calmants particulièrement puissants. Il aurait suffi d'avaler quelques cachets supplémentaires. Je lui ai dit que c'était une belle mort : s'endormir paisiblement, ne jamais plus se réveiller. C'était facile. Il m'a pris le tube. »

Barbara Jarczyk se tut et jeta un coup d'œil craintif à Rudzki, qui se passa la main dans les cheveux. Szacki se rappela qu'il faisait ce geste lui-même lorsqu'il était fatigué. Le thérapeute reprit :

« Je n'aurais même pas abordé le sujet suivant s'il n'y avait pas eu son foutu dictaphone et sa manie de tout enregistrer, mais puisque ça s'est su, alors je n'ai pas le choix. Le concept d'Hanna simulant la voix de la fille de Telak était un brin théâtral... »

Kwiatkowska posa sur son père un regard lourd de sens ; sans nul doute, elle considérait ces derniers mots comme un euphémisme.

« ... mais j'ai considéré que ça serait la goutte d'eau qui ferait déborder le vase. Qu'après une telle expérience, Telak courrait jusqu'à la salle de bains, qu'il avalerait ses comprimés et que ça serait terminé. La vengeance aurait été accomplie. »

Teodore Szacki écoutait ce récit avec un calme apparent, mais il se contrôlait à peine assez pour masquer son dégoût. La nausée était revenue. Sa répugnance à l'égard de Rudzki s'inscrivait dans son corps de manière quasi physique. Quel vieux trouillard ! S'il voulait se venger, il aurait pu le descendre, enterrer le corps, espérer passer au travers des mailles du filet. Les gens y arrivent, en général. Mais non, il avait fallu qu'il embarque avec lui sa femme et sa fille, ressemblant en ceci à Henryk Telak, il avait fallu qu'il implique Ebi Kaim. À quoi bon ? Pour diluer la responsabilité ? Pour les charger du poids de la faute ? Allez savoir.

« Vous pouvez être fiers de vous, dit le procureur d'un ton sarcastique, Henryk Telak a enregistré un message d'adieu à sa femme dans lequel il avouait vouloir se suicider pour le bien de son fils Bartek, puis il est revenu dans sa chambre et a avalé les somnifères. Le tube entier. Vous avez failli réussir. »

Cezary Rudzki eut l'air sidéré.

« Comment ça ? Je ne comprends pas... Mais, dans ce cas, pourquoi...

— Parce que quelques minutes plus tard il a changé d'avis, a vomi, a fait ses valises et a quitté sa cellule. Il s'est peut-être dégonflé, ou peut-être n'a-t-il fait que repousser son geste de quelques heures, histoire de dire adieu à sa famille. Nous ne le saurons jamais. De toute manière, ça n'a plus d'importance. Ce qui en a, en revanche, c'est qu'aux alentours d'une heure du matin il avait fini de ramasser ses affaires, avait mis son manteau et s'apprêtait à vider les lieux en silence. Il a traversé le couloir, pénétré dans la crypte et... »

Il encouragea Rudzki d'un mouvement de la main. La bile lui monta à la gorge. Une fois encore, il eut devant les yeux la tache rosâtre en forme de voiture de course.

Le thérapeute s'assombrit. Sa veste, tendue d'ordinaire sur une silhouette fièrement dressée, parut soudain trop large pour ses épaules, ses cheveux eurent l'air de ternir, son regard perdit toute hardiesse et devint fuyant.

« Je vais vous raconter ce qui s'est passé, convint Rudzki à voix basse, mais à condition que vous répondiez à certaines de mes questions d'abord. Je veux savoir comment vous avez compris la vérité.

— Ne me faites pas rire ! s'emporta Teodore Szacki. Ceci est une expérience d'investigation et non un roman policier. Je ne vais pas vous décrire en détail le déroulement de l'enquête. Et puis, une instruction fastidieuse se compose de centaines d'éléments et non d'un seul détective perspicace.

— Vous mentez, monsieur le procureur. » Le thérapeute sourit discrètement. « Et moi, je ne demande pas une faveur, mais je dicte mes conditions. Vous voulez découvrir ce qui s'est passé ensuite ? Alors répondez à ma question. Sinon, je vais répéter en boucle que je ne me souviens de rien. »

Szacki hésita, mais seulement quelques secondes. Il savait que s'ils faisaient machine arrière maintenant, il lui serait impossible de prouver leur culpabilité devant une cour. Même la qualification pénale de leur vengeance tordue serait difficile à établir.

« Quatre indices, dit-il enfin. Quatre indices que j'aurais dû rassembler bien plus tôt. Chose intéressante, deux d'entre eux sont complètement aléatoires, ils auraient pu surgir n'importe quand. Le premier, c'est la thérapie de la constellation familiale qui, pour vous, s'est avérée une arme à double tranchant. Vous pouviez diriger tout le monde à l'exception de Telak.

— Qui avez-vous consulté ? s'enquit Rudzki.

— Le docteur Jeremiasz Wrobel.

— C'est un bon spécialiste... Mais je ne l'aurais pas convié à un exposé dans un séminaire catholique. »

Szacki ne sourit pas.

« Durant toute la session, Telak fixait quelqu'un avec insistance. Qui ? Je n'en avais aucune idée. Je me suis basé sur le principe selon lequel les partenaires de jeunesse, si l'on n'a pas tourné la page derrière eux, sont remplacés par les enfants. Et que l'enfant né d'une union ultérieure symbolise le compagnon perdu. J'avais supposé qu'Henryk Telak avait eu un premier amour, disparu dans des circonstances dramatiques. Je le soupçonnais de s'être senti coupable de ce décès. Le docteur Wrobel et moi avons établi que c'était le scénario le plus probable. Inconsciemment, sa fille Kasia s'était identifiée si fort à cette amante trépassée qu'elle l'avait suivie jusque dans la mort. Et Bartek prenait le même chemin, pour soulager son père de sa culpabilité et réaliser son souhait de rejoindre l'amante décédée. Cependant, une fouille minutieuse dans le passé de la victime n'a pas apporté les résultats escomptés. On n'a trouvé nulle trace d'une maîtresse ni d'un quelconque amour perdu. Il semblerait bien que l'unique femme dans la vie d'Henryk Telak, c'était vous – il désigna la veuve de la main. Nous nous serions retrouvés dans une impasse n'eût été le portefeuille du défunt. L'avoir laissé à sa place était une grande erreur de votre part. Et nous touchons ici au deuxième indice. Des éléments contenus dans le portefeuille, les plus intéressants furent les tickets de loto avec une série de chiffres qui revenait régulièrement. Cette séquence ne me disait rien, jusqu'à ce que je prenne connaissance de la date et de l'heure de la mort de Kasia Telak. Alors, j'ai compris que la série sur les grilles correspondait à une journée et, concrètement, au 17 septembre 1978 ou au 17 septembre 1987, à vingt-deux heures. À la même date anniversaire, à la même heure, précisément vingt-cinq ans ou seize ans après un événement initial, Kasia s'était suicidée. J'ai commencé à parcourir les vieux journaux et, parmi tant d'autres disparitions, je suis tombé sur l'annonce de l'assassinat de Kamil Sosnowski. En théorie, aucun lien n'existait entre ces deux affaires mais, à cet instant-là, je me suis posé la question : était-il possible que le chaînon manquant dans la constellation de Telak fût un homme ? Cela impliquait-il que le défunt fût homosexuel ? Ou peut-être que pendant tout ce temps je ne m'étais pas focalisé sur la bonne moitié du couple Telak ? Que se passerait-il si le mystérieux absent était en fait un ancien amant de Jadwiga ? Un rival d'Henryk Telak ? Sa mort aurait été pour lui l'un des événements heureux de sa vie. Au point qu'il jouait cette combinaison au loto. »

Les mains de Jadwiga Telak se crispèrent sur son pantalon.

« À ce moment de l'enquête, je croyais voir une sorte de fil conducteur bizarre au milieu de ce désordre, reprit le procureur. La thérapie avait bien possédé un pouvoir déclencheur. Hellinger soutient qu'une personne qui souhaite rester fidèle à son compagnon disparu le suit dans la maladie et dans la mort. Ça aurait pu se vérifier mais, dans ce cas précis, madame Telak avait été suppléée par sa fille. En outre, le fondement même de la théorie de la constellation, c'est que si la femme a jadis aimé un homme, alors elle le visualise dans son fils. Ce qui finissait par expliquer la maladie de Bartek. Après tout, votre fils aussi souffrait d'une malformation cardiaque, n'est-ce pas ? »

Rudzki confirma d'un mouvement de tête.

« Je ne comprends pas moi-même comment c'est possible, continuait Szacki, mais j'en étais venu à croire en cette hypothèse fantastique : Henryk Telak avait été impliqué, d'une manière ou d'une autre, dans le meurtre de l'amant de sa femme à la fin des années quatre-vingt. Durant sa thérapie, il a découvert que le crime qu'il avait perpétré avait mené sa fille au suicide et induit la maladie de son fils. Par un processus inexplicable, grâce au "champ savant", sa femme l'a ressenti aussi. Les émotions de madame Telak, parmi lesquelles la haine et la soif de revanche, sont devenues si fortes que sa représentante lors de la session, madame Barbara Jarczyk, les a absorbées et a commis le meurtre à sa place. Habile, mais je n'avais pas un seul élément reliant Henryk Telak à Kamil Sosnowski, ni madame Telak à cette victime du passé. La police s'est montrée incapable de localiser la famille Sosnowski, les dossiers de l'ancienne enquête s'étaient volatilisés. On touchait le fond. En dehors de ça, quelque chose d'autre ne me laissait pas en paix, un ensemble de petites failles. Les manquements thérapeutiques dont vous vous êtes rendu

coupable, docteur, lors de la mise en scène, les somnifères, l'enregistrement sur le dictaphone. Il y avait trop
de coïncidences. Et c'est là qu'intervient le troisième
indice : ma fille. »

Oleg Kuzniecov lui jeta un regard inquiet. Szacki
fit semblant de ne pas le remarquer.

« Bien évidemment, elle n'a rien à voir avec cette
enquête, reprit-il. Tout bêtement, elle me ressemble
comme deux gouttes d'eau et évoque très peu sa mère.
Quand elle se tient au côté de cette dernière, on pourrait croire qu'elle a été adoptée. C'est surprenant à
quel point les enfants peuvent différer des parents.
J'y songeais l'autre jour, je remarquais aussi à quel
point votre fils – il désigna à nouveau la veuve – ne
ressemble ni à vous ni à votre mari. Parfois, seuls les
petits gestes, les expressions communes, l'intonation
de la voix, ces choses que l'on ne perçoit pas de
manière consciente montrent un lien de parenté. Et
soudain, l'illumination ! J'ai eu devant les yeux vos
deux interrogatoires, mesdames... »

Il leva le menton en direction de Jarczyk et de
Kwiatkowska.

« Deux personnes totalement étrangères, deux phy-
sionomies différentes, deux manières de parler dis-
tinctes, même si je me dis maintenant que vous les avez
exagérées à dessein. Pourtant, vous présentez un problème de vue exactement identique, un astigmatisme
léger, et vos gestes pour replacer vos lunettes sont des
copies conformes à cent pour cent. Vous penchez la
tête sur la gauche, vous froncez les sourcils en plissant
les paupières, vous redressez la monture à deux mains
et, pour finir, vous la pressez contre votre nez avec
le pouce. Et puisque nous parlons de ma fille... – le
procureur sourit à la pensée de sa princesse – ... un

lien exceptionnel unit les filles à leur père. Ça aussi, ça m'a donné à réfléchir quand, lors de l'une de nos conversations, vous vous êtes jeté sur moi, monsieur Rudzki, pour défendre madame Kwiatkowska. Dans un premier temps, j'ai cru que vous étiez amants, je n'ai compris que plus tard la véritable nature de votre relation. Comme cela arrive fréquemment, quand quelque chose ne va pas rien ne va, et lorsque les choses commencent à s'arranger, alors tout s'arrange. En parallèle, il s'est avéré qu'Henryk Telak avait été impliqué dans le meurtre de Kamil Sosnowski, même s'il ne l'avait pas commis de ses propres mains. Il se pourrait fort que cet acte donne lieu à une investigation disjointe et que vous soyez à nouveau interrogés à son propos… »

Szacki mentait comme un arracheur de dents. Il savait que rien ne « donnerait lieu à une investigation disjointe » – quand bien même, l'affaire serait étouffée en moins d'une semaine. Il faisait extrêmement attention à ne prononcer aucune phrase, à ne laisser personne dire quoi que ce soit qui rendrait inévitable l'ouverture d'une enquête sur l'assassinat des années quatre-vingt.

« La police a vérifié les registres d'état civil. Barbara Jarczyk, née en 1945, et Wlodzimierz Sosnowski, né en 1944, se sont mariés jeunes, en 1964. La mariée n'avait que dix-neuf ans. L'année suivante, leur fils Kamil est venu au monde. Cette même année a vu la naissance d'Ebi Kaim, le futur meilleur ami de Kamil à l'école primaire, au lycée et durant ses deux années d'études. Les garçons avaient cinq ans lorsque Hanna Sosnowska est née à son tour. Quand, en septembre 1987, Kamil a trouvé la mort dans des conditions épouvantables, sa famille est partie vivre à l'étranger. C'est exact ? »

Rudzki haussa les épaules.

« Que nous restait-il à faire dans une situation pareille ?

— Ils sont probablement revenus au milieu des années quatre-vingt-dix, puisque les inscriptions dans les fichiers d'état civil reprennent à cette époque. Barbara Sosnowska et Wlodzimierz Sosnowski divorcent, et l'ex-épouse reprend son nom de jeune fille tandis que l'ex-époux devient Cezary Rudzki. Les fonctionnaires accèdent à sa demande sans sourciller, car il s'agit du pseudonyme sous lequel monsieur Sosnowski publiait ses articles avant 1989. C'était également le nom qu'il avait utilisé lors de son séjour en France. De son côté, Hanna Sosnowska se marie avec Marcin Kwiatkowski, mais leur union ne dure pas longtemps ; ils divorcent dès 1998. Cependant, elle conserve le nom de son ex-mari. Je ne sais pas si ce micmac avec vos patronymes est dû au fait que vous maniganciez votre vengeance dès ce moment-là, ou si ce n'est que le fruit du hasard, un cadeau du destin parfaitement inattendu qui s'est révélé utile.

— La seconde hypothèse, dit Rudzki.

— C'est ce que je présumais. Quant à monsieur Kaim, au départ, en lisant la nécrologie de 1987 signée "Zibi", je n'ai pas du tout fait le rapprochement avec le prénom Ebi. "Zibi", c'était le surnom de Zbigniew Boniek, le coéquipier de Michel Platini à la Juve. Ce n'est qu'ensuite, au moment où je commençais à soupçonner que vous étiez tous reliés entre vous, que ce "Zibi" m'est revenu à l'esprit. Ebi, Zibi, cela rime, et on pouvait aisément imaginer un adolescent choisir un tel surnom. La police n'a eu aucun mal à vérifier où vous aviez fait vos études. Et avec qui. Vos anciens camarades de classe nous ont confirmé que vous et Kamil viviez une amitié fusionnelle. J'ai raison ? »

Kaim sourit et porta la main vers un couvre-chef imaginaire.

« *Chapeau pas*[1], dit-il.

— On dit *chapeau bas*, espèce de chèvre », murmura Hanna Kwiatkowska.

Le procureur Teodore Szacki n'avait pas envie de parler davantage. Il savait maintenant que l'une des personnes réunies dans la salle la quitterait menottes aux poignets. Il devrait également accuser les autres, mais probablement plus de harcèlement moral à l'encontre d'Henryk Telak et d'obstruction à la justice que de complicité de meurtre. Après tout, une seule personne avait rencontré Telak au milieu de la nuit, une seule l'avait assassiné. Les autres, même si elles souhaitaient son décès et cherchaient à le provoquer, n'étaient pas directement impliquées dans la mise à mort. Le procureur Teodore Szacki n'avait pas non plus envie de parler davantage car une fois de plus sa conscience se heurtait douloureusement à sa mission de fonctionnaire d'État. Il songea au cadavre de Kamil Sosnowski, à son corps ensanglanté dans la baignoire, pieds et poings attachés dans le dos. Il songea au cadavre de Kasia Telak, saturé de somnifères. Il songea à Bartek Telak, qui filait rapidement vers la lisière de l'existence. La mort de l'adolescente et la maladie du garçon auraient pu être évitées sans le crime épouvantable, cynique et calculé, perpétré jadis par leur père pour conquérir leur mère – Szacki en était intimement convaincu. Comment les choses s'étaient-elles déroulées alors ? À cette époque, au milieu des années quatre-vingt ? Il ne pouvait pas le demander. Pas maintenant. Il n'avait même pas le droit d'y faire allusion.

1. En français dans le texte.

« Est-ce qu'on peut se rasseoir ? s'enquit Ebi Kaim.

— Non, répliqua le procureur, car nous ne connaissons toujours pas la réponse à la question essentielle. Et monsieur Rudzki n'a pas encore achevé ses aveux. »

Au dernier moment, le magistrat s'était mordu la langue car il avait failli dire « son histoire ».

« Je préférerais le faire assis », annonça le thérapeute.

Il regarda le procureur d'une manière qui troubla ce dernier.

Quelque chose ne tournait pas rond. Quelque chose ne tournait pas rond du tout. Szacki sentit qu'il pouvait perdre le contrôle de la situation, que Rudzki préparait une entourloupe qu'il ne saurait pas maîtriser et qui serait immortalisée sur la vidéo. Il serait alors impossible de la contrer. Concentre-toi, Teodore, se répétait-il en pensée. Il les laissa retourner à leurs sièges pour gagner un peu de temps. L'instant d'après, ils étaient disposés en demi-cercle afin que la caméra puisse les contenir dans son cadre. Le procureur Szacki sentit qu'il tremblait de manière imperceptible. Il ne savait toujours pas ce qui clochait.

« L'idée est venue de moi, commença Rudzki. C'est moi qui, par un hasard invraisemblable, ai appris pourquoi mon fils a été assassiné et par qui. Au début, j'ai essayé de l'accepter, de rationaliser ma découverte. Après tout, je suis un psychologue réputé, le temps que j'ai passé à superviser des patients traumatisés se compte aujourd'hui en années. Mais je ne pouvais pas, je ne pouvais vraiment pas… Après, j'ai voulu simplement le tuer ; y aller, tirer dessus, l'oublier. Mais ça aurait été trop facile. Mon fils a été torturé pendant deux jours entiers, et ce salopard aurait pu mourir en une fraction de seconde ? Non, c'était inadmissible…

J'y ai longuement réfléchi. Très longuement. Comment faire en sorte qu'il souffre ? Qu'il souffre au point de décider lui-même de sa mort ? Qu'il ne soit plus en mesure de supporter sa douleur ? C'est ainsi que j'ai imaginé la thérapie. Je savais que ça pouvait échouer, que Telak pouvait renoncer au suicide, qu'il pouvait retourner chez lui comme si rien n'avait eu lieu. Mais j'étais prêt à courir le risque car, après la session, il allait souffrir à tout jamais... Cette nuit-là, je n'ai pas pu dormir. Je tournais en rond dans ma cellule et je me demandais sans cesse : est-ce que ça y est ? Est-ce qu'il a avalé les comprimés ? Est-ce qu'il s'est déjà endormi ? Est-ce qu'il est mort ? En fin de compte, je suis sorti dans le couloir, je me suis faufilé jusqu'à sa porte. Le silence régnait. Je savourais ce silence quand j'ai entendu le bruissement d'une chasse d'eau au bout du couloir, et puis Telak a émergé des toilettes. Il était livide mais indéniablement vivant. En costard, chaussures aux pieds, prêt à partir. Il a froncé les sourcils en me voyant, m'a demandé ce que je fichais derrière sa porte. J'ai menti, déclaré que je m'inquiétais pour lui. Il n'a pas relevé et m'a lancé en passant qu'il renonçait à "cette thérapie de merde" et qu'il quittait "ce souk de cinglés" au plus vite. Navré, mais je le cite. Et puis... il est rentré dans sa chambre pour prendre sa valise. Je ne savais plus quoi faire. Non seulement il était vivant mais en plus il ne paraissait pas agoniser dans les affres de la douleur et de la culpabilité. Tout ça avait glissé sur ce fils de pute comme l'eau sur les plumes d'un canard. Je suis allé à la cuisine pour boire un verre d'eau et me calmer... j'ai aperçu la broche à rôtir... de ce qui a suivi je ne me rappelle presque rien, ma conscience occulte ces images. Je me suis rendu à la crypte, il s'y trouvait. Je crois que j'ai voulu lui dire pourquoi je faisais tout ça et qui j'étais en réalité, mais quand j'ai vu ce visage haï, cette étincelle de cynisme dans la pupille, ce sourire moqueur sur les lèvres... J'ai frappé. Pardonne-moi, Seigneur Dieu, mais je l'ai fait. Pardonne-moi, mais je n'en éprouve pas de remords. Et pardonne-moi, Jadwiga, car j'ai tué le père de tes enfants sans égard pour le fait qu'il l'était. »

En un geste très théâtral, Cezary Rudzki – ou devait-on l'appeler Wlodzimierz Sosnowski ? – se cacha le visage dans les mains. À cet instant, un silence assez épais pour qu'on pût le découper et enfiler les morceaux sur une broche à rôtir aurait dû envahir la pièce, mais c'était le cœur de la ville : une vieille fiat 126P passait rue Lazienkowska, un autobus Ikarus s'immobilisait dans un grincement de vieille ferraille à l'arrêt en face de l'église, l'axe routier Wislostrada poussait son grondement monotone, des talons aiguilles résonnaient sur le trottoir, un enfant grondé par sa mère sanglotait – mais même ainsi, le procureur Szacki entendit un « clic » lorsque tous les éléments trouvèrent leur juste place dans son esprit. La conscience personnelle *versus* la mission de procureur, se répéta-t-il. Il hésita, mais seulement une milliseconde. Il fit signe à Kuzniecov. Celui-ci se leva et coupa la caméra. Puis il sortit, pour revenir peu après en compagnie de deux policiers en uniforme qui escortèrent Rudzki.

Sans menottes aux poignets, tout compte fait.

LUNDI 18 JUILLET 2005

On célèbre la Journée mondiale des tribunaux et de la magistrature. À l'étranger, la Cour spéciale de Belgrade condamne le fameux Milorad « Legija » Ulemek à quarante ans de prison pour avoir assassiné en 2000 l'ancien président de la Serbie. Saddam Hussein a enfin été formellement inculpé, pour le moment d'avoir ordonné l'extermination d'un village chiite en 1982. Roman Polanski témoigne depuis Paris devant un tribunal londonien dans l'affaire qui l'oppose à *Vanity Fair* ; un journaliste du magazine a écrit qu'immédiatement après le décès tragique de sa femme Sharon Tate, le réalisateur aurait tenté de séduire une reine de beauté suédoise. En Pologne, le tribunal de Wroclaw interdit à une maison d'édition la réimpression de *Mein Kampf*, alors que le parquet de Bialystok accuse la femme politique Aleksandra Jakubowska d'avoir falsifié le projet de loi sur la régulation des médias. À Varsovie, le procureur requiert l'emprisonnement à perpétuité à l'encontre de la caissière soupçonnée d'un mystérieux assassinat à la boutique Ultimo, son avocat demande quant à lui la relaxe. Une plaque commémorative est dévoilée rue Stawki, afin d'honorer les soldats résistants de l'Armée du pays qui, durant les premières heures de l'Insurrection de Varsovie en 1944, ont libéré près de cinquante Juifs. La galerie d'art moderne Zacheta décide de faire sa publicité à travers des bonbons vendus dans les supermarchés. Le palais de la Culture et de la Science se prépare pour une grande fête – le 22 juillet, il aura cinquante ans. La température est de vingt-cinq degrés, sans précipitations et pratiquement sans aucun nuage.

1

Il était quinze heures passées de quelques minutes. Le procureur Teodore Szacki, assis à son bureau, savourait le silence qui régnait dans la pièce depuis que sa collègue était partie emmener son enfant chez un allergologue. Il n'avait pas fait de commentaire. La voir sortir signifiait qu'il n'aurait plus à supporter les chansons de Katie Melua qui suintaient de son ordinateur (« J'espère que ça ne te dérange pas si je mets tout bas ? ») ou ses conversations privées avec sa mère (« Dis-leur, dans ce cas, que pour huit cents zlotys tu peux graver toi-même ces lettres sur la tombe de papa ! C'est ça que tu devrais leur dire. Bande de voleurs, charognards, chacals des cimetières ! »).

Cela faisait un mois que le docteur Rudzki avait été conduit sous escorte policière hors du cloître de la rue Lazienkowska. Quelques jours plus tard, Szacki l'avait interrogé dans le cadre d'une « enquête menée contre Cezary Rudzki ». Le psychologue avait répété précisément ce qu'il avait dit une première fois devant la caméra disposée dans la crypte ; le procureur avait tout noté avec soin, feignant de prendre pour argent comptant sa déposition. Néanmoins, il avait dû demander pourquoi Rudzki avait été à ce point convaincu de la culpabilité d'Henryk Telak ; que savait-il au juste des coulisses de l'assassinat de son fils ?

« Comme je vous l'ai dit plus tôt, c'était le fruit du hasard, la conséquence de l'une de ces multiples coïncidences incompréhensibles que nous rencontrons au quotidien. »

Rudzki avait fait sa déposition vêtu de la tenue de coutil beige des prisonniers dans la salle d'interrogatoire de la maison d'arrêt de la rue Rakowiecka. Il avait l'air d'un vieillard centenaire ; il ne restait plus une once de son port hautain et de son regard perçant.

« Je menais la thérapie d'un patient souffrant d'un cancer des os en phase terminale. Il est mort trois mois plus tard. L'homme était pauvre, il venait d'un milieu social très défavorisé. Je l'avais reçu gratuitement pour rendre service à un ami de l'Institut d'oncologie. Le mourant voulait se confesser à quelqu'un. C'était un criminel, suffisamment petit et assez prudent pour n'avoir jamais atterri derrière les barreaux. À vrai dire, il n'avait qu'un seul péché sur la conscience : il avait pris part au meurtre de mon fils. Il ne l'avait peut-être pas commis directement mais c'est lui qui, en compagnie du meurtrier, s'était introduit par effraction dans notre appartement. Ce cancéreux avait été témoin des tortures et de la mise à mort. Il tremblait de terreur. Il soutenait qu'on ne les avait payés que pour molester et impressionner mon fils, mais qu'à la fin, son "chef" avait jugé plus prudent de supprimer Kamil, "au cas où". J'étais sous le choc. Je me suis totalement effondré devant ce bandit, je lui ai dit qui j'étais, nous avons pleuré ensemble pendant des heures. Il m'a promis de m'aider à retrouver le "commanditaire". Il l'a décrit en détail, m'a confié avec précision les circonstances de leurs rencontres et l'ensemble de leurs conversations. D'après lui, le mobile était peut-être lié à une femme, car une phrase dans ce sens avait un jour échappé au donneur d'ordres : "Maintenant, la route de son cœur est libre." J'ai tout de suite pensé à Jadwiga. Kamil avait été fou amoureux d'elle, même si elle avait quelques années de plus que lui. Je l'ai retrouvée, j'ai aussi pris une photo de son mari. Mon patient l'a reconnu à cent vingt pour cent. »

Teodore Szacki consigna sans sourciller les mensonges du suspect et celui-ci signa ses aveux sans aucune hésitation. L'un et l'autre étaient trop conscients de ce qui risquait d'arriver à leurs familles s'ils voulaient dévoiler la vérité ou, pire, provoquaient l'ouverture d'une enquête. Mais une fois les documents officiels achevés, Teodore Szacki confia au thérapeute ce qu'il savait à propos du travail d'Henryk Telak au sein des services de sûreté communistes, à propos du « Département de la mort » et des structures d'ex-agents qui continuaient à fonctionner de nos jours. Et il lui avait demandé la vérité.

Le patient atteint d'un cancer des os était réel, tout comme l'étaient sa culpabilité et sa confession. La phrase entendue par hasard – « Maintenant, la route de son cœur est libre » – était exacte elle aussi. Mais l'ordre avait été tout autre. Il fallait malmener et abîmer le petit « aussi fort que possible » – ce qui équivalait à l'instruction implicite de le tuer – afin que son père interrompe des activités qui portaient préjudice à la sécurité de l'État. On avait persuadé les deux hommes de main qu'il s'agissait d'une affaire de la plus haute importance, qu'ils allaient devenir des héros, qu'ils recevraient probablement des médailles secrètes. Ils se foutaient des médailles. Ils avaient obtenu pour ce boulot une montagne de fric et la garantie de l'impunité ; de plus, ils pouvaient voler dans l'appartement ce que bon leur semblait. Au début, tant qu'aucune information concrète ne leur avait encore été dévoilée, ils avaient été en relation avec trois officiers, dont Henryk Telak. Deux autres rendez-vous avaient suivi, mais avec Telak seul. Il leur avait communiqué les détails, la date et l'heure exactes de l'opération, il les avait instruits sur la manière de ligoter, sur la façon d'infliger la douleur.

Une fois leur forfait accompli, ils étaient revenus pour percevoir l'argent et étaient tombés sur un Telak extrêmement agité. Il leur avait parlé d'une erreur, d'une mauvaise identification de l'adresse. Après les avoir payés plus que ce qui avait été initialement prévu, il leur avait ordonné de disparaître sans donner de nouvelles, pendant deux ans au minimum. S'ils n'obéissaient pas, un autre allait les retrouver comme ils avaient retrouvé le garçon. Alors ils s'étaient volatilisés.

Szacki avait répété au thérapeute ce qu'il avait appris de la bouche de Karol Wenzel, que les agissements de la section « D » avaient été si clandestins qu'en effet, il leur était arrivé de commettre des erreurs dans la reconnaissance de terrain ou dans l'envoi d'hommes en mission. Les voyous engagés pour le sale boulot se trompaient parfois également. Voilà sans doute comment Telak avait pu justifier auprès de sa hiérarchie le meurtre d'un homme innocent. Un malencontreux accident de travail.

Le procureur et le psychologue avaient échangé une cordiale poignée de main au moment des adieux. Ils se devaient mutuellement quelque chose. En premier lieu, le silence.

Deux semaines après avoir fait sa déposition à la maison d'arrêt, Cezary Rudzki mourut. Il avait fait un malaise, on l'avait placé en isolation, il s'y était senti plus mal encore. Il était décédé avant l'arrivée de l'ambulance. Une crise cardiaque massive. Teodore Szacki aurait sans doute pu y croire si, le lendemain, il n'avait pas réceptionné des mains d'un coursier une bouteille de whisky de vingt-quatre ans d'âge. Il avait vidé le liquide dans l'évier et jeté le contenant dans la poubelle près du passage piéton devant le siège du parquet. Il s'était préparé à une telle éventualité. Le salopard d'ex-agent lui avait assuré que ses amis et lui n'intervenaient qu'en dernier recours – et il l'avait cru. Il l'avait cru aussi lorsqu'il lui avait dit apprécier la tranquillité. Et un homme en prison ne garantit pas la tranquillité. Un homme en prison s'ennuie trop, parle trop ; la probabilité est grande qu'un jour il considère sa liberté comme valant la peine d'un minimum de risque. De son côté, est-ce que lui, Teodore Szacki, pouvait se sentir en sécurité ? Tant qu'il ne ferait rien de stupide, probablement oui. Il ne se rendit pas aux obsèques.

Ce même jour, il avait rappelé Monika. Même s'il se reprochait sa propre inconstance, une part inconnue de lui-même avait guidé la main qui composait le numéro, et cette part avait formulé à sa place une invitation à déjeuner. Depuis ce jour, Szacki avait revu la journaliste à de nombreuses reprises. Chaque fois, il faisait le trajet jusqu'à chez elle persuadé que c'était leur dernier rendez-vous, que cette fois il allait mettre un terme à cette romance sans lendemain – mais, progressivement, il en perdait le contrôle. Il craignait ce qui allait suivre mais en parallèle il était curieux de le découvrir.

Il alluma son ordinateur et se rendit compte qu'en réalité il n'avait rien à faire. Sa chef était en congés, les habitants de la ville en vacances et Varsovie avait cessé d'être, pour un temps, la capitale polonaise du crime. L'acte d'accusation d'Ebi Kaim, de Barbara Jarczyk, d'Hanna Kwiatkowska et de Jadwiga Telak était pratiquement terminé. Il avait transféré le poids de la faute sur Cezary Rudzki, ce qui lui avait permis d'inculper les autres uniquement pour avoir caché à la justice des informations utiles. Il avait également omis de préciser que, la nuit du meurtre, le thérapeute et ses patients s'étaient tenus au-dessus du cadavre et s'étaient interrogés sur la marche à suivre. D'après la version officielle des faits, les participants n'avaient appris la mort de Telak que lorsque Barbara Jarczyk avait découvert la dépouille le dimanche matin. Le procureur n'avait pas coutume d'admirer les criminels, mais lorsqu'il avait su que Rudzki leur avait interdit de discuter et les avait sommés de se comporter au petit déjeuner comme s'ils n'avaient été au courant de rien – afin d'être le plus crédible possible lors des interrogatoires –, il avait failli saluer son ingéniosité. La connaissance de la psychologie humaine devenait une arme surpuissante entre les mains d'un assassin.

Szacki avait toujours considéré que le code pénal existait pour deux raisons : quiconque l'enfreint doit être puni par l'État avec la plus grande sévérité, et les autres doivent être conscients de ce qu'il en coûte de commettre un crime. Dans la présente situation, il avait falsifié les dossiers de l'affaire Telak en faveur des personnes impliquées dans l'enquête. Son attitude lui répugnait d'autant plus qu'il savait qu'elle ne serait pas en mesure de racheter la plus grande de ses fautes – le renoncement. En effet, il n'avait nulle intention d'initier une action qui pourrait nuire à la pseudo-Odessa.

Il souleva l'écouteur du téléphone. Il voulait parler à Weronika et à Hela, qui bronzaient depuis une semaine à Oleck, dans la région des lacs de Mazury, et il préférait le faire tout de suite plutôt que de risquer un appel de sa femme durant sa visite chez Monika.

Il avait composé la moitié du numéro lorsque quelqu'un pénétra dans son bureau. C'était Jadwiga Telak.

2

Triste comme d'habitude, élégante comme à l'ordinaire, et comme toujours insipide dans un premier temps mais laissant une impression impérissable l'instant d'après.

Quand elle sortit une cigarette de son sac à main, il faillit éclater de rire. Comment c'était, déjà ? « Et de tous les bureaux pouilleux des procureurs sous-payés de cette ville pourrie, il a fallu qu'elle vienne précisément dans le mien. » Il prit le cendrier dans son tiroir et alluma une cigarette à son tour. C'est déjà la deuxième, pensa-t-il machinalement – même si, depuis l'entrevue dans le restaurant italien, il ne rationnait plus sa consommation de tabac. Il n'entama pas la conversation. Il attendait.

465

« Vous savez, n'est-ce pas ? » demanda-t-elle.

Il hocha la tête. Pas depuis longtemps, certes, mais à partir du moment où ils s'étaient réunis le mois dernier dans la crypte du petit monstre d'architecture de la rue Lazienkowska, il avait su. Il faisait confiance au docteur Wrobel lorsque celui-ci lui assurait qu'aucun participant à la constellation n'aurait été enclin à commettre un meurtre, un tel acte s'avérant fatal pour le système. Or, la technique de la constellation fonctionne car les participants s'efforcent de consolider le système. Par ailleurs, c'était la veuve qui avait le plus bénéficié de la mort de son mari émotionnellement et financièrement. De plus, elle avait déclaré avoir regardé un film à l'heure du crime et celui-ci – le procureur l'avait vérifié par la suite – avait été diffusé la veille. Enfin, elle avait entendu son fils jouer à la course automobile alors que celui-ci se déchaînait sur *Call of Duty*. Cela tombait sous le sens : il était impossible de confondre le boucan des mitraillettes, les explosions des grenades et les gémissements des mourants avec le vrombissement des moteurs. Une multitude d'indices. Un brin d'intuition. Une phrase mémorisée : « Quand il s'agit de savoir qui est bon et qui est mauvais au sein du système, il s'avère que c'est presque toujours le contraire de ce qu'on croit. » Sans parler du chatouillement à l'arrière de son crâne lorsque Cezary Rudzki avait pris la faute sur lui.

« Je me suis dit que, maintenant que l'enquête était close, je vous devais quelques explications. »

Szacki ne disait toujours rien. Il n'en avait pas le courage.

« Je ne sais pas si vous avez aimé un jour. Vraiment aimé. Si oui, alors vous avez de la chance. Si non, alors je vous envie, car la plus grande aventure de l'existence se trouve peut-être encore devant vous. Savez-vous de quoi je parle ? Prenez les romans. Lire *Le Maître et Marguerite* au lycée était une expérience fabuleuse, mais je suis folle de jalousie à l'idée qu'il existe des adultes qui vont encore découvrir ce plaisir. Parfois, je me demande comment ça serait de lire Boulgakov pour la première fois aujourd'hui. Bref... En tout cas, si vous vous apprêtez à répondre "je ne sais pas", alors cela veut dire que vous n'avez pas aimé. »

Intéressant, se dit-il, voilà précisément ce que j'aurais voulu répondre si j'en avais la force. Il haussa les épaules.

« Moi, j'ai aimé. J'avais vingt-cinq ans lorsque j'ai rencontré Kamil Sosnowski et me suis éprise de lui. Ce fut réciproque. Il était de trois ans mon cadet. J'aurais envie de rire aujourd'hui quand je repense au fait que cette différence d'âge m'empêchait de dormir. Je craignais que ces trois années viennent tout gâcher. Je craignais sans arrêt que quelque chose d'autre vienne tout gâcher, je me disais que c'était impossible, que de telles histoires n'arrivaient pas pour de vrai. Ce n'est pas la peine que j'essaie de vous décrire cet état, il est indescriptible. Mais vous devez savoir que, vingt ans plus tard, je peux encore décrire chaque instant de notre relation et me souvenir de chacune des phrases que nous avons prononcées. Je me rappelle les livres que je lisais à cette époque et les films que je regardais. Le moindre minuscule détail. »

Elle alluma une nouvelle cigarette. Szacki n'avait plus envie de la sienne.

« Il m'attendait ce jour-là, vous savez ? Le jour où ils sont venus chez lui. Nous avions rendez-vous pour dîner. Il devait mijoter quelque chose et moi, je devais dénicher une boisson et préparer un "délice de Varsovie". Vous vous souvenez de ça ? Une crème au cacao mélangée à des morceaux de gaufre séchée ? Un peu comme les "merveilles violettes" de chez Wedel ? Bien évidemment, dans les années quatre-vingt, elles étaient difficiles à obtenir et empaquetées dans un parchemin recyclé estampillé "emballage de substitution". C'était le dessert magique de notre couple. Certains ont des chansons, nous avions notre dessert... Lorsque je suis arrivée chez lui, ivre de bonheur, ils étaient déjà à l'intérieur. J'ai frappé, j'ai sonné, personne ne répondait. Je l'ai attendu une heure, peut-être deux, mais il ne venait pas. Je suis rentrée à la maison et j'ai appelé chez lui toutes les demi-heures. Je me disais qu'il était arrivé quelque chose, qu'il avait dû partir avec ses parents et sa sœur, mais malgré tout je continuais à appeler. Quand j'ai téléphoné une énième fois, Hanna a décroché. Vous pouvez vous imaginer la suite. Ou du moins essayer. Le pire, c'est d'être consciente que Kamil s'y trouvait tout ce temps, qu'ils étaient là, qu'ils le torturaient. Si j'avais songé à appeler la milice, pauvre imbécile... Tout aurait été différent. »

Finalement, Szacki ralluma une cigarette. Qu'avait-il d'autre à faire après tout ? Sans qu'il sache pourquoi, ce mélodrame n'arrivait pas à l'émouvoir.

« Dans une certaine mesure, je suis morte avec lui... Henryk est resté auprès de moi tout le temps. Sensible, compatissant, indulgent, prêt à tout pardonner. Il m'importait peu, mais il était là. Je me suis habituée à lui. Je l'ai épousé. Je suis rapidement tombée enceinte. Kasia est née et je me suis mise à vivre pour elle. Puis pour Bartek. Un jour ça allait bien, un autre moins. Une vie familiale comme une autre... qui s'est achevée avec la mort de Kasia. J'ai honte de ce que je vais dire, mais si je pouvais ressusciter une seule personne, je ressusciterais Kamil. Et puis son père est venu, maudit soit-il, avec sa vérité et sa justice. J'aurais préféré que ce jour-là n'arrive jamais. »

Elle alluma une nouvelle cigarette dans la petite pièce déjà saturée de fumée. Ajouté à la pénible chaleur de l'après-midi, l'air devenait insoutenable.

« Je ne sais pourquoi je me suis rendue rue Lazienkowska ce soir-là. Je ne saurais l'expliquer. Mais j'y suis allée. J'ai pénétré à l'intérieur du cloître au moment où Henryk faisait ses valises. Il m'a confié ce qu'il avait découvert lors de la constellation. Il était bouleversé, il pleurait, il disait avoir failli se suicider. J'ai pensé que c'était la meilleure chose qu'il pouvait faire et je lui ai suggéré de poursuivre la thérapie pour le bien de Bartek. Il ne voulait pas en entendre parler. J'ai couru hors de sa chambre à demi-consciente, je me sentais horriblement mal, j'avais envie de vomir. J'aurais voulu m'enfuir, m'échapper de ce lieu, mais je suis arrivée à la cuisine par erreur. J'ai bu un verre d'eau pour m'occuper, pour me calmer. Tout était revenu avec une telle force, chaque image en provenance du passé était comme un coup de poing, chaque émotion comme une gifle. J'ai entendu des pas, des pas que je reconnaissais si bien après toutes ces années de vie commune, les pas d'un lâche qui s'enfuit. J'ai jeté un coup d'œil à l'assortiment de couverts dans un pot en plastique et me suis fait la réflexion qu'ils étaient de piètre qualité. Vous connaissez le reste. »

Autrefois, il aurait voulu la conduire devant un tribunal sans prendre garde au contexte. Aujourd'hui, cela ne lui importait plus. Cela lui importait si peu qu'il ne souhaitait même pas ouvrir la bouche. Jadwiga Telak le considéra en silence, hocha la tête et se leva.

« J'aimerais savoir si vos motivations étaient d'ordre purement émotionnel ? » demanda-t-il finalement.

Elle ne fit que sourire, puis sortit.

Le procureur Teodore Szacki se leva de sa chaise, enleva sa veste, ouvrit grand la fenêtre et vida le cendrier dans la poubelle. Il fit coulisser le tiroir pour ranger l'objet, et son regard se posa sur une feuille de papier où il avait recopié un extrait d'une interview de Bert Hellinger, réalisée par la *Gazeta Wyborcza* si sa mémoire était bonne :

« On exige toujours de moi de maudire les coupables de toutes sortes de crimes, mais je sais que l'unique moyen de faire face à la présence du mal est d'accepter qu'ils sont humains malgré tout. Ainsi, nous devons leur trouver une place dans notre cœur. Pour notre propre bien. Ça ne les libère pas de la responsabilité de leurs actes. Mais si nous excluons quelqu'un, si nous lui refusons le droit d'appartenance, alors nous nous mettons à la place de Dieu, nous décidons qui doit vivre et qui doit mourir. Et cela est inouï. »

3

En se rendant chez Monika au fin fond du quartier Bielany, Szacki s'arrêta un instant place Wilson pour acheter deux choux à la crème chez Blikle – c'étaient leurs pâtisseries préférées. Dans la file d'attente, il songea à Jadwiga Telak et au « délice de Varsovie » et il se sentit soudain très las. Il était fatigué par cette affaire, fatigué par son travail, fatigué par une maîtresse à laquelle en réalité il ne tenait pas. Il manquait toujours quelque chose dans sa vie, mais quoi ?

Il me manque la Justice, pensa-t-il, et cette idée l'effraya. Elle avait résonné comme si quelqu'un d'extérieur l'avait prononcée à haute voix. Il regarda tout autour de lui, mais les retraités du quartier Zoliborz tenaient sagement leur place dans la queue et observaient, avec une concentration muette, les comptoirs réfrigérés remplis de pâtisseries et les étagères recouvertes de gâteaux. La Justice, c'est-à-dire quoi, concrètement ? Il espérait que la voix lui réponde. Mais cette fois-ci, il n'entendit aucune parole – une image apparut à la place. L'image du cylindre métallique dont il avait extrait un whisky de vingt-quatre ans d'âge. Il songea à Karol Wenzel, qui habitait sur le chemin de chez Monika. Peut-être devrait-il lui rendre visite ? Peut-être qu'il existait un moyen de faire tomber les expéditeurs de ce prestigieux alcool écossais ? Ça ne coûtait rien de se renseigner. Une conversation avec un historien un peu cinglé, ça restait trop peu pour se prendre une balle, pas vrai ?

Il acheta les choux à la crème, appela Karol Wenzel, qui par un heureux hasard était déjà rentré chez lui, et il roula jusqu'au pied de son immeuble. En sortant de la voiture, il prit les pâtisseries ; cela ne se faisait pas d'arriver les mains vides. Il marchait en direction de la cage d'escalier, entre une rangée de garages et le local à poubelles, lorsqu'une fillette de l'âge d'Hela émergea d'une allée perpendiculaire sur une trottinette et faillit le percuter. Il fit un bond pour l'éviter, mais le guidon accrocha le paquet de gâteaux. Le papier se déchira, l'un des choux tomba et s'écrasa sur l'asphalte. La demoiselle – qui ressemblait énormément à sa fille – s'arrêta net et lorsqu'elle aperçut le chou à la crème aplati sur le bitume gondolé, ses lèvres se tordirent dans une moue de tristesse.

« Je te demande pardon, petite, dit-il avant qu'elle ne réagisse. Je ne t'ai pas vue arriver, je rêvassais et je t'ai heurtée avec ces gâteaux. Tu n'as rien ? »

Elle secoua la tête, des larmes plein les yeux.

« Ouf… Quel soulagement ! Je craignais que l'un de ces choux t'ait fait du mal. Tu sais que les choux à la crème peuvent être extrêmement malicieux ? Ils attaquent par surprise, tout comme les belettes. C'est pourquoi je les garde enfermés dans une boîte. Mais celui-ci ne fera plus de mal à personne, qu'en penses-tu ? »

Il s'accroupit craintivement à côté de la pâtisserie écrasée et lui donna une pichenette avec le doigt.

La fillette rit. Il sortit le gâteau indemne de son emballage déchiré et l'offrit à la petite.

« Tiens, pour me faire pardonner, dit-il. Mais mange-le avec précaution, pour ne pas qu'il s'énerve. »

La fillette jeta un coup d'œil hésitant aux alentours, le remercia, prit la sucrerie et repartit, gardant avec peine l'équilibre sur sa trottinette. Oui, elle ressemblait beaucoup à Hela. Voulait-il vraiment entrer chez Karol Wenzel, remuer cette histoire, risquer la vie de ses proches ? Il se rappela ce que l'historien lui avait dit lors de leur entretien : « Si tu comptes leur mettre le grappin dessus d'une manière ou d'une autre, alors laisse tomber tout de suite. Tu y songeras le matin et, le soir, tu pleureras sur le cadavre de ta fille. »

Il se figea.

Il ne lui avait jamais confié qu'il avait une fille.

Il pensa à la petite Hela Szacka, à l'odeur du pain

frais, au crâne qu'on ouvre sur une table d'autopsie avec un bruit de succion moite.

Quelques secondes plus tôt, il était persuadé que cette histoire aurait une suite.

Il se trompait.

REMERCIEMENTS

Je remercie chaleureusement mesdames les procureurs qui m'ont confié les détails de leur travail si difficile et, malheureusement, sous-estimé. J'espère que vous ne m'en tiendrez pas rigueur pour ce que j'ai altéré ou imaginé afin d'adapter au mieux la réalité aux besoins de l'intrigue. Je remercie également Dorota Kowalska, de *Newsweek Polska,* pour son article « Au service du crime » – sans celui-ci, ce roman serait complètement différent. Je renvoie les lecteurs intéressés par la thérapie de la constellation familiale aux ouvrages de Bert Hellinger. Enfin, l'excellent travail d'Henryk Glebocki m'a été d'un grand secours pour comprendre les méthodes de la police secrète dans la Pologne d'avant 1989, qu'il en soit ici remercié.

TABLE

Composition et mise en pages
Nord Compo à Villeneuve-d'Ascq

Achevé d'imprimer en mars 2016
par CPI à Barcelone

POCKET – 12, avenue d'Italie – 75627 Paris cedex 13

Dépôt légal : janvier 2015
S25445/06